한낮의
켄터키블루그래스

충북소설-2018-21호

한낮의 켄터키블루그래스

권효진 外

13人 단편소설 選

권효진 / 박희팔 / 안수길 / 전영학 / 김창식 / 송재용 / 오계자
정순택 / 강순희 / 김미정 / 강석희 / 이규정 / 이귀란

충북 청소년 소설문학상 당선작 「모범생」, 김유정

생각나눔

문인과 감투

"거기 산이 있어서 오를 뿐."이라는 산악인의 대답은 목숨을 건 등반에 관한 구구절절한 비평들을 일거에 잠재우는 명언이다. 그럼, 왜 쓰느냐고 물으면 "거기 종이와 펜이 있어서."라고 답하는 것도 명언일까.

높은 산에 오르는 일이나 한 편의충북소설가협회 회칙 소설을 지어내는 일이나 고통과 희열을 동반한다고는 하지만, 사서 고생하는 행위(작업)임에는 비슷한 면이 없지 않다. (물론 소설을 써서 돈방석에 앉는 사람은 다르지만)

작가의 작의(作意)가 반영된 소설은 유용한 직·간접 경험이, 복잡한 뇌리의 파동을 경과하는, 치열한 시간 속에 만들어진다는 점을 간과하지 않는다면, 이건 분명 고역이 아닐 수 없다.

그런데 소설가는 왜 이 고역을 자처하는 것일까. 그러고 보면 종이와 펜이 있다는 이유만으로는 아무래도 허전하다.

소설을 써서, 그 지명도를 바탕으로 어떤 감투라도 하나 쓰겠다는 저의를 품을 수도 있을 것이다. 또는 혼탁한 세상에 거울을 던지고 싶은 사명감으로, 또는 인간 존재의 문제를 파헤치겠다는 거룩함으로, 또는 지친 독자들에게 휴식과 즐거움을 선사하겠다는 여유만만 함으로 소설가는 어쨌

든 그 고역을 자처한다.

하지만 감투를 바라보며 쓰인 그것은 소설이 아닐지 모른다.

이것은 비단 소설에 관한 것만은 아니다. 글을 써서 감투를 쓰려는 문학인, 나아가서는 그런 예술인이 있다면 태산준령 말고 녹양방초 흐드러진 평탄 대로에서 산보(散步)를 즐기는 게 어떠실지.

충북소설가협회장 　전영학

충북소설-2018-21호
13人 소설 選

책머리에

문인과 감투 • 전영학

충북 청소년
소설 문학상

부록

13人
소설

한낮의 켄터키블루그래스

•

권효진

꽃대가 길게 자란 서양 민들레를 뿌리째 뽑아내
자 공벌레 한 마리가 기어 나왔다. 녀석은 짙은 팥죽색을 띠고 있었지만,
팥알보다는 조금 더 굵고 통통했다. 나는 공벌레가 두려움 때문에 몸을
둥글게 말거라고 생각했다. 하지만 녀석은 내 예상과는 달리 쏜살같이
기어갔다. 새끼손톱만 한 벌레가 기어가는 것을 보고 '쏜살같다'고 하는
것은 좀 우습지만 그만큼 재빠르게 기어갔다는 얘기다. 녀석은 지금까지
본 공벌레 중에 가장 빠르고 날랜 놈이었다. 어디로 가는 것일까? 제 딴
에는 있는 힘을 다해 기어가는 것일 테지만 놈은 곧 한 뼘도 못 되는 거
리에 나 있는 틈 속으로 기어들어갔다. 거기에는 망초가 올라와 있었다.
작고 하얀 꽃을 피운 망초의 줄기는 연초록빛으로 살이 올랐고 이제 막
돋아난 여린 잎들은 연둣빛 아기 손톱 같았다. 하지만 민들레를 뽑았던
것처럼 망초도 뽑아내지 않으면 안 되었다. 나는 아까보다 더 세게 힘을
주어 망초 줄기를 잡아당겼다. 생각보다 쉽게 뽑혔다. 망초 뿌리 끝에 매
달려 있던 공벌레 한 마리가 잔디 위로 떨어졌다. 공벌레가 모두 비슷비
슷하게 생겨서 좀 전에 보았던 그 공벌레가 틀림없다고 확신할 수는 없
지만 나는 망초 뿌리에 매달려 있다가 잔디밭 위로 떨어진 공벌레가 조
금 전 구멍으로 들어간 그 녀석이 맞을 거라고 생각했다. 내가 또 다른

망초 줄기를 잡으려 할 때 땅속에서 공벌레 수십 마리가 한꺼번에 기어 나왔다. 그들은 밖으로 나오자마자 뿔뿔이 흩어졌다. 저마다 재빠르게 기어갔고 어디론가 숨어들었다. 아까 그 공벌레가 그랬던 것처럼 어디가 안전한 곳인지도 모른 채 무작정 숨어드는 것 같았다. 만약 공벌레에게 두 쌍의 더듬이가 온전하게 있었다면 어땠을까? 한 쌍의 더듬이가 퇴화하지 않고 그대로 있었다면 공벌레들은 지금 어디로 가는 것이 가장 좋은지 알 수 있을 텐데.

땅속에서 편안하게 쉬고 있는 벌레들을 흔들어 깨운 게 미안했지만 어쩔 수 없었다. 나는 온종일 잔디밭에 뿌리내린 풀들을 뽑아내고 잔디를 깎아야만 했다. 제발 풀을 다 뽑을 동안만이라도 잔디밭에 사는 공벌레와 지렁이, 개미들이 어디로든 멀리 가버렸으면 좋겠다. 뽑아내야 할 풀들이 아주 없는 곳으로 가주었으면 좋겠다. 내가 풀을 뽑을 때마다 녀석들은 난데없이 천지가 진동하고 세상이 무너지는 것 같겠지. 더군다나 한동안 아무 일 없이 고요하기만 하다가 갑자기 잔디밭을 들쑤셔 대서 더욱 정신을 차릴 수 없을 것이다. 적당한 습기와 아늑한 어둠 속에서 모든 것이 평안했던 그들의 일상을 무너뜨리는 것은 아무래도 미안한 일이었다. 나는 공벌레들이 풀을 뽑아야만 하는 나를 탓하지 말고 한 쌍의 더듬이를 잃어버린 종족들의 진화를 탓하기를 바랐다. 공벌레들에게서 눈길을 거두고 일어나 기지개를 켰다. 멀리 낮은 산등성이에 구름 몇 조각이 흩어져 있었지만, 비를 내릴 구름은 아니었다. 구름 사이로 새어 나오는 흐릿한 빛이 마을의 아침을 밝히고 있었다.

생각보다 너무 오래 집을 비웠다. 은수의 전화를 받고 집을 나설 때까지만 해도 그렇게 오래 집을 비울 생각은 없었다. 이제 막 세상에 나온 은수의 아기가 너무나 보고 싶었던 나는 설렘과 기대로 들떠 무작정 옷

가지를 챙겼을 뿐이었다. Y시에 내려가 은수를 만났을 때만 해도 나는 하루나 이틀 정도 그곳에 머물지 않을까 생각했다.

"신기하다…."

"그치? 내가 한 일이지만 나도 믿기지가 않아. 정말 신기한 거 있지?"

은수의 몸에서 태어난, 아주 작은 인형 같은 것이 고물거리며 숨 쉬고 있다는 사실이 믿기지 않았다. 그저 신기하고 놀라울 따름이어서 무슨 말을 해야 할지도 몰랐다. 이 세상 어디에도 존재하지 않았던 한 생명이 문득 지상에 모습을 드러낸다는 것은 경이로운 일이었다. 나는 그런 놀라운 일을 해낸 은수가 위대해 보인 나머지 은수가 그동안 내가 알던 친구가 아닌 것처럼 느껴지기까지 했다. 은수 자신도 아직 믿기지 않는지 아기에게서 눈을 떼지 못했다. 은수의 손을 꼭 잡아주는데 눈물이 났다. 간호사가 아기를 데려가 눕힌 뒤에도 은수와 나는 한참 동안 신생아실 유리 벽에 코를 붙이고 서 있다가 입원실로 돌아왔다.

이 인용 입원실은 조용했다. 맞은편 침대를 쓰던 산모가 온열 치료를 받으러 나가자마자 은수는 환자복을 들추며 등을 긁어달라고 했다. 머리카락이 들어 있는 것 같다고 했지만 나는 그게 아닐 거라고 짐작했다. 대학 시절 은수의 자취방에 놀러 가서 같이 잘 때도 그녀는 곧잘 등을 긁어달라고 했다. 이상하게도 어릴 때부터 졸음이 몰려올 때마다 등이 가려웠는데 그때마다 엄마가 등을 쓸어주었다고 했다. 그 말을 들으면서 나는 은수에게 엄마 생각이 날 때마다 등이 가려운 것은 아니냐고 물었다. 그때 은수는 '글쎄….' 그러고는 별말이 없었다. 그에 대한 대답은 그로부터 십여 년이 더 지난 뒤에야 듣게 되었다. 재작년 은수 엄마가 폐암으로 돌아가신 뒤부터 은수는 어릴 때보다 더 자주 등이 가렵다고 했다. 은수는 내가 오기 전에도 수없이 등이 가려웠을 것이다. 배가 불러오고 입덧을 할 때도 그랬을 테고 진통을 시작할 때는 더욱 그랬을 것이다. 나는 아무 말 없이 은수의 등을 쓸어주었다. 짐작대로 머리카락 같은 것은 없었다. 우리는 나란히 침대 위에 앉아 벽에 등을 기댄 채 텔레비전을 보았다. 사물함 위에 놓인 꽃다발과 꽃바구니에서 나는 향기가 코끝에 와 닿는가 싶을 때 나른하게 눈이 감겼다. 나는 그대로 눈을 감은 채 몽롱한 기분에 빠져 있다가 잠깐 졸았던 것도 같은데 은수가 갑자기 벌떡 몸을 일으키는 바람에 눈을 떴다. 텔레비전에서는 지방의 대형 산후조리원에서 감염 사고가 발생했다는 뉴스가 보도되고 있었다.

"퇴원하는 날 들어가기로 한 조리원이야."

은수가 다급하게 예약한 산후조리원에 전화해 봤지만, 통화가 연결되지 않았다. 열 번도 더 넘게 전화를 걸어 본 뒤에야 조리원이 잠정적으로 폐쇄됐다는 사실을 확인했다. 은수와 나는 곧바로 인근의 다른 산후조리원을 알아봤지만 벌써 예약이 모두 끝났다고 했다. 막막했다. 은수의 시어머니는 뉴욕에 머물고 있는 중이었다. 두 달 전에 손아래 시누이의 산바라지를 해주러 가서 언제 온다는 소식조차 없다고 했다.

"아무리 산후조리하라고 돈을 챙겨 주셨다지만 두 달 동안 계시는 건 너무 하시는 거 아니니? 친손자도 태어나는데 한 달만 계시다가 오시지."

"그러게…. 그래도 어떡하겠니? 친척 하나 없는 남의 나라에서 아기 낳는다는데 안 가볼 수도 없고. 비행기 표가 비싸서 자주 왔다 갔다 할 수도 없다시는데…."

"그럼, 너는?"

은수는 그대로 침대에 엎드려 울음을 터트려 버렸다. 나는 은수의 등을 어루만져 주다가 슬며시 병실을 나왔다. 실컷 울도록 내버려 두는 게 나을 것 같았다. 나는 복도 벽에 기대선 채로 도우미 센터의 번호를 검색해서 전화를 걸었다. 산모의 집으로 와서 몸조리를 도와주는 도우미를 알아봤지만, 그마저도 대기자가 많다고 했다. 가사도우미는 당장이라도 연결해 줄 수 있지만, 산후조리 도우미는 원래 인원이 적다고 했다. 은수는 모레 퇴원해야 하는데. 그렇다고 몇 달 전에 재혼한 은수 아버지를 찾아갈 수도 없었다. 은수와 새어머니는 아직 한 마디 말을 건네기도 서먹한 사이였다. 중소기업에서 엔지니어로 일하는 은수의 남편이 유아휴직을 신청할 형편도 아니었다. 은수는 중학교 때부터 지금까지 연락하고 지내는 단짝 친구인데 모른 척할 수가 없었다. 나는 은수에게 산후조리 도우미를 구할 때까지만 내가 몸조리를 도와주겠다고 했다. 며칠만 기다리면 도우미가 연결될 것 같아서 선뜻 그렇게 마음을 먹었는데 그게 어쩌다 보니 보름이나 지나 버린 것이다.

집으로 돌아오는 길은 Y시로 내려갈 때보다 훨씬 멀고 지루하게 느껴졌다. 겹겹이 쌓였던 피로감이 온몸을 짓눌렀다. 휴게소가 나올 때마다 들러 잠깐씩 눈을 붙이고 쉬다 보니 집에 거의 다 왔을 때는 해가 저물고 있었다. 옅은 어둠이 깔린 마을 앞 농로로 접어들 때 국도변에 늘어선 가로등에 일제히 불이 들어왔다. 가로등에 불이 켜지는 바로 그 순간을 본 것은 처음이어서 놀랍기도 하고 황홀한 기분마저 들었다. 이상하게도 그 순간, 몇 시간 전에 헤어진 은수와 아기 얼굴이 떠올랐다. 아기 생각을 해서 그런지 어디선가 달콤한 젖내가 풍겨오는 것도 같았다. 내 옷이며 몸에 아기 냄새가 배어서 그런 것일 테지만 나는 아기 냄새가 어디에선가 문득 날아온 것처럼 느껴졌다. 아무튼, 포근했다. 마을 길도, 가로등도, 아기 얼굴도, 아기 냄새도. 모든 것이 포근하게 나를 감싸주는 듯해서 나지막한 언덕 아래 옹기종기 붙어 있는 집들이 더욱 살가웠다.
자동차의 속도를 줄이고 창문을 내리자 거름 냄새와 땅 위로 가라앉은 저녁의 공기가 차 안으로 스며들었다. 오래된 마을과 숲에서 나는 냄새들은 모처럼만에 집에 돌아온 주인 옆에 슬그머니 다가앉는 늙은 애완견처럼 다정했다. 나는 마당 한가운데 차를 세우고 뒷자리에 실어둔 옷 가방을 내렸다. 어깨에 멘 숄더백이 흘러내리지 않게 한쪽 어깨를 치켜 올린 채 자동차의 잠금 버튼을 누르려던 순간 나는 비명을 지르고 말았다. 세상에! 잔디밭이 사라지고 없었다. 자동차 불빛에 드러난 것은 사람의 발길이 닿지 않은 오지의 풀밭이었다. 제멋대로 뻗치고 헝클어진 풀밭 한가운데에서 나는 넋을 놓고 서 있었다.

"집을 나설 때만 해도 여긴 분명히 잔디밭이었다구요!"

나는 마치 옆에 다른 사람이 있기라도 한 것처럼 소리를 질렀다. 기가 막힌 이 상황을 누가 좀 알아주었으면 싶었고 그 누군가가 이 모든 게 사실이 아니라고 말해주기를 바랐다. 잔디밭은 무릎까지 자란 풀과 발목이 묻힐 만큼 자란 잔디가 뒤섞여서 이제 더 이상 '잔디밭'이라고 부를 수조차 없는 지경이었다. 풀밭은 빛이 닿지 않는 어둠 속 저편까지 끝없이 이어져 있었다.

엉망으로 변해 버린 잔디밭 때문에 현관문의 비밀번호를 누르는 것도 제대로 되지 않았다. 두 번이나 번호를 잘못 입력하는 바람에 지문인식을 눌렀는데 이번에는 '입력되지 않은 지문'이라는 메시지가 나왔다. 누군가가 몰래 집안에 들어가 비밀번호를 바꿔버린 것은 아닐까? 두려움이 몰려왔다. 호흡을 가다듬고 다시 한 번 숫자 하나하나에 뜸을 들이듯 천천히 버튼을 눌렀다. 마침내 문이 열렸다. 그래도 두려움이 가시지는 않았다. 집안에 누가 들어와 있을지도 모른다는 생각에 신발장 안에 넣어 둔 야구방망이를 꺼내 들었다. 귀퉁이가 찌그러진 알루미늄 야구방망이는 엄마가 마당에서 이불을 털 때 쓰려고 주워 놓은 것이었다. 나는 거실과 주방의 전기 스위치를 누르면서 헛기침 소리를 내보기도 하고 야구방망이로 바닥을 두들겨 보기도 했다. 혹시라도 누가 집 안에 있다면 제발, 나와 부딪히기 전에 창문으로 달아나 주기를 바랐다. 아주 천천히 발걸음을 옮기며 일 층의 방과 화장실까지 확인한 다음 이 층으로 올라가는 계단 쪽으로 갔다. 계속해서 야구방망이로 바닥을 두드리며 첫 계단에 올랐다. 하지만 더 이상 발걸음이 떨어지지 않았다.

'툭! 툭! 이 소리를 듣거든…, 툭! 툭! 이 층의 창문을 열고 나가세요!

보일러실 지붕을 따라가다가 창고 지붕으로 건너가세요!

창고 지붕은 낮아서 담장 밖으로 뛰어내릴 수도 있어요, 제발…!'

나는 속으로 그렇게 소리치기만 했을 뿐 입이 떨어지지는 않았다. 이 층에서는 아무런 기척이 없었다. 창문을 여는 소리도 발자국 소리도 들리지 않고 조용했다. 결국, 나는 이 층으로 올라가는 것을 포기하고 야구방망이를 내려놓았다.

아기가 태어나자 은수의 세계가 달라져 버렸다. 한 번도 젖을 빨려 본 적 없는 은수가 한 번도 젖을 빨아본 적 없는 아기를 포옥 끌어안고 젖을 줄 때, 젖을 빨고 있는 아기의 입과 뺨과 감은 눈이 자아내는 표정은 뭉클하고 아릿하게 가슴을 적셨다. 하지만 신비롭기만 하던 기분은 며칠 가지 않았다. 아기 얼굴은 여전히 곱고 해맑았지만 날마다 아기를 씻기고 옷을 갈아입히고 기저귀를 갈아주고, 산모가 먹을 미역국을 끓인 다음 설거지와 빨래를 하고 집 안 청소를 하는 것은 고역이었다. 집안일을 끝낸 뒤에는 마트에 가서 장을 보고 다시 반찬을 만들어야 했다. 그야말로 한시도 쉴 틈이 없었다. 저녁이나 이른 아침에 잠깐이지만 비좁은 아파트에서 은수의 남편과 부딪히는 것도 신경 쓰였다. 미안해하는 은수에게는 괜찮다고 했지만 속으로는 하루라도 빨리 집으로 돌아가고 싶은 마음이 간절했다.

하지만 일주일이 지나도 도우미 센터에서 연락이 오지 않았다. 은수는 내게 많이 미안하긴 해도 낯선 도우미보다는 내가 옆에 있어줘서 너무 좋다고 했다. 그러면서 더 이상 도우미 센터에 전화를 걸어 재촉하지 않았다. 아예 순서를 기다리지도 않는 눈치였다. 일주일이 지나도 은수는 내게 그만 집으로 가도 괜찮다는 말을 하지 않았다. 나는 조금씩 지쳐갔고 그만큼 서운한 마음도 깊어졌다. 그렇다고 아직 몸이 회복되지 않은 은수를 내버려두고 올 수도 없었다. 보름이 다 돼서야 산후도우미가 연결됐고 그제야 은수는 내가 가도 괜찮겠다고 했다. 은수 입에서 그 말이 나오기를 얼마나 기다렸는지 모른다. 나는 못 이기는 척도 하지 않고 짐을 챙겼다. 고속도로를 달리는 내내 자고 싶다는 생각뿐이었다. 집에 도착하는 대로 한 열흘간 죽은 척 잠만 잤으면 좋겠다 싶었다. 그런데 당장 풀을 뽑고 잔디를 깎아야만 한다는 사실에 기가 막혔다. 내가 은수의 갓난아기를 씻기고 보듬고 하는 사이에 누군가 잔디밭에 강력한 생장 촉진제라도 살포한 것만 같았다. 내가 아기의 순면 기저귀를 삶아 빨고 뽀얗게 마른 기저귀를 반듯하게 접어 개는 사이 잔디밭에는 어린 쑥과 민들레가 무럭무럭 자라나 내 무릎에 닿을 만큼 키가 커버린 것이다.

'봄비도 적당히 내려줘서 마침맞았겠지? 그래도 이건 너무 하잖아? 어떻게 보름 만에 이렇게 난장판을 만들어놓을 수가 있냐고!'

나는 침대에 널브러진 채로 허공에 대고 소리를 질렀다. 억울한 생각이 들고 화가 치밀었다. 도대체 누구에게 화를 내야 할지 모르겠지만, 자꾸만 화가 끓어올라 견딜 수가 없었다. 조금 전까지만 해도 침대에 눕자마자 쓰러져서 잘 것 같았는데 막상 자리에 눕고 보니 잠이 싹 달아나 버렸다. 잠은커녕 속에서 일어난 불길이 점점 더 사나워져서 몇 번이나 이리저리 뒹굴다가 베개를 물어뜯기까지 했다. 은수와 함께 있는 동안 나는 은수 아기에게 온 정신을 빼앗겨 잔디밭 생각은 한 번도 하지 못했다. 아무도 없는 빈집에 돈 될 만한 것 하나 없는 살림이라 마음 푹 놓고 집을 비웠던 것이다.

　집주인 여자만 아니라면 당장에라도 선택형 제초제를 사다가 뿌려버릴 텐데. 그녀가 언제 들이닥칠지 알 수 없었다. 잔디밭에 뿌리면 잔디는 남겨두고 다른 잡초들만 죽게 하는 선택형 제초제가 있다는 것은 이 집에 이사 오자마자 알게 되었지만 정작 한 번도 뿌려볼 생각은 하지 못했다. 집주인 여자가 단호하게 집어넣은 전세 계약서의 특약 사항 때문이었다. 계약서를 작성하면서 집주인 여자는 특약 사항에 '절대로 잔디밭이나 마당에 그 어떤 제초제나 화학비료도 뿌리지 않는다.' 라는 문구를 넣어달라고 했다. 나는 거기에 아무런 이의를 제기하지 않고 서명했다. 그때는 그게 무엇을 의미하는지 전혀 알지 못했기 때문이었다. 그저 잔디밭도 유기농 채소처럼 어떤 약도 뿌리지 않는 것이 좋은 것인 줄로만 알았을 뿐이다. 계약서 특약 사항에 생각이 미치자 문득 집주인 여자는 처음부터 나를 골탕먹이려고 선택형 제초제를 뿌리지 못하게 한 것은 아닐까 하는 생각이 들었다. 애써 가꾼 잔디밭을 세입자에게 빌려주는 게 내키지 않아서 심술을 부린 것도 같았다.

　'혹시 내가 없는 사이에 집주인 여자가 와서 잔디밭에 생장 촉진제를 뿌린 걸까?'

　고개를 흔들었다. 아무래도 그것은 말이 되지 않았다. 이리저리 생각해 봐도 그렇게까지 할 이유는 없었다. 기가 막힐 지경으로 황폐해진 잔디밭 때문에 자꾸만 근거도 없는 이상한 생각들이 꼬리를 물고 일어났다. 자정이 훨씬 지났을 즈음 나는 마침내 머릿속이 뒤죽박죽 엉켜버려서 잔디밭이 왜 그렇게 되었는지에 대해 생각하기를 그만두었다. 생각하기를 그만둔 게 아니라 생각하는 기능이 아예 멈춰 버린 것 같았다.

트랙터 지나가는 소리에 눈을 떴다. 동네에서 트랙터를 가진 사람이 이장 한 사람뿐이어서 트랙터 소리가 나면 이장이 밭으로 나가는지 집으로 돌아오는지 알 수 있었다. 이장은 이미 처참하게 망가진 우리 집 잔디밭을 보았을 것이다. 내가 집에 없는 동안 마을 사람들은 잔디밭에서 자라나는 잡초들을 보면서 뭐라고 했을까? 나는 침대에 누운 채로 어젯밤에 멈춰버린 생각을 더듬었다.

"축구를 할 것도 아니면서 무슨 잔디밭을 오백 평이나 만들었지? 그것도 어떤 제초제도 뿌리지 않고 관리해야 한다는 게 말이나 되냐고!"

이제야 나는 전셋집을 잘 못 골랐다는 것을 알았다. 집주인은 어쩌자고 이 집을 전세로 내놨을까? 이사 온 뒤 이 년이나 지나서야 잔디를 깎는 일에 대해 생각해보다니! 집주인이 새로 지어 이사 간 집에는 잔디밭이 없다고 했다. 그녀가 이사를 간 뒤에도 일주일에 한 번꼴로 이 동네에 놀러 오는 것이나 그녀의 우편물이 지금까지 이 집으로 배달되는 것도 수상했다. 집주인 여자는 그동안 엄마와 내가 없는 사이에 푸른 잔디밭을 거닐면서 잔디밭을 음미하고 잔디밭이 무사한지 감시하러 오는 것이 분명했다. 켄터키블루그래스가 너무나도 좋아서 오백 평이나 되는 잔디밭을 만들고 공들여 가꾸었지만, 잔디밭을 가꾸는 일이 호락호락하지 않았겠지. 함께 잔디를 가꾸던 남편이 세상을 떠나자 일흔이 다 된 나이에 혼자 잔디밭을 가꾸는 게 힘에 부쳤을 것이다. 도무지 잔디밭을 가꿀 여력이 없자 집을 팔려고 내놨는데 집은 팔리지 않고, 그래서 생각해 낸 것이 전세였겠지. 드넓은 잔디밭과 꽃나무들을 제대로 관리하지 못하면 집의 가치가 떨어질 수 있으니 차라리 세를 주는 게 나은 것이었다. 잔디밭을 위한 특약 사항이 필요했던 것도 그 때문이었다.

'켄터키블루그래스예요. 한지형 잔디라 겨울에도 선명한 푸른색을 유지한답니다.

눈 내리는 겨울에도 싱싱하게 살아있는 잔디밭을 볼 수 있어요.

거기다 초록색 잔디 위에 하얗게 쌓인 눈은 또 얼마나 멋진지 몰라요.'

집주인 여자가 팔월 한낮 땡볕의 잔디밭에서 한겨울에 내리는 눈 이야기를 할 때 나와 엄마는 양산을 쓴 채 집주인 여자의 뒤를 쫓았다. 집주인 여자 옆에서 나란히 걷던 부동산 중개인 남자는 회화나무 그늘 아래로 들어갔다. 그는 뒷주머니에서 꼬깃꼬깃 구겨진 손수건을 꺼내 이마의 땀을 닦으면서 연신 집주인 여자의 말에 고개를 끄덕였다. 이마가 벗겨지고 배가 많이 나온 중년의 공인중개사 남자는 차에서 내릴 때부터 줄곧 땀을 비 오듯 흘리고 있었다. 한시라도 빨리 이 자리를 떠나고 싶은 눈치였다.

'켄터키블루'라는 잔디의 품종이 있다는 것을 나는 그날 처음 알았다. 집주인 여자가 '켄터키블루'라고 할 때마다 '켄터키 치킨'이 떠올라 웃음이 나왔다. 내가 운영하는 피아노 학원 아래층에 있는 치킨 가게의 상호였다. 택지 재개발 사업이 속도를 내자 동네 주민들이 거의 빠져나가 버려서 닭을 튀기는 날도 별로 없는 가게지만 찌들고 빛바랜 바탕에 '켄터키 치킨'이라는 글자만은 단단하게 붙어 있었다. 켄터키블루그래스가 잘 가꿔진 이층집을 보자마자 나는 곧바로 마음의 결정을 내렸다. 시내 아파트 전세 가격보다 싼 값에 넓은 잔디밭이 있는 전원주택에서 살 수 있다는 데 망설일 게 없었다. 공인중개사 남자는 내가 마음에 들어 하는 기색을 보이자 얼른 계약서를 내밀었다. 그날 그 자리에서 전세계약서를 작성하고 두 달 뒤에 이사를 했다.

이사하는 내내 바람이 거칠게 불었다. 담장 너머 옆집 마당 한구석에서 있는 커다란 은행나무의 잎들이 잔디밭 위로 쏟아졌다. 바람이 휘몰아칠 때마다 옆집 창고 지붕을 덮고 있던 파란색 비닐 천막이 펄럭거려서 은행잎들이 '펄럭펄럭' 거리며 쏟아지는 것만 같았다. 이삿짐을 싣고 왔던 트럭이 동네를 빠져나가고 대충 짐 정리를 끝냈을 때는 해가 지고 있었다. 엄마와 나는 거실 창가에 서서 잔디밭을 내다보았다. 바람은 성난 듯이 골목을 휘저었고 아직 노랗게 물들지도 않은 은행잎들이 허공을 떠돌았다. 마치 보이지 않는 거대한 손이 고목의 잎들을 모조리 훑어내는 것 같았다. 집안으로 떨어진 은행잎들은 켄터키블루그래스 위에 수북하니 쌓였다. 엄마와 나는 잔디밭 위에 쌓인 은행잎들을 쓸어내야 하는 것은 아닌가 하는 말을 주고받았지만, 그대로 창가에 서 있었다. 이미 해가 저물었고 벌써 지칠 대로 지쳤기 때문이었다. 다음 날 아침 엄마와 나는 아침상을 물리자마자 갈퀴로 잔디밭 위에 쌓인 나뭇잎들을 긁어모았다. 일 년 내내 잔디밭을 잘 돌봐줘야 한다는 두 번째 특약 사항 때문이었다.

이사 떡을 돌리고 가끔 잔디를 깎아주고 나뭇잎을 쓸어내는 사이 가을이 깊어갔다. 기온이 내려갈수록 잔디의 생장속도가 점점 느려져서 보름에 한 번 정도만 잔디를 깎아주면 됐는데, 대신 낙엽이 많이 쌓였다. 날이 추워지고 옆집의 은행나무 잎이 다 떨어졌다고 안심했지만, 뒷산 졸참나무 잎들이 바람을 타고 날아와 끊임없이 쌓였다. 깊은 겨울이 되자 과연 집주인 여자의 말대로 켄터키블루그래스의 진가가 드러났다. 푸른 잎들이 모두 사라지고 없는 휑한 마을에 유독 켄터키블루그래스만이 제 빛을 잃지 않고 있었다. 함박눈이 내리던 날 난생처음 엄마와 단둘이서 눈싸움을 하고 작은 눈사람을 만들었다. 푸른 잔디밭 위에 쌓인 하얀 눈은 그야말로 아주 특별했다.

땅이 녹기 시작하면서부터 겨우내 고요했던 마을이 시끌벅적해졌다. 경운기와 트랙터가 이른 아침부터 요란한 소리를 내며 마을을 빠져나갔다. 엄마와 내가 잔디 위에 쌓인 나뭇잎을 긁어내고 있을 때 아침 일찍 밭으로 나갔던 사람들이 하나둘 집으로 돌아왔다. 마을 사람들이 늦은 아침상을 물릴 때쯤 퇴비를 가득 실은 트럭이 들어왔다. 농협을 통해 주문한 퇴비였다. 트럭이 밭이며 과수원 근처에 층층이 퇴비를 쌓아놓고 가면 동네 사람들이 다시 일을 시작했다. 퇴비를 밭에 뿌리고 땅을 가는 것이었다. 퇴비가 골고루 흙 속에 잘 섞이도록 갈아준 뒤에 봄비가 내려주면 역한 거름 냄새가 잦아들었다. 그렇게 땅이 한숨을 고르고 새 힘을 비축하기를 기다렸다가 밭에 고랑을 내고 두둑에 흙을 돋웠다. 이장의 트랙터가 가장 바쁘게 움직이는 시기였다. 땅을 다 고르고 나면 잡초가 자라지 못하도록 비닐을 씌웠다. 비닐 씌우기가 끝나면 씨앗을 심거나 모종을 심어야 했다. 밭이나 과수원에 손 갈 일이 많아지자 마을 사람들은 수시로 골목을 지나다녔고 그즈음엔 엄마와도 편안한 인사를 주고받았다.

엄마는 동네 사람들이 가끔 잔디밭에 대해 말한다고 했다. '땅에 심어 먹을 것이 얼마나 많은데 뭣 하러 아무것도 안 열리는 풀떼기에 그 공을 들이냐'는 것이었다. 엄마와 내가 잔디밭의 진짜 주인이 아니라는 것은 모두가 아는 사실이었지만 사람들은 마치 엄마가 집주인인 것처럼 잔디밭을 두고 한 마디씩을 보탠다고 했다. 그 소리를 듣고 나서부터 엄마는 사람들이 일하러 나가는 시간에 잔디밭에서 풀을 뽑고 있으면 뒤통수까지 달아오르는 것 같다고 했다. 하지만 나는 엄마의 말에 별로 신경 쓰지 않았다. "엄마, 동네 사람들이 하는 말에 일일이 신경 쓸 것 없어요. 우린 그냥 우리 형편대로 사는 거고 그 사람들은 그 사람들대로 사는 거지 뭐." 엄마는 전보다 더 일찍 일어나 잔디밭을 정리했다. 엄마가 마을 사람들이 골목에 나오기 전에 잔디밭에 나가 풀을 뽑을 때부터 나는 아예 마당에 나가지 않았다. 그전에만 해도 가끔 엄마와 같이 마당에 나갔지만, 점점 새벽에 일어나는 게 귀찮아졌다. 엄마에게 미안한 생각도 들었지만 맑은 공기를 마시며 풀을 뽑는 것은 엄마를 위해 필요한 일이라고, 매일 아침 조금씩 운동 삼아 하는 일이니 엄마 혼자 해도 될 거로 생각해 버렸다. 차츰 나는 트랙터가 그르릉거리며 골목과 담장을 흔들어대도 끄떡하지 않고 늦게까지 잠을 잤다. 엄마도 나를 깨우지 않았다.

사실 엄마가 새벽에 나를 깨워 같이 풀을 뽑고 잔디밭을 가꾸자고 하지 않는 이유는 따로 있었다. 그것은 내가 피아노를 치면서 아이들을 가르치기 때문이었다. 피아노 학과를 졸업한 뒤부터 지금까지 피아노를 가르치며 엄마와 나의 생계를 꾸려 왔으니까 팔을 아끼는 것은 당연한 일이었다. 엄마에게 잔디밭을 떠넘겨 버리는 게 마음 편치만은 않았지만, 아침 일찍 일어나는 게 고역이던 나는 짐짓 모른 척 해버리기로 한 것이다. 엄마가 차려 주는 아침을 먹고 마당에 나와 잘 정돈된 잔디밭을 몇 걸음 걸어보다가 기지개를 켜고 크게 숨을 들이쉬고 나면 날마다 새로운 세계가 펼쳐지는 것 같았다. 엄마는 이웃과 친해지면서 텃밭 가꾸는 법을 배웠고, 가끔 마을 경로당에 가서 할머니들과 점심을 먹고 오기도 했다. 오일장이 서는 날에는 은행나무집 아주머니와 함께 시내버스를 타고 재래시장에 다녀오기도 했다. 엄마는 서울에서 태어나서 줄곧 서울에서만 살다가 아버지를 만났다. 아버지 역시 서울에서 나고 자라 대기업 건설회사에 입사하던 해 엄마와 결혼했다. 요리하는 게 취미인 엄마는 주로 집안에서만 지냈고 나를 챙기는 일에만 매달렸다.

나는 엄마의 성화에 다섯 살 때부터 피아노를 배웠고 피아니스트가 되기를 꿈꿨다. 모든 것이 순조롭고 단란했다. 아버지가 다른 여자와 살겠다고 집을 나가버리기 전까지는. 아버지가 아무런 사전 통보도 없이 재산을 모두 정리해서 집을 나간 뒤로 엄마와 나는 혼자 사는 이모 집에 얹혀살았다. 내가 중학교 이 학년 때 일이었다. 엄마는 어쩌다 가끔 이모가 하는 옷가게에 나가 옷을 팔기도 했는데 대개는 집안에서 지냈다. 아버지에게 당한 배신감은 엄마를 완전히 무너뜨려 버렸다. 엄마는 자주 드러누웠고 오래 우울한 시간을 보냈는데 대부분은 잠을 잤다. 엄마는 밖에 나가는 것도 사람들을 만나는 것도 싫다면서 밤낮으로 잠만 잤다. 엄마가 자는 동안 나는 피아노를 쳤다. 엄마를 깨우고 싶었다. 언제나 그랬던 것처럼 옆에 앉아 내가 피아노 치는 모습을 바라봐 주기를 바랐다. 어릴 때부터 치던 피아노를 팔아치우지 않은 덕분에 나는 피아노학과에 입학할 수 있었다. 학자금 대출을 받고 아르바이트를 하면서 힘겹게 대학을 졸업한 뒤에는 피아노 학원의 강사가 되었다. 학원에 다닐 시간이 없는 학생이 개인 레슨을 해달라고 하면 어디라도 마다하지 않고 찾아가 피아노를 가르쳤다. 십여 년을 쉬지 않고 일한 뒤에 작은 피아노 학원을 인수했다. 변두리 상가에 들어있는 학원이었지만 내겐 꿈같은 일이었다. 물론 이모가 돈을 보태주지 않았다면 그마저도 어려웠거나 좀 더 오래 걸렸을 것이다. 학원을 차린 뒤에도 어떻게든 시간을 만들어 출장 레슨을 계속 나갔는데 그만큼 시간당 보수가 많기 때문이었다. 그즈음 이모는 우리 셋이 살던 아파트를 처분하고 시드니에 있는 큰아들의 집으로 가서 살기로 했다. 내가 서둘러 전셋집을 알아본 것도 그 때문이었다. 이사 갈 집을 보러 다니기 시작할 때부터 나는 텃밭을 일굴 수 있는 작은 시골집을 염두에 두고 있었다. 이모가 시드니로 떠나고 나면 혼자 있는 시간이 더 길어질 엄마에게 소일거리가 있으면 좋을 것 같았기 때문이다. 시내에서 그리 멀지 않은 교외에 있는 집이라면 학원으로 출퇴근하는 것도 문제될 것은 없었다.

내 바람대로 시골 마을에 이사 온 뒤로 엄마는 말수가 많아졌고 하루가 다르게 표정이 밝아지기 시작했다. 엄마는 새벽에 마당에 나가 풀을 뽑고 들어와 샤워를 한 뒤 아침 식사를 준비했다. 나는 마치 어린 시절로 되돌아간 기분이 들었다. 엄마가 아침상을 다 차려놓고 깨우면 그때서야 일어나 씻고 식탁에 앉았다. 서른 중반이 넘은 딸년이 시집도 안 가고 뭐 하는 짓이냐고 잔소리를 할 법도 했지만, 엄마는 한 번도 그런 말을 입 밖에 낸 적이 없었다. 나는 엄마가 혼자 돈 버는 딸이 안타깝고 미안해서 그런 거라고 짐작했지만 내색하지 않았다. 엄마와 단둘이 아침 식사를 할 때면 오래전에 잃어버렸던 시간을 되돌려 받는 기분이 들었다. 나는 가끔 엄마에게 어리광을 부리기도 했는데, 그것은 엄마가 가엽고 불안한 여자가 아니라 내가 기대고 의지할 수 있는 엄마가 되어주기를 바라는 마음에서 비롯된 것이었다.

하지만 이곳에서 보낸 엄마의 시간은 짧았다. 지난겨울, 아직 켄터키 블루그래스 위에 눈이 내리기도 전에 엄마는 지상에 남은 시간을 송두리째 가지고 떠나버렸다. 잠시 들르러 나왔던 이모가 갑자기 시드니로 가는 것을 미뤘다고 할 때도 나는 아무것도 눈치채지 못했다. 내가 사실을 알게 된 것은 엄마 배에 복수가 차올라서 당장 입원해야만 할 때였다. 나는 피아노학원과 개인 레슨을 후배 강사에게 맡기고 엄마 옆을 지켰다. 엄마와 함께할 수 있는 시간이 너무나 짧다는 것을 알게 된 순간부터 나는 엄마 곁에서 한 시도 떠나 있을 수가 없었다. 의사는 남은 시간이 삼 개월 정도라고 했지만, 엄마는 의사가 예측한 석 달도 다 살지 못하고 떠나버렸다.

장례를 치른 뒤 이모가 시드니로 떠났고 나는 집주인에게 이사를 가겠다고 했다. 큰 집에서 혼자 살 수가 없었다. 마침 이 년간의 전세계약이 끝날 때여서 곧바로 전세금을 받고 이사를 갈 수 있을 거라 생각했다.

하지만 집주인은 당장 가진 돈이 없다고 했다. 집이 팔리거나 다시 전세가 나가야 전세금을 돌려줄 수 있다는 것이다. 부동산에 집을 내놓은 지 이틀 뒤부터 집을 보러 오는 사람이 몇 있었지만 집을 사겠다는 사람은 없었다. 간간이 집을 보러 가도 되냐고 묻는 전화가 걸려오다가 어느 날부터는 조용했다. 공인 중개 사무소에서 걸려오는 전화도, 인터넷 부동산 게시판을 보고 찾아오는 사람도 뚝 끊겨버렸다. 아무도 집을 보러 오지 않는 동안 폭설이 마을을 덮었다. 내린 눈이 녹는가 싶으면 또다시 폭설이 내리기를 반복하자 마을 사람들은 당황했다. 마을 사람들도 나도 집안에서 꼼짝하지 않았다. 길에 쌓인 눈이 얼어붙고 그 위에 또 눈이 내려서 얼었다. 산등성이에 쌓인 눈이 얼어붙어 있는 동안 새들이 마을로 내려왔고 사람들이 나다니지 않는 마을의 골목을 새들이 오고 갔다. 눈이 다 녹은 한참 뒤에 잔디밭에 나가보았다. 그늘진 곳에는 아직도 낙엽들과 엉켜 있던 얼음덩이가 녹고 있어서 지저분했다. 나는 갈퀴로 젖은 낙엽과 잔디를 긁어냈다. 이틀 동안 먹고 자는 것 이외의 모든 시간을 잔디밭에서 보내고 나자 어느새 생기를 찾은 어린잎들이 얼굴을 내밀었다. 생채기 하나 없이 꼬들꼬들한 그것들은 두려움이나 그늘을 모르는 갓난아기와 같았다. 나는 오래 멈춰 있던 차 위에 덕지덕지 눌러붙은 새똥을 닦아냈다. 이제 피아노 학원에 나가봐야겠다고 생각했다. 그날 은수의 전화를 받았다. 새벽에 아기를 낳았다고 했다.

젖은 흙이 묻은 장갑을 낀 채로 땀을 훔친 얼굴은 벌써 흙투성이가 되었다. 땀이 흘러내리다 말라버린 자리는 따가웠다. 앉은 자리를 옮겨가면서 길게 숨을 내쉴 때마다 뜨거운 입김이 모자챙 밑에 고였다가 얼굴에 휘감겼고 모자에 달린 긴 천 자락을 뚫고 들어온 햇살은 뒷목을 따갑게 할퀴었다. 땀과 열기 때문에 숨이 막히는 것 같았다. 이제는 더 이상 안 되겠다고, 그만 쉬어야겠다고 중얼거렸지만, 손을 멈출 수가 없었다. 아직 뽑아야 할 풀들이 너무 많았다. 민들레와 고들빼기, 망초, 창고 옆에 자란 질경이와 토끼풀까지. 내가 풀을 뽑는 동안에도 잔디밭 한 귀퉁이에서는 또 다른 풀들이 불쑥불쑥 얼굴을 내밀고 있는 것 같았다. 뽑아도, 뽑아도 끝이 없었다. 지구 상에 존재하는 수만 종이 넘는 풀 중에 몇 가지 풀들만 잔디밭에 뿌리내렸다는 것만으로도 다행스러워해야 했다. 나는 호미를 집어 던지고 앉은 자리에 벌러덩 누워버렸다. 그러고 보니 넓은 잔디밭 위에 누워 본 것은 처음이었다. 이 년 동안 한 번도 누워보지 못한 잔디밭에서 나는 지금 무얼 하고 있는 거지?

그 날은 모처럼 레슨이 없는 토요일이었다. 엄마와 나는 이사 오고 나서 처음으로 잔디밭에 돗자리를 깔고 늦은 점심을 먹었다. 냉장고에서 꺼내온 반찬들을 펼쳐 놓고 여느 때와 똑같은 밥을 먹는데도 엄마와 나는 한껏 들뜬 기분이었다. 엄마는 회화나무 잎사귀가 다 떨어져 간다고, 며칠만 더 지나면 가지가 앙상해질 거라고 했다. 집주인 여자는 회화나무 가지가 겨울이면 황금색으로 변한다고 했는데 정말 황금색으로 변하는지 궁금하다고도 했다. 세상에, 겨울에만 가지가 황금색으로 변하는 나무가 있다니! 그런데 이상했다. 그때는 분명 늦가을이었고, 그늘이 없어도 따갑지 않은 한낮이었는데 어째서 엄마와 나는 허리를 펴고 길게 한 번 누워볼 생각을 하지 못했던 것일까? 그래, 새까맣게 들러붙은 산모기 때문이었지. 벌써 여러 군데 물린 것을 참아가며 밥을 먹었는데, 모기에 물린 내 발목이 점점 크게 부풀어 올라서 밥을 먹다 말고 약을 바르고 나왔는데도 모기가 계속 들러붙었다. 나중에는 발목이 붓고 열이 나기까지 했다. 엄마는 서둘러 반찬 통을 챙겼고 나는 돗자리를 걷었다. 우리가 잔디밭에 돗자리를 깔고 밥을 먹은 시간은 채 삼십 분도 되지 않았지만 아쉽지는 않았다. 그때는 산모기 떼의 습격이 너무 당황스러워 얼른 도망가고 싶다는 생각뿐인 데다 마음만 먹으면 언제든지 잔디밭에 나올 수 있을 거라고 생각했기 때문이다. 하지만 그날 이후로는 단 한 번도 잔디밭에 돗자리를 깔고 앉은 적이 없었다. 그것도 산모기 때문이었을까? 내 생애를 통틀어 엄마와 잔디밭에서 밥을 먹은 것은 그날 딱 하루뿐이었다.

누운 채로 고개를 돌려 잔디밭을 보니 더욱 엉망진창이었다. 제멋대로 뻗은 풀들과 뒤섞여 있는 잔디는 '잔디'라고 불러주기조차 민망했다. 도무지 잔디답지가 않았다. 잔디는 오로지 잔디들끼리만 있어야 잔디답다는 것을 풀을 뽑으면서 알게 되다니. 사람의 손에 키워지기로 결정된 그 순간부터 잔디는 여느 풀들과는 다르게 살아야 할 운명이었던 것이다. 아무리 그래도 그렇지, 잠시 사람의 손을 타지 않았다고 해서 금세 보잘것없는 풀로 전락해 버리는 건 너무 했다. 거기에다 '켄터키블루'라니. 나는 집주인 여자가 아껴 마지않는 '켄터키블루그래스' 한 움큼을 쥐어뜯어 공중에 흩뿌렸다. 가느다란 잎들이 허공에 흩어지지도 못하고 얼굴 위에 들러붙었다.

시간을 너무 지체한 것 같았다. 자리에서 일어난 나는 잔디깎기를 가져왔다. 우선 급한 대로 풀을 뽑은 잔디부터 짧게 깎은 다음 나머지 부분을 다듬을 생각이었다. 일부분만이라도 깔끔해진다면 기분이 훨씬 좋아질 것 같았다. 양팔에 힘을 주며 잔디 깎기를 밀었다. 하지만 채 몇 미터도 나아가지 못했는데 바퀴가 헛돌았다. 길게 자란 잔디가 잔디깎이의 바퀴에 휘감겨 버린 것이다. 바퀴에 감긴 잔디를 손으로 뜯어내고 다시 밀어봤지만 헛수고였다. 새벽부터 풀을 뽑았지만, 아직도 뽑아야 할 풀이 지천이었다. 게다가 잔디깎기도 쓸 수 없는 형편이다 보니 마음은 더욱 조급해졌다. 차라리 낫으로 풀과 잔디를 모조리 깎아 버리는 게 나을 것 같았다. 나는 화가 잔뜩 나서 분을 이기지 못하는 사람처럼 어깨를 들썩이며 창고로 달려갔다. 구석 벽에 걸린 낫에는 붉은 녹이 슬어 있었다. 뿌연 먼지가 켜켜이 쌓인 선반을 뒤적여 숫돌을 찾아들고 수돗가에 앉아 낫을 갈았다. 낫을 갈아보기는 처음이었다. 무딘 날이 마른 숫돌에 닿자 서걱거렸다. 물을 조금 뿌린 다음 천천히 문지르고 물로 헹궈보았다. 조금씩 문지르다 보면 녹을 없앨 수 있을 것 같았다. 한참을 문지르다 보니 제법 은빛 날이 살아났다. 낫 날의 곡선이 뭉그러지긴 했지만, 풀을 베는 것쯤은 문제없어 보였다. 나는 풀이 무성한 쪽으로 갔다. 손가락을 다치지 않으려고 조심하면서 왼손으로 풀을 그러잡고 오른손으로 낫질을 해봤다. 생각보다 낫이 잘 들었다. 풀이며 잔디가 한 움큼씩 베어져 나갈 때마다 속에 얽힌 것이 내려가는 기분이었다.

낫질에 재미를 붙인 나는 시간 가는 줄도 모르고 낫질을 계속했다. 잔디밭이 조금씩 제 모습을 찾아가는 것 같아 신이 났다. 해가 바짝 달아올라 등허리가 따갑고 화끈거렸지만, 낫질을 멈추지 않았다. 이마에 맺혔던 땀이 잔디 위로 뚝뚝 떨어지고 온몸이 축축하게 젖었다. 그러다가 갑자기 팔꿈치 끝에서 강렬한 통증이 일었다. 통증은 순식간에 힘줄을 따라 손목까지 길게 이어졌는데 날카로운 것에 깊게 베인 것도 같고 찌릿하게 전기가 통하는 것도 같았다. 실제 통증이 있는 부위는 오른팔뿐인데도 온몸이 아찔해지는, 한 번도 경험해 보지 못한 통증이었다. 나는 아픈 팔을 부여잡고 집안으로 뛰어들어갔다. 차가운 물에 수건을 적셔 팔을 휘감고는 병원으로 향했다. 운전을 하는 내내 부서진 피아노 건반들이 내 머릿속에서 빠르게 소용돌이치는 것 같아 정신을 차릴 수가 없었다.

터미널 옆에 있는 정형외과로 갔다. X-선 사진을 들여다보던 의사는

'테니스 엘보'라고 했다. 내가 무어라고 말을 하려고 할 때 그가 먼저 입을 뗐다. 평생 테니스 라켓이라고는 잡아본 적 없는 자기 어머니도 테니스 엘보로 고생하고 있다고 했다. 나는 의사에게 정말이냐고 물어보려다가 그만두고 진료실을 나왔다. 의사는 테니스 엘보 라는 진단을 내릴 때마다 같은 말을 할 것 같았다. 내가 오기 이전에도 누군가에게 그 말을 했을 것이고 앞으로 올 누군가에게도 똑같은 말을 할 것만 같았다. 그게 사실이든 아니든. 물리치료를 받는 동안에도 통증이 가라앉지 않아 서둘러 약국으로 갔다. 곧바로 진통제를 먹고 진통 효과가 있다는 외상 연고를 바르고 나자 차츰 통증이 가라앉았다. 병원 주차장으로 가는 길에 나는 조금 전에 바른 연고를 꺼내보았다. 장례를 치른 뒤에 엄마의 방에서 보았던 것과 같은 것이었다.

마당에 주차를 하자마자 뽑아낸 풀들을 대충 긁어모았다. 풀을 더 뽑거나 베어내지는 못하더라도 뽑아놓은 풀들은 치워야 했다. 바구니 가득 시든 풀을 눌러 담아 들고 뒷마당으로 가는데 기름보일러실 뒤에서 고양이 한 마리가 걸어 나왔다. 동네에서 여러 번 본 적 있는 고양이였다. 고양이는 긴 꼬리를 늘어뜨린 커다란 쥐를 입에 물고 있었다. 고양이는 나를 보지 못했는지 아니면 보고도 못 본 척하는 건지 텃밭을 향해 고개를 똑바로 쳐들고 걸어갔다. 그때 어디에 숨어 있었던지 새끼 고양이 다섯 마리가 한꺼번에 달려 나와 야옹거렸다. 어떤 녀석은 바닥에 드러누워 이리저리 뒹굴기도 했다. 고양이는 새끼들 앞에 죽은 쥐를 떨어뜨리고는 앞발로 눌렀다. 나는 그 자리에 잡초바구니를 내려놓고 뒤돌아섰다. 순간 한껏 달아오른 해가 내 정수리 위로 따가운 볕을 한꺼번에 쏟아붓는 것처럼 눈앞이 하애졌다. 나는 마당 수돗가로 가서 세수를 했다. 잔디밭에는 병원에 가기 전에 던져 놓은 장갑과 모자와 낫이 제멋대로 널브러져 있었다. 나는 팔이 아프다는 것도 잊고 장갑과 모자를 집어 들어 흙먼지를 털었다. 바늘로 찌르는 것 같은 통증이 되살아났을 때 나는 테니스 엘보가 심상치 않다는 것을 알았다. 싸늘한 통증은 파문을 일으키듯 점점 온몸으로 퍼졌다. 이대로라면 잔디밭을 제대로 복구하는 데 며칠이 걸릴지 알 수가 없었다. 그때 낫 날 위를 기어가는 작은 것이 눈에 들어왔다. 공벌레였다. 낫 날은 햇빛을 받아 번득이는데 그 위를 기어가는 공벌레는 태연했다. 달아오른 쇠가 뜨겁기도 할 텐데 녀석은 어쩌자고 거기에 있는 건지 알 수가 없었다. 내가 풀을 뽑고 낫질을 하고 병원에 다녀오는 그사이 한 쌍의 더듬이마저 퇴화해버린 것인가?

집안으로 들어온 나는 진통제 두 알을 한꺼번에 삼킨 뒤 샤워를 하고 창가로 갔다. 달아오른 유리의 열기가 얼굴에 닿았다. 밖은 아직 뜨거웠고 아무도 없는 켄터키블루그래스 위에는 무심한 햇살뿐이었다.

● **권효진**
  한국소설 신인상, 단편소설 『사냥의 추억』, 『모니카의 여름』 외

천 원짜리 한 장

●

박 희 팔

할아버진 딱 남매뿐이라고 했다. 아버지가 그랬다.

"니 할아버진 말이다. 위로 두 살 터울인 누이 하나밖엔 없다. 그 할아버지 누이가 바로 아버지 고모이고 니 대고모시다."

아버진 이 아들이 초등학교 입학하고 첫 번째 맞는 설에 대고모께 세배하러 가자며 이렇게 말했다.

그전엔 한 번도 대고모한테 가본 적이 없다. 그래도 엄마와 아버지가 "삭쟁이 고모, 삭쟁이 고모" 하는 소리는 들었다. 그리고 아버진 나를 데리고 가기 이전에도 1년에 최소한 한 번씩은 대고모를 찾아뵈었을 거라고 기억한다. 아버진 설날 차례를 지내고는 나를 앞세워 동네의 일가친척이나 어른들을 찾아 세배를 다니는데, 그렇게 동네를 한 바퀴 돌고 나서 집에 돌아와서는 이내 엄마가 보자기에 싸놓은 차례 지낸 음식을 손에 들고, 쌀자루인 것 같은 자루를 등에 지고 "갔다 오겠다." 하고는 집을 나서는 걸 보아온 것이다. 그때 다 저녁때 돌아와서는 엄마와 둘이 "삭쟁이 고모"라는 말이 들어있는 대화를 얼핏얼핏 들었었다.

삭쟁이는 집에서 20여 리 떨어져 있는 두메마을이다. 나무가 울창한 큰 재를 두 개나 넘어야 된다. 20여 호 마을 한복판에 있는 대고모 집에 들어서니 기다리기라도 한 것처럼 반 흰머리 할머니가 마루에서 뛰어 내려오며 반긴다.

"아니, 애가 누구여. 우리 친정집 장손여?"

"예, 인제 학교 들어갔으니 고모님과 안사돈 마님께 세배 드려야지요. 그래서 데리고 왔습니다. 사돈 마님 방에 계시지요?"

"그럼, 어여 방으로 들어가 뵈어!"

그러면서 대고모는 나에게서 눈을 떼지 못하면서 웃음기 머금은 얼굴로 나를 연방 신기하고 기특한 듯 내리 훑어보고 올려 쳐다보곤 했다.

방에 들어가니 파파할머니가 아랫목에서 주섬주섬 일어나 앉는다. 얼굴이 주름투성이고 몸뚱어리가 앙상하다.

"사돈 마님, 그간 안녕하셨어요. 세배 드리러 왔습니다."

아버지가 소리를 크게 하는 걸로 보아 귀가 어두우신 모양이었다.

"아이고 또 오셨네. 근데 이 도령은 누구요?"

"제 자식입니다. 올부터는 같이 오기로 했습니다. 애야, 세배 드리자!"

"아이구, 골골하는 아랫묵 차지한테 절하믄 빨리 죽으라는 거라는디. 관둬유, 관둬."

그러면서도 자리를 움찔움찔 고쳐 앉는다.

"그래두 근력은 여전하시지요?"

"워쩐걸유, 기운이 날로 떨어지구 게다가 지난여름부턴 갑자기 귀가 더 어두워지구 눈도 침침해진 것이 산 송장이지유. 환갑, 진갑 다 지난 며느리(고모)가 그런 이 늙은이 수발드느라 애 많이 쓰지유."

그러면서 이 파파할머니도 나에게서 눈을 떼지 못하고 고개를 끄덕끄덕하면서 오물오물 웃음기를 띠고 있었다. 그러는 두 분이 여간 다정하게 느껴지는 게 아니었다.

세배를 마치고 나오니 마루에서 대고모 할머니가 나오기를 기다리고 있었다.

"형님(고종사촌)하구 형수님이 안 보이네요?"

"며느리 친정어머님한테 갔어. 그 사돈 마님두 지난 갈에 쓰러지셔서 이번 설 명절에 겸사겸사 해서 거기 들 간 거야."

"형님 처가댁도 그 장모되는 양반 혼자시라고 했지요?"

"그려, 그러니 수시로 들려야 하고 오늘 같은 명절엔 더구나 안 들릴 수 없잖여."

"고모님은 여기 노 사돈 마님 구완만 하시지 며느리 수발은 잘 받지도 못하시겠네요?"

"그래도 나는 어머님 한 분만 모시면 되지만 에미는 여기 두 시어른 모시랴 친정어머니 보살피랴 얼마나 신경이 쓰이겠어. 그래서 내가, 여기 시할머니는 내 혼자 모셔두 괜찮으니께 니는 친정어머니한테나 신경 쓰라구 했지. 그래서 오늘두 차례 지내자마자 지들 두 내우 보낸 게야. 그나저나 오늘 우리 장손이가 모처럼 왔는데 뭘 어떻게 해줘야 할까?"

대고모 할머닌 나를 다시 얼싸안아보곤 부엌으로 내달아 명절 음식을 상에 올려 내온다. 하지만 떡국 두 그릇에 위아래를 칼로 저민 사과와 배 하나씩 하며 지짐이 한 접시가 전부다. 그러면서 대고모 할머니는,

"우리 장손이 먹을 게 부실해서 어쩌지."

하며 미안해하고 '안 됐어.' 하는 표정을 지어 보이는 거였다. 이에 아버진,

"고모, 그런 소리 하지 마셔요. 그나저나 집에서 떡국도 먹고 과일도 다 먹고 왔는데 뭘 이리 차려내느라고 그래요."

"그야 알제 알어, 그래도 우리 장손이가 왔는데…."

그래도 사뭇 서운해하는 표정이다.

그런데 그날 돌아오려고 삽짝을 나서려는데 대고모 할머닌 내 아랫주머니에 무엇을 쑥 집어넣으신다. 내가 의아하게 쳐다보자,

"아까 세배할 때 줘야 하는디…."

그러는 대고모 할머니에 대해 아버진 퍽 서글픈 표정을 지으시곤 이내 흐뭇한 어조로,

"대고모 할머님께 '고맙습니다.' 하고 인사해야지."

"고맙습니다!"

나는 허리를 굽혀 공손히 인사를 드렸다. 그러는 나에게 대고모 할머닌 퍽 안쓰러운 얼굴을 하신다.

오면서 꺼내보니 몇 번이나 꼬깃꼬깃 접힌 천 원짜리 한 장이었다. 세뱃돈이라면 아버지와 동네 어른들한테서 받은 게 한 만 오천 원은 된다. 하지만 엄마가 두었다가 나중에 준다며 빼앗았다. 그러니 눈이 번했다. 아버지 눈치를 살피니 쓴웃음을 지으며,

"엄마한테 말 안 할 테니 니 맘대로 써두 돼. 그렇지만 긴요한 데 써야 한다. 대고모 할머니가 특별히 주신 거 아니냐."

했다.

이후 아버진 추석엔 혼자 대고모 할머니한테 다녀왔다. 이때도 꼭 명절 음식이며 두어 말은 됨직한 쌀자루를 짊어지고 갔다.

하지만 설엔 꼭 나를 데리고 갔다. 그럴 때마다 대고모 할머닌 꼭 돌아올 때 그 꼬깃꼬깃한 천 원짜릴 아랫주머니에 넣어주셨다. 이에 재미가 들려 설이 아니라도 일 년에 두어 번씩 아버지 엄마 몰래 대고모네를 들렀다. 그럴 때마다 그 천 원짜린 어김없이 들어왔다.

그런데 중학교 입학을 앞둔 설에 아버지와 세배하러 갔는데 대고모 할머닌 뜻밖의 큰 선물을 내게 주셨다. 볼펜 한 갑과 공책 열권이었다. 이걸 파란 보자기에 예쁘게 싸서 건네주면서,

"우리 장손이 공부 열심히 해서 우리 집안 기둥 돼야지. 설빔은 옷 한 벌을 새 것으루 해줘야 하는디…."

또 말끝을 잇지 못하신다. 집에 돌아와 그 보자기를 풀었다. 그리고 공책을 책꽂이에 정리하려고 들었는데 뭐가 펄렁 떨어진다. 야, 돈이다 돈! 천 원짜리 한 장이었다. 대고모 할머니의 인자하신 얼굴이 어른거렸다.

이 천 원짜리는 이후로도 해마다 설날 세배 가면 주시는데, 엄마한테 뺏기지 않고 내 맘대로 쓸 수 있는 긴요한 자금이었다.

내가 고등학교 입학하던 해 설날, 나는 대고모 할머니로부터 설빔조로 긴 팔 달린 알록알록한 셔츠를 받는다. 그걸 주시면서,

"어림쳐서 장날에 샀는데 맞을라나 모르겠네. 우리 장손이 화사하게 인물 살으라고."

집에 와서 입어 보는데 주머니에 천 원짜리 한 장이 들어있었다. 이후부터 나는 대고모 할머니 댁을 일 년에 두 번씩 혼자 다녔다.

"고등학생이니 이제 이 아버지 대신으로 니 혼자 다녀라. 갈에 추수 끝나면 쌀 두어 말 갖다 드리고 설엔 세배하러 가면 된다. 그런데 말이다 대고모 할머니 댁에 가면 인사 여쭙고 얼른 와야지 미적미적 있다가 끼니 축내면 안 되어 알겠제?"

이래서 난 쌀자루를 갖다 드리거나 세배가 끝나면 얼른 일어섰는데 삽짝을 나올 때는 꼭 내 주머니에 천 원짜리 한 장씩을 우격다짐으로 넣어 주는 건 잊지 않으셨다. 이때부터 나는 그 천 원짜리를 하나도 쓰지 않았다. 괜히 그렇게 하고 싶었다. 그렇게 해서 3년 동안 모은 게 6천 원이다. 이걸 나만 아는 책갈피에 고이 간직하고 있다.

내가 대학에 입학하는 해 설날, 대고모 할머닌 내게 설빔이라며 하얀 와이셔츠가 든 곽을 주셨다. 참으로 감개한 일이다. 생전 처음 대하는 와이셔츠였다. 그때 옆에 있던 대고모 할머니 며느리(마땅한 칭호를 모른다.)가 바짝 다가와 슬며시 귀띔을 해준다. '이걸 장만하실려고 지난 여름내 고추 품을 파셨어.' 하는 거였다. 나는 이걸 엄마, 아버지가 사준 양복에

받쳐 입고 아주 특별한 날에나 입는다. 또한, 역시 그 와이셔츠 주머니에서도 천 원짜리 한 장이 들어 있었다. 이를 계기로 나는 그때까지 대고모 할머니한테 받은 세뱃돈을 어림쳐보았다. 초등학교 6년, 중학교 3년, 고등학교 3년 도합 12년이다. 그리고 설날 이외의 것도 있다. 그렇다면 도합 한 2만여 원은 될 것이다. 그런데 지금 간직하고 있는 건 6천 원이다. 이걸 마련해 주시느라 당신은 얼마나 노심초사하셨을까. 아버지와 내가 날라다 드린 쌀자루 하며, 아버지가, '거기 가선 한 끼니라도 축내지 마라!' 하던 말씀을 생각한다면 정말로 이건 큰 액수가 아닐 수 없다. 그도 그렇지만 집안의 장손이라며 끔찍이도 나를 위하고 사랑해주신 대고모 할머니다.

나는 그 후 집을 떠나 대처에 나가 대학을 다니느라 그리고 군대 갔다 오고 취직하랴 해서 그간 한 번도 대고모 할머니를 뵙지 못했다. 그 사이, 장병으로 해서 20여 년이나 간병하며 시어머니를 모셨다 해서 효부상도 타셨다 하고, 당신의 그 시어머니도 이제 돌아가시었다고 한다. 무엇보다도 반가운 일은,

"고모님 외아들, 그러니까 아버지 고종사촌 형님 말이다. 그 형님이 열심히 해서 이제 집안이 좀 폈다는구나!"

하는 아버지의 말씀이었다. 그런데 그 대고모 할머닌 아직 정정은 하지만 연세가 86세란다. 그렇다면 극노인이다. 나는 고이 간직해두었던 책갈피의 6천 원을 찾았다. 대고모 할머니의 인자한 얼굴이 어른거린다.

"이번에 타는 첫 월급은 아버지, 엄마 내복 한 벌씩 사 드리고 제 맘대로 쓸게요!"

"그러려 무나, 그런데 첫 월급으론 전에는 어른들께 빨간 내복을 해 줬단다."

나는 이를 참고해서 첫 월급으로 부모님들 것과는 별도로 대고모 할

머니의 설빔을 따로 챙겼다. 빨간 내복 한 벌을 비롯해서 노인용 털 코트, 털실로 짠 모자, 털 달린 실장갑, 털 두른 가벼운 신발 그리고 30만원의 현금 봉투 이러한 것들을 준비한 것이다.

마침내 설날, 나는 대고모 할머니께서 설빔으로 해준 그 하얀 와이셔츠를 받쳐 입은 정장으로 집에서 차례와 세배를 마치고 집을 나섰다. 대고모 할머니께 세배를 드리고자 그 설빔의 보따리를 챙겨 들고였다.

"삭쟁이 가는 길 벌써 포장했어. 짐도 많은데 걸어갈려는겨? 차 가지고 가!"

"괜찮아요. 전에 같이 걸어가고 싶어요."

만감이 머릿속을 넘나든다. 거기까지 가자면 후미진 재를 둘이나 넘어야 한다. 하지만 쌀자루를 짊어지고 명절 음식을 손에 들고 걸었던 길 아닌가!

허위허위 인제 하나를 넘고 마침내 두 번째 재에 올랐다. 저 아래로 삭쟁이 마을이 보인다. 그 가운뎃집에 대고모 할머니가 계실 것이다. 얼마나 더 늙으셨을까? 그래도 나를 첫눈에 알아보실 것이다. 그리고 얼싸안으시겠지. 오늘도 그 천 원짜리 한 장을 주실 것인가. 안 주면 달라고 해야지!

● **박희팔**

교육신보 공모 소설 당선, 청주예술상, 청주문학상, 유승규문학상

소설집 『바람 타고 가는 노래』, 장편소설 『동천이』 외,

꽁트집 『시간관계상 생략』, 엽편소설집 『향촌삽화』, 컬럼집 『퓰쳐 생각』

영혼의 편지

●

안 수 길

명이 아버지!

당신 지금 거기서 왜 그러고 계세요?

대를 이어 살던 고향에 집 놔두고 아이들 놔두고, 왜 거기서 그러고 계시는 겁니까?

타관 객지. 살던 사람들이 모두 떠난 개발구역, 아파트를 짓기 위해 초라한 집들이 헐려지는 을씨년스런 동네, 쫓기다시피 떠난 주인들이 토해놓고 간 원망과 서러움이 골목마다 가득한 폐촌, 갈 곳 없고 먹을 것 없어 깡마른 쥐떼들만 바글거리는 빈집 귀퉁이에서, 천지 사방에 의지거리 없는 혈혈단신의 외톨이처럼 지내시는 당신 모습은 차마 못 볼 일이네요.

이승에서 당신과 작별한 후, 한번 건너면 영원히 되돌아갈 수 없다는 강, 그 강을 건넌 내가 저승에 온 지도 어느새 2년여가 됐네요.

이승과 저승을 가르는 강, 내 육신을 당신 곁에 두고 그 강을 건너던 날, 당신이 소리 없이 흘린 눈물이 이승 길을 모두 적실만큼 흥건했지만, 나와 당신 그리고 아이들과의 작별을 거역할 수는 없었지요.

가슴 쓰린 작별, 그 후 흐른 세월이 잠깐인 듯싶지만, 당신 손길 닿는 곳, 아이들이 있는 그 세상에 다시 가고 싶은 마음엔 수십 년만큼이나 길게 느껴집니다. 그간, 강 건너 그 세상에 계신 당신의 모습을 지켜보는 내 가슴이, 작별 순간보다 오히려 더 쓰리고 저리고 아플 줄은 미처 몰랐습니다. 작별하던 그 순간이 지나면 당신은 다시 평상심을 찾고 아이들과 오근자근 마음 편히 사실 줄만 알았었지요.

그런데 당신의 지금 그 모습이 도대체 웬일인가요? 을씨년스런 폐촌, 폐가 구석방에서 웅클잠으로 고단한 밤을 보내고, 낮이면 낯선 거리를 헤매며 스산하게 들끓는 마음을 달래지 못해 안절부절못하는 당신 모습을 차마 볼 수가 없네요.

평생 죄 될 일은커녕, 남에게 얼굴 붉히는 일조차 삼가고 살아오신 당신이, 어쩌다 그리 모진 맘 먹고, 험식(險食)으로 끼니를 때우며 험한 자리에 몸을 눕히고 지내셔야 하는지, 속수무책으로 바라볼 수밖에 없는 이 마음이 아프기만 하네요. 게다가 해 보지 않던 막노동으로 호구책으로 삼으려 하시니, 하루 이틀도 아니고 한두 해로 마칠 여생도 아닌, 짧지 않게 남은 세월을 어찌 견디시려는 건가요?

아이들 때문에 가슴을 다친 당신 마음 알고, 늘 생각이 부족한 제 소견이지만, 지금 당신이 택한 그 길이 당신이 갈 길은 애초부터 아닌 것 같네요.

평생 아이들을 위해서라면 아낌없이 주고 살아온 당신이 아니었나요? 아이들 넷 모두에게 무엇이든 고루 베풀고, 당신 자신보다, 아니 우리 내외보다 다만 조금이라도 나은 삶을 살게 하려고 온갖 정성 다 쏟아 부으면서, 아이들 그릇된 언행을 엄하게 다스리면서도 어깨 토닥이며 품어 온 당신이었는데, 이번엔 왜 그런 너그러움을 접고 당신답지 않게 모질고 매정한 결정을 하신 겁니까?

당신이 내가 누워있는 무덤에 왔을 때, 당신 마음을 알고 있었지요. 곰살궂지 못한 당신에게 따뜻한 말 한마디 들어 본 일 없이 살아왔지만, 당신 가슴 속에 담고 있는 깊은 마음을 모를 이야 없었지요. 말이 없어도 당신 얼굴 보고, 당신 눈빛 보고 그 마음 다 짐작하고 새기며 살았으니까요.

그래서 내 삶이 외롭다거나 고단하다는 생각을 가져 본 바가 없고, 후회나 원망 같은 건 더더욱 품어 본 적이 없었습니다.

소녀 적부터 당신을 먼빛으로 보고 가슴을 울렁거리며 품고 있던 소원대로 나는 당신과 결혼을 했고, 그리고 이승 떠나는 그 날까지 나는 행복하다고 생각하며 살았으니 외롭고 고단할 게 없고 후회나 원망을 품을 까닭이 없었지요.

지금은 용소리(龍沼里) 아래뜸과 위뜸이 한 부락이 되고, 읍내 가는 길을 가로질러 흐르던 용천(龍川)에 튼튼한 다리가 놓여 왕래가 자유로워졌지만, 예전엔 비가 조금만 와도 징검다리가 잠겨 발을 벗고 건너는 불편을 겪어야 했었지요. 돌아보면 불편하던 그 용천의 거친 물살이 당신과 나를 맺어 준 끈이 됐던 셈이지요.

내가 중학교 1학년이던 어느 해 여름, 하굣길에 어머니 심부름으로 오색실 한 타래를 사고 뒤늦게 용천에 이르러서 보니, 징검다리가 모두 물속에 잠겨버렸었지요. 수업 중에 잠깐 퍼부은 소나기에 물이 불어났기 때문이었는데, 함께 다니던 아이들은 어떻게 건넜는지 물가엔 아무도 없었지요. 혼자서 건널 용기가 안 나 발을 동동 구르고 있던 참에 구세주처럼 나타난 게 당신이었지요. 수업이 늦게 끝난 당신이 두 명의 또래들과 함께 도착했던 겁니다.

"꼬맹이, 너는 왜 여태 여기 있어?"

중학교 3학년이던 당신이 나를 그렇게 부르는 건 좀 부당하다 싶었지만, 당신이 동료 학생들보다 워낙 체구가 크고 당당했었기 때문에 그리고 평소 당신을 바라볼 때마다 가슴 벌렁증을 느끼던 나였으므로 항변

은커녕 대꾸할 용기도 못 냈었지요.

"꼬맹아, 업혀!"

아래 폭이 더 넓은 나팔바지를 허벅지까지 걷어 올리고, 내 가방까지 친구에게 건네준 당신이 내게 등을 대고 한 말은 대단히 퉁명스러웠지요. 그리고 얼추 혼이 빠져나간 나를 반강제로 들쳐업고는 거친 물살을 엇비슷이 가로질러 무사히 내를 건넜지요.

그때 잠시 당신의 등에 업혀 거친 용천의 물살을 무사히 건넜던 나는, 결국 그 등에 평생을 업혀서 세상 거친 줄 모르고 살아온 셈이지요.

당신 등에 업혀 내를 건넌 후, 내 친구들 사이에선 엉뚱한 소문이 자자했었지만, 나는 그 소문을 속으로 은근히 즐기며 지낼 만큼 내 맘을 온통 당신에게 빼앗겼습니다.

"둘이 에쓰(S) 남매 삼았다더라."

요즘 아이들 말로 하자면 사귄다든가 연인 관계라는 뜻이었지만, 나는 조금도 부끄러워하지 않았었지요. 그 후로 내가 당신 등에 다시 업히는 일은 물론, 남몰래 만나는 일조차 없었으니, 소문이야 엉뚱한 것이었지만, 전혀 터무니없는 건 아니었다 싶네요. 내가 당신 등에 업혔던 게 사실이었고, 그게 소문의 빌미가 됐었으니까요. 나는 그 소문을 부끄러워하고 주눅이 들기보다 사실이 되기를 바랐지요.

물론 그 소문이 사실은 아니었지만, 훗날 인연이 닿아 당신과 결혼을 했고, 얼추 혼이 나갔으면서도 업혀있는 시간 내내 가슴만 뚝딱뚝딱 다듬이소리를 내던 그때나 다름없이, 평생을 그렇게 가슴 울렁이며 살았으니 나는 저승 오기 전의 한 세상을 꿈결같이 잘 살았던 셈이지요. 그러니 그 위에 더 좋은 무슨 호사를 바랐겠습니까?

당신 친구들이 고등학교를 거쳐 대학교에 다니는 동안, 가세가 풍족지 못했던 당신은 중학교를 졸업하고 농사에 몸을 던져 흙을 만지고 사실 때, 나 역시 집안에서 살림을 배우며 부모님 일손 거들고 지냈지만, 당신을 생각하며 혼자서 가슴을 울렁이는 천형병 같은 비밀을 간직하고 있었지요.

들어 온 혼담을 몇 번씩이나 기를 쓰고 마다하던 내가, 당숙모가 전해 온 당신의 얘기를 듣고는 두 말 나오기 전에 고개를 끄덕였던 건, 그게 오매불망 가슴에 품고 있던 소원이기 때문이었습니다.

"눈에 콩깍지가 낀 건지 타고 난 사주팔자 탓인지 내 속으로 낳은 자식이래도 그 속을 알 수가 없구나. 손에 흙 안 묻히고 살만한 자리 다 뿌리치고, 왜 하필 농투서니냐?"

어머니의 답답해하는 마음을 이해야 하지만, 제 비밀한 마음을 털어놓고 속을 풀어 드릴 수야 없었지요.

결혼 후, 큰 아이들 남매가 태어나고, 당신이 군청에 취직이 되었지요.

꽤 여러 해 혼자서 힘든 농사를 감당하시던 시아버님이 몸져누우신 후, 전답을 남에게 맡기고부터는 살림이 좀 간고해졌었지요. 도지로 받는 곡식으로는 양식도 안 되는 형편이고, 당신 직장 일이 논밭 가꾸기보다 수월한 만큼 월급이 박했던 탓이지만, 뒤이어 태어난 두 아이와 함께 쑥쑥 자라는 4남매 바라보는 재미가 시름을 잊게 해 주었지요.

시아버님 수술 후의 긴 간병으로 살림살이가 좀 간고할 때나, 성큼 자란 아이들 교육비 때문에 당신이 가끔 한숨을 쉬며 힘겨워할 때도, 내가 보탬이 되지 못하는 게 안타까웠을 뿐, 사는 게 고생스럽다거나 이웃이 부럽다는 생각은 해 본 적이 없었습니다. 내게는 당신과 함께 살고 있다는 것 말고, 다른 더 큰 복을 바란 적이 없었으니까요.

그런 나를 보시고, 친정어머님이 하시던 말씀이 생각나네요.

"봄보리 개떡도 연분은 따로 있다더니, 옛말 그른 데 없구나."

그리고 친정어머님은 가끔 내게 물으셨지요.

"허리끈 졸라매고 살아도 곧은 작대기마냥 뻣뻣한 신랑이 그리도 좋으냐?"

물론 내 대답을 듣고자 하신 건 아니지만, 묻는 어머니 마음에도 "왜 하필 농투서니냐"라고 타박할 때와는 달리, 비록 살림이 넉넉하지는 못해도 겉치레 없이 속정이 깊은 당신이 꽤나 든든한 눈치였지요.

그때나 그 훗날이나 당신이 비록 나를 사랑한다는 말은 안 하셨어도 나는 알고 있었네요. 나 역시 당신에게 낯이 뜨거워 그런 말을 입 밖에 낼 엄두를 못 냈지만, 소녀 적에 품고 있던 마음이 흔들린 적 없고 변한 적은 더욱 없었지요. 그러려니 믿고 살아도 마음 상할 일 없고 애닲아 할 구석 없도록, 당신이 푸근하게 마음을 써 주었던 덕이지요. 그래서 아이들을 당신에게 맡겨 놓고, 당신보다 먼저 이승을 떠나온 게 미안스럽기 그지없지만, 한평생 행복하게 잘 살았다는 맘은 지금도 여전합니다.

그만큼 당신은 내게 하늘 같은 사람이었고, 맘 편히 기댈 수 있는 기둥이기도 하였습니다. 당신 생각하는 바가 그르다 여긴 적이 없고, 당신 하시는 일이 도리에 어긋남이 없다 믿고 살았으니, 나는 평생을 당신 등에 업힌 채 당신이 주는 믿음과 사랑만큼, 비록 입으로 가볍게 표현않고 물건에 얹어 주지도 않았지만, 천금같이 귀한 큰 복을 누린 셈이지요.

나 또한 당신을 철석같이 믿었지만, 감히 요즘 젊은 부부들처럼 마음 표현을 못 했을망정 당신이 내게 전해준 사랑과 믿음만큼 드리자 생각하고 또 존경하며 살았지요.

그러니 당신 생각, 당신 하는 일에 내가 무슨 탓을 하고 어떤 원망인들 품었겠어요? 그냥 옳다 생각하고, 그냥 고맙게 생각하고, 그래서 말없이 믿고 따랐을 뿐이지요.

하지만 자식들 곁을 떠나, 세상마저 버리겠다는 모진 마음을 먹었던 이번 결정은 전혀 당신답지 않은 일인 것 같네요. 다행히, 천만다행히도 모진 마음 거두신 건 잘하신 일이지만, 아직도 아이들 곁으로 돌아가시지 않겠다 뜻을 바꾸지 않으신 건 옳지 않다 싶네요.

'당신 마음이 오죽했으면 그러셨을까?' 이해는 가지만, 그래도 부모가 주신 육신과 하늘이 주신 수명을 스스로 재촉하여 버릴 수는 없는 일이고, 자식들과 맺어진 천륜을 부모가 먼저 끊을 수는 없는 것 아닌가요?

아이들 모두 저희 살만큼 성장했으니, 놓아 줘도 충분히 제 길들 찾을 것이고, 그 아이들 곁에 있는 당신이 오히려 짐이 된다 생각하셨을 테지만, 당신이 차마 표현 못 하고 가슴 속에 쌓아 둔 노여움을 내가 왜 짐작 못 하겠습니까? 외롭고 서운한 마음이 켜켜이 쌓이다 보니, 너그럽던 당신 마음이 그리 변하게 된 걸 왜 모르겠습니까?

생전엔 내가 당신을 탓할 일이 있을 거라고는 상상도 못 할 일이지만, 사후에 육신을 버리고 이승을 떠난 대신 당신과 아이들을 한눈에 보고 그 맘을 두루 살펴볼 수 있는 영혼이 되고, 영안(靈眼)으로 그 세상을 바라보니 생전에 못 보던 것이 보이네요. 생전에 모르던 것을 알겠네요.

물론 당신이나 아이들에게 전하고 답을 들을 수 없으니 나 혼자 감지(感知)하고 판단하는 것이지만, 그래도 산을 오를 때처럼 나무 한 그루 한 그루 살피고, 높은 꼭대기에 서서 멀고 넓은 숲을 전망(展望)하는 것처럼 눈이 틔었나 봅니다.

당신이 그 낯선 산자락에서 농약병을 들고 있을 때, 마음 같아서는 그걸 빼앗아 태질을 치고 싶었지만 그리고 당신 손을 잡고 제발 마음을 바꾸시라고 애걸하고 싶었지만, 육신이 없는 처지에 마음조차 전할 길 없었으니, 그냥 애간장만 태우고 바라볼 수밖에 없었네요.

당신과 내가 서로 떨어져 있다는 사실이, 나 있는 저승과 강 건너 당신 계신 이승이 서로 다른 세상이고, 육신의 접촉은 물론 마음조차 주고받을 수 없다는 사실이 마냥 안타까울 뿐이었지요.

때 묻은 옷을 벗어 깨끗이 빨아 다시 입듯이, 병들어 못 쓰게 되어 놓아버린 육신을 정갈하게 헹궈 다시 합칠 수 있다면 오죽 좋을까만, 한 번 건너면 되돌아갈 수 없는 그 강을 건너 저승으로 온 이상, 그렇게 소원대로 영육(靈肉)이 재결합하는 건 하늘이 허락지 않는다고 하네요.

산 넘고 물 건너 구만리 장천을 날아갔던 철새는 때 되면 알 낳고 새끼 기르던 옛 둥지로 다시 돌아온다지만, 한 번 이승을 떠난 사람의 영혼은, 그곳에 두고 온 남편과 자식들이 아무리 그리워도 다시는 이승으로 돌아갈 수 없다는 게 하늘과 조물주가 정한 철칙인가 보네요. 안타까워도 순명(順命)하는 것이 도리요, 그것이 또 후세가 살아갈 둥지를 물려주는 길이 아닌가 싶기도 하고요.

숨 거둔 육신을 이승의 당신 곁에 두고, 되돌아갈 수 없는 그 강을 건넌 내 영혼이 저승으로 올 때, 당신이 소리도 없이 억수로 흘리던 눈물을 닦아 드릴 수 없었고, 짚동 같은 한숨을 재워드리지 못했던 것도 마냥 안타까웠지만, 당신 손에 들린 농약병을 바라보고 있던 때보다는 그래도 가슴 미어지는 아픔은 덜했던 듯싶네요. 그때는 내 명(命)이 다했음을 하늘이 알려 주셨고, 내 육신을 놓아두고 떠나야 한다는 걸 그리고 당신과 아이들과도 작별해야 한다는 걸 알았으니 안타깝고 슬퍼도 참을 수가 있었지요. 순명이 도리라 그렇게 생각하고 있었으니까요.

그러나 여생이 창창한 당신이 하늘 뜻을 거스르고 아이들을 놓아둔 채, 가출하여 저승길을 재촉하려던 모진 생각을 접으시라 말릴 수 없었으니, 육신을 일으켜 당신 곁에 갈 수 없는 그 안타까움을 어찌해야 할지, 그저 혼자서 전전긍긍했을 뿐이었네요.

당신이 아이들에게 "너희는 자식들에게 짐만 되는 아비 전철 밟지 말고 잘 살아야 한다."라고 안 하시던 말씀을 거듭하시고, 가까운 친척을 두루 찾아다니며 외롭고 힘든 처지를 하소연하실 때, 그 허전한 마음을 위안받고 싶어 했지만, 자식들이나 친척들 그 누구도 당신 마음 짐작조차 못 하고 무심하기만 했었지요. 아무도 손을 내밀어 당신을 잡아주지 않았지요. 그래서 그토록 냉돌 같은 차가운 세상에 더욱 절망하고 분노하셨던 거지요.

누구 하나라도 당신 손을 잡아 주었더라면 모진 생각 털고 마음 다잡아 자식들 곁에 계셨을 건데, 모두들 제 몫 챙기고 자기 앞가림하기에만 바빴으니, 멀리서 지켜볼 수밖에 없었던 나도 그들이 원망스러웠고 속수무책인 나 자신도 미웠습니다.

당신의 천수를 당길 수 없어 저승사자가 범접을 못 한 건지 아니면 무인지경의 산속에서 은인(恩人)을 만난 게 천우신조였는지 모질고 막 된 생각을 접게 되신 건 천 번 만 번 다행이고 잘 된 일이지만, 아직 아이들 곁으로 가지 않겠다는 생각을 바꾸지 않으신 건, 골백번 생각해도 옳지 않은 일입니다.

은인이 농약병을 던져버린 후, 내장을 토해내듯 통곡하던 당신을 보며 가슴 복판을 사금파리로 긁어내리 듯 아팠지만, 한편으론 자지러들었던 가슴을 쓸어내렸었지요. 그리고 그렇게 한바탕, 가슴에 맺힌 것들을 쏟아내신 후엔 마음을 가라앉히고 아이들에게로 돌아가실 줄 알았지요.

그러나 아직도, 밤이면 어둠의 바다에 잠기는 철거 구역 한가운데 외로운 섬처럼 떠 있는 구중중한 폐가, 드난살이조차 할 수 없는 곳에 거처를 두고 있는 당신, 낮이면 서툴고 힘든 막노동에 시달리면서도, 아이들 곁으로 돌아가지 않겠다는 당신의 생각은, 골백번 곱씹어 생각해 봐도 역시 옳지 않다 싶네요.

이젠 돌아가세요. 아이들 곁으로 돌아가셔야 합니다. 거기서 그러고 계시는 건 전혀 당신답지 않은 일입니다.

당신이 잠시 몸을 의탁하고 있던 작은아이가, 평소에도 살갑게 정을 주거나 당신 뜻에 고분고분 따르던 터는 아니었지만, 그 아이 태도가 그렇게 불효막심하게 돌변할 줄 누가 짐작이나 했었나요.

요즘 자식은 품 안에 있을 때나 자식이고, 품 떠나면 더 이상 자식이 아니더란 말이 있기야 하지만, 그게 그렇게 당신과 내 앞에 닥칠 줄은 몰랐었지요. 내가 생전에 자식 잘못 기른 탓인지 아니면 작은아이가 득배(得配)를 잘못해 더 불효한 마음을 품게 된 건지 바라보고 있을 수밖에 없는 내 심정이, 겪고 살아야 하는 당신 못지않게 아팠습니다.

게다가 큰아이가 저리 실심하고 있는 꼴을 보는 것도 당신은 더욱 괴로우셨겠지요. 그러나 운이 없었나 봅니다. 하필이면 그 애가 영농회사를 차린 후에 청천벽력 같은 그런 정부 정책이 나올 줄을 누가 알았나요. 큰아이가 그 비싼 영농장비들을 제값 다 주고 장만했는데, 반값 지원에 반값은 장기 저리 융자를 해 주며 장비를 장만하라는 정부 방침이 야속하기도 했지만, 그렇다고 농민 살리자고 정부가 하는 일을 원망할 수도 없는 일이었지요.

그 영농 기계화 정책이란 게 1년만 일찍 나왔어도 큰아이가 사업을 그리 쉽게 결정하지는 않았을 텐데, 큰 아이에게 운이 없었던 거지요. 하지만 어쩝니까? 이미 엎질러진 물이고 넘어진 꼴 짐인걸.

당신 퇴직금을 일시불로 받아가지고 큰아이한테 다 들어가고, 뒤따라 필요한 자금 대느라고 융자받은 돈이 그렇게 밑 빠진 독에 붓는 물처럼 허망하게 잦아들지도 누가 알았나요.

저야 늘 숙맥이니 알 턱없는 게 당연하지만 생전 땅만 갈아 왔지 사업이란 걸 해 보지 않았던 큰아이 역시 일머리 앞뒤 재고, 들어가는 돈 무서운 거 모르긴 마찬가지였지요.

당신은 그저 큰아이 공부 못 시킨 것 한이 되어 무엇이든 하고 싶은 것 하라고, 뒷바라지하고 밀어주기에 바빠, 이것저것 따지고 계산할 생각을 미처 못했던 것이고요. 큰 아이를 철석같이 믿은 탓이기도 하지만, 그렇게 벼락치기로 영농 기계화 정책이란 게 나올 줄을 누군들 짐작이나 했었나요.

작은아이가 "전망 없다." 하며 말릴 때, 그 말 깊이 새겨 보았더라면 혹시 궁지에 몰리는 변은 안 당했을지도 모르지만, 그땐 작은아이도 그 영농 기계화 정책이란 게 나올 줄을 예상하고 한 말은 아니었지요.

"확실한 전망도 없는데, 우선 돈 빌리기 쉽다고 있는 재산 모두 담보로 넣으면 어떡합니까?"

작은아이는 문서가 하나둘 농협에 잡힐 때마다 걱정을 했었지요.

"문서 담보로 넣는다고 땅뙈기가 어디 가는 것 아니니 걱정 마라!"

당신의 그 말에 작은 아이가 말대꾸를 잘못하기는 했지요.

"상환 못 해서 담보물 경매 들어가면 헐값에 뺏기는 겁니다. 전망 없는 일에 전 재산 쏟아 부었다가 넘어가면 그만이지, 그 땅 다시 사서 유산으로 물려줄 건가요?"

그 말에 당신이 실망하고 화를 낸 건 당연하지요. 형의 사업에 전망이 없다던가, 투자가 위험하다는 뜻을 다른 말로 돌려 듣기 좋게 했더라면 탈이 없었을 걸, 그 녀석이 타고 난 제 성격대로 입에서 나오는 대로 쏟아 낸 게 화근이 됐지만, 당신 마음속에 작은아이에 대한 선입견이 전혀 없었던 건 아니지 싶네요.

작은아이가 행정고시에 처음 낙방했을 때, 당신은 그러셨지요.

"고시가 그렇게 쉬운 일이라면 누군들 안 보겠니? 어려운 일이니 네가 도전하는 것 아니냐. 실망할 것 없다. 다음엔 좋은 결과가 있을 거다."

다행히 작은아이는 곧바로 마음을 다잡고 이듬해에 다시 시험을 보았잖아요? 하지만 결과는 또 실패였는데, 당신은 실망의 빛이 역력한 아이를 덥석 끌어안고 등을 두드리며 다시 격려를 해 주었지요.

"7전 8기란 말이 있지 않니? 크든 작든 뜻을 이루기가 그렇게 쉽지 않기 때문이다. 너는 의지가 강하니까 기어코 해낼 거다. 실패 경험을 교훈으로 삼으면 더 좋은 결과를 가져올 거라 믿는다. 나는 너를 믿는다."

그러나 작은아이는 반년쯤 더 잡고 있던 책을 아예 놓아버렸지요. 포기를 한 거지요.

"너는 제백사하고 공부로 끝장을 보라 했는데, 두 번 실패했다고 포기를 해 버리다니…"

심히 안타까워하시던 당신은, 아이에게 얼마간 쉰 뒤에 다시 마음을 추슬러 도전해 보라고 달래셨지요.

그러나 아이는 마음을 바꾸지 않았지요.

"저는 가망이 없어요. 평생 책상물림이나 하는 공무원으로 늙고 싶지도 않구요."

"가망이 있고 없고는 네 의지에 달린 거다. 천재보다는 의지 굳은 사람이 성공하는 경우가 더 많은 법인데, 겨우 두 번 실패로 의지가 꺾인다면 그런 나약한 사람 어딘들 쓸 데가 있겠니? 남만큼 못 배운 죄로 평생을 사무실 말석만 지키고 살아온 이 애비 심정을 모르겠니?"

"쓸데없으면 자식 하나 없는 셈 치세요. 저는 더 이상 아버지 한을 풀기 위해 고시에 목매고 싶지 않으니까, 일찌감치 포기하세요."

당신은 뛰쳐나가는 아이를 멍하니 쳐다보고 방바닥이 꺼질 듯 한숨만 쉬었을 뿐, 아무 말씀도 하지 않았지만, 작은아이에게 희망을 걸었던 당신이 얼마나 큰 실망을 했는지는 나도 알지요.

그때부터 당신과 작은아이와의 사이에 앙금이 남았던 게 아닙니까? 그래도 끌어안으려는 당신을 아이는 거부하고, 어쩌다 마주 앉아도 시선을 마주치지 않은 채 말조차 섞기를 피했었지요.

이웃집 얘기를 들어 봐도, 둘째들 성격이 첫째들하고는 다르다 합디다. 고분고분하지 않고 어깃장 놓는 면이 있다고 합디다, 챙길심도 유별나다 하고요. 그러니 우리 둘째만 유별나서 그런 건 아니었지요.

　큰딸을 가운데 두고 위아래로 형제를 키울 때, 그러니까 막내딸을 낳기 전이지요. 시아버님이 맏이에 대한 관심이 남다르셔서 어린 둘째가 꽤나 마음에 상처를 받는 일이 많았지요. 형제끼리 티격태격하는 일이 있으면 시아버님이 으레 큰애 편을 들어 작은애를 꾸짖곤 하셨잖아요.

　"동생이 형한테 그러면 못쓰느니라. 맏형은 부모 한가지니라."

　둘째는 그럴 때마다 할아버지 말씀에 따르는 체했지만, 어린 마음에도 서운함이 많이 쌓였던 거지요. 그래서 할아버지 눈에 안 뜨이는 곳에서 일부러 심술을 부리거나 억지를 써서 제 형을 난처하게 만들기도 했던 것 아닌가요?

　그뿐만 아니라, 간혹 손님이라도 오는 날은, 밑으로 두 아이 제쳐 놓고 큰아이만 불러 인사를 시키면서,

　"이 녀석이 우리 집 장손이라오."

　자랑하기 일쑤였고, 명절이나 기제사 차례 후에 밤과 대추를 나눠 주실 때도 큰아이 몫을 먼저 챙기셨으니 할아버지 앞에서 감히 말은 못해도 불만이 쌓였고, 그 섭섭함을 형에 대한 심술로 돌려 풀곤 했었지요.

　물론 당신이나 나나 그런 작은아이의 마음을 어루만지기 위해 애를 쓰고 다독이긴 했지만, 어릴 때부터 몸에 배고 머리에 새겨진 소외감이나 상실감이 그리 쉽게 잊히지 않았던 거지요.

　그런 형편에 당신이 큰아이 사업 쪽에만 마음을 쓰셨으니, 둘째가 서운해하고 좀 빗나간다 싶기도 했고, 그래서 당신 마음을 많이 상하게도 했던 것이고요.

　물론 작은애 공부할 때는 당신이 가족들 말소리, 발자국 소리에까지

마음 쓰며, 몸 보양까지 챙기시던 정성은 잊어버리고, 저 서운한 것만 생각하는 게 잘하는 건 아니었지요.

그래서 제 형이 시작하는 사업이 전망 없다 반대하고, 당신까지 거기 매달려 가산(家産)을 모두 쏟아 붓는 처사에 불만을 토했던 것 아닌가 싶습니다.

그렇지만, 당신과 제 형 앞에서 유산 얘기를 들먹인 건 크게 잘못된 게 분명하고, 당신이 화를 내신 건 당연한 한 일이었지요.

"뒤 대주고 공부만 하라는데도 못하겠다는 의지 약한 녀석이, 멀쩡하게 살아 있는 애비 앞에 놓고 유산 타령이냐? 네가 편히 학교 다니고 공부하는 동안 네 형은 맏이 노릇 하느라고 이것저것 동생들한테 양보하고 몸을 쟁기 삼아 농사지으며 살았다. 그 형이 남 못지않게 살아보자고 하는 일인데 그게 그렇게 못마땅하냐? 너는 네 형의 일이 잘되기를 빌기보다 네 몫의 유산을 축낼까, 그게 걱정이냐? 천하에 몹쓸 녀석 같으니라고. 유산은 무슨 유산?"

당신이 아이들 앞에서 그렇게 목청을 높이신 건 드문 일이었지만, 작은아이에겐 그게 적잖은 상처가 됐던 거지요. 나이 서른이 훌쩍 넘었지만, 부모들 앞에서는 항시 아이일 수밖에 없는 것 아닌가요?

작은아이에게 걸었던 기대가 무너진 후, 대학 공부 못 시킨 큰아이에 대한 미안함을 씻기 위해 밀어주던 그 일이 낭패가 된 후, 나도 물론 실심(失心)을 했지만, 당신이 허망하게 기운을 잃은 모습은 차마 볼 수가 없었네요.

결국, 내가 먼저 이승을 뜨기는 했지만, 당신이 있어 아이들 걱정은 반절쯤 놓았었지요. 물론 생전에 당신 덕에 누린 행복이 좀 더 길었으면 하는 소원이야 없지 않았지요. 하지만 내가 살아남고 당신을 먼저 보내는 것보다는 다행이라 싶었고, 그게 우리 부부가 타고난 명(命)이라면 하늘을 원망하거나 조물주를 탓할 일은 아니라고 여겼지요.

다만, 나 떠난 후에 당신 잠자리와 조석 끼니, 옷가지를 누가 챙길지 그게 걱정이었고, 허전해 할 당신 마음 누가 추스를지 그 또한 근심이었습니다.

시부모님 때부터 살던 집까지 경매로 넘어간 후, 우리와 함께 살다가 비좁은 단칸 셋방으로 살림을 옮긴 큰아이는 제 식솔들 거느리기에도 힘겨운 처지여서 당신이 몸을 의탁할 형편이 못 됐지요.

출가한 큰딸은 말 그대로 출가외인이라고, 친정아버지 모실 생각이 아예 없었던 터였잖아요. 게다가 농협에서 적잖은 돈을 융자받을 때, 사위가 보증 선 걸 갚지 못하고 그냥 남겨 놓았으니, 당신 모실 생각에 앞서 빚더미 안겨준 친정이 원망스러웠겠지요.

아직 철부지 같은 막내는 직장에 다니면서 제 몸 하나 건사하기도 바쁜 터에 당신 돌보기는 무리한 일이고, 결국 형편이 그중 나은 작은아이가 당신을 모셔야 할 처지였으니, 그게 적잖게 마음에 걸리는 일이었습니다.

작은아이는 당신이 가장 기대를 걸었었지만, 실망만 안겨 줬던지라 내심 탐탁잖았고, 그 아이는 그 아이대로 당신에게 서운한 마음을 풀지 않고 있었으니 한집 살림이 서로 마음 내키는 일이 아닐 수밖에 없었지요.

그러나 당신은 작은아이에게 몸을 의탁할 수밖에 없었고, 작은아이는 그런 당신을 차마 내치지 못했을 뿐, 효도할 생각 같은 건 없었던 셈이지요. 작은아이 마음이 그러했으니, 한 이불 속에 자는 며느리 마음인들 다를 이 없었겠지요?

"현모(賢母) 밑에 효부(孝婦) 난다."라는 말이 있으나, 내가 며느리들 앞에서 현모 노릇을 못했으니 우리 가문에 효부 나기를 바랄 처지는 아닌 듯싶고, "딸 같은 며느리"란 말도 있기야 하지만 재산 풍족하여 들어 온 며느리 호강시키며 어리광 받아줄 만한 집안에서나 간혹 있을 법한 드문 얘기일 뿐이지요. 옛날부터 여러 사람 입에서 나오는 말대로, "사위는 백년손님이고 며느리는 곁방 손님"이란 시속(時俗)이 변할 이가 없지요.

함께 겪지는 않았지만, 당신 마음고생이 이만저만 아니었던 건 제가 알아요. 짐작대로였고 걱정대로였습니다.

어째야 좋을지, 멀리서 보고만 있을 수밖에 없는 내 심정이야 그렇다 쳐도, 하루 이틀도 아니고 날이면 날마다 그 모진 맘고생을 견뎌야 하는 당신은 오죽했겠습니까. 다친 마음을 다스려 주는 사람은 없고, 작은 아이 내외가 말 맞추고 손발을 맞춰 당신 가슴을 후볐으니, 당신이 모진 생각하게 된 거 이해가 되고도 남습니다.

작은아이나 며느리나 당신과 얼굴 맞대고 오근자근 얘기 나누기는커녕 겸상조차 피하려 하고, 당신이 지갑 열고 용돈 꺼내 줄 때는 재롱 바치고 따르던 손주들조차 머리 크고 눈치 늘어난 후에는 저희 아비 어미 따라 당신 대하기를 소 닭 보듯 했으니, 그럴 때마다 당신 마음이 오죽 아팠겠습니까?

일부러 늦잠 자는 척하다 저희끼리 아침 먹고 물러난 자리에 당신이 뒤늦게 혼자 앉아 아이들이 휘저어 먹다 남긴 반찬에 식은 밥을 드시기가 일쑤요, 그나마 며느리 눈치에 밥알이 모래알이나 다름없었을 테니, 하루하루 사는 게 사람 사는 게 아니었지요.

"있는 재산 모두 털어서 장독인지 장남인지 한 곳에 다 퍼붓고, 우리는 오갈 데 없는 노인네 수발이나 들라고? 우리가 무슨 죄를 진 게 있나, 덕을 본 게 있나?"

당신 들으라는 듯, 푸념을 늘어놓는 며느리와 그걸 듣고도 귀먹고 입 꿰맨 벙어리처럼 말이 없는 작은아이와 한 지붕 밑에 살아야 하는 당신의 심정이 어땠을까를, 내가 왜 모르겠습니까?

부모 자식 간이 아니라 남만도 못한 처지였으니, 당신 심정이 오죽했겠어요. 그런 당신을 보고 있노라면, 비록 육신 없는 영혼일지라도 내 가슴이 미어지는 듯 아팠습니다.

당신 처지가 그리되실 줄 알았더라면, 차라리 내가 남아 그 설움 받고, 당신이 맘 편히 그 세상 하직하고 이리로 오실 걸, 그런 생각까지 했었지요.

당신 혼자 남겨 두고 서둘러 저승에 먼저 온 내가, 빗나간 자식들 불효한 꼴 짐작하고 피난 온 듯하여 후회막급하기도 하였으나, 이승 떠나는 것을 사람 뜻대로 정할 일이 아니니 후회한들 무슨 소용이겠습니까?

큰아이는 큰아이대로 마음 붙일 데가 없어 하루하루가 가시방석인 당신을 보며 제 탓이라는 자책으로 나날을 한숨으로 보내고, 큰딸은 또 큰딸대로 제게 떠넘긴 빚 때문에 당신 원망하고 있으니, 당신 몸 마음 의탁할 데라고는 세상천지 어디에도 없었던 셈이지요.

그런 당신에게 이따끔 따뜻한 밥 사 주고 매달 적으나마 꼬박꼬박 용돈을 쥐여주며 예나 다름없이 어리광을 부리던 철부지 막내, 지금은 그 막내딸이 집 나간 당신 걱정에 애면글면 밤잠을 설치며 가슴을 태우고 있습니다.

어리고 철없다 생각했던 아이가 그중 당신을 생각하는 마음이 그리도 깊었던 건 나도 미처 몰랐었지요.

"한 배 속에서 나온 자식들이래도 아롱이다롱이"라는 옛말대로 내가 배 아파 낳고 당신이 공평하게 정성 들여 키운 아이들이래도 성격이 제각각이라는 건 알았지만, 그렇게 천양지판으로 사리 분별이 다르고 속정이 다르리라는 건 짐작도 못 했던 거지요.

하기야 주는 사람 마음하고 받는 사람 마음이 같을 수는 없다 했으니 당신이나 나나 아이들에게 주는 정 고르게 한다고 마음을 썼지만, 받아들이는 아이들 맘도 같으려니 믿었던 게 잘못이었는지도 모르지요. 아니, 같으려니 믿었다기보다 어릴 적 성격대로 다 커서 제 살림 살 때도 챙길 욕심이 제각각일 거라는 생각은 하면서도, 이 아이 성격은 이래서 좋고 저 아이 성격은 저래서 좋은 거라고 선의로만 해석했던 거지요.

물론 시절이 변한 탓도 있지요. "한 울에서 8촌 난다."라는 말대로 한 집에서 2대 3대가 함께 살며, 조석 밥상머리에서 친족 형제간 우애를 다지고 조손 간 정을 나누며 효친을 몸으로 익히던 미풍양속이 사라졌으니, 젊은 사람들 생각이 옛날과 같을 이 없는 건 당연하지요.

하지만 설마하니 내 속으로 낳은 우리 아이들조차 시속(時俗) 따라 그렇게 변하리라고는 생각을 못했었지요.

어쩌다 늙은 부모 못 본 체하고 형제간 우애 없이 지낸다는 남의 얘기 들을 때는, 그냥 무심했었지요. 아니 시속 따라 변하는 인심을 탓하면서도 우리와 관계없는 일, 말 그대로 남의 이야기일 뿐이라 여겼는데, 그게 우리 얘기가 됐네요.

하지만 열 고랑 밭에 가뭄이 들어도 씨앗 몫의 한 고랑 곡식은 거둔다고, 그래도 당신 걱정에 밤잠 못 이루는 자식이 있네요. 당신이 늦게 태어나 언니 오빠들에게 치어 손해 보고 자랐다고 안쓰러워하던 막내, 위로 두 아이 학비와 시아버님 병수발로 짊어진 빚에 눌려 대학에 못 보내고 가슴 아파하던 그 막내가, 제 오라비 언니들을 대신해서 자식 도리 찾느라고 저리 애닳아 하고 있습니다.

그 막내가 지금 많이 아파요.

당신이 모진 마음 먹고 집 떠난 후, 다른 자식들 하나같이 남의 일인 양 무심한 가운데 막내 혼자서 당신 행방을 수소문하느라 이리저리 헤매고, 언니 오라비들과 입씨름하며 속을 끓이더니 마침내 병이 난 거지요.

당신이 집 떠나기 전, 외롭고 허전한 마음 달래기 위해 내 무덤을 찾아오셨듯이 막내도 저 혼자 애면글면 당신 찾아 헤매다가 내게 와서 그렇게 하소연합니다. 아버지는 어디 계시냐고, 하늘나라에서는 아버지 계신 곳을 알 테니 꿈에라도 나타나 가르쳐 달라고, 그렇게 애걸합니다. 집 떠날 작정 하시고 이별하러 오신 당신 마음을 알았으면 왜 잡지 않았느냐고, 어째서 마음을 돌려놓지 못 했느냐고 원망도 하고요.

그러나 저승과 이승의 구별이 엄연하고 왕래 소통할 길이 막연한데, 낸들 어찌 막내의 하소연을 들어줄 수가 있었겠습니까? 막된 마음 먹고 찾아왔던 당신을 잡지 못했을 때처럼 안타까웠을 뿐, 당신 계신 곳을 알려줄 수도, 애타는 막내 마음 위로해 줄 수도 없었네요.

막내 하소연대로 그 아이 꿈에라도 찾아가고 싶지만, 그 역시 제 뜻대로 되는 게 아닌가 봅니다. 막내 밤잠을 괴롭게 하는 악몽을 막아 줄 수도 없고, 당신 계신 곳을 알려 줄 도리가 없으니 다만 안타깝고, 혼자서 저리 애태우는 막내가 애처로울 뿐입니다.

지금도 막내는 당신 소식을 몰라 애를 태우고 있습니다. 식음을 제대로 챙기지 못하는 건 물론, 토막잠마저 사나운 꿈에 시달리면서 날로 심신이 허약해지고 있는데, 그렇게 삽하고 어리광 많던 애가 툭하면 눈물을 쏟으며 당신을 기다리고 있어요. 그 불쌍한 막내를 저대로 그냥 놔두실 건가요?

인제 그만 집으로 돌아가세요.

당신에게도 누군가가 손잡아 주고 위로해 줄 사람이 필요하듯이, 지금 저렇게 몸과 마음을 앓고 있는 막내에게도 손잡아 줄 사람이 있어야 하잖아요?

가서 막내 손을 잡아 주세요.

막내는 당신을 짐스러워하는 게 아니라 마음속 깊은 곳에서부터 사랑하고 있는 겁니다. 애타게 그리워하고 있는 겁니다.

노후를 아들에게, 그것도 맏아들에게 의탁해야 한다는 건 옛날 생각이요, 지나간 시속인 듯싶습니다. 요즘 젊은 세대들은 아들, 딸 구별 않고 하나만 낳아 잘 기르되, 그 대신 노후 대비는 스스로 마련하는 것이 대세라 하지 않습디까?

우리 세대는 조물주의 섭리로 태어나는 자식들은 저마다 "저 먹을 복은 타고난다."라는 말을 믿고, 많이 낳는 게 순리를 따르는 길이요, 조상님들께 효도하는 일이리라 믿었지만, 요즘 젊은 부모들 생각은 바뀌고 시속도 변하지 않았습니까?

옛날과 지금, 어느 때 어떤 시속이 옳은지 그른지를 내야 알 수 없지만, 노후 준비를 미리 챙기지 못한 당신이 굳이 아들에게 의탁해야 한다는 생각은 바꿔도 좋지 않을까 싶습니다. 아들이면 어떻고 딸이면 어떻습니까. 마음 가고 정 가는 자식 굳이 갈라 생각할 필요는 없다 하더라도, 그래도 제 맘 내켜 원하는 자식 있으면 거기 의탁하는 게 순리지요.

부모 모시랴, 여러 자식 양육하랴, 시속이 바뀌는 어중간한 시대를 살아온 우리 세대의 노후 처신이 참으로 막연하긴 합니다.

그러나 어찌합니까. 여러 자식 낳을 때마다 점지해 주신 조물주에게 감지덕지 고마워하고는, 그 후 나 몰라라 내방치고 우리 노후 준비에나 마음을 썼더라면, 그게 부모 된 옳은 도리라 생각되지는 않네요.

"요즘 부모는, 새끼 키워 날려 보내고 빈 둥지만 지키는 어미 새 한 가지"라는 말들을 합디다. 그 말이 딱 맞기는 맞는 듯합니다.

그러나 둥지를 함께 지켜야 할 내가 먼저 이승을 떠나와 홀로 된 당신, 빈 둥지마저 잃은 막막한 당신 처지가 새끼들을 날려 보낸 어미 새만도 못하게 되었으니, 멀리서 지켜만 볼 수밖에 없는 내 속이 불가마 속에 갇힌 거나 다름없네요.

비록 노후 준비를 못 한 우리가 현명하게 살아왔노라고 장담은 못 하겠지만, 자식들에게 가진 것 다 쏟아 바치고, 알몸 빈손된 게 부모 도리를 잘못한 거라고 부끄러워할 처지는 아니라 싶기도 하지만, 한편으로는 늘그막에 몸 뉘일 둥지마저 지키지 못한 처량한 신세가 부끄러운 듯싶기도 하니, 그야말로 마음이 오락가락입니다.

하천 상류에서 태어난 연어는 바다로 가서 성어(成魚)가 된 후, 다시 제가 태어난 모천(母川)으로 돌아온답니다. 모천에 이른 연어는 알을 낳고 죽어서 제 몸이 부화한 새끼들의 먹이가 되게 한다지요. 참으로 눈물겨운 모성이고 애달픈 생애인 셈입니다.

당신의 지금 외롭고 허망한 처지는, 비단 당신 혼자만이 아니라 우리 또래 세대가 겪어야 하는 공통 된 운명인지도 모릅니다. 그러니 어쩝니까. 감수하는 수밖에요. 그리고 참고 또 참으며 견뎌내는 수밖에요.

연어를 생각하세요. 눈물겹고 애달파도, 그 생애가 대를 이어 생명을 부지하고 세상의 영속(永續)을 떠 바치는 길이 아닌가요? 그렇게 생각하시면 조금은 당신 마음이 너그러워지실 수 있을 거라 믿습니다.

굳이 아이들에게 짐이 된다는 생각을 바꾸세요. 비록 무거운 등짐 지고 오랜 세월 먼 길 당도 해 보니 힘 빠지고 가진 것 없는 허망한 신세가 되셨다 할망정, 당신은 아직도 자식들 마음의 기둥이요, 막내에게는 어릴 적 업어주던 등 넓은 아버지, 산같이 미더운 아버지가 아닌가요? 그러니 당신은 아이들에게 짐스러운 처지가 아니라 아직은 생각이 모자란 철부지들을 끌어안고 업어서 달래야 할 보호자이십니다.

작은아이와 함께 계시던 집이 당신 계실 곳이 아니라 생각되고, 큰아이 집에도, 큰딸 집에도 당신이 머물 형편이 아니라 생각되시면, 애면글면 당신 걱정에 아파하고 있는 막내에게로 돌아가세요. 그게 막내를 위하는 길이고 당신을 위한 길인 듯도 싶네요.

나야 당신을 하늘같이 믿었고, 당신 또한 나를 푸근히 감싸 준 덕에 마음고생 모르고 한세상 잘 살다가 건너오는 길만 있을 뿐 되돌아갈 길은 없는 그 강을 건너 저승으로 왔지만, 이승에 혼자 남아 몸 마음 의탁할 데 없어 외롭고 허망해할 당신 처지를, 살아생전엔 짐작인들 했겠습니까?

이제 돌아보니, 당신은 부모와 처자식 등에 태우고, 험한 세상 천리만리 먼 길을 오랫동안 달려와 무거운 짐 부리고 나니 힘없는 노구(老軀)에 외로움만 남은 나귀 신세가 되신 듯싶습니다.

이제는 자식들에게 부양받으며 내외가 서로 의지하고 위로하며 살아야 할 처지인데, 나는 부질없는 목숨이나마 길게 타고나지 못해 당신보다 먼저 이승을 떠나 왔고, 자식들은 저리 빗나갔으니 힘 빠진 나귀 신세가 된 당신, 의탁할 곳 없이 외로워진 당신은 어찌하시렵니까? 하늘의 뜻 어기고 스스로 이승을 하직하시려 했던 모진 마음은 접으셨지만, 아직도 자식들 곁으로 돌아가시지 않겠다는 생각을 접지 않으셨으니, 창창한 여생을 어찌 감당하시려는지요.

나 임종할 때 소리 없이 눈물만 쏟던 당신 바라보며 나를 한 세상 잘 살게 해 주신 당신이 고맙다는 생각만 했지, 당신 혼자 남아 쓸쓸한 여생 고단하게 사실 걱정은 절반의 절반만큼도 예상치 못했으니, 내 생각이 모자라고 부실한 건 어쩔 수 없는 일인가 봅니다.

부모 봉양이나 올망졸망한 자식들 키우는데 제구실 못 하고, 알뜰살뜰 살림 늘릴 능력 없고 염치없는 여자 감싸고 사시느라고 평생이 고달프셨는데, 여생마저 허망한 처지가 되셨지만, 인제 와서 해드릴 일이 없고 할 수 있는 방도가 없으니 그저 민망할 따름입니다.

내가 보기에는, 당신 지금 사시는 하루하루가, 옛날 아이들 어리고 시아버님 병구완하며 간고한 살림할 때보다 몇 배나 고단하시고, 침식이 또한 말이 아니게 험한데, 다만 며칠도 아닌 창창한 날을 어찌 견디시렵니까?

아무리 시속이 변했고 인심이 변했다 하더라도 그대로는 못 견디십니다.

또한, 당신이 지금처럼 영원히 자식들 안 보실 작정이라면, 당신 가슴에 박힌 못을 자식들 가슴에 되박아 주는 것이나 다름없는 일이 아닌가요?

당장은 자식들이 불효한 듯 보여도 훗날 정신 차리고 마음 돌아설 때가 있을 텐데, 그때 자취 감춘 당신을 영영 찾지 못한다면 그 자식들 마음이 어떻겠습니까? 평생 뽑히지 않을 대못을 가슴에 박고 한을 품게 되겠지요.

우리가 그토록 소원하고 조상과 삼신할머니 덕을 입어 낳은 자식들, 가진 재물 다 쏟아 붓고 있는 정성 다 기울여 키운 자식들 가슴에 어찌 대못 박는 일을 하시려 합니까?

한때 섭섭하고 분하여 맺힌 마음이 모질더라도, 부모가 되어 그리할 수는 없는 일 아닌가요?

한 몸에 붙어있는 손가락 열 개도 길이가 제각각이지 않습니까? 하지만 깨물어 안 아픈 손가락이 없고 쓸데없는 손가락이 없는데, 자식 넷이 모두 하나같이 맘과 뜻이 같고 효심이 또한 한결같으리라는 기대는 무리이지 싶네요.

저희 과오를 깨우친 훗날, 대못 박힌 가슴에 한(恨)을 품고 산다면 그 모양을 어찌 보시렵니까? 혹여 당신이 저승에 오셔서 나를 만나거나 조상님들을 만난다면 무슨 말을 하실 겁니까? 당신 가슴을 후비고 불효한 자식들 가슴에 대못을 박아 앙갚음을 했노라고, 당신답지 않은 말씀을 하시렵니까?

자식들을 하나하나를 똑같이, 공평하게 키우자던 게 우리 내외의 뜻이었지만, 자식들 성격이 제각각이고, 성격 따라 마음 씀씀이나 행동도 제각각인 건 어쩔 수 없는 일이라 여겨야지요. 열 손가락 길이가 제각각이라도 쓸모는 모두 요긴하듯, 지금은 불효한 자식들이지만, 철들어 깨우치면 지난 일 뉘우치고 자식 된 도리 다하리라 믿을 수밖에요.

철들고 생각 깊어지는 것이 어디 나이 순서대로 되나요? 좀 일찍 철드는 아이가 있고 늦게 철드는 아이도 있을 것이니, 지금 마음이 빗나간 아이들도 언젠가는 지난 일 후회하며 늦게 철드는 날이 있겠지요. 아직은 당신이 마음 기둥이 되시고 업어서 달래줘야 할 철부지들이라고 생각하세요.

다행히 그중 어린 막내가 저희 언니 오빠들보다 먼저 철이 들어 저리 착하고 효심 지극하니, 그 막내에게라도 마음을 의탁하세요. 막내한테로 돌아가세요. 내가 당신에게 못해 드리는 일 막내가 할 수 있도록 그리고 다른 아이들도 늦철 들어 당신에게 효도하는 자식들이 되도록, 여기 저승에서나마 빌고 또 빌 겁니다.

그러니 맺힌 마음 풀어 삭이시고 집으로 돌아가세요. 당신과 나의 자식들이 사는 그곳이 모두 내 집이었었고 당신의 집이었으며 자식들과 함께 살던 우리 집이 아니었습니까?

다른 자식들은 철들 때를 기다리시더라도, 우선 막내한테로 돌아가세요.

막내가 아픈 건 당신 때문입니다.

밤낮으로 당신의 안위를 걱정하고, 당신을 찾기 위해 아무것도 할 수 없는 자책감 때문에 병이 난 겁니다.

막내의 아픈 몸과 마음은 낫게 할 건 명의(名醫)의 명약(名藥) 처방이 아니라 아버지의 따뜻한 손길인데, 당신이 그 막내의 아버지아닌가요?

막내는 지금 많이 아파요. 당신 간 곳을 몰라서 저렇게 앓고 있습니다.

위로 두 아이들 학비 감당도 어렵던 때, 막내까지 대학을 가르칠 엄두를 못 내고 가슴 아파하던 당신에게 막내가 하던 말 기억하시지요?

"저 대학 안 가도 괜찮아요."

부모의 처지를 생각해서 마음에 없는 말을 해 놓고도, 정작 쓰리고 아픈 제 속은 풀리지 않아 몸을 떨던, 그 막내를 보듬어 안고 당신 역시 눈시울을 적셨었지요. 그때 그 마음으로 다시 한 번 막내를 안아 주세요.

막내는 금세 자리를 털고 일어날 겁니다. 당신이나 나는, 막내는 막내니까 그중 철없는 어리광쟁이라 생각하고 있었지만, 나이 더 먹고 각기 제 가족 거두며 사는 다른 자식들보다 소견이 넓고 정이 깊은 아이가 아니었던가요.

당신이 무사한 걸 알면 새 기운 차리고 아무 일 없었던 듯 철부지인 듯 어리광 떨면서도, 제 언니 오라비들보다 나은 자식 노릇 할 겁니다. 아니 오라비 언니들도 철없다던 막내, 명이가 하는 양을 보고 마음을 돌이켜 제구실을 다 할 겁니다.

언젠가 그 세상 하직하고 제가 있는 저승에 오셔도 당신은 여전히 아이들의 아버지입니다. 천륜은 이승과 저승의 구별 없이 이어지는 것 아닌가요.

그러니 당신이 계셔야 할 그 자리로 어서 돌아가세요.

지금 당신이 계신 곳은 당신이 계실 곳이 아닙니다.

평생을 당신 등에 업혀 살았던 당신의 아내가 드리는 간절한 부탁입니다.

부디 아이들 곁으로 돌아가세요.

내가 건너온 그 강을 되짚어 건너서 당신과 아이들이 있는 그 세상으로 돌아갈 수는 없지만, 당신은 고향을 등지고 떠나온 그 길을 되짚어가셔서 아이들 마음 곁에 계셔야 합니다. 그게 부모의 도리고, 천륜을 어기지 않는 길입니다.

　명이 아버지!

　그 철부지 막내, 명이는 당신이 제 눈앞에 나타나면 아무 말도 않을 겁니다.

　끌어안고 울거든 그냥 울게 내버려 두세요.

　그리고 당신이 아무 말 하지 않으셔도 막내는 당신 마음을 다 알 겁니다.

　＿ 그 강을 건너온 당신의 아내가 드립니다.

● **안수길**

　월간문학 등단, 충북예술상, 충북문학상, 유승규 문학상

　소설집 『당신의 십자가』, 『광풍과 딸국질』, 『잠행』 전 5권 외

　칼럼집 『비껴 보기 뒤집어 보기』 외

부적

●

전영학

첩첩산중에는 기대했던 만큼의 바람기가 없었다. 앞뒤 좌우에 울멍줄멍하니, 손으로 주물러 놓은 듯한 산비탈이 촘촘히 배겨선 탓이기도 했지만, 낮은 황색 구름이 하늘을 온통 점령하고는 좀체 풀어줄 뜻이 없다고 버티는 탓이었다. 게다가 산허리에 도열한 나무들마저 푸석거리는 콘크리트 속 철근 마냥 구름 속에 박혀 도통 공기의 흐름을 허여하지 않겠다는 고집도 엄연해 보였다. 대체로 깊은 산에 들면 숲이 속살거리는 소리, 구름이 흘러가는 소리에 취하여 잠시나마 선계의 무드에 잠긴다고 하지만 여기는 지금 그런 세계가 아니었다. 등줄기에 땀이 배었고 숨소리는 점점 거칠어졌다. 하지만 형을 만나려면 앞으로도 족히 한 시간은 더 이 칙칙한 산길을 치밟아야 한다. 오늘 나는 일삼아 혈연의 도리를 유념한 갸륵한 뜻으로 이 산속을 찾은 것이지만, 형의 반응에 대해서는 솔직히 기대하는 바가 크지 않았다.

형을 만나보았던 기억이 뚜렷하지도 않다. 마지막 만난 것이 5, 6년 전 직장을 그만두고 나서 왠지 못 견디게 보고 싶어 무작정 찾아갔을 때였지만, 형과의 만남은 저 구름 속처럼 애매했고, 그의 음성 또한 여전히 분절 없는 한숨 소리에 지나지 않았었다. 그래서 머릿속에 남는 거라곤 어설프면서도 망연해하는 형의 생색 없는 얼굴과 그것의 뒷배경인 듯한 어두운 방 안 공기뿐이었다. 그런데도 형은 용케 살아왔다. 아니 자신의 처지에 아랑곳없이 한 가닥 실낱을 붙들고 견디어 왔다. 아마도 그 에너지는 하염없는 '믿음'과 '씻음'일 것이다.

그해 장마가 걷자 습기 머금은 첫더위가 점령군처럼 몰려왔는데, 이것에 압도당했는지 형은 달동네 게딱지 같은 집을 비우고 온다간다 말도 없이 사라지고 말았다.

그 장마는 유독 지리했다. 장마가 끝이 안 보인다 싶자 사람들은 발 앞에 닥친 일이라도 차일피일 미루고 이놈의 껄쩍지근한 날씨와의 정면 대거리를 피하느라 헐떡였고, 집집마다 눅눅한 장판지 밑에서는 곰팡내가 스멀거릴 즈음이었다. 그 틈에, 형은 이삿짐 아니 단봇짐을 쌌다. 짐 싸는 솜씨야 전쟁터에서 군낭(軍囊) 챙기던 가락이 있어 놔서 아랫마을에 사는 내 눈에 띄지 않을 시간에 곤충이 허물을 벗듯, 잡초가 엉기정기 돋아난 슬레이트 지붕을 그는 떠났다. 형이 갑자기 쫓겨나야 할 처지로 추락하는 바람에, 그에 비해서는 평지에 살고 있으므로 어쩐지 미안한 구석이 없지 않던 나는, 어디 행처를 캐낼 단서라도 있나 하여 그의 방 구석을 여기저기 뒤져봤지만, 결국 도둑이 들 염려 따윈 없으리라 싶으면서도 그가 비우고 간 방에 간이 자물쇠를 마련해 채울 수밖에 없었다.

우리는 형을 '꽁애'라고 불렀다. 엄연한 이름이 있음에도 불구하고 형은 유감천만 그 별명으로 유소년기는 물론 청장년까지 장식했다. 부르기 쉽고 알아듣기 쉽다는 이유로 누구나 입에 담기를 즐겨했으므로 아무 때나 어디서고 이름보다는 '꽁애'가 입 밖으로 곧장 튀어나왔던 것이다. 이것은 심지어 우리 부모에게도 예외가 아니었다. 나한테는 틀림없이 제대로 이름을 불러주면서 형에게는 꽁애였다. 형을 부르려 할라치면 그

소리가 무심코 먼저 튀어나온다는 것이었다. 형이 국민학교를 들어가고야 그의 진짜 이름이 '긍회'인 것을 안 동네 사람이 많았다고 한다. 하지만 그것은 보이지 않는 깃털처럼 그의 가슴팍 언저리에 손수건으로 매달려 있었을 뿐 형을 나타내는 것과는 관련이 없었다.

그런데 누가 어떤 연유로 그런 별명을 지어 고착시켰는지 나는 모른다. 유추컨대 그의 진짜 이름에서 유추된 발음의 편리성 때문일 수도 있다. 그렇지만 그렇게 단정하고 나면 세상 수많은 이름이 무사히 그 존엄을 지키기가 어려울지도 모른다. 저 숱한 정치인, 연예인, 저명한 공인(公人)을 뜯어보더라도 이름으로써 희롱당하는 뒤안에는 발음보다는 분명 그 어떤 밉살맞은 연유가 진흙처럼 묻어 있던 것이다.

사실 형의 외모는 내가 보아도 실답지 않다. 그렇다고 축에 빠져 한참 모자라는 건 아니다. 또래들이 하는 언행들을 그럭저럭 따라가며 꽁무니에나마 어울리기도 했다. 다만 얼굴 기색이 흐리멍덩해 보이는데다 사지를 놀리는 동작이 좀 시원치 않다는 정도였다. 그래서 성격 과민한 사람들이 꿩의 병아리, 즉 '꽁애'를 쉽사리 연상해 냈을 것이다. 꿩의 병아리를 다른 말로 '꺼병이'라고도 했고, 이 말은 외양이 좀 떨어지고 어딘가 엉성하게 생긴 사람을 비유하는 말로 쓰였다. 한 마디로 형은 꺼벙한 아이였고 나중엔 그런 어른이 되었다. 하지만 이것으로써 형의 호칭을 둘러싼 의문이 다 풀린 건 아니다. 형에게도 신이 내려준, 먹고 살기 마련인 하나의 특질이 있었다. 어느 순간 결정적인 찬스다 싶을 때 돌발하는, 놀라울 만큼 날쌘 동력을 그는 잠재하고 있었다. 그런데 이 스피드는 노상 드러나는 것이 아니었고, 가까이서 부딪쳐보지 않고는 알 턱이 없을 정도로 비밀스러운 놈이었다. 가령 끼니때가 되어 없는 살림에 개떡이라도 쪄서 밥상이 좀 유다르다 싶은 날이면 형은 어느 겨를엔가 남보다 먼저 그것을 나꿔채 제 입으로 들여보냈다. 가히 생존경쟁에서 도

태되지 않겠다는 본능적 몸놀림이라고나 할까. 개떡을 죄다 빼앗긴 내가 징징거릴 틈일랑 없었다. 먹는 거 말고도 입는 것, 신는 것, 가지고 노는 것 등 매사에 형의 그런 행투는 잊을 만하면 튀어나왔다. 다만 말이 느려터지고 눈동자가 흐릴 뿐이었다. 이런 형을 부모님조차도 꽁애라고 불러 미운털 박는 심사를 추스르려 했을 것이다.

그런데 특기할 것은 입대를 앞둔 형의 신상에 모종의 변화가 일어나 있었다는 사실이다. 청년 꽁애는 세면 후에 신경 써 콧수염을 잘랐고 머리카락을 곧추세우려고 지큐 헤어크림을 요모조모 바르기도 했다. 형에게 어떤 여인이 다가와 있었던 것이다. 애인인지 친군지 분명치는 않지만, 아무튼 형이 어느 아가씨를 유념하고 있다는 걸 집안 여기저기에 흔적으로 남겼고, 이것은 가족에게 그야말로 신선한 충격을 주었다. 하지만 날짜가 이르자 형은 그 아가씨를 어딘가 꼭꼭 숨겨두고 훌훌 논산 훈련소로 떠났다. 그리고 한 번인가 휴가를 왔었고, 그 아가씨와 어떻게 눈을 맞췄는지 어디에 숨겼는지 우리에게는 아직 소상하지도 못한 틈새기에 고약하게도 형이 월남 파병에 차출되었다는 소식이 당도했다. 그가 속한 단위부대가 차출된 것이므로 남성 개병주의 아래 국민학교 중퇴건 꺼병이건 잔말 말고 따라야 했다.

소식을 접한 부모는 가슴 쓰려 했다. 6·25 전쟁통을 어떻게 겪었는지 눈에 불이 날 정도인 부모에게, 장차 아들 꽁애에게 닥칠지 모를 그 어떤 끔찍한 장면은 상상하기조차 정신 사나운 것이었다. 하지만 나는 내심 안도하는 구석이 있었다. 당시 내 나이가 어린 탓도 있었겠지만, 나는 형의 그 꺼벙해 보이는 외모 안에서 빛나던 비장의 몸동작을 떠올리는 게 싫지 않았다. 그러므로 우렁이도 둑 넘는 꾀가 있다고, 형은 반드시 금의환향할 거란 기대를 놓지 않았다.

형은 장하고도 엄숙하게, 얼어붙을 듯 가슴 시리게, 태극기 휘날리는 어마어마한 군함 갑판에 서서, 군가에 맞춰 한쪽 팔을 절도 있게 꺾었다 폈다를 반복하는 병사들 틈에 한 마리 개미처럼 붙어 있었다. 그리고 한숨 같은 뱃고동을 남기고 까마득히 시선 밖으로 사라지고 말았다.

그때를 회상하면, 비록 나는 중학생이었지만 지금도 괜히 가슴이 뭉클해지곤 한다. 나는 내 친구들에게 서슴없이 형을 내세울 수 있었고, 그들에게 찬탄을 끌어낼 수 있었다. 물론 그들이라고 사지에 내몰린 형이 생사의 갈림길에서 얼마나 험한 하루하루를 고통스러워 할지 짐작 못 하는 건 아니었다. 다만 제 형이나 삼촌이 못 하는 사나이다운 체모를 찬탄해 주는 것으로써, 그건 일종의 동정 어린 연민에 가까운 것일지도 몰랐다. 하지만 내 입장으로는 꽁애라는 허울보다는 훨씬 값진 체통이었고, 이것으로 말미암아 형은 장차 활력 넘치는 인생으로 환골탈태할 거라는 즐거움을 마음속에 띄우고 있었다.

과연 형이 월남 파병 1년을 마치고 귀국했다. 어디 부러지거나 찢어진 흉터 하나 없이 돌아왔다. 꽁애가 정말 큰일을 해낸 것이다. 게다가 맨몸으로 소리 없이 온 것도 아니었다. 군낭 아구리에서 미끄러져 나온 도시락통만 한 미제 트랜지스터는 빈 곳이라곤 찾아보기 힘든 판자촌을 은방울 자매의 『마포종점』으로 뒤집어 놓았다. 그뿐만 아니었다. 쏘니제 녹음기를 들이대고 형은 "말해봐. 뭐든 지껄여 봐." 하고는 그것을 재생시켜 나를 찬탄의 열기로 들뜨게 했다. 형은 완벽한 승리자였다. 월남 갔다 온 공훈은, 기껏 최전방 오피(OP)에서 고생고생하면서 근무했다든지 백령도에서 고무보트 상륙 훈련을 수도 없이 되풀이했다는 수준의 다른 제대군인들을 압도하고도 남음이 있었다.

그런데 이런 형이 보름간의 귀국 특별 휴가가 막바지에 이르면서 왠지 수상한 낌새를 보였다. 생사를 걸머멘 이국땅 밀림 속을 헤쳐 나온 그가 휴전 상태라고는 하나 접전이 없는 이 땅의 병영을 왜 꺼려하는 내색일까. 주변에서는 "그까짓 잔여 복무야 슬슬 놀면서 시간이나 때우는 거 아닐까 보냐."라고 듣기 좋은 말로 추슬렀다. 그러나 형은 무언가를 찾고 있었다. 하지만 자기 눈으로는 결코 찾아낼 수 없는 것, 그래서 찾는다기보다는 차라리 기다린다고 해야 옳았다. 그것은 급박한 반전이거나 아니면 신의 선택 또는 가호일지도 몰랐다. 그만큼 기다림에 거는 기대는 절박한 것이었으나 본인 스스로는 속수무책일 수밖에 없는 것일지도 몰랐다. 형은 마분지로 도배된 바람벽에 기대어 거의 종일 화랑 담배 연기를 말아 올렸고, 그 짧다면 짧은 특별 귀국 휴가를 그렇게만 보냈다. 이윽고 귀대 날짜에 임하여는 언제 이기고 살아서 돌아왔느냐 싶은, 흐리멍덩하게 쪼그라 붙은 몰골로 다시 병영으로 돌아갔다.

나의 부모는 그가 가져온 트랜지스터니 녹음기니 하는 물건들이 꽤 큰돈이 된다는 걸 진즉 알았고, 나의 열망 어린 소유욕을 외면한 채 누군가에게 내다 팔고 말았다. 저러다가 제대를 한 형에게 큰 풍파를 겪을지도 모른다고 나는 은근히 겁을 내면서도 그 물건을 처음 들고온 형의 찬연한 모습으로부터 귀대 임박 시의 처연한 몰골이 환치됨으로써, 단지 꽁애에 불과한 그의 닦달이 뭐 대수랴 싶은 위안도 뭉뚱그렸다.

과연 그러했다. 제대한 형은 트랜지스터나 녹음기 따위엔 신경을 쓰지 않았다. 또한, 군역을 필한 어엿한 성인으로서 앞길을 개척해 나갈 어떤 계획이나 포부도 없는 것 같았다. 부모는 그런 그를 기막혀하면서 월남 참전 용사의 빛나는 수훈 따위는 판잣집 검은 골방에 처박아 버리고 다시 '꽁애 그놈'이라는 호칭을 입에 달기 시작했다. "너도 나를 꽁애라고 불러라, 꽁애 형, 이렇게." 형은 중학생인 나에게 그런 말도 시불거렸다. 도대체가 형이 무너져 내리는 원인을 모르겠는 나는 비록 어린 나이건만 형을 그렇게 부를 수는 없다고 맹세에 가까운 톤으로 다짐해 보였다. 형이 내 손을 잡은 건 그때였다. 트랜지스터와 녹음기를 건네주던 그 손이었다. 녹음기를 갖기만 하면 무엇보다도 영어 회화 하나는 거뜬하게 제켜 내리라 부풀던 내 가슴을 형의 한 손이 어루만져 주었다. 그런데 나는 그런 형의 다른 한 손에 들려 있는, 처음 눈에 띄는 생소한 무언가로 인하여 어지러이 시선이 분산되는 걸 피할 수 없었다. 괴이하게도 내 눈을 향해 번들거리는, 빛의 짧은 파장들이 교란되는 듯한 그것을 나는 유심히 바라보지 않을 수 없었던 것이다. 셀로판지에 싸인 허연 색 계통이었고 또렷이 박힌 한글도 보였다. 나는 잠시 후 그게 군인들에게 지급되는 담뱃갑이라는 걸 알아냈다. 하지만 쪼글쪼글 접힌 선분으로 봐서 그것은 결코 새것도 아니고, 부피도 무게도 없는 것이 분명했다. 그런데 왜 이렇듯 내 시선이 별난 반응을 보이는지 나도 알 수 없었다. 다만 형이 지금 쓰레기통에라도 던지려는 하찮은 것을 가지고 내가 과민한 것인지도 모른다고 생각하고 싶었다. 하지만 그건 나의 착오였다. 귀국 직후 형에게 넘겨받았던 외제품들의 잔상이 미련처럼 박혀 있는 내 머리에 종잡을 수 없는 혼란을 일으키면서, 형의 손은 그 구겨진 담뱃갑을 아주 소중히 자기 점퍼 안주머니에 챙겨 넣는 것이었다. 나는 당혹감과 함께 얼굴을 찡그릴 수밖에 없었다. 그리고 형의 두 손으로부터 놓여나 평정을 찾으려고 노력해야 했다.

그날 밤이 되자 형은, 이윽고 기다리고 기다리던 기회가 도래했는지, 끼니도 뜨는 둥 마는 둥 접고는 우리 동네 고샅길을 치켜 올라 동구 밖 언덕 뒤로 나갔다. 썰렁한 바람이 일렁대는 도시 변두리의 밤하늘은 흐멀건 어둠에 마냥 나태한 품새로 잠겨있었다. 그래서 별이 돋았는지 구름이 흐르는지 기색을 드러내지 않았고, 다만 언덕바지 아래 붉은 가로등 몇 점만 어둠을 떠받치느라 매가리 없는 빛을 흘리고 있을 뿐이었다.

그곳에서 형은 뜻밖에도 어떤 사내와 마주하기 시작했다. 둘이 생면부지는 아닌 것 같았다. 서로 악수를 하면서 음, 하고 신음인지 탄식인지를 짤막하게 내뱉고는 공터 빈자리로 옮겨가 나란히 앉는 것이 보였다. 그리고는 한동안 그들에게선 말이 삐져나오지 않았다. 나는 숨을 죽이고 내 시선을 팽팽하게 당겼다. "뭐 이렇게 된 걸… 어떻게 하자는 거지?" 사내가 딱딱한 적막을 깨고 금속성이 배어 있는 목소리를 털어냈다. "그래도 양심이 있다면 뻔히 알면서 어떻게?" 형은 목소리를 짜내고 있었다. "지금 와서 우리가 피차에게 어떤 말을 할 수 있을까. 남녀 관계란 정처 없는 바람이야. 용기 있는 자가 그걸 잡는 거지." 저쪽의 절도 있는 대꾸가 이어졌고, 형이 잠시 뒤 탁해진 목소리로 그 뒤를 받았다. "바람? 그건 네 생각이지." 목성이 다소 높았지만, 어딘가 성글게 들렸다. 하지만 저쪽은 더욱 딱딱해졌다. 어쩌면 굴러다니는 돌멩이를 매단 것처럼 막직하면서도 단단한 음색을 거침없이 형에게 끼얹었다. 때문인지 형은 멍멍해 했고 갈팡질팡하는 기색이 역력했다. 애초 만나자는 요구에 순순히 응한 그에게 모종의 양보를 받아낼 수 있으려니 기대한 게 착각이었을 것이다. 예상치 못한 그의 기습에 맥을 못 춘 형은 점점 구렁텅이로 처박히고 있었다. 나는 안절부절못했지만, 형을 돕기 위해 나서지도 못했다. 내가 어린 탓도 있었으나 이건 형이 주선한 극히 비밀스러운 회동이 아닌가. 이윽고 저쪽이 오금을 박았다. "피차 속 시원히 죄다 까발렸으니 이제 앞으로는 서로 악연으로 만나지 말자구. 그녀하고 네가 정혼을 한 것두 아니니까 내가 고춧가루 뿌렸다고는 아예 생각 말도록." 그가 일어섰다. 형보다는 한 뼘이나 성큼 커 보였다. 형의 대답을 들을 생각이 없다는 듯 그가 거침없이 공터를 벗어났다.

　그의 뒷모습을 어정쩡히 바라보고 섰는 형은 들판에 세워진 하나의 허수아비였다. 저러려고 저쪽 사내를, 아무런 각본도, 각오도 없이 불러냈을 리는 만무했다. 더욱이 중학생인 나도 그들 대화의 중심이 뭔지 땅띔을 하는 판인데, 연적, 아니 애인을 덮치고 차지해버린 먼 친구, 날도둑에게 대거리하는 방식으로는 너무도 서툴고 바보스러웠다. 하지만 나는, 뜨거운 물에 김 안 난다고 형이 처절한 복수를 염두에 두고 일보 후퇴하는 것일지도 모른다고 생각했다. 하여튼 사라지는 그를 망연히 바라보고 섰던 형은 다시 공터 평돌에 엉덩이를 놓았고 속주머니를 뒤져 담뱃갑을 꺼냈다. 담배라도 한 대 태울 요량이라고 나는 생각했다. 그러나 형의 손에서 끝내 미제 지포 라이터의 불꽃은 일지 않았다. 대신 그는 그 담뱃갑을 손바닥 위에 가만히 올려놓고만 있었다. 그리고 고개를 숙여 찬찬히 들여다보기도 했고, 그러다간 다시 멀리로 정처 없는 시선을 날리기도 했다. 나는 곧 그것이 얼마 전 형이 고이고이 안주머니에 갈무리하던 예의 그 담뱃갑일지 모른다고 생각했다. 그러면서 도대체 저게 무엇이기에, 아니 저 속에 무엇이 들었기에 저 정황이 벌어지는지 머리가 자못 혼란스러워지고 말았다. 하지만 그것을 캐내기엔 실로 역부족이었다.

그 후에도 형은 별다른 일을 벌이지는 않았다. '일보 후퇴' 따윈 혈연으로서 내가 만들어 낸 자위적 희망 사항에 불과했다. 형이 어느덧 완연소년기 꿈애로 회귀해버린 거라고 나는 생각했다. 덧없이 매몰된 일상이 소리도 없이 흘러갔다. 살고 싶어도 살 수 없고, 죽고 싶어도 억지로 죽을 수 없는 인생임을 그가 애써 체득하고 있는지도 몰랐다.

다행인 것은 아무리 어둡고 축축한 방안에 웅크리고 있다 해도 형의 뇌세포마저 그런 상태로 시들어 가는 건 아니라는 점이었다. 그는 자율신경 작용으로 발현하는 호흡이나 눈까풀 깜박임을 거북해하거나, 귓구멍 속 고막을 처닫으려 하지 않았다. 자기 주변의 살아 움직이는 것, 방안을 날며 노니는 파리·모기, 방바닥을 유유자적하는 개미·노래기 따위에 경의(敬意)를 보내는 듯한 표정이 야릇하기는 했다. 하지만 어떤 사물에 관한 맵시 또는 치장보다는 그 기능이나 효율성을 철저히 우선시하는 성향을 견지함으로써 정상적인 삶을 지탱하고 있다는 신호를 흩트리지 않던 것이다. 그래서 그것이 나름 그가 죽지 않고 살아남으려는 하나의 증표 같기도 했고, 아직까지는 나에게 있어서 거역할 수 없는 형님의 권위이기도 했다. 예를 들면, 반들반들하고 투명한 유리잔 대신 어떤 액체를 목구멍으로 넘기기 위한 효용이라면 투박할지언정 쉽게 깨지지 않을 막잔이 더 끌린다는 식이었다. 필기구건 신발이건 옷가지건 주변의 생활용품에서 그런 성향이 존중받기를 그는 원했다.

그렇게 몇 년을 어둠에 갇혀 있던 형이 어인 일인지 어느 날 자리를 툭툭 털고 일어나서는 서뿐서뿐 대문 밖으로 나갔다. 이것은 그가 이따금 홀연히 참전 용사회를 찾아 사라졌다가 나타나곤 하던 외출과 깊은 관련이 있었다. 용사회는 그에게 하나의 숨통이었다. 일단은 머리를 감고 무쓰를 바른 뒤였다. 그리고 그가 그토록 무시하고 싶어 하던 '맵시'에 신경을 써 오슬오슬한 꽃샘추위를 무릅쓰면서 이 새봄에 걸맞은, 화사한 홑겹 점퍼를 걸치고 나갔다. 전 같으면 5월 중순까지는 몸에 달고 있을 검은색 겹옷 점퍼였고 그럼으로써 한기에 노출되는 우를 미연에 막겠다는 기능 위주의 사고 틀에 갇혀 있을 그였다. 뒤에 안 일이지만, 용사회에는 월남에서 생사고락을 함께한 전우, 아니 사수(射手) 조 상병이 있었다. 조 상병은 건축 폐기물 처리 업체를 소유한, 엄연한 사장님이었다. 그래선지 그는 옛날 군대 시절에는 몰랐던, 좌충우돌하면서도 저돌적인 행동 양식에다가 걸쭉한 말투까지, 완연 사업가다운 면모로 거듭나 있었다.

그는 평소 그립던 옛 조수와의 해후를 못내 감격해 하면서 소주 몇 잔으로 입술을 축인 후, 나이 마흔 문턱에 장가는 고사하고 지지리 궁상을 떨고 있는 형을 데리고 다짜고짜 사우나탕엘 데려갔다. 궁상의 때를 벗겨야겠다는 것이었다. 알몸으로 세신대 앞에 앉아 머리를 감다 말고 조 사장은 "어디 좀 보자…." 하며 서슴없이 형의 사타구니를 젖혔다. 그리고 "괜찮네. 이거 전혀 이상 없잖어?" 했다. 형이 당혹스런 빛을 띠자 무안을 덜어줄 양으로, "자, 내 꺼도 봐. 어때? 실하지?" 하고 제 넓적다리를 벌려 보이고는 커커 웃었다. 그에겐 자기 앞에 놓인 일상을 희롱할 만한 여유도 있었다.

그 일이 있고 나서 우리 집에 기적이 일어났다. 형이 어떤 여인을 집으로 데려오기에 이른 것이다. 여인의 등장은 우리 집에 화사하고도 신선한 향기를 끼었었다. 형에 비하여 훨씬 젊고 미끈하고 또 살갑도록 다정다감해 보여서 얼핏 이게 어찌 된 짝인가 싶을 정도로 우리에게 이 여인은 그야말로 맞갖은 천사였다. "부잣집 4대 독자 외아들로 큰 남자마냥 제멋대로인 남정보다는 낫지 않겠어요?" 하는 그 여인은 잠깐 초혼에 실패한 사정이 있음도 꺼려하지 않았다. "누가 먼저 옆구리를 찔렀는지 모르겠어요. 하지만 인연이 닿았으니 합쳐졌겠지요." 그녀의 말 뒤에, "암, 그렇고말고. 하지만 나도 믿는 구석이 하나는 있다구!" 하며 형은 자신감마저 내보였다. 조 사장의 주선으로 용사회 모임 근처에서 만났다는 형수의 꾸밈없고 싹싹한 입술이 형의 딱딱하게 굳은 입도 그렇게 열어 놓았다.

곧이어 내가 취직을 했고 집을 나왔다. 그 뒤 형에게서 벌어진 사소한 일들을 나는 잘 알지 못한다. 다만, 형은 조 사장의 폐기물 처리 업체에 총무 비슷한 자리로 취직하여 착실한 남편 노릇 하기에 최선을 다했고, 덕분에 집안엔 정상적인 공기가 돈다는 것을 느끼는 정도였다.

산속에서 반찬 없이 한 끼 때우기로는 이게 적격이라며, 형은 기계국수 면발을 한 움큼 가져와 간장을 풀고 국수부터 한 냄비 끓였다. 형과 마주하여 허기를 땜질할 양으로 젓가락질을 하고 있는데 때마침 손수건만 한 햇살이 도달한 산허리에 잠깐 바람 한 줄기가 스치는 기색이더니, 두두두 나무줄기들을 휘젓고 내닫는 멧돼지 두어 마리가 눈에 들어왔다. 눈 깜짝할 사이에 놈들은 시야에서 사라졌지만, 그것을 내다보는 나는 경이로움 반 호기심 반으로 그들의 흔적으로부터 시선을 떼지 못했다. "왕성한 활력을 뽐내는 놈들, 이 산속의 최고 포식자지." 형도 관심을 보였다. "형을 포함해서요?" 반문하는 내 음색에는 어떻든 형을 한번 흔들어보고자 하는 저의가 묻어 있었다. "나? 난 열외야. 여기 올 때 다 포기했지." 형이 내 내심을 무시하고 말했지만, 포식자 운운하는 것으로 봐 그의 가슴은 아직 뜨거울지 몰랐다. 나는 다시 그의 심사에 침을 놓고 싶었다. "그럼 형이 뭐 초월자, 산신령 아니 도사라도 됐단 말예요?" 그러자 형은, "흐흐, 밤에는 저놈들이 천연덕스럽게 이 집 앞에 와서 눕기도 하지." 하고 소반에 떨어진 국수 가닥 같은 입꼬리에 알 듯 말 듯한 웃음을 그렸다. "그럼 이제 산을 내려가도 되는 거 아녜요?" 나는 형의 그 표정을 놓치지 않고 물었다. 하지만, "저 미물들이 뭘…" 형은 곧장 자기의 말꼬리를 차가운 웃음으로 잘라버렸다. 나도 결국 입을 닫고 말았다.

"이제 더는 오지 마." 개다리소반을 물리고 형이 말했다. 그럼으로써 이제 내가 산을 내려갈 차례가 된 것을 나는 알아차렸다. 형은 아직도 '믿음과 씻음'의 종(宗)을 잡지 못했을 것이다. 어쩌면 죽을 때까지도 도달할 수 없을지 모른다. 나는 묵묵히 형을 바라보았다. '형제가 이렇게 번번이 구름처럼 만났다가 바람처럼 헤어지는구나….' 신발을 챙겨 신었다.

형수에게 사달이 난 건 그녀가 시집을 온 지 1년쯤 되어서였다. 형이 웬일인지 다시 방안에 칩거하기 시작했고, 온 집안이 어둠에 갇혀버림으로써 눈치챈 일이지만, 이번에는 그저 단순한 칩거가 아니었다. 형은 돌부처처럼 돌아앉아 종시 입을 떼지 않았다. 형수가 갈무리하던 예금통장에, 게딱지 같을지언정 세간 든 집에, 비수 같은 차압 딱지가 날아와 꽂혔다. 집안이 쑥대밭이 되었던 것이다. 자연히 그 싹싹하던 형수가 본태를 다 흩어버리고 잿빛 얼굴이 되어 형에 대고 앙앙불락 하는 모습이 종종 띄었다. 상황은 단순하지 않았다. 형은 조 사장을 노골적으로 미워하기 시작했다. 조 사장이 사기를 치려고 형을 꼬드긴 건 아닐 것이다. 여하튼 형은 조 사장이 확장을 시도하는 업체에 투자를, 그것도 은행 대출까지 받아 몽땅 던졌건만, 잘 나가는가 싶던 그것이 한순간에 고꾸라졌던 것이다.

형은 투자를 하기 전에 조심스레 자기가 꼭꼭 갈무리하고 있는 그 담뱃갑 속 물건에 관해 조 사장의 의중을 떠보려고 했다. 하지만 조 사장은 "그걸 아직도 갖고 있니? 이 찌질한 꽁생원아! 난 월남 떠나올 때 바다에 던져 버렸다." 하면서 되려 형을 의아하게 쳐다보았다. '그런데도 당신은 이렇게 떵떵거리며 잘 산단 말이지…!' 형은 혼자 속으로 되뇌었다. 그러나 그것은 어디까지나 반신반의하는 혼란스러움에 다름 아니었다. 따라서 조 사장처럼 과감히 그것을 내팽개칠 용기라곤 없었다. 자기로서는 어쨌든 그것이 삶의 무기요, 보호막이었다. 형은 조 사장에 비해 여러모로 나약하다는 것을 스스로 인정함으로써 위안을 맞이하고 평안을 누렸던 것이다. 뭐든 밀어붙이는 스타일의 조 사장이 투자 건에 관한 형의 심약한 태도를 간파했는지 자기를 못 믿겠으면 손을 빼라고 퉁겼다.

일이 터지고 나서 조 사장은 다 내 불찰이라고 울먹이면서 수갑을 찼지만 조 사장의 그늘이 아니었다면 언감생심 꿈도 꾸지 못했을, 생각만 해도 뿌듯한 직장·결혼의 생활 아니던가.

그런데 알고 보니 형이 스스로 자신을 어둠 속에 가둔 근본 원인은 정작 다른 데에 있었다. 놀랍게도 형이 형수를 신뢰하지 못하는 구석이 눈에 띌 즈음, 형수는 열심히 눈물을 말렸다. 그의 눈자위에 어려 있는, 부부간 불신의 늪으로 격랑처럼 흘러들던 눈물을 주체할 수 없다는 걸까. 형수는 손등으로, 수건으로 닦고 문지르면서 얼굴에 번들거리는 그 물기를 다 증발시킨 다음에야 무엇을 하든 할 생각 같았다. 눈물이 마른 뒤 형수는, 꽁애란 사람이 싫어졌다고 싸늘하리만치 솔직했고, 형은 절벽에 매달린 사람처럼 비틀리는 입술로 형수와 조 사장의 관계를 나에게 확인해 줬다. 알고 보니 형과 형수는 이미 긴 다리를 건너와 있었다. 게다가 이해가 안 되고 믿을 수도 없는 사실이지만, 형수는 파탄 난 조 사장을 구하기 위해 음으로 양으로 암약할 채비를 갖추고 있었다.

형수는 조 사장의 지시에 순응하여 보험모집인에게 거금의 상해보험을 약정했고 스스로 자동차에 뛰어들 궁리에 혈색을 잃어 갔다. 만약 들통이 나면 모든 게 꽝이 될지라도 조 사장의 회사를 살리기 위해선 죽고 못 살 신념이 있었다. 남편의 석불처럼 돌아앉은 모습일랑 안중에 없었다. 사실 처음 저질러보는 위험하기 짝이 없는 도박이었다. 꾼들처럼 한 패거리가 짜고 치는 액션도 아니었다. 그래서 잘못하다간 정말 목숨을 내던질 수 있다는 생각이 없는 건 아니었으나 그건 하찮을 뿐이었다.

그렇게 형수는 실수 아닌 실수의 교통사고로, 그 괴상하고도 불투명한 인생을 세상 저쪽으로 던져 버렸다.

그리고 형수가 죽음으로 해서 마치 최면에라도 걸린 듯하던 형이 세상에 가장 가까운 혈육인 나를 붙들고 오열하던 중이었는데, (부모님은 형이 결혼하기 전에 돌아가셨다.) 그 참담한 경황 속에서, 나는 문득 또 형의 그 담뱃갑을 마주하게 되었다. 저게 도대체 무슨 해괴한 괴물딱지란 말인가. 내게는 호기심 대신 야릇한 반발심이 일었다. "형, 대체 그게 뭐예요?"

나는 저돌적으로 물었다. 그러자 형은 오열을 그치고 잠시 아주 심각한 표정이 되더니 내 면전을 피하고 말았다. 며칠 뒤 용기를 내어 나는 다시 형에게 접근했다. 강제로라도 그 담뱃갑을 탈취하여 내막을 캐고 싶었다. 주요 고비마다 형의 손에 나타났지만 그때마다 비밀에 부쳐지는 그 요물. 그것이 형 자신에게만 국한되는 것이 아니고 우리 집안의 부침과도 연관된다면 나도 묵과할 수 없다는 당위성도 생겼다. "형, 그 담뱃갑 말요. 그거 나한테도 좀 보여줘 봐. 도대체 무슨 요물딱진지 나도 알아야겠어." 나는 거칠게 요구했다. 이번에는 형이 내 면전을 피하지 않았다. 그 며칠 간 그도 나름대로 여러 생각을 사려둔 게 분명했다. "그렇게도 궁금허냐?" 형이 시르죽은 목성으로 물었다. "그거 형이 군대에서 가져온 거 아뇨? 화랑 담뱃갑이니까." 나는 취조를 하듯 형의 말끝을 후려갈겼다. "맞다…." 형은 길게 한숨을 내뱉었다. 그리고 뒤를 이었다. "누구나 살아온 길에 죽을 고팽이가 어찌 없었을까? 그래도 운이 있다고 믿으며, 산 넘고 물 건너 그 험한 세파를 견뎌 왔지. 어디 산하고 물뿐이겠니? 맘속에 겹겹이 놓인 유령의 문짝도 헤쳤고 내 앞을 골짜기처럼 갈라놓은 선과 악의 절벽에 매달려 버둥대기도 했지." 형의 눈가에 아슴아슴 이슬이 맺는 게 보였다. 그리고 그는 드문드문 한숨마저 섞으며 요물의 철갑을 벗기듯 무겁게 몇 마디를 뱉어 놓기에 이르렀다.

적의 교란술에 넘어가 본대에서 낙오한 조 상병과 형은 우리 삼복더위보다 더한 열기와 몸뚱아리를 산산조각내기 일쑤인 지뢰밭과 어디선가 불쑥 총구를 들이댈지 모를 베트콩의 위장술에 시달리면서 사흘째 밀림 속에서 헤맸다. 배고픔이 겹쳐 본대를 찾아야겠다는 일념도 점차 혼미해갈 무렵 뜻밖에도 그들 앞에 두 놈의 적 그림자가 어른거렸다. 조 상병과 형은 반사적으로 포복 자세를 취했고 숨을 죽이며 그들의 동태를 주시했다. 그런데 가만히 살펴보니 그들은 여자였고, 총이 보이지 않는 대신 어깨에 걸치고 있는 독화살 통이 띄었다. 조 상병이 형에게 눈짓으로 말했다. "어차피 피차 사정권이다. 죽느냐 죽이느냐다. 자신 있지?" 형이 고개를 끄덕였다. 사수가 다시 말했다. "소리 없이 해치워야 한다. 총성이 울렸다간 쟤들 소굴이 벌떼처럼 일어날 테니까." 형은 다시 고개를 끄덕여 주었다. 그런데 이쪽 전투복의 은폐 기능이 워낙 뛰어난 덕분인지, 아니면 저쪽 베트콩 여전사들의 경계술이 미숙했던지 여자 베트콩들이 뭣도 모르고 도닥도닥 다가오기 시작했다. 조 상병이 투명인간처럼 몸을 일으켜 활엽수 잎사귀 뒤로 붙어서는 것도 그들은 눈치채지 못했다. 식은땀이 흐른 잠시 뒤 이윽고 미세한 바람에 햇살이 꺾이는 어느 순간 조 상병의 개머리판이 한 여자의 머리통을 내리쳤다. 동시에 형의 팔이 다른 한 여자의 목을 감아 조였다. 외마디 비명이 짧은 시각 삐져나왔지만 금세 둔한 탁음 속에 묻혀버렸다. 그리고 밀림 속은 다시 말짱해졌다. 두 여자는 바로 축 늘어졌고 조 상병과 형은 그녀들의 옷을 뒤져 무슨 먹거리라도 있을까 찾아보았다. 하지만 신통한 것은 나오지 않았다. 보아하니 밀림에 들어온 지 얼마 안 되는 신삥이들이 잠시 어떤 소임을 띠고 소굴을 빠져나왔을지도 모르겠단 추리만 나왔다.

배고픔을 해결하지 못한 실망감은 컸지만, 그들의 밥이 되지 않은 것을 천지신명께 감사하는 마음으로 어서 그 사지로부터 벗어나는 것이 절박했다. 그런데 배고픔과 갈증으로 초주검이 되다시피 한 그들이 앞으로앞으로 나간 뒤 해가 척 이울 무렵 당도한 곳은 어처구니없게도 두 여전사가 쓰러져 있는 바로 그 지점이었다. 한낮 동안 밀림 속을 비잉 돌았을 뿐이었던 것이다. 이젠 더 이상 움직일 기력도 의욕도 고갈된 뒤였다. 그런데 생사의 갈림길에 서게 되자 이상하게도 가슴 속 깊은 곳으로부터 의외의 담담한 기운이 몽글몽글 피어오르는 것을 형은 느꼈다.

목숨이 끊어지기 직전의 희열을 말하는 종교적 엑스터시랄까. 둘은 목숨을 허여한 여전사들의 시신 앞에 풀썩 주저앉았다. 그리고 졸음인지 죽음인지 모를, 머릿속을 가물거리며 달라붙는 허깨비를 저항 없이 맞이해야 했다.

그런데 그때였다. 형에게는 하늘과도 같은 사수 조 상병이 어떤 힘에선지 말을 붙여왔다. 놀라운 것은 이 순간 그의 입술을 타고 번져오는 목소리가 어찌나 감미로운지 모든 것을 제키고 그 소리에 귀를 기울일 만큼 기이하게 느껴졌다는 점이다. 그 목소리는 색감으로 말하자면 치자빛을 연상케 하는, 온화하면서도 경박하지 않은, 달큰하고도 부드러우면서 안정적인 톤이었다. 일종의 성적 매력이라고 해도 좋았다. 죽음의 문턱 앞에서 인간은 인간 이상이 되는 걸까. 형은 천근 같던 졸음이 확 달아남을 느꼈다. 흐트러졌던 자세를 고쳐 앉았다. "김 일병, 우린 살아야 돼. 이건 미신이 아냐. 저걸 오려서 몸에 지니고 있으면 죽지 않는다는 거, 너도 내무반 막사에서 들어본 적 있지?" 조 상병의 감미로운 목소리는 확신에 차 있었다. "옛?" 형은 놀라 반문했다. 물론 형도 들어서 알고 있었다. "하지만 어떻게…?" 형은 고개를 외로 돌렸다. "그럼 쟤들처럼 우리도 여기서 죽을래?" 조 상병은 이제 얼굴에 웃음기마저 띠고 있었다. 그러면서 "죽을래?" 하고 재차 물었다. "정말 살 수 있을까요? 그거 미신 아닐까요?" 형의 목성은 떨려 나왔다. 하지만 사수의 명령 아닌 명령에 선택의 여지는 없었다. "자, 기회는 두 번 오지 않는다…." 조 상병이 총구를 늘어뜨려 여전사 주검의 복부를 두어 번 쿡쿡 찔러 보았다. 형도 다른 여전사의 복부를 그렇게 했다. 조 상병이 여전사의 홑옷이나 마찬가지인 아오자이를 허리 위로 훌렁 걷어 올렸다. 앙증맞은 하얀 팬티가 보였다. 조 상병은 손가락으로 그것마저 확 까 내렸다. 여자의 비밀스러운 그것이 햇살을 맞고 떨어진 자그마한 검은 잎사귀 하나처럼 눈앞에 드러났다. "칼…." 하고는 조 상병이 팔을 뻗어 대검(帶劍)을 끌러냈다. 여자의 치마를 겨우 걷어붙이고 비슬비슬 떨면서 사수를 훔쳐보고 있는 형에게, '뭐해?' 하는 시선이 날아와 꽂혔다. 형은 눈을 감고 크게 한번 숨을 내쉬었다. 그리고, "에이, 모르겠다!" 짐승 같은 외마디를 토하고는 사수의 진행 속도를 따라 팬티를 벗기고 그 검은 잎사귀에 칼끝을 들여댔다….

그래서였을까. 조 상병과 형은 그 밀림 속을 다시 뱅뱅 돌지 않았고, 그날 밤 얼굴 위에서 남십자성이 가물거리는 깊은 어둠이건만 아군 정찰대를 만났고, 아, 살아서 기적적으로 귀대할 수 있었던 것이다. 조 상병과 형은 그 후로 신물(神物)이 된 그 검은 잎사귀의 영험을 철석같이 믿었다. 그것을 빈 담뱃갑에 고이 넣어서 항상 군복 윗주머니에 모시듯 애지중지하고 다녔다. 양심의 가책 따위는 없었다. 물론 함부로 입 밖에 내지도 않았다. 내무반장인 선임하사가 "느덜 말여, 천우신존지나 알어. 만약 느덜이 붙잡혔다면 걔덜이 어떻게 했겠냐? 아마도 느덜 불알을 까 기름에 튀겨먹었을지도 모르지. 전에 진짜 있었다는 거여. 어때 오싹하지?" 킬킬거리는 잡담을 따라 웃을 수도 없었다.

그날 밤 형은 이윽고 담뱃갑 모서리를 헤집고 그 속에 잠들어 있던 그것을 끄집어냈다. 작은 오징어 대가리를 찢어 말린 것같이 납작하고 거무스름한, 가장자리로는 보풀진 헝겊 같은 그것이 형의 손바닥 안에서 말없이 불빛을 역겨워하고 있었다. 순간, "치워요! 치워!" 나는 뒤로 물러서면서 소리쳤다. "어쩌면 이게 내 삶에 오히려 굴레가 됐을지도 모르지. 하지만 한번 뒤집어쓴 굴레를 벗겨 내기가 어디 쉬운 줄 아니? 더구나 나는 세상 꺼벙한 놈, 꽁애가 아니더냐." 형도 외쳤다.

그 뒤 형이 그것을 미련 없이 버렸는지 지금까지도 고이 간직하는지 형제간이지만 나는 꼬치꼬치 물을 수가 없었다.

운동화 끈을 조이고 비탈진 뜨락으로 내려섰다. "이제 내달이면 형도 일흔이네. 고희연이라고 이름 붙이긴 뭣하지만 내가 밥 한 끼 사도 될까?" 나는 조심스레 그의 얼굴을 살폈다. 형은 쓰다 달다 말이 없었다. 그리고 한 참 뒤에, 육중하게 시야를 막고 있는 염천 황색 구름을 보며 중얼거렸다. "그때 그 여전사들의 얼굴이 이제는 좀 뜸해."

● **전영학**

영남대학교 문학상 단편소설 당선, 충청일보 신춘문예 단편소설 당선

공무원문예대전과 한국교육신문 문예공모 입선

소설집 『파과』, 장편소설 『을의 노래』, 『표식 애니멀』 에세이집 『솔뜰에서 커피 한 잔』

호박고지 흠씬 젖다

●

김창식

도심을 벗어나 한적한 이차선 도로에 물방울무늬 누나가 있다. 키꺽다리 미루나무가 열 지어 선 이차선 아스팔트 도로. 미루나무 잎이 바람에 수런거리는 여름의 누나. 행군하는 미군 병사처럼 잎 떨리므로 수런거림을 멈추지 않는 미루나무 아스팔트 도로. 미루나무 밑동이 박힌 갓길 맨땅과 아스팔트로 절뚝절뚝 걷다가 개울 건너 시커멓게 입을 벌린 지하 통로로 걸어 들어가는 환상에 몰입된다.

허리 잘린 산들이 누렇게 상처를 벌려 막 개통이 된 고속도로에 삼륜차나 그레이하운드 고속버스가 달렸다. 고속도로 때문에 평지에 생겨난 지하 통로를 빠져나가면 마을이 있었다. 마을을 관통하는 길의 중간 지점에 누나가 살던 이발소가 있었다.

지금도 미루나무가 가로수로 선 신작로를 보면 걷고 싶다. 고속도로 때문에 평지에 생겨난 콘크리트 통로를 보면 그곳으로 천천히 걸어 들어가고 싶어진다. 중학교 일 학년쯤이었을, 내 나이 열넷의 아이처럼 이제는 얼굴조차 가물가물해진 그 누나를 보기 위해 허름한 시골 이발소 문틈에 눈알을 들이밀고 싶다.

그 날 그 엄청난 광경 때문이었을까. 누나와 이발소가 내 안에 생경하게 남아 있다. 그러나 이십 년이 훨씬 지난 그곳에 이발소도 누나도 없다.

한식날의 성묘길이거나 백중날의 벌초를 위해 선산을 찾아가는 길목에서 환영처럼 이발소를 보곤 한다. 이발소의 겉모습은 물론 내부의 이발 의자와 머리를 감아주기 위한 세면대도 생생하게 기억해낸다. 아쉽게도 누나의 얼굴은 해마다 다르게 떠오른다. 누나의 얼굴을 확실하게 기억하고 있음이다. 기억의 언저리에 함초롬 앉아 있는 누나의 이름과… 흰색 바탕에 검은 점이 공기 방울로 번져 있는 치마와 분홍 속옷과 또… 음모가 까맣게 돋은 샅.

명자. 이발사인 누나의 아버지가 명자라고 불렀다. 마을이 곽가네 집성촌이었기 때문에 곽명자일 수 있다고 추측하지만, 성은 정확히 모른다.

*

중학교 일 학년 때 상당한 수준의 장기 실력을 가지고 있었다. 아버지 때문이었다. 티브이는 고사하고 전기마저 들어오지 않는 외딴집에서 흔히 맞닥뜨려지는 길고 무료한 시간에 아버지는 장기판을 놓고 나를 마주 앉게 했다. 엄마가 저녁거리로 고구마나 옥수수를 삶을 때 아버지와 장기를 두면서 어둠을 맞곤 했다. 그물이란 것도 강물 속에 담가 놓고서 사이 뜸이 필요했기 때문에 아버지의 무료를 달랠만한 것은 장기였다.

누나의 이발소에서 작은 산 두 개를 더 넘어야 내가 사는 동네다. 제법 높은 산자락의 초가에 세 식구가 살았다. 아버지는 꽁치 배때기와도 같이 폭 좁은 마당 앞으로 시퍼렇게 흐르는 금강 물줄기에서 고기를 잡았다. 엄마는 경사가 좀 인정이 있다 싶은 산 등 허리에 누더기 화전을 일구어 고구마며 옥수수를 심었다. 학교에 다니는 일이 여간 고단한 것이 아니었다. 아침저녁으로 사십 리 길을 걸어 다녔다.

이발소가 있는 곳이 학교와 집의 딱 중간점이다. 이발소 감나무 아래 응달에 들마루가 놓였다. 동네 할아버지들이 장기를 두었다. 지친 걸음을 들마루에 얹고서 대국을 곁눈질하다가 결정적인 순간에 훈수를 던져 뒤통수를 맞은 적이 한두 번이 아니었다.

이발사의 잔심부름을 하다가 가끔씩 손님이 겹칠 때는 머리 감기는 일을 도와주던 누나가 다가와 뒷머리를 어루만져 주었다. 누나는 먼 길을 걸어 읍내 중학교에 다니는 나를 대견하게 생각했다. 가끔씩 들마루에 몸을 놓으면 팥이 든 빵을 주었다. 빵이 없는 날에는 펌프에서 막 뽑아 올린 냉수를 한 대접 건네줬다.

봄볕은 기운을 몸에서 쏘옥 뽑아가는 마술사였다. 학교에 가는 길보다 집으로 돌아오는 길에서의 봄볕은 역귀를 씹게 한 듯 혼미해지고 나른하게 했다. 사월 밀밭에 고스란히 내려앉는 봄볕을 바라보노라면 다리에서 기운이 쏘옥 빠져나갔다. 그 자리에 주저앉아야 했다. 밀밭에서 자맥질하는 종다리를 바라보다 쇠똥 무덤으로 머리를 쑤셔 박는 쇠똥구리를 보다가 언덕을 바라보면 싸리 꽃 덤불이 어우러져 하얀빛을 발산했다. 싸리 꽃 덤불에서 뿜어내는 지독한 향기 또한 혼미한 나락으로 잦아들게 했다. 중학교 일 학년 때 사십 리 길을 걸어 학교에 오가는 것은 몹시 고단한 일과였다. 때문에 누나네 이발소 들마루에 쉬어가지 않는 날이 없었다.

사월. 오후 세시쯤이었을까.

신작로를 걸어가는데 하늘이 노랗게 물들더니 까만 기운이 서리기 시작했다. 온몸에 식은땀이 쏟아졌다. 미루나무 잎을 흔들며 지나가는 삼륜차의 굉음이 의식 밖으로 밀려나며 아득해지는 상태에서 갖은 힘을 다해 신작로를 벗어났다.

비칠거리는 몸을 다리 난간으로 옮겨갔다. 책보자기를 허리에서 풀러 바닥에 놓고 콘크리트 난간에 누웠다. 노랗던 하늘이 새까맣게 사방을 껴안고 있었다. 명치쯤에서 통증이 뭉클하게 뭉쳤다. 이마가 싸늘하게 차가워지고 숨도 가빠졌다. 소리를 질러 누군가를 불러야 한다는 의식이 뇌리에 떠돌았다. 소리는 질러지지 않고 신음만 간신히 토해낼 뿐이었다.

그런데 누가 날 흔들고 있었다.

"왜 그러니? 어디 아프니? 어마, 얘 이마가 싸늘하게 식었네. 얘. 얘. 눈을 떠봐."

몸이 흔들린다는 의식마저도 툭 끊어지면서 깊은 나락으로 빠져들었다.

눈을 떴을 땐 정말로 사방이 어두웠다. 누나네 들마루에 누워 있는 것이었다.

"정신이 드니?"

누나가 내려다보고 있었다. 몸을 일으켰다.

"더 누워 있어."

누나의 말을 들으면서 양쪽 엄지손가락의 통증을 느꼈다. 트림이 칵 올라왔는데 까스명수 냄새가 속에서 치밀어 올라왔다.

"무얼 먹었기에 단단히 체했니?"

종이에 둘둘 말린 고구마가 오늘 점심이었다. 점심시간이 시작되자 급우들은 책상에 양은 도시락을 열어 놓고 점심을 먹기 시작했다. 나는 고구마가 든 종이 뭉치를 책상에 올려놓지 못했다. 고구마를 깨끗한 보자기에 싸왔더라면 책상 위에 올려놓았을 터였다. 밀가루 흔적이 하얗게 묻어 있는 종이 뭉치를 꺼내 놓을 용기가 없었다.

책보에서 고구마 뭉치를 얼른 꺼냈다. 교복 상의 앞자락에다 숨기고 교실에서 나왔다. 학교 어디에도 마땅히 고구마를 먹을 만한 장소가 없었다. 쉬는 시간에 도시락을 먹어 치운 녀석들이 구석에서 우글거렸다.

고구마 뭉치를 들고 간 곳은 화장실이었다. 화장실은 연탄가스보다 더한 냄새를 뿜어 올렸다. 코를 쥐어틀고 먹은 고구마가 체한 것이었다.

"혼자 갈 수 있니?"

책보를 옆구리에 매달고 신발을 꿰어 신는 내게 누나가 물었다. 누나에게 무슨 말인가 하고 싶었다. 하지만 아무 소리도 못 하고 그냥 씩 웃어 놓고 산 쪽으로 달려갔다. 날이 새까매져 고갯길이 안 보이기 전에 산을 넘어야 했다.

오래지 않아 누나의 나이가 생각보다 많지 않음을 알았다. 중학교 일학년의 열넷인 나보다 겨우 세 살이 많은 열일곱임을 알았다. 또래의 친구들이 읍내의 여고나 여상으로 진학을 했는데 누나는 학교에 가지 않았다. 이발사랑 단둘이 사는 형편 때문이었을 것으로 추정되었다. 이발사가 술고래였음이 또 하나의 이유가 아니었을까.

*

찔레 꽃다지 흩어지고 설익은 열매가 푸른 허공으로 한껏 발기한 유월. 비가 억수같이 쏟아졌다. 등교할 때는 보리 빛깔이던 하늘에 먹물이 황급히 싸질러지는 쇠똥처럼 끼얹혀지더니 닭똥 같은 빗방울이 쏟아졌다. 비를 맞으며 하교하는 경우는 내게 흔했다. 하늘이 부려내는 조화를 어린 내가 어찌할 수는 없는 노릇이었다. 교실에서 수업에 임하는 동안, 멀겋던 하늘에 구름이 고이고 빗물을 고스란히 맞으면서 사십 리 길을 걷곤 했다.

구슬만 한 우박 덩이까지 바닥에 팽그르르 떨어졌다. 무서운 비였다. 학교 담장을 에워싼 아카시아 나무에서 어둠이 척척 일어서기까지 했다.

학교 근처에 사는 애들은 가족이 가져온 우산을 쓰고 집으로 돌아갔다. 사방은 점점 어두워지고 비는 가늘어지거나 뜸해질 기미가 보이지 않았다. 처마 아래에서 기다린들 아무런 방책이 생길 수 없었다. 책보를 서랍 깊숙이 쑤셔 넣었다. 책보를 품에 숨긴다 해도 불과 오십 보도 걷지 못해 책이 흠뻑 젖을 것은 당연한 이치였다. 처마 밑에서 망설이다가

빗속으로 잽싸게 뛰어갔다. 오십 보도 나가지 못해 뛰는 것을 그만두었다. 벌써 가랑이에 빗물이 줄줄 흘러내렸다.

읍내를 벗어나 신작로로 접어들었다. 차들이 속도를 늦추며 오고 갔다. 와이퍼와 차바퀴가 튀겨내는 빗물이 몸을 사정없이 때렸다. 바람에 흔들리면서 수런거리던 미루나무 잎도 입을 다물고 굵은 비를 맞았다.

신작로를 걸어가는 사람은 아무도 없었다. 아직 이른 시각인데 집집마다 굴뚝에서 연기를 피워냈다. 연기는 하늘로 올라가지 못했다. 굴뚝에서 꾸역꾸역 피어난 연기가 구렁이가 되어 마을을 감아 안았다.

신작로를 벗어나 다리를 건넜다. 냇물이 성난 황구렁이처럼 쿨렁거리며 하류로 흘렀다. 고속도로 너머 내가 넘어야 할 산자락에 어둠이 굳어 앉고 있었다.

고속도로 아래의 통로로 들어갔다. 음습한 동굴에 들어온 느낌이었다. 빗물은 떨어지지 않았지만, 왠지 더 있고픈 마음이 없었다. 통로를 나와 이발소가 있는 곳으로 허우적허우적 걸어갔다. 빗방울이 몸으로 다시 후려지고 있었다.

뜻밖에도 통로를 벗어나 마을로 걸어 들어가는 내게 후련함 같은 기분이 고여 들었다. 중학교에 입학하고서 내 몸에 누적되어 온 피로가 서서히 씻겨 내려가는 기분이었다. 봄부터 내 앞에 펼쳐지던 나른함을 모두 쓸어 가는 기분이기도 했다. 발을 딛는 내 몸에 기운이 차곡차곡 들어차며 생기가 돌았다.

마을 중간에 들어섰다. 고속도로가 개통이 되고 마을에서 초가집은 모두 헐렸다. 뼈대는 그냥 두고 썩은 짚으로 덮였던 지붕들이 모두 벗겨졌다. 파란색, 분홍색의 함석지붕이 새로 생겼다. 함석지붕에 빗방울이 떨어져 콩 볶는 소리를 냈다. 어두워지는 산자락과는 대조적으로 파란 지붕은 선명했다. 마치 빗방울에 껍질이 벗겨지면서 점점 선명하게 속살을 드러내는 것 같았다. 이발소가 있는 마을로 접어들면서 신기한 기분에 휩싸였다. 서둘러 넘어야 할 산자락에 어둑한 기운이 서려 있었지만, 몸으로 이상한 기운이 차올랐다. 열린 대문으로 보이는 집집마다의 마루에 사람들이 앉아 비를 구경하고 있었다. 그들의 눈초리는 내가 애처롭다는 빛을 발했다. 이발소 앞에 이르렀다.

들마루는 비를 피해 이발소 건물 처마 아래에 세워졌다. 누나가 이발소 문지방에 오른발을 얹어놓고 빗방울이 떨어지는 이곳저곳을 바라보고 있었다.

"잠깐 이리와."

누나가 소리쳤다. 걸음을 뚝 끊고 실성한 놈처럼 비를 맞으며 빙그레 웃었다.

"감기 들겠다. 잠깐 들어와라."

누나가 손짓했다. 넘어야 할 산자락을 바라보았다. 어둠이 꽤 짙게 깔렸다. 이발소에는 백열등이 켜져 있었다. 누나가 다시 손짓했다. 빗물을 몸에서 뚝뚝 떨구면서 누나 앞으로 갔다. 이발 의자에는 이발사가 늘어져서 잠들었다. 전구가 켜진 이발소가 환하면서 따뜻한 느낌을 발산했다.

"춥겠다."

누나가 옷깃을 끌었다. 몸에서 빗물이 계속 떨어져 선뜻 안으로 들어가지 못했다.

"감기 들겠다."

누나의 힘에 이끌려 이발소로 들어갔다. 누나가 측은하다는 눈빛을 던졌다. 그제야 팔뚝에 솟아난 소름이 보였다.

"안 되겠다."

누나가 내 손을 잡았다. 순간 이발 의자에 늘어진 이발사를 바라보았다. 커억─ 이발사는 숨을 끊어가면서 고된 잠 속에 빠져있었다. 손을 잡은 누나가 안으로 난 문을 밀쳐 열었다. 누나에 이끌려 문지방을 넘어가면서 누나의 손이 참 따뜻함을 느꼈다. 안으로 들어가자 부엌이었다. 부엌 안쪽으로 방문이 있었다.

"잠깐 여기 있어 봐."

누나가 부엌에 나를 세워 놓고 방으로 들어갔다. 그제야 내 몸에 끼얹혀진 빗물의 무게를 느꼈다. 옷이 몸에 달라붙어 엉거주춤한 꼴이었다. 이발소 양철 지붕에 빗방울 떨어지는 소리가 우두둑 우두둑 들렸다. 바람이 빗방울을 한차례 쓸고 가는 중이었다.

"옷 갈아입어."

누나가 옷을 내밀었다. 교련복 바지와 셔츠였다.

"오빠가 군대 가기 전에 입었던 옷인데 너한테는 조금 크겠다. 어서 갈아입어."

옷이 내 손에 쥐어졌다. 부드럽고 아늑한 느낌이 손바닥에 전해졌다.

"뭐해? 어서 갈아입어."

누나가 재촉했다. 선뜻 옷을 벗지 못했다. 누나가 물끄러미 나를 바라보았다. 나는 이발소로 난 문을 바라보았다. 이발사의 코 고는 소리가 들렸다.

"괜찮아. 아무도 없어."

누나가 문을 닫았다. 이발소로 열린 문을 바라본 이유는 문을 닫아달라는 의미가 아니었다. 누나가 부엌에서 나가달라는 의도였다. 사타구니에 음모가 까맣게 돋고 있는 중이었다. 아침에 일어날 때마다 불끈 발기하면 귀두가 온전히 드러나며 자연포경이 진행되는 중이었다. 때문에 유심히 관찰하는 중이기도 했다. 유심한 관찰에 부응이라도 하는 듯 작년과 다르게 변해 있었다. 어머니는 물론이거니와 아버지에게도 함부로 보여주지 않던 것을 누나 앞에서 드러낼 수는 없었다.

"뭐 하니? 너 그러다가 오늘 중으로 집에 가기는 틀렸다."

창문을 보았다. 그새 밖에는 어둠이 이발소를 이미 껴안은 뒤였다. 다행히 비는 멈추어 있었다. 함석지붕을 두들기던 빗소리가 멈추고 이발사의 코 고는 소리가 크게 들렸다. 마음이 조급해졌다. 칠흑같이 새까매지기 전에 고개를 넘어가야 한다는 조바심이 생겼다.

"누나. 좀 나가있어."

누나가 물끄러미 바라보다 씨익 웃고 방으로 들어갔다. 젖은 옷을 벗었다. 오줌이 마려웠다. 알몸인 채 빠르게 두리번거렸다. 이발소로 향하는 문과 누나가 들어간 방문 사이에 또 다른 문이 보였다. 아마 그곳이 변소일 것이라는 생각이 들었다. 누나가 건네준 셔츠를 입었다. 문을 열었다. 생각대로 변소였다. 이발소는 길가에 건물만 달랑 있었으므로 마당도 없었고 변소를 둘 별도의 건물도 없었다. 한 개의 건물 덩어리에 부엌을 중심으로 방과 이발소와 변소가 붙어 있는 구조였다. 쪼그려 앉아 볼일을 볼 수 있도록 했는데 냄새를 막기 위해 판자 뚜껑으로 덮어놓았다. 판자 뚜껑을 열었다. 드러난 시커먼 구멍을 향해 섰다. 부엌을 바라보았다. 백열등이 빛 알갱이를 사방으로 퍼뜨리고 있었다. 백열등이 몸에 가려 입구가 잘 보이지 않았다. 몸을 약간 틀었다. 백열등에서 뿜어져 나온 빛이 구멍과 드러난 내 하체에 닿았다.

요의는 있는데 오줌이 금방 나오지 않았다. 물에 흠뻑 젖었던 것이 따뜻해지면서 팽팽하게 부풀어 요도를 막았다. 정신을 한 곳으로 모으고서 아랫배에 힘을 주었다. 오줌이 나올 기미가 없는 대신에 그것이 더 크게 부풀었다. 방문이 덜컥 열렸다. 화들짝 놀라서 고개를 돌렸다. 누나가 부엌으로 나오면서 나를 바라보는 중이었다. 손에 들고 있던 판자 뚜껑을 나도 모르게 떨어뜨렸다. 그렇게 황당한 중에 팽팽하게 부푼 그곳에서 오줌이 나왔다.

"누… 누나."

쑥스러운 외마디가 질러졌지만 떨어지고 있는 오줌을 어찌할 수가 없었다. 누나가 빙그레 웃었다.

"다 컸구나."

누나가 한 걸음 다가왔다. 귓불이 발갛게 달궈졌다. 엉덩이를 뒤로 젖혔다. 오줌이 바닥으로 두두둑 떨어졌다. 탁— 변소 백열등이 켜졌다. 환해졌다. 서둘러 오줌 줄기를 끊고 왼손에 쥐고 있던 바지를 꿰입었다. 변소에 백열등이 따로 있다는 것을 알아차리지 못한 것과 바지를 입지 않고 오줌을 눈 것이 불찰이었다.

"방으로 들어 가."

누나가 이발소로 나갔다. 변소 문을 가만히 닫아놓고 부엌 가운데 섰다. 이발사의 코 고는 소리는 여전했다. 평소에 술을 좋아하는 이발사가 술에 취해 이발 의자에 잠들어 있는 것이 분명했다. 이발소 문을 잠근 누나가 부엌으로 왔다. 나는 이발소 문으로 걸어갔다.

"이 밤에 고개를 넘으려고?"

나는 눈짓으로 끄덕였다.

"너 큰일 난다. 비가 쏟아져서 물이 불었어. 또 칠흑같이 어두워서 사방이 분간이 안 될 텐데 거길 간다고?"

누나가 내 팔을 잡았다. 누나의 말이 옳았다. 고개 하나를 더듬거려 넘는다 해도 다음 고개 사이에 있는 계곡 물이 불어 있다면 길이 막히는 꼴이었다. 아버지와 어머니를 생각하면 길을 나서야 했다. 더욱이 얼굴을 쳐들고 누나를 바라볼 용기가 없었다. 이발소로 걸어나가려는데 누나가 팔을 더욱 세게 잡았다.

"조그만 애가 겁도 없구나. 여기서 자고 내일 새벽에 집에 갔다가 학교에 가면 되잖아."

누나에 이끌려 방으로 들어갔다. 아카시아 나무가 휘청거리며 허공을 비질하는 기척이 들렸다. 방안에 우두커니 서 있는 동안 밥상 차리는 소리가 들렸다. 창밖의 어둠을 바라보고 있는데 문이 덜컹 열렸다. 이발사가 방으로 들어와서 서 있는 내게 눈을 끔벅거렸다.

"옷이 흠뻑 젖어서 갈아 입혔어요."

누나의 말에 이발사가 픽 쓰러져 누웠다. 부엌과 창밖의 어둠을 번갈아 보는 사이에 이발사가 코를 골기 시작했다. 시큼한 술 삭은 냄새가 방안에 들어찼다.

"밥 먹자."

누나가 밥상을 들고 왔다. 상에는 쫄쫄 끓는 된장찌개와 열무김치와 밥 두 그릇이 놓였다. 두 그릇의 밥과 코를 고는 이발사를 바라보았다.

"얼른 먹어. 아버지는 내일 아침이나 되어야 일어나셔."

누나가 숟가락을 쥐여 주었다. 갑자기 허기를 느꼈다. 보리쌀이 입에서 마치 앵두처럼 으깨어지면서 된장 국물과 섞여 목구멍으로 넘어갔다.

"배가 고팠구나."

누나가 자신의 밥그릇에서 한술 푹 떠서 얹어 주었다. 누나를 한차례 바라보고 밥그릇을 비웠다. 누나가 상을 들고 부엌으로 나가고 이발사와 단둘이 방에 남았다. 이발사의 숨소리가 잦아들었다. 방안이 조용해졌다. 허공을 비질하는 아카시아 나무 소리가 들렸다. 부엌으로 나간 누나의 기척이 없어졌다. 방바닥이 따뜻했다. 배가 부른 몸에 졸음이 살금살금 들어차기 시작했다. 벽에 등을 기대고 무릎을 세웠다. 졸음이 급격하게 몰려왔다.

잠에서 후다닥 깨어났을 때, 벽에 등을 기댔던 몸이 바닥에 엎어져 있었다. 상체를 일으켜 앉았다. 방을 환하게 밝히던 백열등은 꺼져 있었다. 코를 휘파람처럼 불어대면서 잠들어 있는 이발사가 눈에 들어왔다. 벽에 매달린 괘종시계에서 아스팔트를 걸어가는 구둣발 소리가 들렸다. 이젠 부수머리로 가긴 불가능하다고 판단했다.

누나가 보이지 않았다. 누나가 곁에 없다는 사실에 두려움과 서러움이 생겨났다. 마치 누나가 고개 너머에 있는 어머니와 같은 존재로 여겨졌다. 살그머니 일어났다. 이발사가 잠에서 깨지 않도록 괘종시계 밑으로 걸어갔다. 귓구멍에 돌을 두드리는 듯 시침 소리가 크게 들렸다. 시침과 분침이 희미하게 드러났다. 아홉 시가 넘었다. 누나가 차려준 밥을 먹고 벽에 기댔다가 고꾸라져 잠이 든 채 세 시간이나 훌쩍 지났다. 벽에 등을 기댔다. 집에 가기는 불가능하고 이 방에서 밤을 지내야 한다고 생각했다. 벽에 옆구리를 붙여 바닥에 누웠다. 잠을 청하려고 눈을 감았다. 잠이 쉽게 오지 않았다.

누나는 어디로 갔을까?

외려 정신이 또렷해졌다. 감은 눈으로 방안의 사물들이 하나씩 차례로 보였다.

어디선가 소리가 들리고 있었다. 잠에 빠져들지 못하고 또렷해지는 귓가로 무슨 소리가 아주 작게 들려왔다. 저절로 귓바퀴에 신경이 모였다. 귓바퀴로 수만 마리의 개미들이 행렬로 기어오는 느낌이었다. 수만 마리의 개미 행렬이 몰고 오는 소리는 급박하게 들려왔다가 까마득한 정적에 빠져들기를 반복했다. 물체가 부딪히는 소리가 느닷없이 들렸다가 고요해지고, 고양이 우는 소리가 들렸다가 시간이 멈춘 듯 정적에 휩싸이기도 했다. 들렸다가 곧 사라지는 소리를 놓치지 않으려 신경을 모았다.

하지만 허사였다. 소리가 들리는가 싶으면 바람 소리가 훼방을 놓으며 어디론가 끌고 사라졌다. 소리를 잡아채려 눈까지 홉뜨고 있으면 아카시아 잎이 쓸리는 소리와 고속도로를 달리는 차바퀴 소리가 아득하게 들렸다.

일어나 앉았다. 그대로 누워 있다간 몸으로 수만 마리의 개미떼들이 와글와글 들어찰 것 같았다. 벽에 등을 기대고 무릎을 세웠다. 소리가 또 들렸다. 간간이 들리던 소리는 고양이 우는 소리가 아니었다. 누나의 소리가 분명했다. 어디가 아파서 흘리는 신음 같기도 하고 잠꼬대로 흥얼대는 것 같기도 했다. 눈을 홉뜨고 방안을 살펴도 누나는 없었다.

문고리를 살그머니 잡아당겼다. 문이 열렸다. 부엌은 몹시 캄캄했다. 이발소로 나가는 문에도 불이 밝혀있지 않았다. 문을 닫고 부엌 바닥으로 내려서면서 소리가 나는 곳을 비로소 알았다. 이발소였다. 물체가 부딪히는 소리는 이발 의자가 흔들리는 소리였다. 이발 의자에 앉은 누나의 몸 어딘가가 아파서 앓고 있거나 아니면 이발 의자에서 잠이 들어 험한 꿈을 꾸면서 헛소리를 뱉고 있는 것이라고 짐작했다. 누나에게 몹시 미안한 마음이 생겼다. 내가 홀딱 젖어 부수머리로 넘어가지 못하고 방을 차지하자 이발 의자에서 잠이 들었다고 생각했다. 혹여 어딘가가 아프게 되었다면 온전히 나 때문이었다. 누나가 잠에서 깨어나지 않도록 조심스럽게 문을 열었다. 몸이 빠져나갈 수 있을 만큼만 문을 열어놓고 오른발을 짚는 순간. 아- 누나가 아닌 다른 눈동자와 정면으로 부닥쳤다. 눈동자의 주인은 남자였다. 등교나 하굣길에 가끔씩 마주치던 얼굴이었다. 신작로를 벗어나 다리로 접어드는 곳이나 고속도로 지하통로에서 엇갈리면서 만나던 청년이었는데 그는 방위병 복장을 입고 있었다. 교문을 나와 신작로를 걸어오다 보면 다리 입구에서 버스를 기다리곤 했으며 등교할 때는 야간 복무를 마치고 굴다리를 통과하던 그 청년이었다. 방위병 모자는 또르르 말아서 어깨 견장 띠에 찔러 넣고 담배를 피우면서 갖은 폼을 잡던 건달이었다.

청년은 이발 의자에 깊이 앉아 있었고 누나는 청년에 마주 걸터앉아 있었는데, 아− 누나의 하체는 맨살이었다. 누나의 엉덩이에서 희부연 빛이 나왔다. 누나는 내가 들어온 것을 알아차리지 못했다. 눈을 감고 시소를 타듯 몸을 앞뒤로 흔들면서 바늘에 찔리는 신음을 흘렸다.

눈이 마주친 청년이 누나의 등을 손바닥으로 때렸다. 누나는 여전히 청년의 의도를 알아차리지 못했다. 청년이 좀 세게 두드렸다. 누나가 눈을 떴다. 흠칫 놀란 나를 알아차렸다.

"어− 어− 너?"

누나가 청년에게서 내려와 바닥에 떨어진 물방울무늬 치마를 부리나케 입었다. 청년이 이발 의자에서 내려와 혁대를 잠그고 내게 걸어왔다. 청년이 무서워졌다.

"짜식−."

청년이 이발소 문을 드르륵 열고 나갔다.

"쪼그만 게 웬 잠이 그렇게 없냐?"

누나가 손가락으로 내 이마를 콕 찍었다.

"얼른 가서 자라."

누나가 방문을 열었다. 조종당하는 로봇처럼 방으로 들어갔다. 아랫목에 잠든 이발사의 숨소리는 격하지 않았다. 돌조각처럼 앉아 있는데 누나가 들어왔다. 누나가 나를 살며시 밀쳤고 나는 벽에 옆구리를 붙이고 누웠다. 누나는 이발사와 나 사이에 누웠다. 몇 번인가 뒤척이던 누나가 잠잠해졌다. 낮은 숨소리를 내면서 잠에 빠져들었다. 하지만 나는 작은 창이 벌겋게 물들 때까지 한잠도 이루지 못했다.

이튿날 아침. 누나가 내민 교복을 입고 등교하였다.

*

　이발소 뒷마당 감나무에 발간 홍시가 별자리로 열렸다. 검은 반점이 생긴 감잎이 우수수 떨어졌다. 대학생이 되어서도 나는 이발소 앞을 지나다녔다. 대학교가 이웃 도시에 있었기 때문에 첫 버스와 막 버스를 타야 했다. 때문에 누나를 보는 날이 많지 않았다.

　누나는 한 남자의 아내가 되었다. 폭음을 일삼던 이발사가 갑자기 쓰러졌다. 누나는 이발을 대신하러 온 남자와 결혼했다. 이발사는 겨울을 간신히 넘기고 봄에 세상을 떠났다. 남자는 홀어머니를 모셔와 누나와 함께 살았다. 결혼하고 삼 년이 넘었는데 아이가 없었다.

　마을 사람들이 누나의 시모를 두고 늘그막에 넝쿨 달린 호박을 두 덩이씩이나 가슴에 안은 할멈이라고 입을 모았다. 누나와 이발소까지 얻었으니 그런 소문이 한동안 돌았다. 삼 년을 기다려도 며느리의 배가 밋밋하니 넝쿨 달린 호박이 아니라 생각할수록 가슴을 짓누르는 맷돌이라고 시모가 험담하며 다녔다.

　칠월. 버스를 타고 집으로 오는데 파랗던 하늘로 먹구름이 개미떼처럼 기어왔다. 구름도 깡패처럼 패를 가르며 몰려다니는 것을 처음 보았다. 허리춤을 풀어 쥐고 설사를 내리쏟을 자리를 황급하게 찾는 사람과 같았다. 신작로에 행군하는 초병처럼 열을 지어 선 미루나무도 급박하게 움직이는 먹구름에 우듬지를 바르르 떨었다.

　버스가 정류장에 멈췄다.

　누나와 시모와 남편인 젊은 이발사가 신작로에 나와 있었다. 버스에서 내리자 이발사와 시모가 버스에 탔다.

　"장독대 호박고지 널어놓은 걸 깜빡했다."

　시모가 누나에게 외치는 소리 들리고 버스가 떠났다. 부산으로 시집간 딸이 첫 아들을 낳았는데, 돌잔치를 한다 해서 떠나는 것이라고 누나가 일러주었다.

산모퉁이로 버스가 완전히 사라지고서 걸음을 급하게 재촉했다. 여차하면 굵은 빗방울이 무진장 쏟아질 것 같아서 다리를 건너 고속도로 밑 콘크리트 통로에 들어갔다. 통로는 밤인 듯 컴컴하였고 후덥지근하고 비릿한 냄새를 풍겼다.

통로에서 나와서 열 발짝이나 걸어갔을까. 기어코 비가 쏟아졌다. 한낮인데 비를 예감한 마을 사람들이 집으로 들어가서 골목이 비었다. 십여 미터 뛰어갔다. 헛일이었다. 채 일분도 못 되어 옷이 젖었다. 누나의 물방울무늬 원피스가 몸에 달라붙어 살갗이 되었다.

우린 뛰는 것을 포기했다. 빗물이 목덜미로 흘러내려 가랑이로 흥건하게 적셔 들었다. 누나의 새까맣게 젖은 머리칼은 목덜미에 달라붙고 일부는 볼을 타고 내려와 젖꼭지가 도드라지게 솟아오른 젖가슴에 닿았다.

서로를 바라보며 웃었다. 걸음을 멈추고 일부러 비를 맞으며 두 팔을 하늘로 쳐들었다. 감나무 아래 들마루가 흥건히 젖었다. 꽁초를 담던 깡통에 빗물이 철철 넘쳐흘렀다.

우린 이발소로 들어갔다. 비를 피하자 홀딱 젖은 서로를 바라보며 또 웃었다. 그런데 벽면 거울에 비친 자신을 언뜻 본 누나의 얼굴이 발갛게 붉어졌다. 공기 방울 원피스가 젖어서 살색이 그대로 드러났다. 누나가 방으로 들어갔다.

이발소에 혼자 서 있을 때의 그 묘한 느낌. 누나의 부끄러워하는 모습을 지워낼 수가 없다. 은근한 열기가 젖은 몸뚱이에 지펴지는 것을 느끼면서 누나가 벗어놓은 신발을 바라보던 그때의 그 형언하기 어려운 감정을 털어 낼 수가 없다.

가슴 한구석에 비밀스러운 서랍을 만들어 그때의 묘함을 영원히 간직하고픈 생각이 생겼다. 감정이 지워지지 않을까 겨드랑이에 알전구를 끼고 있는 것처럼 조바심하던 시절도 있었다.

떠나는 버스에서 시모가 소리쳤던 말이 생각났다. 장독대에 널었다는 호박고지가 생각났다.

"누나–." 소리와 동시에 방문을 덜컥 열었다.

아! 누나는 원피스를 벗고 비에 젖은 팬티를 또르르 굴려 발목까지 벗어 내리던 중이었다. 또르르 말린 팬티가 발목에 걸린 내 앞에 드러난 누나의 알몸. 누나의 당황하는 모습과 팽팽하게 부어오른 젖가슴과 사타구니에 새까맣게 돋은 음모가 차례로 눈에 들어왔다. 나는 갑자기 가슴이 턱 막히는 충격으로 문틀에 손을 짚었다.

누나에게 말하려고 입에 담고 있던 장독대 호박고지는 까맣게 잊고… 지금도 이해할 수 없는 행동이었다. 의도와 전혀 상관없이 방안으로 걸어 들어갔으며, 너… 너… 더듬거리며 벽으로 물러서는 누나를 와락 껴안은 일도 나의 의지와는 전혀 무관했음을 고백할 수 있다. 나를 잃어버렸음이 틀림없다고 말할 수 있다.

운명이라는 단어와 인연이라는 단어가 누군가에 의해 생성되어 우리의 주변을 유령처럼 떠돌며 가끔씩 깜짝깜짝 놀라게 한다는 것을 알고는 있었지만 내게도 닥쳐올 줄은 몰랐다. 빗방울이 요란하게 양철지붕을 두드리는 소리가 귓전으로 파고들면서 장독대 호박고지를 생각해냈고. 누나가 우산을 쓰고 밖으로 나갔다. 대바구니에서 하얗게 마르던 호박고지가 흠씬 젖었다.

김창식

서울신문 신춘문예 단편소설 당선, 충청일보 신춘문예 단편소설 당선

소설집 『아내는 지금 서울에 있습니다』, 『어항에 코이가 없다』,

대하소설 『목계나루』 전5권

장편소설 『벚꽃이 정말 여렸을까』 외, 직지소설문학상, 현대문학사조 문학상

개싸움 축제

•

송재용

"아! 아! 주민 여러분! 밤새 무사하셨지유? 이장 하달곤입니다. 다름 아니오라 오늘 '개싸움 축제'에 갈 봉고차가 10시에 푸른내 식당 앞에서 출발합니다. 주민 여러분들께서는 늦지 않도록 미리미리 푸른내 식당 앞으로 나오시기 바랍니다. 개싸움 축제에 참석하시는 분들께는 점심식사 뿐 아니라 술과 푸짐한 음식이 제공되오니 가능하면 주민 여러분 모두 참석하시어 즐거운 하루를 보내시기를 간곡히 부탁드리는 바입니다. 이상, 이장 하달곤이 알려드렸습니다."

하달곤은 방송을 마치고는 마을 회관에서 슬금슬금 걸어 나왔다. 그때 호주머니에 든 스마트폰이 북북 거렸다. 하달곤은 스마트폰을 호주머니에서 꺼낸 뒤 눈을 크게 뜨고 화면을 한참이나 들여다보았다. 전화를 건 사람은 동네 위쪽 전원주택에 사는 권정호였다. 하달곤은 전화를 받지 않으면 권정호한테 욕을 얻어먹을지 몰라 마지못해 휴대폰을 귀에 갖다 댔다.

"위원님, 안녕하세유? 하달곤입니다."

"이장, 급히 할 말이 있으니 나 좀 잠깐 보세!"

권정호 목소리는 화가 났는지 퉁명스럽기 짝이 없었다. 그리고 사뭇 명령조였다.

'바빠서 오줌 누고 그거 볼 시간도 없는디 뭔 말을 하려고 지 집 개 부르듯이 아침부터 오라 가라 하는지 모르겠네? 들으나 마나 또 귀가 아프도록 잔소리를 늘어놓겠지….'

하달곤은 통화를 마치고는 오토바이를 타고 권정호에게 득달같이 달려갔다. 집에 가 보니 권정호는 마당 가 등나무 아래 평상에 앉아 있었다. 하달곤이 가까이 가 굽실하고 인사를 하자 권정호는 지팡이로 땅을 내리치며 목청을 높였다.

"대단한 일도 아닌데 아침 일찍부터 방송해대는 바람에 시끄러워서 못 살겠다고!"

"일곱 시면 이른 시간도 아닌디유?"

"뭐가 이른 시간이 아니란 말이야?"

"그 시간이면 동네 양반들 논밭에 나가 한참 일하고 아침밥 먹으로 돌아올 시간이구먼유."

"뭔 소리여? 일곱 시면 잠 많은 사람은 한참 잘 시간이구먼."

"그건 팔자 좋은 도회지 사람들 얘기이지유. 이 동네서는 아침 일곱 시까지 자는 사람은 병자 아니면 눈 씻고 찾아봐도 없슈."

하달곤이 잘못한 게 없다고 이기죽거리자 권정호는 계속 시비를 걸었다.

"그리고 방송 소리가 쩌렁쩌렁 울리는데 볼륨 좀 낮출 수 없나?"

"이 동네 어르신 중에는 나이 탓인지는 몰라도 귀가 어두운 분들이 많아서 목소리가 작으면 잘 안 들린다구 야단들이구먼유."

"귀가 먹었으면 보청기 사다 끼면 잘 들릴 거 아닌가? 아무리 촌구석에서 산다지만 보청기 살 돈은 있을 거 아녀?"

"보청기를 끼면 잘 들려 좋기는 헌디, 때때로 들어서는 안 될 소리를 듣게 되어 불편 점도 많은가 봐유."

"그건 또 무슨 소리인가? 들어서는 안 될 소리를 듣게 되다니?"

"한 양반이 보청기를 낀 채 깜박 잠들었던가 봐유. 한밤중에 잠이 깨서 몸을 이리저리 뒤척이는디 건넌방에서 이상한 소리가 들리더라는 거유."

"이상한 소리라니?"

"아 글쎄, 잘 들어보니 아들과 며느리가 거시기를 하면서 소리를 질렀던가 봐유."

"거시기는 또 뭐여?"

"위원님두, 그 연세에 거시기를 몰라유? 아! 그, 그, 있잖아유?"

하달곤은 직설적으로 말하기가 쑥스러워 말을 더듬었다. 그러다가 입가에 웃음을 물고는 말을 이었다.

"부부지간에 운우의 정을 나눌 때 끙끙대고 색색 대다가 한참 좋으면 자기들도 모르게 아아, 으으, 하고 소리를 내지르잖아유?"

"나는 또 무슨 소리라고? 에끼! 이 사람."

잔뜩 일그러졌던 권정호의 얼굴에 야릇한 웃음이 스쳐 지나갔다.

그때 중년 여자가 야채즙이 든 컵을 쟁반에 얹어갖고 왔다. 얼굴이 뽀얗고, 오동통한 몸매의 여자였다. 여자는 권정호에게 먼저 컵을 주고, 다른 컵은 하달곤에게 건네주었다. 권정호는 야채즙을 한 모금 마시고는 또다시 이장을 다그쳤다.

"오늘 개싸움 축제를 개최한다고 하는데 어느 작자가 축제 이름을 그따위로 지은 거여?"

"축제 이름이 어때서유? 재미있잖아유?"

하달곤은 싱긋이 웃으며 농담으로 받아넘겼다. 권정호는 입을 씰룩거리며 하달곤을 연이어 족치었다.

"재미있어? 고상하게 투견축제라고 해야지 쌍스럽게 개싸움 축제가 뭐야?"

하달곤은 머리를 극적이더니 권정호의 지적을 반박하였다.

"위원님, 모르는 소리 하지 마세유. 요새는 축제 이름도 웃기고 재미있어야 사람들이 우르르 몰려와유."

권정호는 고개를 끄덕끄덕하더니 이번에는 축제 숫자에 대해서 불만을 터뜨렸다.

"그건 그렇다 치고, 일 년에 축제가 셀 수도 없이 많은데 또 그따위 축제를 또 만들다니, 군수 그 자식 정신 나갔구먼."

하달곤은 오지랖도 육시하게 넓다고 빈정거리려다가 공감이 가는 바가 없지 않아 맞장구를 쳤다.

"지가 봐두 축제가 늙은 대추나무에 연 걸리듯 오지가 많은 건 틀림없슈."

"이놈의 나라, 축제를 하다가 거덜 나고 말겠어."

"지들 개인 돈 아니니께 이판사판으로 쓰는 거지유 뭐."

"나라 꼴이 언제 제대로 돌아갈지 한심하구먼."

"그뿐만 아니구 축제 때면 사람들 동원하느라고 힘없는 이장들 죽어나유."

하달곤은 야채즙을 꿀꺽꿀꺽 마시고는 입가를 손등으로 쓱 문질렀다. 그런 다음 축제 때문에 겪는 애로사항을 솔직히 털어놓았다.

며칠 전이었다.

하달곤은 면사무소에서 긴급회의가 있다는 연락을 받고 일찌감치 집을 나왔다. 오토바이를 타고 면사무소에 달려 가보니 다른 이장들 얼굴은 보이지 않았다. 회의실 앞에서 서성거리는데 복지담당 계장이 면사무소 뒤편 흡연 장소로 하달곤을 데리고 갔다. 복지계장은 이장 회의 때 다른 이장들이 반대를 해도 무조건 찬성을 하라고 밑도 끝도 없이 지시하였다. 하달곤은 무슨 일인지 궁금하여 복지계장에게 물었다.

"도대체 무슨 일인디, 무조건 찬성하라는 거유?"

"다른 게 아니고, 개싸움 축제에 참석할 사람을 리마다 열 명씩 할당할 참이요."

"농번기인디, 그리 많이 사람을 동원할 수 있을지 모르겠네요."

"그려서 긴급회의를 하는 거요."

"만만한 게 홍어 좆이라고 힘없는 이장들 그만 좀 괴롭히세유."

하달곤은 못마땅한 표정을 짓고는 복지계장에게 불만을 토로하였다. 복지계장은 참석 인원을 강제 할당하는 이유를 설명하였다.

"군수가 직접 면장에게 전화를 걸어 이번 개싸움 축제는 처음 개최하는 행사이니 최대한 인원을 많이 동원하라고 지시했다고요!"

하달곤은 복지계장의 말이 믿어지지 않아 이의를 제기하였다.

"계장님! 이번 개싸움 축제는 주최하는 곳이 군이 아니고, '지역 발전위원회'라는 단체인디 어찌해서 군수가 전화를 했나 모르겠네유?"

"축제가 너무 많으니까 형식적으로는 민간단체가 개최하는 걸로 돼 있지만, 이번 축제도 군에서 다 추진하는 거요."

"결국, 눈 감고 아옹이구먼유. 저는 군 하고는 아마 상관없는 축제인 줄 알았지유."

"면 직원들도 축제 때만 되면 사람 동원 문제로 골치가 아파죽을 지경입니다. 그러니 이장님 협조 좀 해주세요."

복지계장은 하달곤에게 사정인지 지시인지 애매모호하게 말하고는 사무실로 들어갔다.

회의가 시작되자 면장이 회의장으로 들어왔다. 면장은 이장들과 일일이 악수를 나누고는 회의실 앞에 있는 탁자 앞에 앉았다. 면장은 잠시 뜸을 들이더니 군수의 지시이니 리마다 축제장에 열 명씩 무조건 동원하라고 부탁 아닌 명령을 내렸다. 덧붙여 축제에 동원하는 인원 숫자를 보고 이장의 능력을 평가하겠다고 으름장을 놓았다. 이장들은 주눅이 들어 꾸어다 놓은 보릿자루처럼 눈만 끔벅거렸다.

회의가 끝나자 이장들은 벌레 씹은 얼굴을 하고 한 마디씩 내뱉었다. 우리 동네는 축제장에 갈 사람은 노인네들밖에 없는디 걱정이구먼. 축제 날 모 심으려고 했는디 다음날로 연기해야 쓰겠구먼. 군에서는 축제에 왜 그리 목을 매는지 모르겄어…. 뻔한 거 아녀? 군민들에게 일을 많이 하는 것처럼 보여야 차기에 또 군수에 뽑힐 거 아녀….

하달곤이 이야기를 마치자 권정호는 이번에는 면사무소 앞 길가 홍보 대에 걸어놓은 현수막에 대해서 불만을 제기하였다.

"이장 그리고 말이여, 면사무소 앞 홍보 대에 걸어놓은 현수막 내용이 도대체 그게 뭐여?"

"뭐가 또 못마땅하신디 현수막 얘기를 하신대유?"

"딸내미가 은행에 입사했다고 글자를 대문짝만하게 써서 현수막을 걸어놓지를 않나, 아들이 주사로 승진했다고 걸어놓고, 이름을 처음 들어보는 대학에 들어갔는데도 창피한 줄도 모르고 자랑하고, 이러다가 제 집 개가 새끼 낳았다고 써서 붙여 놓을지도 모르겠어."

"위원님, 요새는 자기 자랑을 굳세게 하는 세상 아닌가유?"

"아! 알릴만한 내용을 알려야지 자랑 못 해서 환장한 놈들 같아. 나는 말이여 법원 지청장에 국회의원을 세 번이나 한 사람이여. 거기다가 변호사 자격도 갖고 있다고. 그런데도 현수막 같은 거 걸어 놓은 적이 없다고."

"아이구! 위원님 변호사 자격도 갖고 계세유? 저는 처음 알았네유. 우리 동네에 정말 훌륭허신 분이 사시는 구먼유!"

하달곤은 권정호 비위를 맞춰주려고 허풍을 섞어가며 치켜세웠다. 권정호는 흠하고 기침하더니 목에 힘을 잔뜩 주었다.

'결국, 자기에 대해서는 무관심하니까 뿔이 났구먼! 어이구! 밴댕이 속알머리 같은 영감탱이…'

"위원님, 면 사람들한티 알릴만한 거 있으면 말씀하시지유."

"내 자선전이 한 달 뒤에 나오니까 그 내용을 미리 현수막에 써서 걸어놓으라고."

하달곤은 말 같지 않아 권정호의 말에 토를 달았다.

"책이 나온 다음에 현수막 걸어놓아도 늦지 않을 거 같은디유?"

"미리 홍보를 해야 내 책이 잘 팔릴 거 아닌가?"

"주체 못 하실 정도로 돈이 많으신 분으로 알고 있는디, 책 좀 안 팔리면 어떻대유?"

"어허! 시키면 시키는 대로 하지 말이 왜 그리 많은가?"

권정호는 얼굴을 붉히고는 화를 버럭 냈다. 하달곤은 배알이 뒤틀렸지만, 꾹꾹 참았다.

'염병할 영감쟁이! 세상이 바뀐 걸 아직 모르고 있는가 벼. 아니, 내가 지 집 종이라도 되나 이래라저래라 시키고… 면전에서 차마 욕은 못하겠고 환장하겠구먼. 현수막을 못 걸겠다고 거절하면 지랄 발광을 할 게 아닌가? 아이구! 해달라는 대로 해주자. 똥이 더러워서 피하지 무서워서 피하는 건 아니니께…'

"현수막에 뭐라고 쓰면 되나유?"

"내가 써줄게."

권정호는 여자보고 종이와 볼펜을 갖고 오라고 소리쳤다. 여자가 종이와 볼펜을 갖고 쪼르르 달려왔다. 권정호는 종이에 현수막을 그리고는 그 안에 다음과 같이 썼다.

〈경축! 권정호 국회의원 자서전 출간〉, 〈정의를 수호한 위대한 정치인의 인생 역정〉

권정호는 문구를 쓴 종이와 함께 이십만 원을 하달곤에게 건네주었다. 하달곤은 고개를 숙여 인사를 하고는 권정호 집을 나왔다. 하달곤은 집으로 오면서 웩웩 토악질을 할 뻔했다. 권정호가 써 준 '정의를 수호한 위대한 정치인'이라는 문구가 뱃속을 홀딱 뒤집어 놓았던 것이다.

하달곤은 9시 30분쯤 봉고차를 몰고 푸른내 식당 앞으로 나갔다. 하달곤은 푸른내 식당 주인 희자가 타 준 커피를 마시며 초조하게 사람들을 기다렸다. 하지만 10시가 다 되었는데도 딱 두 사람이 나왔다. 하달곤 이웃집에 사는 부부 노인이었다. 10분쯤 지나 한 사람이 더 나왔다. 하달곤은 똥끝이 바짝바짝 탔다.

그때 마을에서 원예 농장을 하는 오판돌이 1톤 화물차를 몰고 달려왔다. 하달곤은 손을 번쩍 들어 차를 세웠다. 판돌은 급브레이크를 밟더니 차창 밖으로 얼굴을 내밀고는 핏대를 올렸다.

"이장님, 바쁜데 왜 차를 세우는 거요?"

"판돌이 자네, 오늘 개싸움 축제 참석 안 할 거여?"

"바빠서 못 가요."

"축제장에 와서 잠깐 자리만 채워달라구."

"미쳤다고 축제장에는 가요? 그럴 시간 있으면 집에서 발톱이나 깎겠네요."

판돌은 무안을 주고는 쌩하고 달아났다.

'오판돌 저 새끼, 말 한 번 개떡같이 하네…. 싸가지 없는 자식! 어디 한번 두고 보자.'

하달곤은 안 되겠다 싶어 세 사람을 봉고차에 태우고 방송을 다시 하려고 마을 회관으로 달려갔다. 하달곤은 마이크를 잡고 다급한 목소리로 외쳤다.

"아! 아! 주민 여러분 다시 한 번 부탁드리겠습니다. 오늘 군에서 열리는 개싸움 축제에 가실 분이 너무 적어 출발을 못 하고 있습니다. 공사다망들 하시겠지만, 적극 협조하여 주시기 바랍니다. 열 사람을 못 채우면 저 이장 모가지 떨어집니다. 그러니 제 처지를 봐서라도 협조하여 주시기 바랍니다. 봉고차가 마을회관에서 대기 중이니 후딱 나오십시오."

방송을 하고 나자 세 사람이 더 나왔다. 모두 80세 이상 되는 노인들이었다. 하달곤은 더 이상 기다려봐야 나올 사람이 없을 거 같아 봉고차를 몰아 마을을 급히 빠져나왔다.

개싸움 축제장에 도착해 보니 참석 인원이 100명도 안 되었다. 넓은 공터에 임시로 만들어놓은 축제장 옆에는 출전할 개들이 주인과 함께 대기하고 있었다. 개싸움 장 옆에는 연단이 마련되어 있었다. 연단 맨 앞에 놓여 있는 플라스틱 의자 등받이에 앉을 사람들의 직책을 쓴 종이 딱지를 붙여 놓았다. 중앙을 기점으로 군수, 군의회 의장, 지역 국회의장 부인, 지역발전위원장, 도 위원, 군 위원 순서로 배치되었다.

사회자가 마이크를 잡고 개회식을 알리자 귀가 먹먹할 정도로 요란한 음악이 대형 스피커에서 흘러나왔다. 음악이 끝나자 사회자의 내빈 소개가 시작되었다. 제일 먼저 군수를 호명하자 검은 정장에 흰 셔츠를 입은 군수가 자리에서 일어나더니 뒤돌아서서 참석자들을 향해 두 팔을 번쩍 들고 허리를 굽혀 인사하였다. 군수가 자리에 앉자 이번에는 군의회 의장이 소개되었다. 그다음에는 지역 국회의원 부인이 소개되었다.

아마 국회의원이 참석하였으면 군수 다음으로 소개되었을 것이다. 연이어 도 위원, 군 위원, 지역 면장, 군 지역 각종 기관장의 이름이 줄줄이 호명되었다.

망건 쓰다 장파한다고 내빈 소개하는데 많은 시간을 허비하였다. 하긴 군수를 비롯하여 지역 국회의원, 도의원, 군의원 등 군민이 뽑는 선출직 공직자들이 제 돈 안 들이고 얼굴을 알리는 장소로 각종 축제 개막식이 안성맞춤이니까 축제에서 내빈 소개가 제일 중요한 순서였다. 그래서 그런지 내빈 소개에서 빠지기라도 하면 득달같이 찾아와 주최 측에 항의를 하는 작자들도 꽤 많았다.

지역 발전 위원장의 대회사에 이어 군수의 축사, 군의회 의장의 격려사 그리고 지역 국회의원 부인의 간단한 인사말을 끝으로 개막 행사가 끝났다.

이어서 공터에 마련된 경기장에서 본 행사가 시작되자 군수를 비롯한 내빈들은 오뉴월 삼베바지 가지랭이 사이로 보리방귀 새듯 슬그머니 모두 사라졌다.

넓은 공터에 모래가 깔려있고, 개들이 싸움을 하다가 도망치지 못하게 공터 주위에 원형의 그물막을 쳐놓았다. 주인들이 개의 목줄을 풀고 서로 마주 보게 한 다음 심판이 붉은 깃발을 올리며 호루라기를 불었다. 개들은 서로 노려보다가 허연 이를 드러내고 상대방 개를 향해 달려들었다. 몇 차례 달려들어 서로 물어뜯으려고 하다가 기운이 달리고 간이 작은 개는 모래밭에 나뒹굴다가 먼저 꽁무니를 뺐다. 그러면 심판원이 호루라기를 불고는 판정을 내렸다.

예선 개싸움의 승패는 싱겁게 끝났다. 출전한 개 열여섯 마리의 예선은 두 시간도 채 안 되어 끝났다. 이어서 4마리가 남아 준결승전이 펼쳐졌다. 힘겹게 결승에 올라온 개는 덩치가 송아지만 하고 낮짝이 아주 험악한 도사견과, 날렵하면서도 용맹스런 사냥개였다.

그런데 도사견 주인은 지난번 군수에 출마했다가 떨어진 야당 소속 지역 유지였다. 조그만 건설 회사와 주유소 3개를 갖고 있는 터라 군내에서 재력가 소리를 들었다. 그리고 사냥개 주인은 현직 군수의 형이었다. 지방 소재 교육대학을 나와 초등학교 선생을 40년 가까이 한 뒤 퇴직한 후 사냥을 다니는 게 취미인데 지역에서 팔자 좋은 사람으로 소문나 있었다.

드디어 결승전이 시작되었다. 심판이 호루라기를 불고 싸우라고 손짓을 해도 놈들은 서로 노려만 볼뿐 좀처럼 먼저 공격을 하지 않았다. 개 주인들은 초조하게 기다리다가 군수 형이 먼저 "물어!" 하고 소리쳤다. 그러자 사냥개는 덩치 큰 멧돼지를 공격하듯 도사견의 목덜미를 물고 늘어졌다. 도사견이 앞발을 번쩍 들고 몸부림을 쳤다. 목덜미를 물었던 사냥개가 그만 나가떨어지고 말았다. 도사견은 두 발로 사냥개 얼굴을 할퀴더니 날카로운 이로 뱃가죽을 물어뜯었다. 그러자 사냥개는 다시 도사견의 턱을 물고 늘어졌다. 놈들은 서로 뒤엉켜 나뒹굴며 죽기 살기로 혈투를 벌이었다. 사냥개의 배에서 뻘건 피가 흐르고 도사견의 목덜미에서도 선홍의 피가 튀었다. 한참 동안 물고 늘어져 힘자랑을 하다가 도사견이 그만 숨을 할딱거리며 백기 투항하고 말았다. 사냥개의 집요한 공격에 도저히 견디기 힘든 모양이었다.

그런데 해괴망측한 일이 벌어졌다. 승패가 갈리자 도사견 주인이 모래밭에 널브러져 있는 개에게 달려가 무자비하게 막대기로 타작하는 게 아닌가?

"야! 등신 같은 놈아, 왜 끝까지 싸우지 않고 포기하느냔 말이다! 너라도 이겼어야 내 속이 후련할 거 아냐?"

도사견 주인은 작년 군수 선거에 출마하여 15표 차이로 낙선하였다.

그는 낙선의 한을 도사견이 풀어주기를 바랐다. 하지만 개싸움마저 지자 울화통이 터져 견딜 수 없었던 것이다.

구경꾼들은 피투성이가 된 도사견을 막대기로 두들겨 패는 모습을 보고 있다가 모두 혀를 끌끌 차면서 개 주인에게는 잔인한 놈이라고 욕을 한마디씩 내뱉고는 슬금슬금 자리를 떴다.

개 싸움장이 파장처럼 헤싱헤싱 해지자 하달곤은 동네 노인들을 봉고차에 태우고 행사장을 떠났다. 할머니들은 피곤한지 축 처져 있었고, 할아버지들은 막걸리에 취해 눈이 거슴츠레했다.

하달곤은 운전대에 앉은 뒤 뒤를 바라보며 노인들에게 물었다.

"어르신들, 오늘 하루 재미있었지요?"

"재미는 얼어 죽을 무슨 재미여! 이장 얼굴 보고 마지못해서 구경 온 거지."

"아이구! 할 일이 그리 없어서 국민 세금 들여 개싸움이나 시키고, 도당체 뭣 하는 놈들인지 몰라."

"지 놈들 호주머니에서 나오는 돈 아니니께 풍장치고 개지랄들 하는 거지 뭐."

"다시는 축제 구경 안 갈 것이구먼!"

노인들은 욕을 섞어가며 저마다 한 마디씩 내뱉었다.

하달곤 역시 군수나 도의원 군의원들이 하는 짓거리가 마음에 안 들기는 마찬가지였다. 그들 중에는 선거 때 쓴 돈을 벌충하기 위해 업자들로부터 뇌물을 받고, 이권에 개입해 돈을 받았다가 들통이 나 쇠고랑을 차기도 하고, 차기에 또 출마하려고 교묘하게 사전 선거운동을 하지를 않나…. 입에 거품을 물고 지역 주민을 위한다고 떠들어대지만 믿어지지가 않았고, 염불보다는 잿밥에 더 관심이 많은 것 같았다.

"어! 어! 어…."

면사무소 앞을 지나 좁은 동네 길로 들어서는데 오판돌이 모는 트럭이 쏜살같이 달려왔다. 하달곤은 트럭을 피하려고 급히 브레이크를 밟았다. 봉고차가 갈지자로 마구 흔들리었다. 트럭이 봉고차 백미러를 박살내고 운전대 쪽 문짝을 긁어 놓았다. 오판돌은 20여 미터 쯤 가다가 차를 세우고는 봉고차 앞으로 달려왔다. 오판돌은 운전석에 앉아 있는 하달곤에게 눈을 부라리며 큰소리를 쳤다.

"이장님, 운전을 어떻게 하는 거예요? 혹시 술 마신 거 아니에요?"

"뭐여? 술 한 방울이라도 마셨으면 내가 니 자식이다."

하달곤은 차에 뛰어내리더니 입을 쩍 벌리고 오판돌에게 다가가 입김을 불었다. 오판돌은 술 냄새가 나지 않는데도 여전히 사고 책임을 하달곤에게 돌리었다.

"이 건 이장님이 운전을 잘못해서 난 사고라고요."

"똥 뀐 놈이 쏭 낸다더니 그 말이 딱 맞구먼! 허허…."

하달곤은 어이가 없는지 헛웃음을 지었다.

오판돌은 5년 전에 서울에서 직장 생활을 하다가 때려치우고 푸른내로 귀촌하였다. 처음 오판돌이 귀촌하였을 때 하달곤은 동생처럼 자상하게 대해 주고, 마을 사람들과 갈등을 일으킬까 봐 배려를 많이 해주었다.

하달곤은 그런 배려를 잊은 채 잘못이 없다고 박박 우겨대는 오판돌에게서 배신감을 느꼈다. 더구나 개싸움 축제에 잠시 얼굴만 내밀어 달라고 사정했는데 코빼기도 보이지 않아 섭섭하다 못해 괘씸하기 짝이 없었다.

오판돌은 씩씩거리다가 차에 오르며 하달곤에게 말했다.

"꽃 배달 마치고 올 테니까 다시 만나요."

"그러면 이따 푸른내 식당으로 오라고."

하달곤도 푸른내 식당 앞에 노인들을 내려주고는 식당 안으로 들어갔다. 하달곤은 막걸리와 안주로 뼈다귀 탕을 주문하였다. 식당 주인 희자가 하달곤 얼굴을 훔쳐보다가 물었다.

"이장님, 안색이 영 안 좋네?"

"아무려도 오판돌 그 자식 손 좀 봐줘야지 안 되겠어."

"또 얄미운 짓을 했나 보구먼."

"그 자식, 의리도 없고 은공도 모르는 놈이여."

"이장님, 요새 젊은 사람들 뺀돌이처럼 제 잇속만 챙기는 거 이제 알았남?"

하달곤이 막걸리 한 병을 다 마시고 나자 오판돌이 푸른내 식당으로 들이닥쳤다. 오판돌이 맞은편 자리에 앉자 하달곤은 막걸리를 컵에 부어주었다. 오판돌은 막걸리를 마시지 않겠다고 손을 내 젓고는 단도직입적으로 말했다.

"이장님, 한동네에서 사는데 서로 다퉈봐야 좋을 거 없으니 각자 차고치기로 하지요."

"뭔 말이여! 과속을 한 사람이 누구인디?"

하달곤이 눈을 치켜뜨고 면박을 주었다. 오판돌도 눈을 부릅뜨고 반격을 가하였다.

"이장님이 차를 길 한복판으로 몰고 오는 바람에 난 사고잖아요?"

"내가 길 한복판으로 차를 몰았다는 증거 있남?"

"내 차에 블랙박스가 달려 있으니께 조사해 보자고요."

"그려? 그럼 경찰을 부르자고."

두 사람이 옥신각신하며 분위기가 험악해지자 식당 주인 희자가 탁자 앞으로 다가오더니 두 사람 사이에 끼어들었다.

"그러지 말고, 길이 좁아서 일어난 사고이니께 잘잘못을 따지기보다는 차를 수리하고 나서 수리비가 많이 나온 사람한테 차액을 물어주면 서로 공평하잖아요?"

하달곤은 잠시 눈을 껌벅이다가 희자의 중재안에 동의를 표했다.

"그런 방법도 나쁘지 않겠구먼."

"그렇게는 할 수는 없어요. 누가 잘못했는지 끝까지 가려야지 어영부영 넘어갈 수는 없다구요."

오판돌은 칼로 무 자르듯 단호하게 거절하였다.

"오판돌, 일을 끝까지 복잡하게 끌고 갈 참이여?"

하달곤은 탁자를 손바닥으로 내려치며 윽박질렀다. 오판돌은 입을 씰룩거리더니 "왜? 반말을 하는 거요?"하고 화를 부르르 냈다.

"야! 너하고 나이 차이가 15년 이상이나 나는디 반말 좀 하면 안 되냐? 이 새끼야!"

하달곤은 주먹을 뿔끈 쥐고 오판돌에게 욕을 퍼부었다. 열 받은 오판돌은 냅다 하달곤 얼굴에 막걸리를 끼얹었다. 하달곤은 자리에서 벌떡 일어나더니 오판돌의 멱살을 움켜잡고 술집 밖으로 끌고 나왔다.

희자는 스마트폰을 들고 두 사람을 따라 나왔다. 희자는 스마트폰을 만지작거리며 동영상 찍을 준비를 하였다.

하달곤은 멱살을 흔들다가 이마로 오판돌의 면상을 냅다 들이받았다. 오판돌의 코에서 코피가 주르르 흘러내렸다. 오판돌은 손으로 코를 쓱 문지르고는 이를 뿌드득 갈더니 하달곤의 뺨을 갈기었다. 이윽고 두 사람이 뒤엉켜서 개들이 싸움하듯이 치고받았다. 희자는 싸움 장면을 녹화하다가 사태가 심각해지자 두 사람에게 엄포를 놓았다.

"아무래도 지구대에 신고해야지 안 되겠구먼!"

"누님, 신고하지 말라구!"

하달곤이 손을 내저으며 소리쳤다. 오판돌도 더 이상 싸워서는 안 되겠다 싶은지 뒤로 물러나 옷매무새를 고치었다. 오판돌은 켕기는 거라도 있는지 이장 하달곤에게 고개를 숙였다.

"이장님, 우리 합의서 씁시다."

"왜? 고발한다니께 겁나냐?"

"그게 아니고 돈 몇 푼 때문에 경찰서에 끌려가 수사받을 것까진 없잖아요?"

"나 역시 젊은 형사 놈들 앞에서 닦달당하기 싫다구."

오판돌이 앞장서서 식당 안으로 들어갔다. 하달곤도 못 이기는 체하고 뒤를 따랐다. 희자는 피식피식 웃으며 식당 안으로 들어오더니 방에서 볼펜과 백지 한 장을 들고 나왔다. 희자는 합의서를 대신 쓴 뒤 두 사람 보고 주민번호와 이름을 적고 사인을 하라고 시켰다. 두 사람이 사인을 하자 희자가 두 사람에게 듣기 좋게 충고하였다.

"한동네에서 살면서 으르렁대며 서로 싸우지 말고 형제간처럼 오순도순 재미있게 지내라구."

"누님, 무슨 말인지 알았으니께 막걸리나 더 내와요."

하달곤이 막걸리를 주문하자 오판돌은 인심을 푹 썼다.

"누님, 내가 몽땅 돈 낼 거니께 이 집에서 제일 비싼 안주도 내와요."

"개싸움 축제 덕분에 오늘 매상 단단히 올리게 생겼구먼. 호호호."

희자는 경사라도 난 것처럼 간드러지게 웃으며 주방으로 쪼르르 달려갔다.

송재용

한길문학 등단

장편소설 『미끼』, 『불꽃에 사른 치잣빛 굴레』, 『깡통중년 열애기』, 『금강별곡』,

『초대받은 점령군』

소설집 『쓰다만 주례사』- MBC 『베스트극장』 방영, 한국소설가협회 회원

밑천

●

오 계 자

담 밑 살피꽃밭에 시샘하듯 피던 야생화들도 한 풀 꺾여 시들부들 시골 파장의 자판 장사꾼 꼴이다. 그래도 하는 일에 목적이 있는 저들은 비록 오늘 재미를 못 봤어도 내일 해가 뜨면 가슴에도 해가 뜬다. 세상 살아가는 목적이 있는 사람들이니까. 나는 이제 끝났다. 내 삶은 그렇게 스러지는 꼴이 아니라 하루아침에 팍 꺾여버렸다. 그것도 내 인생 바쳐 가꾸어 온 꿈나무요, 우리 가족의 미래였던 남동생의 손에.

내가 이렇게 끝없는 낭떠러지로 떠밀릴 수 있는 삶이란 걸 몰랐다. 숫제 나 자신에 대해서는 감상적으로 생각해볼 겨를조차 없었으니까. 어쩌면 세상에 태어날 때 이미 꺾여진 인생이었지 싶다. 목숨이 끊어져야 삶이 끝나는 것은 아니구나. 그냥 숨만 쉬고 있는 이 꼴, 숨만 쉬는 것도 어떤 위치에서 어떤 상태로 쉬고 있느냐에 따라 다르겠지만, 지금 나는 쉬고 싶어 쉬는 숨이 아니다. 멈추고 싶어도 멈춰지지 않는 숨이다. 머리 끝에서 발끝까지 상처 하나 없이 멀쩡하지만, 하나뿐이던 희망이 산산조각으로 깨지면서 파편이 가슴 깊숙이 박혀버렸다. 몸은 마음을 따른다는 어른들의 말을 증명이라도 하듯 마음에 벼락을 맞았는데 몸까지 맥을 못 춘다. 이 꼴을 하고도 그날을 떠올린다.

청주교대 합격자 발표가 있다던 날, 온 가족이 조릿조릿 애간장을 태우며 기다리다가 합격 통보받고 얼마나 행복했던가. 나는 처음 아버지의 눈물을 보았다. 다 지난 일 떠올려 무얼 할까만 그날의 행복이 오늘의 아픔에 부채질을 한다.

전깃줄에 앉은 참새 심정이다. 날아오를까 말까, 네 둘레를 다 살펴도 나를 필요로 할 사람이 없다. 나도 내가 필요 없다. 세상 누구도 내 밑천을 원치 않는다. 밑천으로 태어나 밑천을 다 드러냈으니 이제는 존재의 이유도 목적도 없다. 공장 일, 식당 일에 힘들어도 원래 밑천으로 태어났기에 책임을 다 해야 된다는 의무감, 즉 그것이 사는 목적이요 임무 수행에 대한 보람이었다. 지난 삶은 오직 남동생의 성공을 위한 노릇돌이었다. 동생의 성공 후 나의 삶 같은 것은 따로 생각해보지 않았다. 나와 우리 가족의 삶이란 오직 남동생, 동생을 위한 것이었다. 무식한 누나 때문에 창피하면 안 되니까 성공한 동생 격에 맞추려고 일하는 시간 외에는 입시생들 못지않게 책을 안고 살았다. 삼신할미가 날 세상에 내보낼 때 나의 사명은 오직 밑천이었으니까. 아버지는 짚단 추려서 새끼를 꼬면서도, 쇠죽 가마정지에 불을 지피면서도 늘 입엣말을 하셨다.

"맏딸은 살림 밑천이라는데 보리됫박도 못 받아 안고 태어났으니 몸뚱이라도 밑천 노릇을 해야재."

살림의 밑천, 남동생 성공의 밑천, 병든 부모님의 밑 받침이었던 그 밑천이 바닥났다. 불혹이라든가, 무슨 뜻인지는 몰라도 책에서 보았는데 나처럼 마흔이 되면 불혹이라 한다. 오늘에야 처음으로 사전 덕택에

"불혹: 부질없이 망설이거나 무엇에 마음이 홀리지 아니함."

이라는 뜻을 알게 되었다. 이것도 내 인생은 반대로 흐른다. 지금까지는 그야말로 불혹으로 살았다. 남들이 불혹이라고 하는 지금에 와서 나는 갈대보다 더 서걱거리고 흔들린다. 명주바람조차 없는 이 순간에도

내 영혼이 봉두난발로 흔들린다. 뿌리도 뽑히고 가지도 꺾인 존재, 갈대는 바람이 없어도 속으로 운다는 누군가의 글을 본 적이 있다. 내가 지금 그 갈대처럼 스스로 주체 못 하고 속으로 질러 울며 비틀거린다. 내 가슴에 귀를 대지 않아도 울음소리를 들을 수 있을 것 같다. 내 목숨 내가 끊는 것조차 뜻대로 안 된다.

나는 인도의 카스트제도 사회에서 천민들처럼 인과응보의 윤회, 즉 자신의 업보라 믿은 것은 아니지만, 불만도 비관도 없이 너무나 당연하게 내 처지를 받아들이고 살아왔다. 하나 지금 이 순간 후회한다. 온 가족이 정성을 다해 애지중지 받들었던 동생에게는 지금의 내가 걸리적거리는 존재가 되어버렸기 때문이다. 순간 내 눈에는 동생이 인두겁을 쓴 짐승으로 보였다. 내 상식으로는 사람의 탈을 쓰고 저럴 수 없으니까.

한 푼이라도 더 벌기 위해 아등바등하는 나를 두고 사색도 철학도 메마른 인생이라고 지식인들이 비웃고 무시하는 것처럼, 고학력이지만 교양도 없고 품격이 저질인 주제에 학력만으로 목이 빳빳한 인면수심 지식인을 내가 경멸한다. 양쪽이 다 완전한 인생은 아니다. 하지만 나는 자부심이 있었다. 너희들 못지않게 내면에는 살지다고. 밑천으로 태어나지 않았다면 내 길은 내가 잘 경영했을 터이다.

살면서 어쩌나 서로 안 통했는지 사흘 도리로 사네, 못사네, 아귀다툼을 하던 아버지 어머니였건만 어찌 나에게만은 두 분이 잘 통해서 내 나이 여덟 살에 물지게를 내 키에 맞도록 개조해서 지게 하더니, 열 살에 초등학교에 입학을 시키는가 하다가 겨우 3학년까지만 다니게 한 뒤에 석 자 이름 쓸 줄 알면 된다는 아버지의 강력한 압력으로 인해 내 손에는 연필 대신 호미를 들려 밭으로 내보냈다. 그리고 다시 내 나이 열세 살에 곧 중학교 가게 될 동생의 학비 밑천이 되어 동네 아저씨를 따라 먼 부산이라는 도시의 봉제 공장으로 떠났다.

내가 당연하게 여기는 현실을 두고 막내 은실이는 편지마다 불만이다. 괴산 첩첩산중 산골서 청주로 유학 보낸 남동생에게 고추 팔고 콩 판 돈 전부를 학비며 하숙비로 부쳐준단다. 책 사야 한다는 아들의 전보를 받자마자 어머니는 동네 돈 빌리러 다니고 아버지는 읍내 농협으로 나가서 어떤 방법으로든 대출받아서 부쳐 주었단다. 하물며 삼립빵 한 쪼가리로 야간 근무의 허기를 채우고 고향의 달빛과 엄마를 그리는 외로움을 재봉틀 밟으며 삭이는 눈물 머금은 내 봉급도 꼬박꼬박 남동생 앞으로 보내졌다.

이처럼 오로지 아들, 아들! 아들에 대한 아버지와 어머니의 의기투합은 그야말로 대단했다.

사춘기여서 그런지 또래들에게 눈에 띄는 것보다는 멀리 떨어진 부산이 더 나으리라 생각하고 왔지만 못지않은 아픔도 있다. 말투와 풍습이 다른 부산 봉제 공장에서 동료들을 보니 참 대단하고 부럽다. 낮에는 공장에서 일하고 밤에는 야간 중학교 또는 야간 고등학교에 다닌다. 나는 안 된다. 남동생의 학비가 더 중요하기 때문에 그 시간에 야간 잔업을 해야 한다. 대신 돈 들이지 않고 공부하는 길을 선택했다. 책을 읽는 것이다.

훌륭한 사람들이 애써 공부해서 책에다가 쏟아 놓으면 나는 돈 들이지 않고 편안하게 책만 읽으면 된다. 큰 회사이기 때문에 사내에 도서관이 있어서 마음만 먹으면 얼마든지 책을 볼 수 있다. 시립, 국립 도서관에서 무료로 책을 빌려주기도 하니 이 얼마나 고마운 나라이며 살기 좋은 세상인가. 공장 일 하는 시간 외에는 잠시도 책을 놓지 않았다. 나중에 동생이 출세했을 때, 내가 무식하면 내 동생의 체면이 말이 아니지 싶어서다. 가끔은 책이 등록금 내는 학교보다 더 훌륭한 선생님이라는 것을 느낀다. 워낙 책을 많이 읽은 덕분에 고등학교 나온 동료들과 대화를 해도 빠지지 않는다. 더러는 내가 더 아는 것이 많을 때도 있다. 다만 영화 이야기나 배우들 이야기 그리고 영어와 수학은 예외로 하면 언제 어디서나 대화를 리드할 수 있다. 그래서 일상생활에 큰 불편은 없다.

5년 동안 정이 들었고 일이 익숙해졌기 때문에 이 회사에 더 있고 싶으나 목돈 마련을 위해 사직서를 제출했다. 고등학교 들어가는 남동생 입학금 때문이다. 또 다른 공장을 알아보려는 참인데 눈치챈 공장장님이 재입사를 주선해 주셨다.

남동생이 대학에 들어갈 무렵에는 부모님의 걱정이 대단했다. 대학 입학금도 문제지만 하숙비가 더 큰 부담이었다. 남동생은 입학금도 등록금도 싸게 다닐 수 있고 장래가 보장되는 교대로 가겠단다. 부모님은 궁여지책으로 시골 논밭 다 팔고 집까지 팔아도 모자라는 돈은 대출을 받아가며 청주교대 부근에 방이 열세 칸이나 되는 집을 전세 얻어서 교대 학생들과 청주지방법원 직원을 대상으로 하숙을 시작했다. 아버지는 새벽마다 인력시장에 나가시면 종일 노동이셨다. 워낙 몸 사리지 않고 일을 하시니 인력시장에서는 인기도가 높으셨다. 나는 야간 수당을 받기 위해 밤에도 일을 하며 함께 대출 빚을 갚아나갔다. 온 가족이 합심한 노력은 열매를 맺어 대출 빚은 다 갚고 남동생은 경기도 포천의 모 학교로 첫 발령을 받아서 우리 가정에 웃음이 피던 날 아버지가 쓰러지셨다. 당신 몸에 지병을 숨겨 온 것이다. 한시름 놓으니 몸의 긴장도 풀린 것이다. 악화된 간암은 손 쓸 겨를 없이 2주 만에 떠나셨다.

슬퍼만하고 있을 수 없는 형편이다. 심신이 피로가 쌓여 쉼이 필요했던 어머니마저 만성 신부전을 무리하게 방치해서 쓰러지셔서 자리 보존하자 나는 모든 것 접고 집으로 와서 어머니 병 바라지와 하숙생들 치다꺼리를 맡았다. 어머니는 일주일에 두 번 병원 가서 네 시간씩 투석을 했다. 막내는 동거하던 남자와 공주 시댁에 들어가서 살게 되었다.

집에 환자가 있으니 하숙생들이 하나둘 떠나기 시작했다. 전세를 빼서 시내서 좀 떨어진 변두리 작은 집을 샀다. 어머니 병원비며 약값을 위해 시장에 나가 채소 장사를 시작했다. 점심때가 되면 들어와서 어머니 점심과 기저귀를 처리하고 다시 시장으로 가는 생활이다. 이제 나는 동생의 밑천에서 어머니의 병 바라지 밑천이 된 것이다. 어머니가 자리 보존하자 남동생은 아예 발길을 끊었다. 명절에도 소식조차 없다. 결혼식도 못하고 결혼할 여자와 살림을 한다는 소문을 동생 친구로부터 들었다. 그나마 마음이 아프지만 반가운 소식이었다.

와중에 어머니마저 돌아가셨다. 하나뿐인 아들은 연락이 되지 않는다. 휴대폰 번호가 없는 번호며 근무하던 학교도 전근이란다. 동생 친구에게 연락했더니 그제야 내려와서 삼일장도 못 견디고 이튿날 화장해서 띄우고는 삼우제고 뭐고 다 소용없다며 가버렸다.

나는 절에 49재를 의뢰해서 정성을 다했다. 3칠 잿날 부동산에서 낯선 사람을 데리고 집 보러 왔다. 황당했다. 동생이 엄마 뼛가루 뿌리던 날 부동산에 집을 내놓고 갔단다. 싸게 내놓으니 집은 쉽게 팔렸고 8평짜리 원룸을 전세로 얻어주며 누나는 동생 걱정 말고 누나 앞가림이나 하란다. 어머니 떠나신 지 한 달도 되기 전 일사천리로 진행이 되어서 나는 졸지에 원룸으로 옮겨지고 부모님 손때 묻은 묵은 살림살이들은 다 어딘가로 실려 갔다.

불현듯 일어난 일들이 비몽사몽 같다. 암튼 어리둥절 현실 같지 않고 어처구니가 없다. 이런 일도 있구나. 소설이 아니고 영화도 아닌 나에게 이럴 수가 있구나. 내 동생도 저렇게 인두겁을 쓴 짐승일 수 있구나. 책에서 인면수심(人面獸心)이라는 단어를 보고 사전을 찾아본 적이 있는데 이 사자성어가 딱 지금의 내 동생이다. 내가 동생에게는 밑천이 아니라 밑씻개였구나. 일회용으로 쓰고 버리는 밑씻개. 시어머니가 돌아가셨는데 태교에 좋지 않다며 임신 중이라는 핑계로 며느리인 올케는 코끝도 내밀지 않았다. 우리 엄마는, 뱃속에 손자까지 보듬고 있는 며느리 얼굴도 못 보고 떠나셨다. 나쁜 놈.

이제야 깨달았다. 구질구질한 가족들이 싫어서 청주에서 교대를 다녔지만, 경기도로 지원을 한 게다. 그것도 모르고 어머니와 나는 공부를 잘해서 서울 쪽으로 뽑혀간 줄 알고 좋아서 자랑까지 했다. 나쁜 놈.

생각할수록 분통이 치밀기 시작했다. 부모님과 나의 노력이 자르르 한꺼번에 저 못된 놈의 쓰레기통에 처박혔다. 인간의 질 높은 층으로 여기며 부러움이 반이요 존경의 대상이었던 고학력자, 저놈이, 저놈이 어떻게… . 그동안 나에게도 인권이 있다는 것 생각조차 하지 않았다. 오직 나의 임무 밑천에 매달려서 이해하고 배려하며 순종을 미덕으로 여기며 원칙과 바른 이치는 유식함에 눌려 쪽도 못 써왔다. 이제 아무도 들어주지 않고 봐주지 않는 허공을 향해 억울하다고 아우성쳐본들 무슨 소용인가. 이가 갈린다. 손자까지 임신한 며느리가 어머니 시신 앞에 절이라도 한 번 해드렸다면 이렇게 상처가 되지는 않았을 것이다. 어머니 삼우제도 필요 없다는 놈, 와중에 집이나 팔아서 챙길 생각 하는 놈, 복수할 거야. 할 거야 복수.

책에서 보면 유식한 사람들이 자신의 인생에 대해 반성과 후회도 많고, 남의 인생에 대해서는 비평도 많고 인생에 대해 참 많은 글을 남겨놓았다. 그분들은 인생에 대한 사색을 얼마나 많이 했는지 모르지만, 가방끈 짧은 내 생각으로는 모두다 도긴개긴이다. 그들도 내 동생처럼 별수 없더라는 말이다.

언젠가 제목도 기억이 나지 않는 오래전에 책을 읽다가 유명한 아인슈
타인께서 돌아가시기 전 마지막 남기신 말이

"4월이 오면 봄이다."

라고 해서 당시 나는 '세계적인 인물이 남기신 말이 어찌 뜻깊은 말씀
이 아니고 어린아이 같은 말을 하셨을까? 좀 멋있는 말씀을 하시지.' 싶
었다. 지금 생각하니 모든 사람이 임종 전 인생의 무상함을 소름 돋도록
절실히 느낄 터인데 그분은 조용히 자연스럽게 받아들인 것이다. 그분
의 맑고 아름다운 영혼이야말로 완전한 인생이 아니었을까. 내가 지금까
지 살아오면서 나의 희망이요, 기쁨이요, 힘들 때 응원하는 힘의 원천이
었던 동생을 비난하다 보니 하도 괴롭고 자신이 더 못된 인생인가 싶어
서 사색의 방에서 나를 펼쳐본 게다. 나도 잘살고 있는 것은 아닌가 보
다. 맑은 영혼은 아닌가 보다.

어머니의 뼈가 뿌려진 괴산호로 나왔다. 산막이 길이 이렇게 관광지가
된 줄도 모르고 살았다. 괴산호라는 호수가 생긴 것도 몰랐다. 관광객들
은 줄지어 희희낙락 즐겁고 행복하게 걷는다. 호수 물낯에 내려앉은 구
름과 하늘을 바탕으로 그 위에 오리들만 얌전하게 그림을 그린다. 우리
엄마의 걸음걸이도 저렇게 조용하고 흔들림이 없었지. 그렇게 조용하게
잔잔하게 나를 세뇌시켰어. 나를 짐승보다 하찮은 생명으로 만들었어.
온몸의 세포들까지 화를 내며 곤두서는 기분이다.

"나 이제 어떡해?"

물낯에 윤슬, 저 반짝임은 힘내라고 보내주는 미소인가, 지난 세월은
잊어라, 잊어야 한다고 수면에 윤슬을 뿌리지만 잊힐 리가 없다. 온 식구
들이 저 하나를 위해 아등바등했건만 참으로 허망하다. 오늘은 세상에
태어나서 처음으로 부모님과 동생을 원망했다. 후천적 교육으로 원체 우

매하게 만들어진 나는 나에게 어떤 권리가 주어진 것도 몰랐다. 이제 조금 어섯눈을 뜬 것이 원망할 줄 알게 된 것이다. 전에는 내가 힘들어하면

"그래도 어쩌랴 니 동생인 걸."

어머니의 말씀에 늘 긍정하고 따랐다. 지금은 아니다. 며칠을 곰곰이 생각해도 분통이 한꺼번에 몰려 괘씸하다. 그러나 마주하면 주눅이 들어 지기도 못 펴고 말도 못한다. 이것이 평생을 밑천으로 살아온 내 삶이요, 평생 내 가슴과 머리에 각인되어 굳어버린 동생이란 존재다.

용기를 냈다. 통장을 꺼냈다. 한 번 들어가면 절대 나오지 못하는 통장이다.

식당 일 하며 푼푼이 모으고 채소 장사 하면서 기도하는 마음으로 모은 내게는 큰돈이다. 동생 결혼식 올리면 혼수 장만하고 올케 금반지랑 금목걸이는 해 줘야 누나 체면도 서고 동생도 안식구한테 체면이 선다는 생각으로 모은 내 땀이요, 눈물이다. '조카 태어나면 선물도 해야지.' 그런 생각으로 일 할 때는 행복했다. 아픔도 슬픔도 조금씩 조금씩 쌓여가는 이 통장이 다 씻어 주었다. 이제 누구를 위해 일하나. 누구를 위해 저축을 하나. 무의미해진 통장을 쥐고 한숨짓다가 문득 얼굴도 모르지만, 올케와 태어났을 조카가 생각났다. 마침 아버지 기일이 가까워 오고 해서 전화를 하려 해도 번호를 모른다. 엄마 장례 치를 때 물어봤지만 말해주지 않았다. 바보같이 주눅이 들어서 되묻지 못했다. 하는 수 없어서 동생이 전에 근무하는 경기도 포천에 있는 학교로 갔더니 파주에 있는 다른 학교를 알려 줬다. 물어물어 그쪽으로 가서 겨우 만났는데 하는 말, 억장이 무너졌다.

"너 결혼식 할 때 폐물 하려고 좀 모아놨어. 언제 할래?"

하면서 통장을 내놨다.

"우리 결혼식 했어, 걱정하지 마, 애기는 장모가 와서 돌봐주시니까 누

나 도움 없어도 돼."

기가 막힌다. 하지만 이미 무시당하는 일에 익숙한 터라 조카 얘기에 반가워서

"그래? 듣던 중 반가운 소식이구나, 내가 와서 돌봐 줄게 사돈어른 미안하잖아."

"필요 없어. 장모가 잘하시니까 성가시게 굴지 말고 얼른 내려가."

보고 싶은 마음이 첫째요, 내 핏줄이요 우리 김가 가문의 손인데 사돈의 손에 맡긴다는 게 미안하기도 하고, 내가 정성을 다하고 싶기도 해서 한 말인데 일언지하 거절이다. 아니 거절이 아니라 필요 없다, 성가시다, 어서 가란다. 빈말이라도 '밥은 먹었느냐' 같은 흔한 인사 한마디 없다. 그래도 내 동생이니까 꾹 참고

"축하나 해주자. 올케한테 전화해서 바꿔 줘봐."

여기까지 온 김에 올케도 조카도 얼굴 좀 보고 가고 싶지만 보러 가겠다는 말을 할 수 없게 만든다. 잠시 망설이다가 마지못해 휴대폰을 꺼내더니

"나야, 누나가 축하 한며. 바꿔 줄게."

"축하해 올케, 조카가 태어났는데 이 기쁜 소식을 왜 진즉에 알리지 않았어, 많이 힘들겠구나, 내가 가서 도와주고 싶기도 하고 올케랑 통 인사도 없었으니 보고 싶기도 해."

"필요 없어요, 어떻게 알고 학교를 찾아갔어요? 창피하게, 동생 체면도 좀 생각해야죠."

다리에 힘이 쪽 빠지며 주저앉고 싶었지만, 동생이 진짜 창피할까 봐 온 힘 다해 견뎠다. 내가 너희들에게 창피한 존재가 되어버렸구나. 눈물이 허락도 없이 마구 쏟아진다. 아무리 감추려 해도 감당을 못하겠다. 그냥 나타나기만 해도 체통에 금이 가는 존재.

"창피하단다. 내 축하조차 필요 없단다. 너도 내가 창피하니? 한 번도 본 적이 없는데 내가 창피한 꼴인지 아닌지 어떻게 알아? 너는 안식구한테 도대체 시댁을 뭐로 만들어 놓았니?"

"미안해, 애기 낳고 아직 예민해서 그려, 그러게 뭐하러 왔어."

친동생이다. 하늘처럼 떠받들던 동생이 새벽에 나서서 먼 길 온 누나를 식당도 아니요, 찻집도 아닌 학교 교문 앞에서 문전 박대를 당하고 있다. 마침 점심시간이건만. 배가 심하게 고팠지만 말은 못하고

"며칠 있으면 아버지 첫 기일인데 손자랑 며느리 인사는 드려야지."

"나 처가 따라 교회 다녀, 그냥 내가 여기서 추모 예배 볼게."

"이놈아, 날짜는 아니? 너 벌 받는다…."

더 이상 말을 잇지 못하고 풀썩 주저앉고 말았다. 내가 감히 금쪽같고 우리 집안의 하늘인 동생에게 벌 받는다고 악담을 했다는 충격, 우리 관계가 이렇게 되어버렸다는 충격에 다리 힘이 쪽 빠져버린 게다.

이렇게 나의 밑천은 동이 났다. 그렇다. 이젠 내가 세상에서 가장 소중하게 여겼던 동생에게조차 필요를 떠나 오히려 창피한 존재, 비켜줘야 하는 존재, 벌레 같은 존재다. 만나야 창피한지 자랑스러운지 시누이의 격을 알 것 아닌가. 아무리 교육자가 된 사람이라도 3학년 중퇴인 나보다 더 교양은 없다. 직접 대놓고 내게 딱 부러지게 필요 없다는 말을 할 수 있는 것이 교양일까? 현대식 교양? 하긴 상대가 아주 시시한 존재, 배려도 필요 없고 무시해도 되는 벌레 같은 존재라면 가능하겠다. 학력은 없어도 나는 내가 유식한 줄 알고 있다.

이것이 내 삶의 전부인가?

원망도 하다 보니 질이 난다. 올케가 원망스럽고 동생도 원망스럽다. 전에 없던 상황이다. 바보 같은 놈, 배은망덕한 놈, 내 인생의 전부였던

남동생을 몽땅 차지한 올케, 밉고 부럽고 내가 참 못나게 변하고 있다.

결국, 혼자서 아버지 제사 모셨다. 공주에 사는 여동생은 전화만 왔다 시어른이 편찮으시단다. 우리 어머니 아버지는 아들 하나를 위해 평생을 바쳤지만, 첫 기일에 아들의 술 한 잔도 못 받으신다. 이것이 아버지 꿈이었나요? 이것이 아버지의 역할이었나요? 딸에게는 역할도 임무도 필요 없던가요. 그래서 아들에겐 물 한잔도 못 받으시고, 아버지 앞에는 보리뒷박도 못 지니고 태어난 천덕꾸러기 딸 뿐이네요.

며칠을 연락도 없이 나가지 않았더니 식당 일도 해고란다. 괜찮아요. 이제 일 나갈 필요 없으니까.

"이 연놈아! 짐승만도 못한 것들이 아이들 교육을 혀? 양심도 없어?"
나는 동생의 끄덩이를 쥐고 은실이는 올케의 머리채를 잡고 흔들며 발길로 차고 침을 뱉으며 온갖 발악을 다 하고 있다. 나도 내가 이렇게 힘이 센 줄 몰랐다. 동생이 근무하는 학교 교장 선생님도 올케가 근무하는 학교의 교장 선생님도 같이 동생과 올케를 향해 삿대질을 하며 언성을 높인다. 구경꾼이 주위를 둘러싸고 있다.
"짐승만도 못한 놈아! 네놈한테 배우러 오는 아이들이 무슨 죄여? 이놈아!"
"누나 왜 이려?"
"야 이 새끼야! 내가 평생 니 밑씻개나 할 줄 알았나? 이 살쾡이만도 못한 놈아. 내가 챙피혀? 내가 챙피혀! 나는 니놈이 창피하다 이놈아!"
있는 힘 다해 머리채를 꼬다가 당기다가 흔들며 악을 쓴다. 얼핏 보니 은실이는 올케랑 서로 맞잡고 드잡이질을 하다가 넘어진 올케를 올라타고 있다. 어디서 이런 힘이 생기는지 모르겠다. 장정인 남동생을 이렇게 빨래 헹구듯 흔들고 있다.

최후 발악으로

"야! 이 벼락 맞을 놈아!"

온 힘 다해 소리를 지르는데 얼핏 조카의 울음소리가 귓결을 스치는 것 같더니 동시에 번갯불이 번쩍하면서 세상을 밝히는 바람에 깨어났다. 눈을 뜰 수가 없다. 동생이 진짜 벼락을 맞았으면 어쩌나. 바로 그때,

"김순실 님 정신이 드세요?"

저절로 눈을 떴다. 내 손이 허공을 흔들고 있다. 눈이 부시다. 간호사가 다가온다.

"김순실 님 깨났네요. 여기가 어딘지 알겠어요? 손이 아프세요? 왜 그렇게 흔드세요?"

"그런데 내가 왜 여기 있어요?"

그때 동생이 일어났다.

"언니 살았네."

"내가 언제 죽었냐?"

동생도 웃고 간호사와 잠이 깬 병실 사람들이 모두 웃는다.

"언니야, 어떻게 된 거야?"

궁금한 건 난데 되레 내게 묻는다.

"진짜 어떻게 된겨? 내가 왜 병원에 있냐, 누가 데리고 온겨, 넌 또 어떻게 알구 온겨? 참말로 도깨비에 홀린 거니?"

나는 궁금한 것이 끝도 없지만, 얼른 대답을 듣고 싶어 그쳤다. 동생의 말로는 이틀간 전화를 해도 받지 않아서 일하는 식당에 전화했더니 그기도 안 나온다는 대답뿐이라 걱정이 되어 와보니 앉은뱅이책상에 엎드린 채 자고 있더란다. 깨워도 모르고 의식이 없는 것 같아 119에 신고

해서 데리고 왔단다. 피검사로는 수면제나 그 어떤 약물 섭취는 아니고 탈진 상태라고 했단다.

바로 퇴원했다.

우린 봇물 터지듯 가슴에 막혀 있던 것들이 터져 흘렀다.

"언니야 아무리 남매지간이라도 이건 아니다. 그런 인간들이 무슨 아이들 교육을 하냐? 우리 올라가서 두 연놈 다 깽판 놔버리자. 분하고 괘씸한 것도 어느 정도지 이건 인간의 탈을 쓴 짐승이다, 언니야. 그런 연놈들에게 교육받겠다고 찾아오는 아이들은 무슨 죄여. 지금 올라가자."

"은실아 난들 어찌 속이 편했겠냐? 엄마 아빠 홀대하는 것이 참을 수 없어 하루에 열두 번도 더 주먹을 쥐락펴락했다. 하지만 두 것들 직장에서 망신당해봤자 학교 옮기면 그만이야. 꿈에 울고 있던 조카 목소리가 선하다. 저승에서 부모님은 또 편하실 것 같아? 손자 불행하게 했다고 울 엄니한테 아마 너도나도 상상을 초월할 만큼 꺼둘릴 거야. 그리구 은수 입장에선 그럴 수도 있겠다 싶어."

"언니! 왜 그래? 갑자기 부처님 되셨나, 그럴 수가 있다니 언니, 정신 차려! 이미 늦었지만, 그 새끼도 자각을 하게 해줘야 해. 그동안 엄마도 언니도 지나치게 그 인간만 하늘처럼 떠받들어서 완전히 길들여진 거야. 지 놈은 원래 받기만 하는 인생이고 언니는 희생물로 태어난 인생인 줄 알잖아. 그 관습 때문에 자기네들이 무슨 짓을 하고 있는지조차 모른단 말이야. 깨닫게 해 줘야지."

"은실아, 그러니까 부모님과 내 탓도 있다는 거야. 사실은 병원에서 꿈에 너랑 나랑 둘이서 그것들 실컷 휘둘렀다. 깨고 나니 기분이 묘하더라. 조카가 자꾸 짠해."

"꿈이라도 잘했네, 잘했어."

둘이서 울다가 깔깔거리다가 수다를 떨고 있는데 드르륵 폰이 떨린다.

"여보세요? 시청 여성 가족과 입니다. 삼사일을 계속 전화불통이라 전화번호가 잘못 기록된 줄 알았습니다. 축하합니다."

"네? 축하요? 내가 퇴원한 걸 어떻게 알았어요?"

참 그러고 보니 시청에서 나 입원도 모르는데 퇴원한 걸 축하할 리도 없고 무슨 일인지 잠시 의아했다가 생각이 났다. 『여성주간』이라고 양성평등 글 공모전 있다는 시민 신문을 보고 자신의 기막힌 이야기를 써서 보낸 것이다.

"이번에 김순실 씨께서 응모하신 원고가 최우수상으로 선정되었습니다. 시상식 날은 다가오는데 연락이 되지 않아서 걱정했습니다. 내일 오후 두 시까지 여성회관으로 오세요. 그리고 상금은 통장으로 직접 입금할 테니 통장 번호 좀 불러 주세요."

통장 번호를 불러주고 내일 가겠다는 약속을 했다. 집에 갈 준비를 하면서 듣고 있던 은실이는

"축하해 언니. 아깝다, 상 타는데 꽃다발 들고 가야 되는데. 미안해 언니."

하다가 갑자기 토픽 뉴스라도 있는 것처럼 눈을 반짝이며 바싹 다가앉는다.

"언니, 언니, 언니 바로 이거야, 이대로 주저앉으면 저 연놈에게 우린 진짜 거지꼴이 되는 겨. 이참에 언니 정식으로 문학 공부해서 책도 내고 제대로 작가가 되는 거야! 언니 그렇게 해! 내가 그 방법은 알아볼 게. 작가가 되는 길은 학력 제한이 없어 언니, 그리고 우리 석이 쓰던 노트북 언니 줄게. 컴퓨터도 배워서 보란 듯 사는 거야."

순실은 눈, 귀, 가슴 모두가 번쩍 뜨인다. 그뿐만 아니라 구름을 타고 하늘을 나는 것 같고 설렘까지 일렁인다. 살아야 할 이유가 생겼고 목표와 꿈이 생겼다. 은실이가 공주행 버스를 타고 떠나는 것까지 보고

그 길로 결심했다. 내일 시상식에 이 꼴로 가지 않을 거야. 이제 작가의 길을 가려면 화장이라는 것도 하고 옷도 제대로 입어야 한다는 생각이다. 소문만 듣던 평생 못 가본 대형 아울렛에 들렀다. 세상에! 옷가게가 이렇게 넓을 수가. 한 교실에 온갖 옷이 다 있다. 난생처음 자신을 위해 거금을 썼다. 외출복도 사고 화장품 가게에서 화장이 처음이라니까 기초부터 상세하게 화장법을 실습하듯 하면서 화장을 해줬다. 거울을 보고 깜짝 놀랐다.

"어머 이거 아까워서 세수를 어떻게 할껴."

나도 남들처럼 멋을 낸다. 미용실에 가서 묶어 올리던 긴 머리도 깡총하게 잘랐다. 투피스에 화장까지 하고 구두도 신었으니 딴사람 같다. 갈아입을 원피스도 샀다. 길에서도 계속 상점들 유리에 비치는 자신의 모습 보느라 다른 행인과 부딪치기도 했다. 나도 내 몸매가 이렇게 괜찮은 걸 몰랐다. 자랑하고 싶어 일 다니던 식당에도 들렀다. 주인이나 주방 아줌마들이 못 알아보는 눈치다. 그래 행복이 따로 없어 이렇게 행복을 만들며 사는 거야. 은행에 들러서 나도 신용카드라는 걸 만들었다. 실은 사람들이 식당에서 카드로 계산하는 것이 부러웠다. 처음 만든 카드 긁어보려고 문구점에 가서 원고지와 볼펜 등 많이 사고 카드로 결제했다. 동생 장가보내려고 모은 목돈이지만, 이젠 나를 위해 모으고 나를 위해 쓸 것이다. 원룸 계단에서 옆방 학생을 만났다. 나를 못 알아본다.

"학생, 알바할 생각 없어?"

"어머, 난 누구 신지 몰랐어요, 이제 맨날 맨날 화장하세요. 근데 무슨 알바요?"

"하루에 한 시간이든 두 시간이든 나 컴퓨터 좀 가르쳐 줘, 수고비는 내가 잘 모르니까 학생이 결정하고."

"할 수는 있는데요, 매일은 안 되고 일주일에 두 번 어때요? 요일을 정해 놓지 말고 서로 편리한 대로요. 주급으로 5만 원요."

"그래, 노트북 택배로 보낸다니까 다음 주부터 시작하자, 시간은 저녁 시간으로 하고 휴대폰 번호가 몇 번이니?"

어제는 꿈같은 하루였다. 방송사 카메라며 신문사 카메라까지 여기저기서 카메라 후레쉬가 터지는 바람에 시상식장에서 정신이 없었다. 나도 인터뷰라는 걸 했다. 어리둥절했지만 기분은 하늘을 나는 것 같았다. 마치 내가 유명인이 된 것 같아서 밤에는 잠도 설쳤다. 아침 일찍부터 전화벨이 울린다. 다니던 식당 아줌마의 전화다.

"순실 씨 어제저녁 뉴스에 상 타는 거 나오는 장면 TV 보고두 잘못 본 줄 알았잖어, 근데 아침 충청일보 보니께 진짜 순실 씨가 맞네! 어떻게 된겨?"

자초지종 설명을 했다. 그리고 이것은 시작일 뿐이라고 다짐도 했다. 힘들 때 언제라도 오란다.

제부의 소개로 종합병원 청소부로 취직을 했다. 매주 목요일은 퇴근하자마자 대학교의 평생교육원 문예 창작 교실 야간부에 간다. 컴퓨터도 이젠 제법 잘 다룬다. 글 공모전에 파일 첨부해서 메일로 접수도 한다. 그동안 벌써 『샘터사』며 『좋은 글』 등 여기저기 문학잡지 공모전에서 수상한 것만도 일곱 번이다. 지방신문이지만 신춘문예에도 당선되었다. 문화재단에서 출간비 후원도 받았다.

"어머니 아버지, 순실이는 행복해요, 걱정마세요. 나를 걱정하실 리는 없다는 걸 알아요, 그냥 자랑하는 겁니다. 나 수필집 내려고 지금 출판사에 다녀오는 길이랍니다. 출판사 편집장께서 어쩌면 내 책이 베스트셀러가 될지 모른다네요. 사연들이 너무나도 절절해서 독자의 심금을 울린다네요. 이제는요 살림의 밑천도 아니고요, 동생의 노릇돌도 아니랍니다. 오직 나 자신의 초석이 될 겁니다. 이제 타고난 밑천은 나 자신의 밑천이유 아버지. 보리뒷박은 아니지만 이름 날리는 유명세는 타고났네유."

지난해만 해도 은실이와 마주 앉으면

"못된 것들 니들도 니 새끼들한테 당해봐라. 꼭 니들이 행동한 그만큼만 받아 싸라."

악담을 했다. 이젠 마음의 여유도 생기고 안정이 되니까 그런 마음 다 씻어버렸다. 그래도 아직 동생을 위해 용서한다거나 배려해 줄 마음은 없다. 그냥 잊으려는 게다. 야가 멀리 간 것이 어쩌면 다행이다. 내가 유명한 작가가 되어 중앙의 일간지에 오르면 그때는 나의 피붙이 동생이란 인간도 알게 될 테지. 신학기부터 야간 중학교에도 갈 거야. 지방지가 아닌 중앙의 일간지 신춘문예에 도전을 위한 소설 공부를 하고 있다. 이상 문학상 수상집을 해마다 사서 보는데 정말 어렵다. 한강이라는 분이 쓴 『몽고반점』이라는 소설을 보니 처제와의 추잡한 이야긴데 이상 문학상을 탔다. 추잡한 이야기를 아름답게 미화시키는 것이 소설가의 재능인가보다. 지난번 소설 세미나가 있다고 해서 갔더니 비합리적인 걸 합리화하는 것이 예술이라 해서 무슨 말인가 했다. 소설 『몽고반점』을 읽고야 그 뜻을 깨달았다. 『노트르담의 꼽추』가 생각난다. 짜릿하고 눈물 나는 사연의 이야기만 있으면 인기 소설이 되는 줄 알았는데, 공부를 하면 할수록 어렵다. 단어 응용도 어렵고 이야기 전개도 고민을 많이 해야 한다. 그래도 계속 응모할 거야. 내가 이를 악물고 성공하는 것이 올케 앞에 본때를 보이는 길이다. 만일 내가 유명해진 후 이것들이 찾아와서 조카들을 내게 인사시키면 뭐라고 할까. 내가 아무리 여유가 생겼다 해도 나도 사람이라 별수 없이 선 자리서 돌려보낼까. 지금 심정으로는 조카들에게 너희 엄마 아빠가 나에게 어떤 짓을 했는지 말해 주고 싶다. 왜 나만 참아야 되는데? 왜 나만 가족들 체면 생각해야 되는데? 이만큼 밑천으로 살아온 것만도 분통 터지는데 말이다.

밑천으로 태어난 인생의 마지막 밑천이 값진 내 삶의 밑천이 되었으니 나도 재수 없는 년은 아니다. 창피한 누나, 창피한 시누이가 되지 않으려고 수없이 책만 읽은 값진 열매를 바로 내가 수확하고 나 자신의 삶을 살지게 한다.

"심은 대로 거둔다."

이것이 앞으로 나 자신 삶의 철학이요 좌우명, 즉 자기경영방침이다.

문화재단 지원금으로 수필집 출판 의뢰한 거 내일 나온다. 다음에는 꼭 소설집을 낼 거야. 전국 일간지 신춘문예에 응모하기 위해 창작한 단편 소설도 제법 여러 편이 있다.

근무 중인데 서울에서 누군가 날 찾아왔단다. 병원 휴게실에서 만나고 보니 서울의 모 방송국 PD라고 한다. 어쩌다 우연히 지방 신문에서 내 사연을 보고 왔단다. 내일 내 수필집 나온다고 했더니 반가워하며 내일 다시 오겠단다.

오늘은 바쁜 날이다.

저자 김순실이라고 인쇄된 수필집이 드디어 출간되었다. 어제 왔던 그 기자가 인쇄소에서 책을 안고 나오는 장면도 찍고 책을 안고 눈물을 흘리는 부끄러운 장면도 찍었다며 승낙을 해달라고 해서 뭐든지 다 찍으라고 했다.

제일 먼저 어머니의 골분이 뿌려진 괴산호로 갔다. 서울서 온 기자분이 차를 태워줘서 편하게 다닐 수 있다. 차에서 이런저런 질문에 울기도 하고 웃기도 하는 내 꼬라지를 다 찍었단다. 어머니에게 눈물 젖은 수필

집 『밑천』을 두 손으로 높이 들고,

"엄마~!"

목구멍의 살점이 떨어져 나올 것 같은 발악이다. 피맺힌 한(恨) 덩이 속에는 복수가 절반이다. 차마 소중한 책을 물속 어머니께 던질 수는 없어서 가슴에 안고 아버지 산소로 갔다.

"아버지~!"

"아버지~!"

"보리됫박도 타고나지 못한 우리 집 밑천 순실 이유, 작가가 되었시유!"

아버지께서 그토록 주장하신 밑천 덕분에 작가가 되었다고 여봐란 듯 복수를 품은 자랑을 하고 있다.

"아버지의 금쪽같은 아들은 제 장모의 아들이 되어버렸으니 누구에게 술 한 잔 받으실래유? 온 가족이 아버지의 아들 하나를 위해 삶을 몽땅 바쳤습니다. 그런데 그 아들은 가족을 버리고 떠났습니다. 어쩌시렵니까?"

아버지 말씀대로 내가 밑천은 밑천인가 싶다. 끝까지 어머니 아버지께 찾아뵙고 술 한 잔 드릴 사람은 밑천으로 타고난 큰딸 순실이 뿐이니까. 제대로 된 밑천이 아닌가.

"원망두 미움도 괴산호에 다 버리고 왔시유. 가슴이 벅차유. 콩 심은데 콩 나고 복 실은데 복이 나겠지요, 이제 평생 심은 복을 살면서 거두는 일만 남았네유. 나머지 삶의 밭에도 좋은 씨앗만 심을 거유. 아버지 덕택에 내가 날개를 달았시유! 아버지!"

붉게 타는 하늘을 향해 한껏 날고 있는 김순실의 날갯짓에 강물도 하루해도 함께 어울려 한삼 자락처럼 너울너울 춤을 춘다.

두 손으로 신문을 펴들고 있던 김은수 선생은 막막히 들려오는 누나

의 목소리를 삼키며

　"그려 나 나쁜 놈 맞아, 이제 누나가 나를 밟고 올라가네. 내가 노둣
돌이 되었네."

　오계자

　새한국문인 수필 신인상, 동양일보 소설 신인상

　수필집 『목마른 두레박』, 『생각의 궤적』, 소설집 『첩부』

우리가 보수라고

•

정순택

공고: 부사관 〇〇기 임관 50주년 기념회. 서울 〇〇 회관. 모년 모월 모일. 회장 전충열백

어빙이의 전화 카톡방에 뜬 문자였다. 가능하면 세상에 나가는 것을 피하기 위해 은둔하듯 살고 있는 처지였는데 어찌 입수하였는지 전화번호를 알고는 문자를 보내왔다. 어빙이는 임관한 그 날이 어찌 보면 치욕의 날일지도 모른다고 생각했다. 그렇지만 지울 수는 없고 모든 것이 생생하기만 하였다. 너나없이 그런 날일 것이나 생의 분기점이 된 것은 사실이어서 기념하자는 공고였다. 마음에 선뜻 내키지 않아서 힐끗 쳐다보고는 말았는데 공고가 머릿속에 항상 내재되어 있었다. 아니라고 머리를 흔들수록 더욱 뚜렷이 되살아났다. 그리고 보니 입대 날짜는 이력이 되어 무엇이 그리운 것처럼 항상 내재되어 아무리 말려도 따라다니고 있었다. 어빙이라는 이름처럼 말이다. 그런 날에 만나자는 공고여서 더욱 생생해지는 것도 같았다.

어빙이의 아버지는 자기가 아버지가 되었다는 소리를 듣고 기쁜 마음에 한달음으로 작명소를 찾았었다. 아들에게 대성이라는 이름을 얻어들고 왔는데, 군에 입대하자마자 동기들은 어병한 것 같다며 한 획을 뺀

어빙이라는 이름을 붙여주었다. 그때부터 크게 된다는 대성이는 사라지고 조금은 덜 떨어진 어빙이가 되어 살았다.

사람은 이름값을 하면서 살아가는 것인지 어빙이가 된 이후로 크게 될 꿈은 사라지고 말았다. 그도 그럴 것이 깊이 생각지도 못하고 군필이나 한다고 입대한 것이 쇠말뚝을 박은 곳으로 전락하여 묶이고 말았다. 굴레에 갇혀 이런저런 생각할 겨를도 없이 달려야 하는 신세가 되었다. 잠시라도 생각할라치면 철퇴가 내려졌다. 사치한 생각은 그만하라는 권고에 의하여 더욱 어벙한 삶을 살아가고 있었다.

군에서 하사관에 한번 발을 디디면 빠져나갈 길은 막막하였다. 오죽하면 짐승을 옴짝달싹 못 하게 하기 위한 쇠말뚝에 묶어놓는 것에 비유했을까. 그러니까 인간 대성은 대한민국 하사관이 되면서 어빙이로 재탄생하여 짐승과 같은 생활을 하기에 이르렀다.

짐승은 죽어야 주인의 손아귀에서 벗어날 수 있다. 삶이란 치사한 것이라서 죽는 이만 못하여도 끈질기게 부여잡고 늘어진다. 희망이 있건 없건 관계가 없었다. 입에서 단내가 날수록 살고 싶어 매달려지는 것이 생을 소유한 자의 일관된 특성의 삶이었다. 개똥밭에 굴러도 이생이 좋다는 말을 하면서 말이다.

대한민국 장교들은 그런 생존의 심리를 잘도 이용했다. 하사관들이 자기들의 개처럼 살도록 만드는데 모든 것을 동원했다. 법적으로 완벽히 통제하였으니 목살이만 잡아당기면 되었다. 심하게 다루다가 남은 고깃덩이 하나 던져주고는 생색내는 기술을 연마하여 전수하였다. 반항하면 항명죄요, 달아나면 탈영 죄로 군법정에 세운다는 으름장으로 잘도 다뤘다. 벗어나려면 제대하는 길 뿐인데 사방팔방이 꽉 막혀 있었다.

군 조직에서 하사관은 중추적이었다. 가운데 토막이 강하지 못하면 나라가 위태해지는 것은 불을 보듯 뻔하였다. 장기적으로 복무하게 해야 하는 데 그들에게 힘을 주어 강해지면 반란을 일으킬 수도 있었다. 어찌하든 그것은 막아야 했다. 일제 강점기에 일본 군인은 조선 백성에게 하사관의 역할을 맡기면서 생각한 것이었다. 궁리 끝에 이런저런 장치를 하였다. 해방이 되면서 군을 조직할 때 일본군 장교로 자신의 영달을 노린 사람들에게 경험을 살리라며 맡겼다. 그들은 일본 천황에게 충성을 맹세한 사람들이었다. 나라와 국민에게 속죄하려다가 반전되어 국방의 설계를 맡는 영광을 안았다. 죽었다고 생각했는데 기사회생 되었을 뿐만이 아니라 앞날까지 훤히 밝아졌다. 절호의 기회였다. 일본에 충성한다는 서약으로 항상 마음에 짐을 안고 있었지만, 이제는 자기를 태어나게 한 나라를 위한 길이었다. 힘을 안긴 주체에게 충성을 다하면 되었다. 넝쿨까지 굴러 들어온 호박을 영원히 지키고 싶었다. 하사관들의 지위가 정상적으로 되면 자기들의 우위를 내려놓아야 할지도 모른다고 생각하기에 이르렀다. 편안히 지킬 수 있는 길은 일본이 제정한 한반도에 적용되는 군 법령뿐이었다. 그대로 받아들여 법제화시켰다.

대한민국은 법치국가이고 민주공화국이었다. 인권을 무시하고 얽매이는 삶을 살게 할 수는 없었다. 그렇지만 군은 존재해야 했다. 매년 하사관 제대 심사를 하였다. 절대적으로 우위에 있는 장교들의 몫이었다. 자기들의 입맛에 맞는 사람을 골랐다. 그때 명부에 올라가기 위해서는 군을 떠나고 싶은 사람 자신이 특별한 짓을 해야 했다. 군이라는 조직에 별 도움이 안 된다는 인식이 심어지게 하는 일이었다. 인간으로 지탄받을 짓을 하면 암적인 존재라며 전역 서류가 통과되었다. 어빙이는 그대로 죽을지언정 단 한 순간이라도 남에게 손가락질받는 짓은 할 수가 없었다. 그렇다고 하여 구렁이 알 같은 돈을 주며 알랑방귀 뀔 재주도 없었다. 이래저래 만기를 채우고 말았다.

나라가 잘 살아져 지면서 월급이 넉넉해졌다. 덕분에 군인연금이 살아가는 데 효자가 되었다. 인생의 황금기를 모두 다 바친 어빙이에게 상으로 내려진 것 같았다. 그렇지만 삶 자체가 영광스러워진 것은 결코 아니었다. 한번 하사관은 영원한 하사관일 뿐이었다. 대한민국은 하사관을 아주 열등한 존재로 취급하였다. 그런 인식을 바꾸어야 한다고 하여 부사관이라는 이름으로 바뀌었지만, 모두의 인식은 항상 그대로였다.

하사관 밑에 병이 있다. 부하인 존재가 눈 아래로 깔아보는 예는 대한민국의 병과 하사관의 관계만 있을 것인데 이를 막는 일에는 모두가 방관하고 있다. 그렇다 보니 대한민국에서 모시던 하사관을 존경한다는 소리는 귀를 씻고 들어도 들리지 않는다. 아니 병의 입에서 장교는 모셨다고 하면서도 하사관 모셨다는 말은 절대 나올 수가 없다. 반면에 하사관이 못났다며 술안주 삼아 오징어 씹듯 하는 경우는 다반사이다. 병은 전역 후에 여러 모습으로 변하여 크면서 출세도 하지만 하사관은 영원한 하사일 뿐이기 때문에 무시해도 좋은 대상으로 알고 있는 데서 그럴 수도 있겠지만, 관례적인 것이 더 합당할 것이다. 사람 밑에 사람 없고 사람 위에 사람 없다. 다만 조직이 유지되기 위해 직급이 있고 그에 따른 직무가 있을 뿐이었다.

하사관은 직무의 달인이다. 신입 장교나 병이 어느 부서에 일단 들어오면 하사관은 교관이 되어 가르친다. 누구나 배울 때는 고분고분 한다. 그러나 대한민국의 군대서는 그때뿐이다. 병은 군대 생활 고생한 것이 하사관의 탓으로 돌리고, 장교는 하사관을 다루기 위해서 배운 것인 양 군림하면서 한때 고분고분한 것을 되갚기 바쁘다. 배신도 그런 배신은 없을 것이지만 하사관은 열성을 다하여 나라에 충성하면 그만이라며 위안을 삼아야 한다.

군이나 사회의 조직이 돌아가기 위해서는 천차만별의 직급이 있다. 어느 곳에서건 맡은 일에 최선을 다하면 존경받아 마땅한데, 나라를 위해 몸을 바쳐야 하는 하사관은 아무리 능력이 있고 열심히 임하여도 무능한 것으로 치부한다. 대한민국 사람들은 하나같이 하사관은 무능력하여 쇠말뚝에 박혔다고 생각하기 때문이다. 그렇다 보니 하사관은 9급에서 시작하여 아무리 올라가도 6급 이상은 올라가지 못하게 제한하고 있다. 대한민국 어떤 공무원이거나 능력에 따라 직급이 올라가는 것과는 판이하다. 또한, 승급의 제한이 있는 것은 세계에서 대한민국의 하사관이 유일하다.

어빙이는 그런 환경에서 살아온 것이 억울했고 분했다. 자필 서명하고 자기 발로 걸어 들어갔으니 자의라고 할지는 몰라도 전연 그렇지 않았다. 군법을 바로 알지 못하여 발을 디디고는 제도에 묶여 어쩌지 못하고 감수해야 했다. 현실대로 내색하면 들어주기보다 어빙하였기 때문이라고 할 것이다. 입이 있으나 말할 처지가 아니어서 숨어 지내고 있는데 입대한 그날이 영광스럽다며 큰 자리를 마련했다고 했다. 말도 안 되는 소식 정도로 치부했는데 같이 땀 흘린 전우들이 보고도 싶어졌다. 자기도 모르게 서울 행 버스에 몸을 실었다.

행사장 입구에 들어서자 휘황찬란했다. 자축하는 것이어서 최대로 꾸민 것이야 당연하였으니 고개가 절로 끄덕여졌다. 하긴 평생을 살면서 그렇게 꾸며진 곳에서 자축이지만 축하받기는 쉽지 않았을 터이니 주머니 털면서도 아깝지 않았을 것이다. 또한, 그렇게 분위기 바꾸는 동안 실제로 달라질지 누가 알겠는가? 기대 반 설렘 반으로 발을 들이미는 어빙이었다.

전충열 중령이 회장을 꿰찼으니 윗자리를 차지한 것은 당연했다. 주최자들이 입구까지 나서 맞아들이며 손을 내밀었다. 얼굴에 기름기가 번질거렸다. 그는 조금은 특이한 성격의 소유자였다. 입대 초기 동기 모두는 새로운 분위기에 적응하느라 눈치 보는데 전충열은 장교복으로 갈아입어야 한다며 눈을 번득였다. 그런 덕분에 중사가 되자마자 장교 임관의 문을 두드렸고 합격의 영광을 안았다. 대학교 졸업하고 학사 장교에 응시한 동기와 비슷한 나이에 장교가 되었다. 하사관 출신이라는 꼬리표가 따라붙지 않았다면 더욱 승승장구했을지도 모르지만, 그래도 하사관으로 시작하여 중령이라는 높은 계급장을 달고 군복을 벗었다.

그의 야망은 하늘을 찌르고도 남았다. 중령으로 만족하기에는 야심이 너무 많았다. 장교의 진급에 내조는 필수적이었다. 전 중령의 아내는 집에서 특별한 고추장을 담아 영향력을 끼칠 수 있는 가정을 방문했다. 찾아들면서 사모님하고 인사하자마자 옷을 갈아입고 주방을 향했다. 무슨 일이든 척척 해대는 통에 이름이 널리도 퍼졌다. 당번병의 손맛하고는 비교할 수 없었기 때문이었다.

전 중령은 운이 참 좋았다. 장교가 되었을 때는 생각지도 못하던 전두환 장군이 국가보위부 위원장이 되었다. 문중 어른을 찾아뵐 때는 필히 군복을 입었다. 전 중령이 진급할 때 청와대 결제가 쉽게 나오지 않아 주무부서에서는 전전긍긍한 끝에 제일 밑에 있던 전 중령의 순번을 위로 올리자 승인이 떨어지더라는 말이 퍼지기도 했다. 전두환 장군은 하고 싶으면 과감히 밀어붙이는 형이라 은근슬쩍 하지 않았을 것 같은데, 그런 말이 퍼지면서 전 중령은 어깨가 으쓱하여 한층 더 올라갔을 것이다.

그런데 그 운이라는 것도 한계가 있었다. 사관학교의 딱지와 하사관 출신이라는 딱지의 차이를 간과한 데서 비롯되었다. 대령을 코앞에 둔 시점이었다. 밑에 있는 사관학교 출신 소령이 지시하는 것을 따르지 않고 반발했다. 위계질서가 생명인 군대에서 있을 수 없는 일이 벌어진 것이었다. 전 중령은 발끈 화를 내고 위에 보고했을 때는 소령이 옷을 벗어야 한다고 쑤군댔는데 막상 뚜껑이 열렸을 때는 완전히 바뀐 상태였다.

조직에서는 시끄러운 것을 매우 싫어하는 습성이 있다. 만약 그런 것이 외부에 알려진다면 군대 자체가 도마 위에 올려질지도 모르는 일이었다. 조직을 보호하는 차원에서 자체 처리하며 하극상을 일으킨 자를 좌천시키는 쪽을 택했다. 항명한 소령을 불러 말은 엄히 했지만, 문서는 남기지 않았다. 그리고는 타부대로 보내는 좌천의 형식을 빌려 손을 털었다. 전 중령이 아무리 윗선이 있다고 해도 조직을 상대로 할 수 있는 일은 없었다. 묵묵히 받아들었는데 결과적으로 항명한 소령은 다른 곳에서 아무 일 없이 근무하며 중령을 달았을 뿐만이 아니고 대령도 제때에 되었다. 반면 전 중령은 부하를 잘못 다뤘다는 딱지가 하나 더 붙어 대령 심사에서 일단 제켜놓았다. 그리고는 이내 계급정년이 되어 다음은 기약도 못 하고 공든 탑을 스스로 무너트려야 했다. 그리도 소중히 여기던 군복을 벗기에 이르렀다. 그런 결과를 조금이라도 생각했다면 소태 씹는 심정으로라도 참고 넘겨야 하는데 간과하고 말았다. 전 중령은 자기에 붙어 있는 딱지가 어떻다는 것을 뒤에야 알고는 땅을 쳤지만 늦은 후회였다. 그래서인지 전역 후에는 하사관 동기생 일에 앞장서서 일했다.

전 중령 곁에는 신 사장이 있었다. 머리가 하나도 없어 나이가 퍽이나 많이 들어 보였다. 깊은 물과 높은 산을 건너는 동안 모두 빠져버린 것 같았다. 신 사장의 야망도 전 중령 못지않다. 단지 눈을 밖으로 돌렸을 뿐이었다. 그는 상사 계급장 달은 얼마 후 대대장에게 거금을 거머쥐고 단도직입적으로 타협했다. 제대를 시켜달라는 말을 하면서 두툼한 봉투를 내밀자 대대장은 이러면 안 되는데 하면서도 손은 벌써 닿아 있었다. 그리고는 이내 전역 서류에 결재하였다. 시대가 무엇을 요구하는지 정확히 꿰뚫고는 대대장과 죽이 맞아 하사관과 이별하고는 곧장 사회에 진출하여 사업가가 되었다.

나라가 급격히 변할 때였다. 주거 형태까지 달라져 성냥곽 같은 건물이 포개졌다. 오랫동안 준비한 것처럼 건설업에 뛰어들었다. 그리고 얼마 되지 않아 회사는 이름이 하늘을 찌를 정도였다. 그뿐만이 아니었다. 주택이 되기 위해서는 이런저런 부품이 들어가는데 그것들은 모두 취급하였다. 신 사장의 안목이 빛을 발하여 그 분야에 오래 있는 사람조차 혀를 내둘렀다. 회사가 커지자 새롭고 유능한 사람이 필요해졌다. 자기를 제대시킨 대대장을 찾아갔다. 넉넉한 보수를 약속하고 밑으로 불러들였다. 하사관으로 있으며 굽실굽실한 것을 되갚은 의도보다 그의 능력을 사고 싶었기 때문이었겠지만 어빙이가 볼 때는 눈이 휙 돌아갔다. 하사관 출신이면 일단 아래로 보는 고급장교가 그 아래도 들어갔기 때문이었다.

훈련소에서 신 사장과 어빙이의 잠자리는 붙어 있었다. 박힌 쇠말뚝에 묶인 것을 알고 당황하면서 서로 위로하였다. 사람이 정신을 못 차리게 만드는 곳이 훈련소의 특성이었다. 툭하면 집합이고 이리 굴리고 저리 굴리면서 몸을 녹초가 되게 만들었다. 또한, 맞아야 잠이 올 정도였다. 어디 하소연도 못 하고 속으로 흐느껴야 했다. 동병상련의 정이 아무도 모르게 들었다. 그 정이 쉽게 흩어지지 않아 전우애라고 하면 끈적거림이 묻어났다. 하여튼 둘이는 마음이 통하여 퍽이나 돈독했다. 신 사장의 사업이 번창하여 바쁠 때도 주기적으로 어빙이를 찾아와 자리를 마련하였다. 정신 못 차릴 때를 생각하며 술잔 기울이는 맛에 산다는 말에 어빙이는 그저 빙긋이 웃는 것으로 답했다. 그 아내도 소탈한 편이었다. 신분이 바뀌면 개구리 올챙이 적 생각하지 않는 것이 보통인데 언제나 하사관의 아내라며 같이 하고자 하였다. 그러면서 어빙이가 위축될까 봐 마음을 많이도 써주었다. 덕분에 스스럼없이 지낼 수 있었다.

내외가 좋은 사람들이라 영원할 줄 알았는데 나라가 휘청하자 그대로 곤두박질쳤다. 건설업은 같은 업체끼리 서로 맞보증 서는 것이 특성 중 하나였다. 신 사장의 사업은 탄탄했지만, 옆에서 부도나면서 같이 쓰러졌다. 아무리 발버둥 쳐도 살아날 수가 없었다. 돈이 생겨 통장에 들어 갔다 하면 먼저 냄새 맡는 자가 임자였다. 하루하루 살아가는 것이 용할 정도의 삶으로 전락했다. 그래도 다행인 것은 개인적으로는 빚이 없어 부대끼지는 않았다. 그렇게 된 뒤로는 신 사장 부인은 서로 만나는 것을 꺼리더니 멀리 떠나버렸다. 어빙이가 찾아갔을 때 지인을 만나는 것 자체가 괴롭다는 말을 한 후였다. 신 사장의 뜻대로 멀리하는 것이 좋을 것 같아 각각 살았는데 생각지 못한 해후였다. 눈이 번쩍하여 서로 얼싸안았다.

둘이 얼싸안는 것을 조금 떨어져 쳐다보는 장 소령의 모습은 추레하였다. 생활이 팍팍하면 몸이 고달파지고 마음마저 병든다고 했던가. 그렇게 준엄하던 장 소령은 한쪽 구석에서 누가 찾아주면 고맙다며 손만 내밀었다. 말이 어눌해졌으니 누가 알까 싶어 그러고 있었다.

장 소령은 전 중령보다 2년 늦게 옷을 갈아입었다. 그런 제도의 마지막 혜택을 받았는데 중령 진급을 못 하면서 인생은 곧장 내리막길로 향했다. 그냥 하사관으로 있었으면 빈털터리는 면했을 것인데, 장교의 특성상 진급을 목표로 하여 월급을 대인 관계하며 모두 소진하고 말았다. 또한, 능력이 없었다면 진급과 무관한 삶으로 저축했을 것인데 모두가 '0'순위라고 했었다. 중령 진급하여 노후 자금을 마련한다는 계획이었지만, 하사관 출신이라는 딱지가 붙은 처지에서 넘기에는 너무나 높은 산이었는지 좌절되었다. 그리고는 곧장 계급 정년으로 옷을 벗으며 받은 퇴직금으로 겨우겨우 생활하다가 자리 하나를 뚫고 들어갔다. 5급 군무원으로 모두가 선망하는 자리였다. 평소의 인맥이 이뤄낸 결과일 것이다. 군 퇴직자가 군무원으로 채용되면 특별한 혜택을 주었다. 받은 퇴직금 원금을 분할 상환하면 원상태로 되돌리는 제도인데, 장 소령은 목구멍이 포도청이었다. 어정어정하다가 기한을 넘기고 말았다.

군인연금법은 20년 불입해야 혜택을 주었다. 장 소령이 군무원에 들어가 근무하다 나이 정년으로 나왔을 때는 수혜자와는 거리가 멀어 퇴직금을 받았다. 은행에 예치하고 이자 수입으로 한때는 살았지만, 지금은 제로 금리 운운하고 있다. 고급장교로 산 처지에 받은 퇴직금을 쪼개면서 아꼈지만 그리 오래가지 못했다. 하사관 동기들은 연금으로 살면서 여유를 부리는데 형편이 말이 아니었다. 어찌하든 살아야 했다. 얼굴에 철판을 깔고 거리로 나갔다. 아내와 같이 상자를 주웠다. 새벽 일찍 일어나 열심히 줍자 주위에서 새로운 눈으로 바라보며 도와주었다. 나오는 상자를 모아놓았다가 장 소령 내외가 나타나면 가져가라고 했다. 덕분에 그럭저럭 먹고 사는 데는 이상이 없었는데 그마저도 이내 위기가 찾아왔다.

폐 자제 값이 곤두박질하기 시작했다. 주식은 바닥도 천장도 없다고 하는데 폐지는 바닥이 있었다. 이제는 자원으로서 가치를 잃고 말았다. 하루아침에 장 소령은 먹고사는 문제를 걱정해야 할 정도가 되었다. 대한민국 국군의 소령 출신이었다. 또한, 5급 군무원이었지만 고급 공무원임에는 틀림없었다. 그런 처지에서 손 벌릴 수도 없었다. 혼자 속을 끓여야 했다.

"엎친 데 덮친다."라는 말이 있다. 장 소령의 불행은 돈이 부족한 것으로 끝나지 않았다. 속이 타들어 가다가 쓰러져 일으키기는 했지만 뇌질 환자가 되었다. 그래도 다행인 것은 말만 조금 어눌할 뿐 치료가 되었다. 장 소령이 잘 나갈 때는 하사관 동기를 외면했었다. 그때 어빙이는 동기가 그리워 찾아갔다가 얼굴이 뜨거웠다. 자기는 장교일 뿐이라는 듯

멀찍이 대해주었기 때문이었다. 그런 사람이 하사관의 입대 기념일을 자축하는 자리에 나타났다는 것은 의외였지만 반가웠다. 어빙이는 뚜벅뚜벅 걸어가 손을 내밀었다.

가장 늦게 도착한 사람은 어깨였다. 어빙이가 된 것처럼 덩치가 좋다는 이유로 본 이름보다는 어깨로 살게 되었다. 그러면서 그는 그 이름이 퍽 좋다며 그렇게 불러달라고 하기도 하였다. 막차라는 것을 알면서도 개선장군이나 된 양 여유 있는 걸음새였다. 군대서는 저런 늠름한 것을 몰라보고 문제 하사관으로 점찍어놓고 제일 먼저 퇴출시켰다. 깊이 따진다면 자원 관리를 못 한 것이지만 군대는 생각을 많이 하는 하사관을 필요하지 않았다. 생각은 장교의 몫일 뿐이었다. 하사관은 명령이 떨어지기 바쁘게 즉각 움직이면 된다는 의식이 팽배했기 때문이었다.

하지만 머리가 없는 행동은 문제를 일으키기에 십상이다. 결과가 잘못되면 그 책임은 오로지 행동자의 몫이었으니 과감한 행동은 어리석은 짓이었다. 장교는 언제나 눈치를 보면서 발을 내디디는 하사관에게 손가락질하고 "저러니까 대우해줄 수가 있나." 하는 말을 곧잘 했다. 자기들이 제도상 뿐만이 아니라 실질적으로 그렇게 만들었다는 생각은 조금도 않고 말이다. 어깨는 그런 것을 알고 있어 자기가 놀 물이 아니라고 여기고 일찍 떠났다.

병이 3년의 복무를 해야 하는 것처럼 하사관도 5년이라는 복무 기간이 있다. 단지 다른 것은 복무 기간이 만료되면 일괄 전역시키지 않고 심사를 거쳐 극소수만 내보낼 뿐이었다. 어깨는 고분고분 따라 하라고 어르면 일부러라도 어깃장 부렸다. 어떤 때는 성격이 퍽이나 원만하여 후덕한데도 비위에 틀리면 들이댔다. 절대 타협을 모르는 것처럼 몽리도 부렸다. 군대서 그러면 자기만 손해라며 순한 양이 되어 살라고 하는 주장에 콧방귀 뀌면서 상반된 행동으로 일관하였다.

군대에서는 입대하여 군복을 갈아입자마자 이런저런 사항을 암기시켰다. 어느 정도 짬을 주고 확인하는데 십중팔구는 막히게 되어 있었다. 그러면 그들은 때는 이때라는 듯 여지없이 제재를 가했다. 정식적으로 '구타는 없는 군대'였지만 구호일 뿐이었다. 주로 '풋싱'이라고 하여 가슴을 꽉 밀어붙였다. 어깨처럼 덩치가 커도 흔들리다 밀리고, 조금 허약하다 싶으면 엉덩방아 찧기 일쑤인데 하여튼 정신이 없게 만들며 여러 가지 잡다한 것을 외우게 만들었다. 그렇게 하여 외워진 것 가운데 어깨가 절대 잊은 적이 없는 대목이 있다. '군대란 합법적으로 조직된 무력적 조직이다.'인데 그때 혼이 빠진 가운데 뇌리에 파고드는 소리가 또 있었다. '여기는 군대이고, 군대라는 조직은 무력을 행사할 수 있다.' 앞의 문구를 설명하면서 자기들의 억지 행동을 합리화시키는 동시에 강조하기 위해 하는 소리였다.

폭력이 합법적으로 허용되는 조직인 군대에서는 수틀리면 손부터 올라갔다. 어깨의 얼굴은 항상 손찌검의 표식이 있었다고 해도 지나친 말이 아니었다. 그뿐만이 아니었다. 팔굽혀 펴기와 엎드려뻗쳐는 기본이고 다리 벌리고 머리 박는 원산폭격, 좌로 굴러 우로 굴러, pt 체조 등 숱한 기합은 그를 위해 마련된 것인 양 활용되었다. 그러면 그럴수록 반발하면서 어깨는 자기의 목소리를 냈다. 결과적으로 어깨라는 별명보다는 꼴통으로 불리다가 급기야 어쩔 수 없는 하사관이 되었다. 드디어 자유의 몸이 된 것이었다. 통제 불능이라는 것을 알게 되면 제발 사고만 치지 말아 달라고 부탁하는 곳이 군대였다. 관리가 잘못되면 지휘 관리 입장에서 골치 아파지기 때문이었다. 한 번 제켜놓으면 그 조직에서 방임하는데, 그것을 어깨는 알고 있었다는 듯 그렇게 극복하였다.

어깨는 5년의 군대 생활을 마치고 나가면서 어빙이와 단둘이 마주앉았다. 세상에는 이런저런 방법으로 살아가는 것이라서 정답은 없지만 자기처럼 사는 것도 배워두면 좋을 것이라고 했다. 그러면서 자기는 주먹 세계에서 상당한 위치를 점하였고, 그동안 맞아도 보았으며 때려도 보았기 때문에 군대에서 받은 압력은 조족지혈이었다고 했다. 병보다는 하사관이, 그보다는 장교가 나라로부터 혜택을 더 받는데 자기는 장교가 될 자격이 안 되어 하사관을 택했다며 뒷머리를 긁었다. 남이 볼 때는 많이 맞았고 기합도 많이 받았지만 계산된 행동이었으니 재미있었다며 너스레도 떨었다. 한고비를 넘기고부터 마음대로 살아 누구보다 편하게 군대 생활하면서 혜택도 챙겼으니 꿩 먹고 알 먹은 격이라고 했다. 너무 곱게만 사는 것이 나쁘지는 않지만 모두 나는데 기는 격이라서 한 마디 해주고 싶었다는 말을 마치자 손을 흔들었다. 어빙이는 감사의 눈물을 훔치며 떠나는 것을 멍한 상태로 지켜보았다.

어빙이를 특별히 생각한 어깨는 아주 중요한 말을 남기고 떠나갔다. 그렇지만 천성은 아무리 해도 안 바뀌는지도 모른다. 어빙이는 제도에 반발하면 큰일 나는 것처럼 생각되었다. 악법도 법이라는 말을 속으로 되뇌면서 그 울에 갇혀 사는 것을 최상으로 여겼다. 덕분에 돌출된 행동은 단 한 번도 해보지 못했다. 선량한 시민 상을 받았어야 할 사람이지만 떡 줄 사람들의 생각은 달랐다. 그냥 제쳐놓고 있으면 스스로 알아서 살아가는 사람에게는 관심 두지 않는 생리 때문이었다. 그래서 우는 아기 젖 준다는 말이 나왔을 것이다. 하여튼 힘이 있어 군림하는 자들은 자기들의 이해관계와는 무관한 사람에게 관심을 꺼놓고 살아간다.

모두가 모이고 서로 얼싸안는 것이 끝나자 훈련받을 때는 이랬고 저랬다 하는 말로 시작하여 점점 확대되어 나갔다. 군대 생활의 애환을 모두 쏟아놓고는 서로 정을 나누는 동안은 시간이 멈추는 듯 한없이 이어졌다. 추억이란 것은 참으로 이상하였다. 당시는 고통스러워 입을 앙다 물면서 기회가 올 때를 대비하여 복수의 칼을 갈았으면서도 세월이 지나 면 눈처럼 녹아내렸다. 군대 생활하면서 당한 괴롭힘에 절치부심하여 골 백번 다짐한 사람을 우연히 만나면 우선 반가워 손부터 내미는 것이 현 실이었다. 어찌 보면 군대에서 일어난 일에 개인적인 감정은 하나도 없었 다. 나라를 지키기 위해서 억지로 시키기도 하고 못된 말을 한 것뿐이었 다. 당할 때는 분해하지만 어쩔 수 없었다는 것을 저절로 느끼면서 쌓인 감정은 이내 사라졌다. 그런 까닭으로 전우애는 뜨거운 감정만 남아 있 다. 여인네 못지않게 할 말이 많아 시간 가는 줄 모르고 연속으로 지껄 였다. 하지만 언젠가는 끝이 있어 무용담이 어느 정도 식게 되자 현실로 돌아왔다. 나라를 위해 젊음을 바친 사람답게 시절의 이야기가 나왔다.

"요즘 세상 돌아가는 꼬락서니를 보니 한심해서 원."

"무슨 소리야, 지금 잘만 돌아가는 것 같던데?"

"야! 너 빨갱이 아니냐? 지금 빨갱이들이 틀어잡고 하는 짓을 마음에 들어 하는 것을 보니까 그러네. 맞지?"

"세상에 빨갱이가 어디에 있다고 빨갱이 운운하냐?"

"너 아직도 빨갱이 모르냐? 저 이북의 빨갱이 말이야. 그들이 남침만 아니 했어도 우리가 군대 생활하면서 그렇게 고생은 하지 않았을 것은 알고 있으면서 세상에 어디 있느냐는 말을 할 수 있냐?"

어찌 보면 전 중령의 대수롭잖은 말에 어빙이가 대꾸한 것이 잘못의 시발이었다. 어빙이의 경험에서 이런 상황으로 전개된다는 것을 알면서 도 조금은 방심하여서 말이 튀어나왔다. 지난날 힘들고 어렵던 이야기보 따리가 풀리면서 자기도 모르게 빠져들어 마음이 해이 해졌던 모양이었 다. 보수 쪽에 서서 말하는 사람들은 말끝에 꺼내는 카드가 빨갱이였고 북한이었다. 동족상잔의 전쟁을 몰라서 그러느냐는 식이었다. 그렇지만 어빙이에게 직접적으로 "너 빨갱이구나?" 하는 것은 지나쳤지만, 전 중령 입장에서도 마음이 풀어진 데서 그렇게 나왔을 것이다. 그것을 탓하면 분연히 일어나야 하지만 어빙이는 빙긋이 웃으면서 말을 이어나갔다.

"남침한 것은 맞지. 만약 남침이 없었다고 하면 우리 같은 하사관들의 생활이 달라졌을까?"

"당연하지. 그 독한 빨갱이를 상대하려니까 그렇게 힘든 생활을 견디면서 몸을 단련했던 것 아니냐."

"군대서는 항상 그런 주장을 했지. 그렇지만 그 말에 진실이 얼마나 들어 있을까? 내가 생각할 때 5%나 10%가 될까 말까 한 것 같아. 세계에서 가장 강한 군대를 미국 해병이라고 하지. 그들의 훈련은 어떤 군대보다 강도가 크기 때문에 그런 강력한 군대가 되었다고 말들을 하잖아. 그런 것을 알면서도 입에서 단내가 나는 사람을 설득하는 데는 조금은 막연하여 주적을 앞세우고 코앞에 일어난 전쟁을 상기시키며 독려했던 것으로 생각하는데, 너는 고급장교 출신이라 잘 알면서도 그렇게 내세우면 안 되는 것 아닐까?"

"야! 지금 여기서 왜 고급장교가 나오고 그러냐? 여기는 어디까지나 하사관의 모임인데"

"맞아 괜한 말을 했네. 취소할게."

"그래 여기서 우리 그런 말은 그만두자."

"그래 그만두자."

그렇게 하여 진정되는가 싶었는데 정치 얘기는 시작일 뿐이었다. 둘의 대화가 험악한 분위기로 들어갈 뻔했다가 막아졌을 뿐이었다. 가재는 게 편처럼 고급장교 출신이 바통을 이어받았다. 장 소령이 자기를 포함시키는 말처럼 들려 비위가 거슬린 나머지 치고 나왔다. 어눌한 말에 창피하여 뒤로 물러앉았던 것과는 딴판이었다.

"전 중령이 '너 빨갱이 아니냐?' 하는 말은 지나쳤지만, 빨갱이가 득시글거리면서 나라가 요 모양 이 꼴이 된 것은 맞지 뭐."

장 소령이 심혈을 기울여서인지는 몰라도 그렇게 어눌하지는 않았다. 단지 말이 빠른 사람이었는데 아주 느릿느릿했다.

"사람들은 툭하면 빨갱이라고 하는데 나라의 국고를 텅텅 비게 만든 게 누구냐. 보수들이 하늘처럼 받드는 김영삼 대통령 아니냐. 바닥난 국고를 다시 채워서 아르헨티나처럼 만들지 않은 것은 누구지. 항상 빨갱이라는 전치사를 달고 다녔던 김대중 대통령이 아니었다면 지금 우리가 어떻게 되었을지는 아무도 모른다. 이를 알 것인데 그런 공은 무시하고 자기들의 구미에 안 맞는다고 하여 하는 엉뚱한 소리 이제는 그만 들었으면 좋겠다."

I.M.F만 없었다면 지금은 재벌이 되었을지도 모르는 신 사장의 말이었다. 그는 정치적인 활동과는 먼 거리에 있는 사람이었다. 어디에도 기웃거리지 않고 성실히 살았지만, 한 번 꺾인 날개여서 회생은 요원할 뿐이었다. 사람은 먹고는 살아야하므로 그 아내가 파출부까지 하면서 근근이 살아가고 있었다. 당시의 정부를 이끈 집단에 대한 불만을 잠재우지 못하고 분통을 터트렸다. 이런 자리에서는 어떠한 말을 해도 털고 일어나면 그뿐이었기 때문에 신 사장도 마음 편하게 말이 나왔다. 그런 말 하다 지탄받기 일쑤이고 순간 삐끗하면 바보 되기에 십상이라서 입을 꾹 다물고 살았는데 지금까지 못한 말을 한꺼번에 다 털겠다는 양 일어섰다.

"빨갱이 김대중, 대통령 하면서 햇볕 정책이라며 이북에 퍼다 준 돈이 얼마냐? 그런 돈이 있으면 나처럼 힘든 사람에게 주면 좀 좋아. 또한, 노벨 평화상을 받는다고 돈을 어마어마하게 들었다는데 그게 말이 되냐?"

"단순한 사람들 잘도 먹혀들었지. 그것이 사실이면 말이 안 되지만 노벨상의 뇌물은 증거가 없다는 것은 이미 확증되었다. 그리고 자기들이 정권 잡을 수단으로 선동하기에 딱 좋아서 퍼주기는 말을 만들었을 뿐이다. 그것은 해외 투자였다. 이북에 투자하고 그에 따른 반사이익이 얼마나 많았는데 중요한 내용은 묻어두고 선전선동만 한다. 한 번만 깊이 생각하면 바로 알 것을 맹목적으로 따르니 계속하여 우려먹는다."

"증거가 없다고? 그것은 교묘하여 아직 밝히지 못했을 뿐이지 언젠가는 밝혀질 것이다. 지켜보면 알겠지. 또한, 반사이익이라는 것이 너는 많다고 하지만 기실 미미하기에 그런 소리가 나오는 것 아니겠어?"

"그래, 네 주장이 맞을지도 모르겠다. 하지만 해도 너무하여 생각해보지 않을 수 없다. 우리는 피의자라는 말을 가끔 듣는 편이다. 범죄를 저지르다 현장에서 잡히더라도 재판을 받아 형이 확정되기 전의 호칭이라 모두 이해하고 있다. 우리나라는 법적으로 개인의 위신이 보장된 나라여서 흉악범이라도 얼굴을 공개하는데 매우 신중하다. 그런데 개인적인 광영을 떠나 나라의 영광인 것을 정당이 바뀌면서 혹시나 하는 마음에 밝히겠다고 정부 차원에서 야단법석 떤 것은 나라의 수치 중의 수치였고 결과적으로 루머만 만들고 말았다. 또한, 이북을 고립시키겠다고 우리가 손을 떼자 중국에서 잘 되었다며 즉각 대들어 중요한 곳을 선점하는 체결을 마쳤기 때문에 지금 통일되어도 빈껍데기만 남았다. 중국이 이북에 투자할 때는 이익이 있기 때문인데 우리는 그것을 퍼주기라고 정치적인 선동만하고 있으니 한심한 일이다. 내가 하는 말은 알 사람은 다 아는데 이런 데서 듣게 되다니 가슴이 답답해 오는구나."

"그래 나는 한심한 사람이고, 너는 아주 잘났다."

"야! 장 소령. 그런 소리는 하는 게 아니잖아. 나는 한때 잘나갔으나 지금은 창피한 말이지만 호구지책으로 발이 부르틀 정도라는 것 너도 알고 있잖아."

"그래 나도 그렇기는 마찬가지야. 삶이 너무 팍팍하다 보니 푸념이 그리되었고 말이 방향을 잃은 끝에 엉뚱하게 되었을 뿐이다. 서로 힘든 사람들끼리 설전을 벌인 격이구나. 우리 악수하면서 풀어버리자."

"그래 고맙다. 친구야."

생각이 앞선 사람들이었다. 시절이 잘못되어 현재 곤궁한 처지지만 한때는 의기가 하늘을 찔렀었다. 험악한 말로 치달을 듯하다가 스스로 알아서 화해하자 모두는 박수로 환호했다. 함성이 잦아들자 어깨가 앞으로 나왔다.

"나 어깨야. 모두 알 것이다. 나는 계급장 달고 딱 5년 동안 군대 생활했지. 동기 중에 나와 같이 제대한 사람은 없었으니 내가 제1호 전역자이지. 하여튼 나는 군대 생활 오래 하고 싶지 않으면서도 나라에서 주는 혜택을 많이 보기 위해 뛰어들었다. 덕분에 향토예비군 생활은 오랫동안 했었다. 그리고 보니 여기 향토예비군의 맛을 본 사람은 나 외에 몇 명밖에 안 되는구나. 그것은 별것이 아니고 사회생활을 많이 한 것은 틀림없는 사실로 사회에 대해서 한마디 하고 싶어 앞에 나섰다."

어깨가 앞으로 나서자 초청 연사나 만난 듯 조용해졌다. 그리고는 숨을 죽이면서 귀를 쫑긋했다. 그러자 어깨는 헛기침을 몇 번 하더니 느릿느릿하고 싶은 말을 이어나갔다.

논쟁을 따지자면 스스로 우익이라고 하는 측에서 상대를 좌익이라며 빨갱이로 부르고 이북과 연동시키는 데서 시작되었다고 할 수 있을 것이다. 그런데 우익은 보수 정당이고 좌익은 진보 정당이라고 할 수는 없다. 대한민국은 동족상잔을 겪으면서 좌익·공산당의 간판을 걸면 타도의 대상쯤으로 생각하여 표를 주지 않기 때문이다. 오죽하면 빨갱이는 모든 것을 박탈해도 무방할 정도일까?

빨갱이가 얼마나 무서운 말인지 한번 살펴보자. 한국에서 한때는 빨갱이로 지목되면 죽은 목숨이나 마찬가지였다. 전쟁 중에는 자기의 경쟁자를 빨갱이라고 지칭하여 제거하기도 하였다. 너를 죽여야 내가 살 수 있다는 의식 속에 양민까지도 인민재판식으로 처단하였다. 마침내 그런 일이 일상화처럼 되어 빨갱이로 지목되면, 전쟁이 끝난 후까지 분명 같은 국민인데도 법으로 보호하려는 의지가 없는 것 같았다. 조금 전에 "너 빨갱이구나." 했는데 그 말을 뜯어보면 "너는 죽여도 되는 인물이다." 하는 소리였다. 그렇게 끔찍한 소리를 전우에게 할 수 있는 것이 우리의 현주소이다. 백번 천 번 생각해도 해서는 안 되는 소리를 우리는 무심코 하며 살았다. 전라도에 사는 사람을 향하여 빨갱이라는 말을 거침없이 하는데 그 말을 들어야 하는 쪽에서는 상처가 깊어만 진다. 모두가 우리의 형제인데 그런 말을 무심코 할 수 있다는 분위기가 나는 무섭기까지 하다.

유럽에는 극우 집단이 있어 사회적인 문제가 되고 있다. 그들은 자기들의 일터가 적어진다는 이유로 특정 지역에서 온 사람들을 마구 죽이려 한다. 암적인 존재를 용인하다가는 나라가 어찌 될지 모르기 때문이라며 합리화시킨다. 여기서 유럽의 극우 집단을 거론하는 것은 우리의 우익이 그들과 유사하게도 같이 살아야 하는 이웃을 향하여 마구 돌을 던진다. 말은 평화를 외치면서도 매몰찬 짓을 서슴대지 않고 저지른다.

가까운 일본에는 공산당이 있지만 우리나라는 진정한 진보 정당마저 없고, 우익에게 나라의 발전을 위하여 노선을 바꿔야 한다고 하면 빨갱이라며 이북의 지령을 받았다고 한다. 우익에서 좌익이라고 하는 정당도 분명 보수 정당이다. 만약 김대중과 노무현 대통령이 친북 성향으로 이북을 위해 일했다면 정권을 잡고 있을 때 친위 쿠데타를 일으켜서라도 정권을 그쪽으로 넘겼을 것이다. 그런데 그런 일은 없었을 뿐만이 아니라 기미조차도 없었다. 이렇게 말하면 국민들이 깨어 있어서 감히 획

책지 못했다고도 주장하겠지만, 그것은 억지일 뿐이다. 그 어떤 정부보다 대한민국인 조국을 위해서 온 정성을 기울였다. 그 하나만을 보아도 대한민국에는 친북 성향의 정당은 없다. 즉 대한민국에 빨갱이는 없다는 말입니다.

사회에는 보수가 있어야 하듯 진보가 반드시 있어야 한다. 보수가 없다면 전통이 무너질 것이고, 진보가 없다면 발전은 꿈도 못 꿀 것이다. 그런데 우리의 보수는 진보를 타도의 대상인양 국민들을 선동하고 있다. 진짜 보수가 자기들을 영원히 지키기 위해서 그러는데 동족상잔의 전쟁을 생각해서인지 잘도 먹혀들어 보수와는 거리가 먼 사람들이 앞장서는 일이 비일비재하다.

"나는 진정한 보수다." 하고 외칠 사람은 여기에는 없다고 나는 단정한다. 하나같이 힘이 부족하여 하사관에 들어간 사람들이 힘을 얻었으면 얼마나 얻었을까? 보수라고 한다면 어떠한 경우라도 끄떡없어야 할 것이다. 조금 얻어 지니고 있는 힘, 이리 흔들리고 저리 흔들린 끝에 놓아 버리고는 한숨이나 쉬어야 하는 처지는 보수가 결코 아니다. 그렇게 보잘것없는 환경을 자녀에게 물려주고 싶은 사람이 있을까? 여기 있는 전우 중에 대를 이어 아들을 하사관으로 키운 사람은 없는 것으로 알고 있다. 어떠한 일이 있더라도 어쩔 수 없어서 살았던 것을 대물림하고 싶지 않았기 때문이다.

삼성의 이병철 회장은 아들 이건희에게 자기 자리를 물려주기 위해서 갖은 편법을 다 동원했었다. 그렇게 하여 회장이 되자 대물림하기 위하여 아버지보다 더 머리를 썼다. 그렇게 물려받은 삼성의 실권자는 법망에 걸려들어 재판에 계류되어 있다. 그런데 그런 대물림이 삼성만의 일은 아닌 것이 대한민국의 현주소이다. 한국의 재벌들 하는 짓이 모두 다 그렇고 그래서 툭하면 비리로 조사받기 일쑤다. 덕분에 존경받는 재벌은 하나도 없고 갑질만 난무할 뿐이다.

정치인은 어떠한가? 아버지의 선거구를 아들에게 넘겨주는 일을 심심찮게 본다. 유권자의 선택에 의해서 금배지를 다느냐 마느냐는 달려있지만 하여튼 대를 잇고 싶어서 야단이다. 그런 사람들이 진정한 보수인데 숫자로야 몇 %에 불과할 것이다.

진짜 보수는 자기를 지키기 위해서 수단과 방법을 안 가린다. 사람을 회유하는 것은 기본이고 필요하면 협박과 매수를 언제든지 한다. 어쩌다 발각이라도 되면 울음으로 호소하기도 하여 사람의 고운 마음을 움직이고는 뻔뻔하게 하던 짓을 이어간다. 대부분의 사람은 선량하여 보수들의 두 얼굴을 상상조차 않으려고 한다. 그리고 푼돈이라도 얻어걸리면 그들이 왜 주었을지는 생각하지 않고 영웅으로 여긴다. 순박한 사람은 한번 믿는 사람이 목표가 있어 푼돈이라도 두툼이 얹어주면 황송 감사한 나머지 시키는 일에서 한술 더 뜬다. 다음에 쉽게 쓰기 위해 초대라도 하는 경우 세상을 모두 안은 것 같은 생각이 들기도 한다. 그런데 언젠가는 현실을 알게 되는데, 그때는 눈물만 나올 뿐이다.

말을 하다 보니 말이 길어졌다. 이제는 결론을 내려야 할 때가 된 것 같다. 좌우익으로 갈려 집회가 있을 때 우익 진영에는 재향군인회가 앞장선다. 군복에 계급장까지 달고 있는데 안타깝게도 다이아몬드조차도 안 보이고 모두가 깡통 계급장이다. 장교는 보수일 수 있어도 하사관은 결코 보수가 될 수 없는데도 그 자리에 안 맞는 옷을 입고 있다. 그들은 한국전쟁 때 전장을 누볐다고 한다. 피로 체제를 유지시켰는데 지금 빨갱이들이 판치고 있는 것을 앉아 볼 수 없어서 일어섰다고 목청을 높인다. 체제가 바뀌어야 잘 살 수 있다며 일어선 사람들에게 "너희들이 빨갱이를 아느냐?" 하고 부르짖는다. 애국자의 말을 안 들으면 매국노라며 보수만이 애국인 양 외쳐댄다.

우리 주위에는 유언비어에 눈물을 많이 흘리는 사람도 있다. 외환 위기를 넘길 때 군에서는 나라가 무너지면 퇴직금, 즉 연금은 날아간다는 말이 여기저기서 흘러다녔다. 정부는 금 모으기를 하며 안간힘을 쏟는데도 얼토당토않은 말이 난무하자 약삭빠른 측에서는 눈치 보다가 사직서까지 올렸다. 조직의 위쪽에서는 몸통을 줄여야 하는 실정에서 잘 되었다고 생각했을 것이다. 곧장 받아들여졌고, 일시금을 챙겨 은행에 넣자 높은 이자가 주어졌다. 자연 어깨가 으쓱해졌지만 한때로 족해야 했다. 결과적으로 그들은 조기 퇴역으로 일자리를 잃었을 뿐이었다. 또한, 나라가 안정되어 재화가 넉넉해지자 금리가 떨어지더니 이제는 3% 이내에서 맴돌고 있다. 은행 금리가 20%가 넘어 살 만했는데 꿈같은 일이었다. 이자로는 도저히 배겨낼 수 없게 되자 원금을 파먹기 시작했다. 평균수명이 늘어날수록 오래 살아야 하는데 부자가 볼 때는 푼돈에 불과한 퇴직금으로 버티기는 한계가 있었다. 이래저래 살기 힘들지만 스스로 판 무덤이었다.

　나라가 무너지면 모든 것이 끝나는 것을 역사는 말해주고 있다. 평생을 나라에 몸 바친 처지에서 어떻게 하든 조국을 지키려는 명제 앞에 보수일 수 있지만 무조건 변하면 안 된다는 논리는 지나칠 뿐이다. 그런 엉뚱한 주장이 일부 보수의 자리 지킴의 울타리가 되는 것은 억울한 것인데 지금 영원한 하사관들이 그렇게 쓰이는 것 같아 일어섰다. 조금 쓴소리가 되었을지도 모르겠지만 생각해볼 일이다.

　어깨는 병보다 약 3년 더 군대 생활을 했다. 군에서 평생을 보낸 처지하고는 많이도 달랐다. 사회는 넓고도 깊은데 어깨는 밑바탕과 천장을 넘나들며 살았다. 이를 우리는 산전수전 공중전에 우중전까지도 겪으며 살았다고 한다. 자기의 경험을 토대로 거침없이 말하는 어깨였다. 어찌 보면 모두가 힘이 없어 불쌍한데도 엇비슷한 처지에 좌우를 찾고 더욱 심한 말인 빨갱이를 찾는 것이 안타까워서 일어났다.

모두는 숙연해졌다. 스스로 보수로 알았는데 어깨는 아니라고 했다. 그 주장이 맞는 것도 같았다. 자신의 몰골을 다시 보아야 할 것도 같았다.

● **정순택**

수필집 『평범한 일상』, 『두만강 따라 오른 백두산』, 『선각자 정안립』

알바생의 새벽

●

강순희

　　하루라도 일을 해야 나는 학교에 다닐 수 있다는 생각을 갖고 사는 남자다. 택시 기사 하던 아버지가 아무런 예고 없이 초등학교 시절에 나와 동생과 어머니를 남겨놓고 교통사고로 돌아가셨다.

　　어머니는 행복한 우동 가게 뒤에 있는 라이브 카페 주방에서 일을 해서 우리 둘을 가르치며 살아간다. 언제부터인가는 나는 내가 벌어서 학교에 간다는 생각이 들었다. 대학에 들어가서는 어떤 식으로든 돈을 벌어야 학교에 다닐 수 있다는 생각으로 닥치는 대로 일을 했다.

　　물론 공부를 잘해서 좋은 대학을 못 갔지만, 내가 꿈꾸는 남자 간호사가 되기 위해 간호대학에 가는 것에 성공해서 아주 열심히 공부를 한다. 시간이 나는 대로 아르바이트를 꼭 하는데, 아이들을 가르치는 실력이 되지 못해서 몸으로 뛰는 일을 하게 된다. 군에 갔다 온 후 2학년 복학을 했고 고단한 학업 끝나면 오토바이를 타고 4킬로를 달려서 왕족발 집에 배달을 한다. 그 집에 할머니가 족발을 삶는데 노하우가 있어서 여간 주문이 많은 것이 아니다. 할머니는 늘 친할머니처럼 나를 걱정해 주어서 다섯 시간을 근무하면서 내 집처럼 정을 붙이며 살아간다.

　　내일 아침이 어머니 생신이니 하루 쉬어서 충주에 왔는데 고등학교 때 같은 반이었던 우동 집 딸인 은휘에게 전화가 왔다.

"야! 너 오늘 우리 집에서 아르바이트를 하루해 주라. 우리 집에 갑자기 아줌마가 그만두어서 큰일이 났거든. 너는 원래 여자들이 하는 일을 좋아하니까 우리 집 주방에 딱 어울릴 거야."

은휘는 큰소리로 웃으면서 말을 했다.

"은휘야! 너도 나와서 함께하는 일이라면 하고 그러지 않으면 내일 우리 어머니 생신이라서 음식 장만을 해야 하거든. 미역국을 끓여야 해. 나물도 몇 가지하고, 소고기를 양념에 재어서 불고기를 만들어야 하거든."

은휘는 전화로 낄낄대며 웃으며

"야, 지금부터 서둘러서 다 해놓고 밤 바쁜 시간에 아홉 시부터 밤새워서 일하면 되지. 너에게 여자가 될 수 있는 정말 좋은 기회라구! 그리고 우리 엄마가 너 무척 좋아하지 않아? 너 머리가 아줌마 파마라 하여 맨날 웃잖아."

우동 집 아줌마가 나만 보면 웃는다는 것은 친구들이 다 아는 사실이다. 아줌마는 나의 머리가 곱슬이 아닌 파마라 하여 웃고, 눈썹이 반달 눈썹이며 눈이 쌍꺼풀이 되지 않아 우리나라 고유 신사임당 눈이라 하며 웃는다. 처음에는 나를 놀리나 싶어서 쑥스러웠는데 아줌마가 웃을 때 나도 따라 웃다 보니 모두가 애정임을 알게 되었다.

"은휘야! 아니 엄마야! 너를 볼 수 있고 너의 인자하신 아니, 재미있으신 어머니를 볼 수 있으니 그러면 그 시간에 갈게. 그런데 돈은 얼마 줄 거야?"

은휘는 고등학교 시절에 긴 속눈썹과 깊은 눈이 매력적이라서 나의 첫사랑이었다. 은휘의 얼굴은 신비로웠다. 말을 많이 하지 않고 늘 웃지는 않지만, 슬그머니 한마디씩 던지는 말이 참 귀여웠다. 친구들은 은휘를 낮에 뜬 반달이라 했고 가깝게 하기에는 너무 먼 당신이란 말을 했다. 고등학교 시절에 같은 친구들에게 관심이 있는 것이 아니라 은휘는 늘

학교 선생님들에게 잘 보이려 하는 눈치였다. 한동안은 독일어 선생님이 매력적이라며 독일어를 얼마나 열심히 했던지 독일어 선생님이 은휘 발음이 국제급 수준이라고 칭찬한 적이 있었다. 은휘는 얌전한 편인데 자신은 늘 바다 건너 먼 독일에 가서 공부를 해야 한다는 말을 했고 지난 겨울에는 유럽 배낭여행을 혼자서 두 달 동안 갔다 온 독한 친구다. 이제 여자 친구보다는 엄마로 통한다. 늘 엄마처럼 나에게 말을 하기 때문이다. 언젠가부터 나는 은휘를 엄마라 불렀다. 그러면 은휘는 아주 만족한 표정을 지으면서 웃는다.

외국어 고등학교를 함께 다녔던 은휘는 전화선 속에서 화통하게 웃어대며

"야! 너 왕족발 집에서 얼마 받아 시간당?"

"음 칠천오백 원 받다가 할머니가 착한 내 심성에 반해서 팔천 원으로 올려주었어."

은휘는 또 웃으며

"우리 집에서는 엄마가 만 원 준대. 음, 아홉 시부터 새벽 4시까지면 8시간이네. 그러면 팔만 원이야. 괜찮은 벌이야. 내일 아침에 니네 어머니 꽃다발을 사드리든지 아니면 선물을 사 드려 얼마나 좋아하시겠니?"

미역국과 음식을 만들어 생일상을 차릴 준비만 했지 선물은 생각도 못 했다. 아마 아버지가 살아있었다면 울 어머니는 참 편안한 삶을 살아가셨을 것이다.

집에서 살림만 한 우리 어머니가 날마다 밤잠을 못 자고 술집 주방 일을 하러 다니는 모습이 마음이 아파서 나는 어떻게 하면 어머니의 뜻에 맞는 아들이 될까 노력하며 살아간다.

아침에 상 차릴 준비를 서둘러 해 놓고 미역국까지 끓여서 밥만 해서 먹을 수 있게 해 놓고 졸음이 왔지만 은휘와의 약속을 지키기 위해 '행

복한 우동 가게'로 향했다.

연수동 거리는 네온사인 거리다. 술집과 음식점이 빼곡히 들어서서 밤의 거리가 됐다. 우리 어머니가 밤마다 이 거리를 걸어 일을 하러 간다. 일하고 돌아와 잠을 자는 어머니의 매일 되풀이되는 삶을 누구에게 보상받을 수 있을까. 빨리 내가 공부해서 남자 간호사가 되어서 어머니가 밤에 이 길을 걷지 않게 해야겠다. '행복한 우동 가게' 뒤쪽에 있는 라이브 카페를 바라본다. 요즈음에 멀쩡한 신랑이 있어도 중년의 아줌마들이 바람을 피워 사회적으로 문제라 혀를 끌끌 찬 왕족발 집 할머니 말을 들으면 우리 어머니가 얼마나 고마운지 모른다.

우동 집에 들어서니 은휘 엄마가

"아휴 우리 선운이가 이제 많이 예뻐졌구나."

나를 보며 또 웃는다. 큰소리를 내어 웃으며

"선운아! 밥 먹어라. 뭘 먹을래? 먹고 싶은 걸로 먹어. 밥이 보약이니 밀가루 음식 먹지 말고 든든하게 밥을 먹어라."

면 종류를 팔면서 늘 우리를 만나면 밥을 먹으라 권한다.

"아줌마! 더 젊어지셨어요. 행복한 일만 있나 보지요?"

"그렇지! 아줌마가 더도 말고 이대로만 살았으면 좋겠다. 밤에 좋은 일이 일어날 것 같은 예감이야. 이렇게 젊은 청년이 우리 가게에서 일을 하고 아줌마는 일하는 모습을 바라보며 얼마나 즐겁겠니. 행복이 뭘 별것이니? 이 시간이 행복하면 세상에서 가장 큰 부자지."

아줌마는 흥미진진한 얼굴로 나를 쳐다보며 말을 한다.

은휘가 머리를 질끈 묶고 꼭 아줌마를 닮은 붕어빵처럼 문을 열고 들어서더니

"야! 예쁜 딸 오랜만이다. 그동안 더 섹시해졌네. 파마머리가 역시 잘 어울려 너는, 우리 집에 딱 잘 어울린다고. 앞치마를 입어. 우리 엄마는

앞치마가 참 많거든 골라서 입어.”

은휘는 들고 온 책을 아줌마 골방에 놓고 함박웃음을 웃는다.

“은휘야! 너는 멋도 안 부리냐? 꼭 섬머슴아처럼 그 신발이 뭐야. 지희는 빨간 원피스에 굽이 높은 수제화를 신어서 얼마나 예뻐졌는지 아니?”

“아이구, 꼴에 눈은 있어가지고. 야, 사는 것이 엿 같아서 멋 부리겠냐. 누구에게 잘 보이려구 애를 쓰냐?”

아줌마와 은휘 머리 모양은 거의 비슷했다. 잘 빗었는지 잘 감았는지 감이 가지 않는다. 뒤로 질끈 묶은 두 모녀는 마주 보며 서로 웃는다. 아줌마가 철이 없는지 아니면 순수한 것이지 늘 은휘와 친구처럼 지낸다. 어떻게 보면 은휘가 더 의젓해서 엄마 같다.

“은휘야! 선운이에게 그런 소리 하지 마. 잘못 하면 삐지겠다.”

아줌마는 부엌으로 들어가 돼지고기 두루치기를 한 냄비 해 와서 먹으라 권한다.

아줌마가 볶아준 돼지고기 두루치기는 우리 친구들에게 늘 별미였다.

은휘 친구들이 모여 오면 아줌마는 입이 벌어져서 늘 이렇게 성스러운 대접을 해준다.

그래서 고등학교 친구들이 서로 돌아가면서 이 집을 찾았다. 은휘 남동생도 외국어 고등학교를 다녔는데 마찬가지였다.

우리는 맛있는 음식에 관심이 있었을 뿐인데 아줌마는 늘 음식을 주면서 등을 토닥거리며 ‘많이 먹어라, 엄마는 지금 무슨 일을 하시느냐, 잘 계시느냐, 건강하시느냐’ 물어본다.

예전처럼 우리 이야기에 끼어들어 대화를 나누고 싶어 하는 은휘 엄마를 보며

“엄마! 제발 우리 친구들에게 끼어들어 주지 말아 주세요. 선운이가

엄마보고 속으로 뭐라고 한 줄 알아요? '아줌마가 또 말발이 터졌구나.' 하고 흉을 본다구요."

"은휘야! 그렇게 말하지 마. 은휘 엄마는 우리 친구들에게 인기가 짱이에요. 그리고 제일 늙지 않으시고 언제나 소녀 같으셔서 늘 대화가 되지 않아요?"

아줌마는 은휘의 말에 노여워하는 기색이 전혀 없었다.

아줌마의 한쪽 손목에는 불에 덴 자욱이 있었다.

은휘와 나는 아줌마를 가게에 따돌리고 커피 두 잔을 타서 문 앞에 있는 시인의 공원으로 가 벤치에 앉았다. 나뭇잎이 무성하게 우거져 있는 공원에는 낮에 뜨거운 열기를 식히느라 사람들이 군데군데 철로 된 의자에 앉아있다. 가까운 병원에 입원 중인 환자들이 몇 명이 모여 있는데, 은휘는 가게로 뛰어들어가 음료수를 그 환자들에게 대접했다.

"은휘야! 아니 엄마야! 어쩜 그렇게 인정이 많니 어른처럼 너네 엄마를 닮았어. 그런 너의 인정미에 친구들이 너를 좋아하나 봐. 나는 고등학교 2학년 때 수학여행 갈 때 내가 용돈이 없어서 여행을 포기하려는 것을 눈치채고 너가 호주머니에 돈 삼만 원을 넣어 주었잖니. 너네 엄마가 나를 갖다 주라 했다면서. 얼떨결에 받아놓고 얼마나 자존심이 상했는지 아니? 지금은 너를 좋아하지 않으니까 무척 고마웠겠지. 그때는 니네 엄마가 조금은 밉기도 했어."

은휘는 얼굴에 흐른 땀을 닦으며

"야. 속 좁기는 우리 엄마가 밤을 새워 우동 끓여서 너에게 거금을 준 거였는데 그런 생각을 하다니 우리 엄마가 아침에 들어오면 저렇게 웃지 않아. 늘 파김치처럼 지쳐서 입술이 하얗게 바래 있어. 우리 엄마가 안타까워서 나는 바르게 자라야겠다는 생각을 해 왔어. 너도 아버지 없이 반듯하게 잘살고 있으니 우리 엄마가 좋아서 피곤에 절은 얼굴로 너에게 갖다 주라고 하시면서 아무도 모르게 자존심 상하지 않게 전하라는 말을 한 거야. 우리 엄마가 얼마나 위대해 보였는지 몰라. 우리 엄마가 권력 있는 아저씨들과 못마땅했을 때 막 싸우기도 하지만 가끔 약한사람 만날 때 즉흥적으로 아무도 모르게 선행을 할 때가 있어. 몸이 뜨거워져서 참을 수 없어서 도와주어야 한다는 말을 하더라. 그럴 때 우리 엄마가 세상에서 가장 마음에 드는 엄마이며 사람이라는 것을 느껴."

은휘는 비닐문을 바라보며 제법 어른처럼 말을 했다.

"그래 그래서 내가 간호사 되면 니네 엄마 건강은 책임진다고, 그러면 됐지?"

커피를 마시고 있는 우리를 비닐문 안에 들어있는 아줌마는 아이스크림을 먹자고 불렀다.

메론바와 팥들은 아이스크림을 사놓고 느티나무 아줌마와 먹었다. 물론 우리가 좋아하는 아이스크림은 아니지만, 맛있게 옆에서 막걸리를 마시며 기타를 치는 아저씨의 음악을 들으며 먹었다.

어둠이 진하게 몰려올수록 사람들이 비닐문을 밀며 들어왔다.

삼복더위에 이 허름한 문 안으로 어떻게 저렇게 모여오는 것이지 이해하기가 힘들었다.

시인 아저씨들은 어디에서 술을 많이 먹었는지 습관처럼 이 집을 들렀다가는 눈치였다. 술이나 안주를 또 우동이나 김밥 종류를 시키지 않고시에 관한 이야기만 쭉 늘어놓았다. 아줌마는 막걸리를 노란 양재기에가득가득 따라서 주었다. 커피를 마시듯 막걸리를 김치와 단무지에 마셨다. 아줌마는 다른 손님들 안주를 하다가 시인들 몫으로 조금씩 떼어 간간이 시인들 앞에 올려놓았다.

"세상에 공짜 술이 얼마나 맛있는 줄 알아. 내가 이 집에 막걸리를 공짜로 먹은 양을 따지면 한 차는 될 거야."

기타를 치며 노래하는 시인 아저씨가 공짜를 찬양하는 마음으로 아주 달게 막걸리를 마셨다. 세상에 어느 집에서도 볼 수 없는 광경이 이곳에서 일어났다.

간간이 친구들과 이곳에서 와서 은휘가 없을 때는 돈을 내고, 있을 때는 서비스 안주를 얻어먹곤 했는데 막상 앞치마를 입고 일을 해보니 별난 세상을 만난 듯했다.

사람들이 들락거리는데 아줌마는 우동을 삶다가 그릇을 나르다가 사람들의 이야기를 조금씩 참견했다. 특히 아이들이 들어오면 꼭 눈을 맞추며 예쁘다거나 멋있다는 말을 했다. 물론 많이 컸다는 말을 기본이었다. 사람들은 많이 아줌마 입장에서 말을 했고 이해하려 했다.

먹은 그릇을 치우며 음식을 나르는 일을 하다가 은휘는 설거지를 하다가 지쳤다는 이유로 설거지까지 내가 하게 되었다. 느티나무 아줌마와 음식을 열심히 만들어 내는 아줌마는 무슨 공장에서 일하는 느낌처럼 손발이 맞았다. 아줌마는 낮에부터 이곳에 나와 근무 중이니 얼마나 힘이 들까. 정말 힘든 일이었다. 왕족발 배달하는 것은 문제가 아니었다. 모두 손으로 움직여야 하는 일이다. 다리가 아파오기 시작했다. 세상에 이런 일을 하면 살아가는 아줌마가 대단했고, 이 시간에 술집 주방에서 일을 하고 있을 어머니를 생각하면 가슴이 아팠다.

다리가 아파서 자꾸만 의자에 앉아 있는 나를 보며 아줌마는

"아휴 낮에 잠을 못 잤고 안 했던 일이라서 다리가 아프겠구나. 그런데 너는 어쩜 그렇게 앞치마가 잘 어울리니? 앞치마 태가 너무 고와서 예쁘다. 너의 파마와 잘 어울린다. 젊어서 고생은 사서도 하는 거야. 오늘 너는 우리 집에 비어 있는 아줌마 자리에 아줌마 모습으로 온 거란다. 입술을 깨물며 우리랑 함께 퇴근해야 된다."

아줌마는 토닥토닥에서 불로 구운 매운 통닭 한 마리를 시키면서 웃

기 시작했다.

느티나무 아줌마는 힘이 들어서 화가 나는 듯한 표정으로

"손님이 계속 들어오면 주인은 좋을지 몰라도 일하는 사람은 지랄 나는 거지 뭘. 힘들어서 그러는데 놀리기까지 하는 심보는 뭐람?"

혼잣말처럼 중얼거리는 아줌마에게

"꼭 그런 말은 우리 집 장사가 되지 말라는 뜻 같애. 사람이 오지 않으면 우리가 이곳에 있을 이유가 어디에 있어요. 집에서 잠이나 쿨쿨 자면 될 것이지. 손님이 있을 때도 있고 없을 때도 있는데, 없을 때 편히 쉬려면 있는 날은 기쁜 마음으로 일해야 되는 것 아닌감."

은휘 엄마는 예민한 듯 말을 길게 늘어놓았다. 어쩜 오래전부터 준비한 말투였다.

느티나무 아줌마는 힘이 들어서 투덜거렸을 뿐인데 무척 너그러워 보이는 은휘 엄마가 꼭 어린애처럼 아줌마에게 따지는 모습은 이해하기가 힘들었다.

느티나무 아줌마는 슬며시 나를 보며 웃었다. 그리고 "힘들지?" 하면서 위로를 했다. 그리고 은휘 엄마 앞에서는 입을 꾸욱 다물며 토라져 있어 보였다.

몇 시간이 지난 후 정말 다시 집으로 가고 싶었다. 설거지하는데 자꾸만 눈이 감겼다.

"야, 예쁜 짓 하면서 왜 그리 힘들어하는 거야? 힘을 내야지. 군에까지 갔다 와 가지고 나이 먹은 어른들 앞에서 그러지 마라."

은휘는 옆구릴 툭 찌르며 놀려댔다. 옆에서 은휘 엄마는 덩달아서 웃었다.

"졸려서 그래 정말 졸린다. 은휘야, 나 밖에서 바람 좀 쐬고 들어올게."

이렇게 말하는 나를 보며 또 웃어댄다. 은휘와 은휘 엄마는 어쩜 저

렇게 닮을 수가 있을까. 은휘는 아직 웃을 나이지만 엄마는 저렇게 여한이 없이 웃을 수 있다는 것이 우리 어머니랑 너무 다르다. 비닐문 앞에 은휘 자전거가 서 있다. 하얀 자전거를 타고 시인의 공원을 돌았다.

살아서 움직인 듯한 더위가 잠을 잔 듯한 공원 주변을 자전거를 타면서 이렇게 잠을 자지 않고 사람들이 움직인다는 것을 알았다. 우리 어머니가 일하는 술집 앞에서 술에 취해 비틀거리는 남자들이 나온다. 걸어 나온다. 저 남자들은 우리 어머니가 해준 안주를 먹었을 것이다, 물론 내가 먹어보지 못한 고급 안주와 술을 비싸게 먹고 저렇게 비틀거리며 집에 가는 것이다.

남자들 옆에는 긴 생머리에 젖가슴이 움푹 팬 옷을 입고, 짧은 치마 입은 늘씬한 아가씨가 어깨를 붙잡고 함께 걸었다. 과연 저 여자들과 어디에 가는 것일까. 정말 막연하게 생각해온 꽃피는 여관으로 가는 것일까? 어느새 잠이 확 달아났다. 군에 갔다 온 한국 남자다. 건강한 남자가 되어 아가씨와 함께 걸어가는 남자를 추적해 본다는 것이 얼마나 한심스러운 일인가.

자전거를 타고 그 남자의 뒤를 따라가는데 한쪽에서 어디서 본 듯한 얼굴을 만났다. 술집 골목을 지나며 호텔과 모텔이 즐비하게 늘어져 있는 이유를 알 것만 같았다.

고등학교 시절에 친구 형구가 여자 친구와 팔짱을 끼고 '카나리아'라는 호텔 앞을 향하여 갔다. 아니 형구의 여자 친구도 잘 아는 터라 아는 체를 할까 망설이다가 어쩐지 호텔을 향하여 가는 것 같아서 자전거에서 내려 천천히 걸었다. 형구는 고등학교 시절에 몸짱과 얼굴짱 그리고 공부까지 잘해서 여학생들에게 인기가 많았다. 여학생들이 한 번쯤 짝사랑을 해보지 않은 애가 별로 없었을 것으로 기억한다. 물론 은휘를 형구가 좋아했지만, 은휘의 관심은 친구들에게 있지 않았기 때문에 형구의 첫사랑은 은휘가 아닐까 싶다.

형구 옆에 있는 여자는 살이 퉁퉁하게 찌고 얼굴이 큰 여자애다. 우리 학교 옆에 다니는 우리 또래 아이였는데 남자를 잘 홀린다는 소문이 자자해서 모두들 기억했다. 형구도 군에 갔다 와서 복학을 했는데 방학이라서 충주에 왔을 것이다. 무척 반가운 친구를 앞에 두고 아는 체를 못하는 내가 약간 남자답지 못한 것 같지만 저렇게 둘이 입을 맞추며 걸어가니 모르는 체 눈을 감을 수밖에 없다. 드디어 형구는 '카나리아' 안으로 들어갔다. 몸을 바짝 기댄 여자 친구랑 둘이서 가는 모습을 보니 잠이 확 달아났다. 사실 나도 건강한 한국 남자다. 밤거리에 이루어지는 모든 일을 이해할 수 있는 나이지만 쑥스럽고 가슴마저 뛴다. 빨리 은휘에게 이 놀라운 뉴스를 전해야겠다. 자전거를 돌려 '행복한 우동 가게' 앞에 세우고 비닐문안으로 들어왔다.

그 사이에 손님들은 좀 빠져나갔고, 은휘는 설거지를 하고 있었다. 느티나무 아줌마를 보며 어쩐지 어머니 생각이 나서 어떻게 하면 이 뚱뚱한 아줌마를 기쁘게 해드릴까 생각을 하다가

"자 엉덩이가 예쁜 아줌마에게 차 한 잔을 타 올리겠습니다. 이제 조금 앉아서 차 한 잔의 여유를 가지십시오."

느티나무 아줌마는 나를 보며 수줍게 웃었다. 지쳐 보인 얼굴에 밝은 미소가 지어지니 부엌이 아닌 가게 안이 환해졌다.

은휘 엄마는 옆에 있는 바다 횟집에서 느티나무 아줌마가 좋아한다는 이유를 내세우며 광어회 한 사라를 시켰다. 한숨 돌리는 쉬는 시간이 마련되었다.

느티나무 아줌마를 위해 노래 하나 부르고 싶었다. 밤에 들어온 어머니상은 우리 어머니와 다른 은휘 엄마가 아니라 오늘 밤에는 느티나무 아줌마다. 늘 눈뜨면 일해서 손톱을 깎지 않아도 된다는 우리 어머니의

거친 손, 일하다가 칼에 살짝 베거나 불에 덴 자국이 있는 손, 우리 어머니를 영락없이 닮았다. 은휘 엄마는 같은 일을 해도 아니 점심때부터 나와 있어서 근무하는 시간이 느티나무 아줌마 배가 되지만 웃을 수 있는 여유가 있지 않은가. 그래도 주인이니까. 재미 붙여서 일을 할 수 있지만, 우리 어머니나 느티나무 어머니는 오랜 세월 남의 부엌에서 피곤할 때나 졸릴 때나 항상 기계처럼 일을 해야 한다. 모두 자식들을 위해서다.

은휘 어머니는 회에 정종이 어울린다는 이유로 한여름 밤인데도 불타는 정종 한 잔씩을 따라 놓았다.

"엄마는요, 엄마가 좋아하는 음식만 챙겼네요. 느티나무 아줌마 술 못 드시니까 콜라 드릴까요?" 아줌마는 금세 얼굴에 피곤이 싸악 가신 모습으로

"아니야. 나도 술 한 잔 마실래."

은휘 엄마는 잔을 높이 들어 모두 건배를 강요했다.

"우리에 불타는 자식들의 청춘을 위하여. 느티나무와 한량이의 건강한 사십 대를 위하여. 그리고 이 지독한 삼복더위를 위하여 짠 합시다."

뜨거운 정종을 입술에 대며 커피를 마시듯 은휘 엄마는 술술 먹었다. 그리고 느티나무 아줌마는 이가 아프다는 이유로 회를 조금밖에 먹을 수 없었고, 은휘 엄마가 제일 많이 맛있게 먹었다. 느티나무 아줌마와 눈을 계속 마주치며 조금이나마 위로가 되고 싶은 마음에 내일이 어머니 생일이라는 이유를 대며 『어머니 은혜』 노래를 연습하듯이 불렀다.

은휘에게만 말하려 했던 방금 전에 호텔로 들어간 친구 형구 이야기를 남의 이야기를 하듯이 아줌마들 앞에서 아주 신기하듯이 이야기했더니 모두가 입을 딱 벌렸다.

은휘는 믿어지지 않는다는 듯이

"선운아! 정말 형구가 맞아? 정말이야? 어떻게 어린 것들이 모텔에 갈

수 있어? 싸이월드에 올라있기는 있어서 친구들이 재미있으라 하는 말인 줄 알았는데. 정말이야? 나는 정말 믿어지지 않아."

"글쎄 잠이 확 달아나더라고. 어떻게 그럴 수 있을까. 하지만 우리는 성인이지 않아 결혼할 수 있는 나이라고 엄마야! 너 또 입이 싸서 친구들에게 떠들거지? 그러면 안 돼. 정말이야. 일급비밀을 어머니들 앞에서 털어놓은 것은 아줌마들은 형구를 잘 모르잖아."

은휘 엄마는 호기심이 가득한 표정으로 마지막 정종을 다 마시며

"아니야! 형구 나도 잘 알아. 그 잘 생긴 애 말이야. 그 집은 택시 회사하고 은휘 친구 영은이가 한동안 좋아해서 살을 십 키로나 뺐다는 재미있는 이야기를 들어서 다 알구 있어. 그리고 가끔 몸이 뚱뚱한 영은이보다 훨씬 뚱뚱하고 별로 예쁘지 않은 아가씨랑 우리 가게에 와서 김치볶음밥 돌우동 또 김밥, 쫄면까지 시켜 먹었거든. 식성이 좋은 아가씨 말이야."

은휘 엄마는 이미 형구와 여자 친구를 알고 있어서 지방방송을 하듯이 줄줄이 이어 말을 했다.

"엄마는 왜 또 우리 친구들 이야기까지 그렇게 잘 알아요?"

투정을 하는 은휘는 아직도 형구가 호텔에 갔다는 말을 믿어지지 않는 모양이다.

느티나무 아줌마는

"아휴 요즘이 조선 시대도 아니고 예전 같으면 시집 장가가서 아이들 부모가 됐을 것인데 뭐가 이상하다는 거요, 호텔에 가는 것이? 미성년자도 아닌데…."

답답하다는 듯이 말을 하는 느티나무 아줌마가 참 현명해 보였다. 내가 지금 이 집에 와서 친구들이 호텔 간다는 말을 한다는 것이 얼마나 한심한 일인가. 여자 친구가 없는 내가 더 현실에 맞지 않다.

밤이 깊어지면서 손님들은 또 북적이기 시작했다. 기타를 치며 노래를 하는 시인 아저씨는 막걸리를 건하게 마시고 화장실을 몇 번이나 왔다 갔다 하면서 산수유를 봤다는 이야기를 했다. 밤에 어둠 속에 비치는 산수유 잎이 새롭다는 둥 이 집을 십 년 가깝게 다니면서 화장실 창문으로 보이는 그림 같은 산수유를 언젠가는 시로 승화시킬 거라는 말을 했다.

사람들은 술을 먹어서 그런지 아니면 배가 고파서 그런지 졸리지 않고 또렷또렷하게 주문을 하고 음식을 맛있게 먹는다. 처음으로 밤을 새우며 식당일을 하는 나는 누가 보기에는 군에 갔다 온 남자가 아니라 인내력이 없는 힘없는 사내라 할 만큼 졸음이 또 밀려왔다.

눈을 감으면 금방 잠이 들어버릴 것 같은 느낌이다. 군에서 보초 섰을 때 이런 졸음이 왔었다.

그만 집으로 가고 싶지만 은휘 엄마나 은휘에게 내 체면이 뭐가 될까. 참는 데까지 참으며 우동을 손님들에게 나르는데 빡빡하게 뜬 내 눈을 보며 은휘가

"야! 식당 아줌마 파마머리! 졸리니 왜 그래, 로버트처럼 움직이지 않은 눈동자를 하구."

옆구리를 찌르며 웃어대는 은휘 옆에 은휘 엄마는 덩달아

"아! 정말 그렇다. 선운이 눈이 참 이상하다. 그지? 인형 눈이다."

소리를 크게 내며 하하하 웃어대는 은휘 아줌마를 보며

"아줌마! 저 무척 졸려서 그래요."

"사내가 하룻밤도 절절매니 우리 엄마는 십 년이란 세월을 이렇게 살아왔다. 엄살 부리지 마라."

은휘가 말을 하면 또 은휘 엄마는 웃는다.

한참 동안을 억지로 일을 하는데, 나처럼 파마머리를 한 아줌마인지 아가씨인 분간할 수 없는 여자 손님 둘이 앉아서

"총각! 이리와 봐요, 이것 좀 보라구요. 잔치국수 속에서 이것이 나왔어요."

"뭔데요…?"

"보면 몰라요, 우동가락이라고요. 먹던 우동이 나왔다고요."

아주 날카롭게 나를 노려보며 말을 했다.

"저요? 제가 넣지 않았는데 왜 그렇게 무섭게 하세요."

곱슬머리 여자 손님은 술에 취해서 얼굴이 붉어서 나를 쳐다보며

"야, 이자식이 무슨 변명이니! 손님이 왕이라는 것을 몰라? 어디서 먹던 우동에다가 국수를 넣어주는 거야? 시인에 집이라더니 이래도 되느냐고!"

여자 손님은 국수 그릇을 식탁 위에 엎어버리며 재수 없는 놈이라 욕을 하며 문을 나가 버렸다.

잠이 확 달아났다. 파마머리 여자 손님에게 왜 그런 수모를 당해야 하는지. 억울해서 울먹이고 싶지만, 또 은휘가 남자답지 못하다는 이유로 핀잔을 줄까 봐 꾹 참고 있는데 은휘가 큰소리를 듣고 와서 왜 그러느냐 물었다.

먹던 우동 국물에 잔치국수를 말아주어서 이런 일이 났다는 이야기를 했더니 은휘가 또 웃기 시작했다. 은휘 엄마는 덩달아서 이 사실을 알고 내 기분과는 아랑곳하지 않고 하하하 웃으며

"아! 네가 우리 집 식당 종업원 교육을 안 받아서 그래. 그 국물은 먹던 국물이 아니라 우동 국물에 원래 가는 국수를 삶아서 말아 주거든. 우동을 데쳐낸 국물이라서 우동 가락이 밑에 몇 가락 남아있거든. 그 가락을 건어내고 국수를 말아야 하는데 내가 좀 털털해서 그냥 부어주어서 그런 거야. 손님들이 간혹 오해해서 먹던 우동이라는 말을 하거든. 하기야 설명 안 하면 오해할 수밖에 없어. 우리가 양심을 속이면서 정

말 먹던 국물을 주는 것이 아니니 신경 쓰지 마라. 우리 양심만 떳떳하면 되는 것 아니니."

　은휘 엄마는 자신이 잘못했다는 인정은 안 하며 계속 웃어댔다. 방금 전에 내가 당한 수모를 모른 은휘와 은휘 엄마의 웃음소리는 더욱더 컸다. 이렇게 밤을 새워 일하는데 어떻게 저렇게 웃어댈 수 있는지 이해하기가 힘들다. 은휘도 학교에서 하루 종일 공부하고 차를 타고 내려와 무척이나 고단할 텐데 계속 나를 골탕먹이고 있다. 우동 하나 김밥 하나 쫄면 하나 줄을 이어 들어오는 메뉴를 즉석에서 만들어 내는 이 집은 정말 국수 공장 같은 느낌이 들었다.

　신발에 들어있는 양말이 축축하게 젖어있고 앞치마 속으로 스며드는 구정물은 배 안으로 스며들었다. 아직도 네 시가 되려면 한 시간이 남았다. 한 시간만 참으면 집에 갈 수 있어서 참 좋다. 그런데 느티나무 아줌마가 힘이 어디서 났는지 일이 끝나면 총각이라 함께 노래방을 가자는 제안을 했다. 총각이 노래를 너무 잘 불러서 노래를 더 듣고 싶다는 말을 해서 눈을 동그랗게 뜨고

"그 시간에 문 열어놓은 노래방이 있어요?"

　느티나무 아줌마는 이 집에 사장은 노래방을 한 번도 갈지 모른다는 투정 비슷한 이야기를 했다. 은휘 말로는 아줌마는 춤을 잘 추어서 노래방에 가는 것을 좋아하며 춤방에 가는 것도 좋아하는데, 우리 엄마는 데리고 가지 않아서 약간 불만이 있으니 나에게 좀 해결해 달라며 또 웃었다. 우리 어머니가 퇴근할 시간이 다가오고 있었다. 나는 빨리 집에 가서 아침 생일상을 봐야 하는데 네 시는 좀처럼 오지 않았다. 어머니께 지금 식당에서 아르바이트한다는 말을 하지 않아서 퇴근 후 내가 집에 없으면 애를 태울 것이 분명하다.

　쓰레기차가 어둠을 몰아내며 골목마다 쓰레기를 몰아간다. 어둠과 밝

음의 교차는 밤에 쏟아 놓은 사람들 몸속으로 들어가기 위해 만들었던 음식물이 거리를 맴돌고 있을 뿐이다. 술집 일을 끝낸 사람들이 하나둘 들어와 또 일을 하면서 허기진 배를 채운다.

은휘 엄마는 자꾸만 시계를 쳐다보는 내 마음을 알아차리고 하루 일한 품삯을 건네주며 빨리 집에 가서 어머니 생일상을 차리라 다독거렸다.

은휘 엄마와 약속한 삼만 원이 갑자기 오만 원으로 변해 있었다. 어떻게 일곱 시간 일을 했는데 이렇게 많이 주느냐 받지 않겠다 사양했더니

"선운아! 네가 오늘 밤 우리 집에서 젊은 날에 청춘을 불사르면 인생 공부가 훨씬 값진 거라는 것을 안다. 애를 써서 고맙구나."

어깨를 토닥토닥거려주는 아줌마는 웃어도 밉지 않은 웃음소리가 분명하다.

은휘와 나는 다시 사이다 한 잔씩을 가지고 시인의 공원 느티나무 아래에 가 앉아 있는데 아주 낯익은 사람이 우동 집 안으로 들어갔다.

우리 어머니가 뾰족구두를 신었다. 그리고 붉은 립스틱을 발랐고 남자들 옆에서 술에 취한 모습으로 비틀거리며 들어간다. 설마 우리 엄마일까? 아니야 내가 잘못 본 거야. 눈을 부라리는 나를 보며 은휘는

"선운아! 우리가 지금도 어른이지만 더 어른이 되면 우리 가게 안에 들어온 사람들을 많이 이해하게 될 거야. 모두가 살아가기 위한 과정이라는 것을, 우리 엄마의 말도 이해하는 날이 올 거야."

● 강순희

충북여성문학상

소설집 『행복한 우동가게 첫 번째 이야기』, 『백합편지』, 『행복한 우동가게 두 번째 이야기』

세븐 나인

•

김미정

비가 추적추적 내리고 있었다. 바람조차 점점 거세지는 저녁이었다.

올여름처럼 태풍이라도 오길 간절히 바란 적이 있을까. 창조 이래 살인적인 폭염으로 한 달 넘게 한반도가 펄펄 끓었다. 남쪽 지방의 저수지 바닥마저 쩍쩍 갈라졌다는 뉴스에 남 여사의 마음 한구석이 바삭 타들어 갔다. 계속되는 열대야로 심신마저 스멀스멀 소멸되어 갔다.

내일 새벽에 태풍 솔릭이 중부권을 강타한다는 예보 때문일까. 폭풍전야의 고요함이 오히려 으스스했다. 이런 날씨에 외출하려니 물을 잔뜩 넣은 풍선을 끌어안고 걷는 느낌이다. 교회 또래 모임 날짜를 변경하는 일 또한 녹록지 않았다. 대부분 직장 생활이나 자영업을 하고 있어 두 달에 한 번 모이는 날을 정기적으로 정해 놓았기 때문이었다.

식사를 하며 안부와 여담이 오갔다. 바람이 점점 세지니 이번엔 2차는 생략하고 일찍 귀가하자고 회장이 말했을 때 카톡이 울렸다.

"어머, 소름 끼쳐…."

남 여사의 입 밖으로 튀어나온 말이었다. 어안이 없는 표정이었다.

—아무래도 안 되겠어. 호박 고구마 값을 받고 그냥 고구마로 보냈으니 그 차액을 계산해야겠지—

톡의 내용을 보자 남 여사의 목줄기부터 꼬리뼈까지 얼음 조각이 주르륵 훑어 내려왔다. 오싹했다. 옆에 앉아있던 김 권사가 "무슨 일이야?" 하고 물었고 다른 친구들도 남 여사에게로 일제히 눈길이 쏠렸다.

"아, 5년 전 일을… 이게 뭐지…?" 남 여사는 잠시 말을 잇지 못했다.

5년 전, 남 여사의 언니가 호박 고구마를 홍 언니한테 팔았다. 홍 언니 남편분이 호박 고구마를 생으로 먹는 걸 좋아한다면서 3박스를 주문했다. 근데 배송을 받은 홍 언니는 호박 고구마가 아니라고 했다. 당진서 직접 홍 언니네로 고구마를 부쳤으니, 남 여사야 확인할 수 없었다. 서로 다른 동네에 살고 있고 옷가게를 운영하는 남 여사로서 가게 문을 닫고 쫓아가 확인할 상황도 아닐뿐더러 홍 언니를 의심하지 않았다.

"수매에 까다로운 농협에서 품질 검사 후 수매해 갔는데, 호박 고구마가 아니면 그럼 뭐라니? 별일이네. 지나가던 개미가 웃을 일이다, 정말."

당진 언니가 개 거품까지 품고 말하지 않았지만, 홍 언니와 20여 년 친하게 지내온 남 여사로선 실로 난감했다. 두 여자가 유달리 정확한 편인데다 남다른 신앙심이 있어 남 여사로선 혼란스러웠다.

남 여사는 고구마를 쪄 남편과 먹어보았다. "이거 호박 고구마 맞지?" 후후 불며 먹던 남편이 "그럼, 호박 고구마가 또 따로 있대? 그 집이랑 그때 부산 여행 때 겪어봤으면서…. 엔간한 사람들이어야지 원…." 남 여사는 더 이상 말하지 않았다. 암튼 고구마 속이 황금빛이며 식감이 말캉하니 무척 달았다. 이게 진짜 호박 고구마 맛인데, 그렇다고 홍 언니가 괜히 트집 잡는 그런 성품은 결코 아니다. 근데 호박 고구마가 아니라니.

"하나뿐인 내 동생과 절친한 사람인데 서로 옳다고 우겨서야 될 일이니? 호응이 좋아 올핸 다 팔렸으니 내년에 호박 고구마 한 박스 더 주기로 하고 호박 고구마 사건은 일단 끝냈다. 아무튼, 구입한 쪽에서 영 불만이니 어떡하냐. 호박 고구마네, 아니네, 계속 따진들 서로 마음만 상하지. 그렇게 해결하기로 했으니 그리 알고 너는 너무 신경 쓰지 마. 너도 너무 예민한 성격이니 그러다가 또 병난다." 당진 언니는 남 여사에게 자초지종을 말하며 호박 고구마 사건 종결을 전했다.

"아니, 남 권사! 농사가 잘될 때도 있고 좀 안될 때도 있는 거지…. 우리가 몇십 년씩 밥을 해봐도 그렇잖아? 어려운 농촌 도와주는 셈 치지, 뭘 그리 따지고 그런대? 주일학교 교사하다가 다른 교회로 간 그 홍 집사지?"

남 여사는 고개를 주억거렸다. 음식 맛마저 씁쓰레했다.

"그 여자 사이코여. 교사 회의서 자기주장만 옳다고 난리를 피운 적 있거든. 그때 모두들 사이코인줄 알았다니까. 앞장서서 봉사하며 깃발 휘두르는 사람이 더 무셔!"

식사하는 분위기가 싸해졌다. 남 여사는 명치끝이 뻐근해 왔다. 체한 느낌이었다.

"남 권사랑 친하게 지내는 것 같아 그동안 말 안 했지만, 교사 일 함께 하면서 얼마나 웃겼는데…. 한 마디로 그 여자 또라이여!"

맞은편에 이 권사가 살짝 눈을 흘기며 혀를 찼다.

"이그, 자기가 다 들어주고 넘 이해해 줘서 탈이여."

"요즘 성도끼리도 갑질한다니까. 그 홍 집사 어느 교회 다녀? 우리 교회서 나간 후 몇 군데 교회를 옮겨 다녔다고 하던데?"

교회 소식통에 능통한 박 권사가 물었다.

"으음…, 남편분도 신학대학원 졸업하고 홍 언니도 신학 공부하더니 지금은 전도사래. 예배는 자기 집에서 드린다고 했어."

순금도 순도 100%가 없다. 우리가 알고 있는 순금도 순도에 따라 99.9%~99.99999%가 있다. 바로 황금 중에서 세븐나인이 최고의 금이라고 한다. 세븐나인은 인내, 믿음, 사랑을 통한 연단 후에 얻을 수 있다고 어느 연금술사의 글을 본 적이 있다.

조금도 손해 보지 않으려는 인간의 본성이 드러날 때마다 남 여사는 마음이 쓰라렸다. 문득 홍 언니의 이기심이 금빛으로 타오르는 것을 본 것 같은 기분이 들었지만, 얼른 고개를 흔들어 털어냈다.

기독교인들은 선민의식이 강하고 모든 면에서 기대치가 높은 편이다. 그래서 자신의 의를 내세우며 그 선에 딱 금을 긋고 나면 타협하려 들지 않는다. 요즘 성도들은 내 입이 우상이고 내 의로 비판과 판단을 한다. 독특한 점은 은혜로 섰다가 행위로 넘어지고 만다. 남 여사는 자신도 그런 인간이란 걸 부인할 수 없다. 야속한 마음을 기도하며 풀려 해도 남 여사의 마음에 남겨진 앙금은 쉽게 사라지지 않았다.

홍 언니를 만난 건 1996년도였다. 뉴 밀레니엄 시대를 몇 년 앞두고 세계는 술렁거렸다. 인류의 종말(終末)을 외치고 있었고, 종말을 소재로 한 출판물과 영화, 음악이 쏟아져 나오고 있을 때였다. 남 여사는 종말론에 대해 터무니없는 얘기라며 무시했지만, '혹시…' 하며 잠시 흔들렸던 걸 기억한다.

둘은 주일학교 교사 세미나를 통해 만났다. 홍 언니가 먼저 다가와 인사를 건넸다. 통통한 몸매에 둥그런 얼굴로 웃는 모습이 이웃집 아줌마처럼 느껴졌다. 남 여사보다 5살이 위였고 그때는 6급 공무원이었다. 대전에서 자랐고 그곳에서 대학까지 나왔다는 공통점 때문일까. 둘의 관계는 잘 통하는 편이었고 짧은 시간에 친밀해졌다. 홀로 사시는 친정어머니 살림이며 생활비를 떠맡고 있는 걸 알았을 때 홍 언니의 효심에 남 여사는 뭉클했다. 맏딸이며 신앙인으로서 당연한 일이지만, 세월이 갈수록 세상일보다 하나님 말씀대로 살아가려는 소리 없는 몸부림을 지켜보았다. 세상 속에 한 발을 담근 채 겉모습만 신앙인이었던 남 여사는 홍 언니의 삶을 보며 자신을 추스르는 세월을 건너왔다.

어느 예배 때였다. 목사님의 설교 말씀을 들으며 훌쩍이는 홍 언니 옆에서 남 여사도 덩달아 눈물, 콧물이 범벅이 되며 천국에 가까이 갔던 때도 있었다. 언니가 옆에서 우니까 은혜가 전염되어 눈물이 쏟아졌다고 말했을 때, "나 콧물 나서 그랬는데, 비염이거든."

홍 언니는 퇴직 후 장애인 그룹 홈에서 전도사로 일했다. 그룹 홈에서 기부받은 식품이 넘치는지 남은 식품을 집으로 가져가 식품비가 별로 들지 않는다고 했다. 사회 전반적으로 요즘 기부 문화가 많이 나아졌다. 식품일 경우 유통기한이 임박하거나 날짜가 막 지난 것도 있었다. 그런 식품에 거부감이 없는 지인이나 남 여사에게 선심을 베풀었다. 하지만 식품을 받아먹은 사람들은 또 뭔가를 홍 언니에게 주는 품앗이가 이어졌다. 세상에 공짜가 없다는 이치를 모르는 나이가 아니다. 남 여사는 당진 언니가 보내온 콩이나 찹쌀, 꿀 등 농산물을 보답하는 식으로 홍 언니에게 건넸다.

모임은 저녁식사가 끝나자 바로 흩어졌다. 회원들은 각자 집으로 서둘러 돌아갔다. 식당서 남 여사가 사는 아파트까지는 20여 분 정도 거리였다. 남 여사는 걸었다. 돌아오는 길 내내 마음이 찝찝했다. 희미한 달빛 아래 부는 바람은 후덥지근한 열기를 몰고 왔다. 등줄기로 땀이 흥건히 흘러내렸다.

호박 고구마 사건 이후 몇 년간 홍 언니와 관계를 조심하며 지냈다. 근데 다시 5년 전 호박 고구마 사건을 꺼내는 의도는 무얼까. 그 마음에 깔린 무의식의 피해는 도대체 뭐지, 아무리 생각해도 이건 피해망상증인 듯싶었다.

거리에 지나다니는 사람들이 드물었다. 마침 당진 언니에게서 전화가 왔다.

"빨리 집으로 들어가! 길거리에 간판이라도 떨어지면 어쩌니? 이런 날 무슨 모임이야 위험하게…."

당진 언니의 잔소리에 남 여사는 홍 언니 얘기를 꺼낼까 하다 말았다. 다시 호박 고구마 얘기를 꺼낸들 당진 언니의 마음만 상할 게 뻔하다. 호박 고구마 사건을 빨리 해결해야겠다.

호박 고구마 사건 일 년 후 수미 감자 문제가 터졌다.

-호박 고구마 한 박스 보낸다더니, 왜 소식이 없어?-

고구마 수확 철이 되자 홍 언니가 보낸 메시지였다. 중간에서 심부름을 잘못한 네가 일 처리를 책임지라며 다그쳤다. 둘이 무난하게 일상적인 관계를 유지해 왔던 남 여사는 다시 뒤통수를 후려 맞는 기분이었다.

남 여사는 당진 언니에게 홍 언니 호박 고구마 얘기를 전달했다. 당진 언니는 "아이구! 일 년 전의 일이라 깜빡했다 야. 너무 바빠서 호박 고구마를 다 팔아버렸으니 어쩐다냐. 할수 없이 수미 감자라도 보내서 퉁쳐야겠다." 그리고 당진 언니는 홍 언니에게 전화했다.

"동생이 농산물 팔아주려고 했던 건데, 그 애도 가게 운영하느라 정신 없이 바쁘고 더 이상 신경 쓰게 하고 싶지 않네요. 호박 고구마 호응이 좋아 어쩌다 보니 다 팔아 버렸어요. 우리 먹을 것도 반 박스 정도나 남았을까. 미안해요. 수미 감자 한 박스 보낼 테니 이렇게 마무리 짓는 게 서로 좋지 않겠어요?"

당진 언니의 말에 홍 언니도 그렇게 마무리하는 걸로 이해하더라고 했다. 당진 언니는 "이제 호박 고구마 사건은 완전 해결됐으니 너는 이제 신경 쓰지 마라." 했다. 남 여사는 호박 고구마 때문에 그동안 마음 상했던 일이 드디어 끝났구나 싶었다. 그러나 끝이 아니었다.

－감자 도로 가져가…. 이건 수미 감자가 아니야. 우리는 이런 감자 안 먹어.－

남 여사는 톡의 내용을 보자 머리 뚜껑이 열리며 뇌가 공중으로 튀어 나가는 줄 알았다. 둘이 해결했다더니, 내가 왜 감자를 가져와야 하는 거지?

당진 언니가 우리 집에 보낸 감자가 같은 감자일 텐데 이상했다. 속이 뽀얗고 포삭하니 잘 부서지는 특성이 분명 수미 감자였다. 그 동네까지 택시 타고 가서 확인해 볼 필요조차 없다. "홍 언니 입맛에 수미 감자가 아니면 아래층 사는 식당 하는 동생을 주든지 지나가는 개에게 던져 주든지 알아서 처분하세요." 하며 남 여사는 씩씩거리며 쏘아붙였다.

－5년 전이라 호박 고구마 값 생각이 안 나네요. 아직도 또렷이 기억하고 있는 언니가 계산해서 알려 주세요－

－그냥 고구마 값은 15,000원이고 호박 고구마 값 25,000원 받았잖아. 언니가 나를 속였지.－

톡 내용을 보자 남 여사 마음에 얼음조각이 박혀왔다.

일 년 전 암 수술 때 한쪽 유방을 없앤 홍 언니는 마음까지 아픈 거였다.

의사가 "유감스럽게도 유방암입니다."라며 진단을 내렸을 때 홍 언니는 책상을 쾅, 내리쳤다. 하필 내가 왜 암이냐고 괴성을 내질렀고, 놀란 의사가 회전의자에서 미끄러져 꽈당 엉덩방아를 찧었다며 홍 언니는 웃었다. 그 얘기를 할 때는 현실에 직면하고 순응하는 단계로 보였다.

"하필이면 내가 왜 암이 걸린 거지, 물도 깐깐하게 가려서 먹었고 고로쇠 물과 유기농 식품으로만 먹었는데…. 서울로 심리 공부하러 다니며 지나친 과로와 스트레스로 암이 갑자기 퍼진 것 같아. 너무 욕심부려 피로가 겹치면 안 되겠더라."

홍 언니는 지난날을 샅샅이 떠올리며 검증해 갔다. 일이나 억울했던 일을 다시 소환해 자신을 치유하는 시간이 녹아있었다. 갱년기 우울증에다 암 투병 시기가 겹치며 캄캄한 삶의 터널을 통과하는 중이었다.

"대학 때 만난 남편보다 내가 6살 연상이어서 건강에 각별한 신경 쓰고 살아. 너는 벌써 아들이 결혼해 기반 잡고 잘살고 있고, 노후 대책도 다해놨으니 얼마나 좋으니? 난 늦게 결혼해 남매가 아직 대학 재학 중이니 할머니가 다 되도록 뒷바라지하려니 이제 지친다, 지쳐. 다행히 매달 연금이 꽤 나오지만 한 달에 이백만 원은 더 벌어야 되는데…. 애들 결혼까지 뒷바라지하려면 앞이 캄캄하다." 힘없는 눈동자로 홍 언니는 허공을 응시했다.

그동안 마음까지 나누던 사람이 5년 전 호박 고구마 값을 다시 계산하라니. 이제 정신마저 온전하지 않은 건가. 남 여사는 호박 고구마 사건에 대해 더 이상 따지고 싶지 않았다.

남 여사는 몇 년간 옷 매장을 운영하며 많은 사람을 접하며 느꼈다. 사시사철 옷을 사며 으레 하는 말이 "작년에는 뭘 입고 다녔지…? 옷장에 옷은 꽉 찼는데 외출하려면 입을 게 없다."라고 손님들은 말했다. 그리고 각자 취향대로 매장 안의 많은 옷 중에 자신에게 어울리거나 예쁜 옷을 골랐다. 그러나 거리에 흘러다니는 사람들의 옷차림새를 보면 그저 그렇다. 간혹 차림새가 눈에 띄게 멋진 사람도 있지만. 오랫동안 팔리지 않던 옷을 남 여사가 입고 장사할 때, 사장님만 예쁜 옷을 입는다면서 기어이 입던 옷을 벗겨 사가는 엉뚱한 손님도 있었다. 각자의 안목과 생각이 어찌 그리 다른지, 조화로운 세상이어서 삶이란 흥미롭다.

얼굴도 모르는 아프리카 어린이들에게 후원하는 마당에 고구마 값 피해의식에 꽂혀있는 홍 언니를 위해 3만 원으로 해결된다면 그건 가장 손쉬운 방법이다. 덤으로 받은 수미 감자도 자신의 입에 수미 감자 맛이 아니어서 5년이 지나도록 마음에 맺혀 있다. 그렇다면 손해 봤다고 생각하는 차액 3만 원으로 해결된다면 마음이 좀 편해질까. 남 여사는 당진 언니에게 알릴 필요도 없이 바로 폰으로 이체했다. 후련했다. 그리고 홍 언니에게 톡을 보냈다.

―그리스도인이 세상의 인심보다 야박한 모습에 주님은 어떻게 생각하실까요? 호박 고구마 값은 이제 다 끝난 거지요? 저는 언니를 감당하기 참 부담스럽고 힘드네요. 잘 지내시기 바라요.―

톡을 터치하자마자 남 여사는 아차, 싶었다. 한 입에서 찬송과 저주가 나온다더니. 남 여사는 자신도 송곳 같은 말로 감히 전도사이며 대선배격인 언니에게 들이대다니. 그러나 한 번 보낸 톡의 내용은 삭제 기능이 없다. 이미 엎질러진 물이다.

21년간의 정이 툭, 끊어지는 소리에 잠시 통증이 밀려왔다. 그러나 은근하게 괴롭히던 괴물과의 거래가 끝났다는 생각에 오히려 후련했다.

그러나 절대 호락호락한 사람이 아니었다.

―너, 나한테 지금 설교하니? 정말 웃긴다. 정말 혼자 잘난 척 마음 깊은 신앙인인척 하더니 이젠 설교까지 하시고, 아주 잘 나셨네. 그래서 매번 농작물을 속여서 팔아 먹냐?―

남 여사는 다시 등골에 소름이 돋았다. 이건 또 뭔 소리람!

25여 년 전 귀농한 남 여사 언니 부부는 조상 대대로 내려온 땅을 물려받아 농사를 짓기 시작했다. 인천서 다니던 회사에 사표를 던지고 7남매 중 둘째 아들인 남 여사 형부가 귀농한 것이다. 친척들은 짬짬이 시간을 내어 주말이면 당진으로 갔다. 모내기 철, 추수 때가 되면 농사일을 도우러 휴가를 내어 고향으로 왔다. 땅을 우직하게 지키기 때문일까. 조상 대대로 살았던 100년이 다 된 뒤란의 황토집이 둥그런 장독대가 정겨웠다. 장독대에는 사람이 쑥 들어가도 될 만한 커다란 항아리와 중간 크기, 조막만 한 항아리들이 모여 있었고 장독대를 둘러싸며 옹기종기 핀 봉숭아꽃과 맨드라미, 채송화가 앙증스럽게 피어있었다.

　집으로 돌아올 때 푸짐하게 챙겨 주는 고구마, 감자, 콩 등 토종 농산물을 싣고 오는 기분이 쏠쏠했지만, 자연을 지키며 가꾸는 일은 값으로 도저히 따질 수 없는 신비한 가치가 배어있었다. 당진을 떠나올 때 육체는 피로로 구겨졌지만, 영혼은 샘물이 흐르며 새로운 에너지가 솟았다.

　참마가 건강식품, 다이어트 식품으로 방송을 타면서 10여 년 전부터 인기가 치솟았다. 남 여사 언니는 송산면 가곡리 넓은 땅에 참마를 심기 시작했다. 수확 철이 되자 판로를 미처 뚫지 못해 쩔쩔맸다. 일가친척들이 팔 걷어붙이고 판매에 나섰고 남 여사도 나 몰라라 할 수 없었다.

　지인들에게 참마 사겠냐고 묻는 것조차 남세스러웠다. 하지만 농산물 직거래는 서로 도움을 주는 일이란 생각에 용기를 냈다.

　지인들에게 참마가 당진에서 배송되었고 친구들은 한두 박스 사며 이리 싸게 팔아 씨값이나 건지겠냐며 오히려 잘 먹겠다는 인사까지 받았다. 홍 언니도 흔쾌히 6박스를 주문했다. 선뜻 농촌을 도와주려는 마음 씀씀이에 남 여사 마음에 강 같은 평화가 흘렀다. 그러나 다음 날 홍 언니는 참마를 모두 가져가라고 전화로 통고했다.

"선물하려고 주문했는데 참마 크기가 고르지 못해 선물하기가 좀 그러네." 그러면서 홍 언니는 전화를 끊었다.

20킬로 한 박스에 만 원이면 그럴만한 이유가 있는 거 아니었나. 그럼 날로 먹겠다는 거였어? 요즘 농촌에 일손 구하기가 마늘밭 파헤쳐서 숨겨둔 돈 자루 찾는 일과 다름없다고 당진 언니가 하던 말이 떠올랐다. 박스에 마구잡이로 참마를 담아 만 원에 판매한 건데….

미리 그런 설명 없이 전한 당진 언니의 불찰보다 20킬로에 만 원이라는 말만 듣고 덥석 지인들에게 소개한 자신이 남 여사는 한심스러웠다.

할 수 없이 남 여사의 남편이 6박스를 차에 싣고 와 옷 매장 입구 옆에 쌓아두었다. 한 시간이 채 지났을까. 단골손님과 가게 앞을 지나가던 사람들이 당진 참마냐며 물었다. 박스에 쓰인 글씨를 보며 "참마가 어디어디에 좋다던데." 하며 가격을 물었다. 남 여사는 먼저 이실직고부터 했다. 참마 크기가 작고 크고 고르지 못해요. 일손이 모자라 선별을 못 하고 마구잡이로 박스에 넣었대요. 그래서 20킬로에 만 원이래요. 남 여사의 말이 끝나자마자 여기저기서 한 박스씩 들고 갔다. "만 원이면 거저지!" 하며 2박스 사가는 단골손님도 있었다. 참마는 금세 동이 났다. 남 여사는 왠지 허탈했다. 전부 반품해 버린 홍 언니네 행동이 새록새록 서운했다. 크기가 고르지 못하면 선별해서 선물하고 나머지는 집에서 먹으면 되지 않았을까. 어쩜 농사짓는 사람의 형편을 헤아리지 못하고 자신들의 편의만 생각하는지…. 평소 반듯한 신앙생활을 하며 새벽기도도 빠지지 않는 분들이기에 남 여사는 더 이해할 수 없었다. 아니다. 야속한 마음이 드는 건 어쩌면 혈육의 정에 치우친 편견일 수 있다. 남 여사는 스스로 마음을 다독였다. 농사일에 삭아진 작은 몸으로 고생하는 언니가 안쓰러운 마음에 남을 탓하는 건 자신의 마음만 녹아내릴 뿐이다.

5년 전 호박 고구마 사건이 있기 전에도 2년간 홍 언니와 냉담한 적이 있었다.

홍 언니의 남편이 더 이상은 못 살겠다면서 기어이 이혼을 원했다. 홍 언니는 "평생 우려먹다가 퇴직하고 나니 쓸모가 없어졌나 봐…" 하며 분개했고 서러워했다. 나이 차를 떠나 홍 언니는 여자로서 자신은 외롭다고 남 여사에게 말했다.

"어떻게 아이들이 태어났는지도 모르겠어. 남편이 옆에 오지 않는다. 운동하는 사람이라 에너지를 그쪽으로 다 쏟는 것 같아."

남 여사에게 말하며 홍 언니는 쓴웃음으로 스스로 위로했다.

이혼 요구에 시달리던 홍 언니가 말했다. 딸이랑 여행을 떠나려고… 뭔가 정리가 필요해. 차를 없애 고속버스로 여행가야 한다는 말에 "언니, 우리랑 함께 갈까?" 툭 건넨 말이었다. "여행은 여럿이 가면 더 좋지." 하며 홍 언니의 눈빛이 반짝 빛났다. 어쩌면 해운대, 남해와 동해가 만나는 푸른 바다에서, 한류와 난류가 교차하는 지점에서 상황이 달라지지 않을까. 동백섬을 돌고 돌며 동백꽃 길을 자분자분 밟다 보면 두 분의 삭막해진 마음에 꽃향기가 스며들지 않을까.

함께 여행 가자는 남 여사의 말에 "원, 고지식한 사람들이라 재미나 있겠어. 괜히 나만 운전기사 노릇만 하는 거지." 남 여사의 남편은 시큰둥하게 신문에서 눈을 떼지 않고 말했다.

당진 언니의 유쾌한 성격을 좋아했던 홍 언니는 함께 모임 계를 일 년 동안 한 친분이 있었다. 어쩌다가 세 가족이 부산 해운대로 여행을 갔다. 홍 언니 남편은 끝내 여행에 합류하지 않았다.

남 여사의 남편은 2박 3일 여정에 기사 노릇을 했다. 사달은 여행에서 돌아온 후였다. 경비로 불화가 일어났다. 남 여사와 당진 언니네는 즐거운 해운대 여행이었지만, 딸을 데리고 온 홍 언니는 여럿이 있을 때는 웃었지만 우울한 그림자를 숨기지 못했다. 남은 여행 경비는 식사를 함께 해서 털어버리려 했다. 하지만 여행 뒤끝이 장난이 아니었다. 유치하게 일일이 풀어놓을 수 없는 소소한 일들이었다.

콘도는 공무원 출신인 홍 언니의 혜택으로 해결했고, 차량은 남 여사네가 제공하고 운전했으며, 언니네는 농산물을 준비해 왔다. 그리고 공동 회비로 일 인당 5만 원씩 회비를 걷어 공정하게 사용했다. 남 여사 남편은 회를 샀고 당진 형부가 밥값을 냈다.

남 여사는 그날을 영원히 잊을 수 없을 것 같다. 바로 1월 1일.

다들 새해 축복과 덕담을 나누는 그런 날에 여행 경비를 정확히 계산하자고 홍 언니가 메시지를 보냈다. 기가 막혔다. 남 여사는 "언니, 새해 첫날인데 다음에 계산해요."

더구나 남 여사는 장례식에서 막 돌아오는 길이었다.

친한 교우의 남편이 췌장암으로 판명 난 지 3달 만에 죽었다. 홍 언니도 잘 알고 있는 집사였다. 남 여사가 그런 상황을 얘기해도 홍 언니는 다른 말은 듣지도 않고, 여행 경비만을 따졌다. 남 여사는 오늘은 새해 첫날이니 내일 만나 얘기하자고 말하곤 폰을 껐다. 그런데 남 여사가 사는 아파트 근처에 급히 걸어오는 홍 언니를 만났다. 홍 언니는 왜 전화를 끊었냐고 소리쳤다. 남 여사는 길거리에서 왜 소리 치냐며 근처 공원으로 갔다. 여행에서 오해했던 일들과 여행 경비를 조목조목 따졌다. 남 여사는 일일이 답변했고, 반박할 수 없는 상황이 되자 왜 우리한테는 그런 방을 준 거냐고 갑자기 소리쳤다. 뜬금없는 소리였다. 콘도에서 방을 고를 때 홍 언니에게 먼저 선택하시라고 했다. 당연한 일이었다. 홍 언니의 딸은 바다가 보이는 큰 방보다 침대가 좋다며 작은 방을 골랐다. 홍 언니는 웃는 얼굴로 캐리어를 끌고 작은 방으로 갔다. "애가 그런 방을 골랐으면 바다가 보이는 방이 더 좋다고 한번 말이라도 했어야지, 너는 어른이 돼서 애가 그런다고 그걸 이용해 먹니? 그 좁아터진 방에 우리 처박아 놓고 아주 신 났더라, 너."

미치지 않고서는 터져 나올 말이 아니었다. 인내심의 끈이 기어이 뚝 끊어졌다.

"언니! 제발... 여러 사람 괴롭히지 말고 정신치료부터 받아요!"

남 여사는 모진 말을 던지고 쌩 돌아섰다. 날카로운 뭔가가 가슴을 후볐다. 고위층일수록 퇴직하고 나면 우울증이 생긴다는데, 이건 우울증이 아니라 아예 미친 것이다. 호박 고구마 사건보다 훨씬 전 여행 경비 사건이었다. 남 여사는 남은 경비를 일 인당 몇십 원까지 계산해서 홍 언니 통장으로 입금했다. 주위 사람을 쥐구멍으로 몰아치며 심장을 쏘는 섬뜩한 말을 하는 사람과 상대할 수 없었다. 그리고 2년간 냉담했다.

남 여사는 존 비비어의 『관계』라는 책을 읽었다. 자유함과 영적 성장으로 이끄시는 하나님의 계획이 무엇인지 자세하게 써 놓은 책이다.

많은 사람이 이 책을 읽으면서 자유하게 되고 치유 받고 회복된다는 글이었다. 성령님의 격려와 조언에 순종할 것이라는 내용이었다. 신앙인이라면 실족하게 한 사람과 관계를 회복하기 위해서 기꺼이 자기방어적인 태도를 포기하고 자존심을 버려야 한다고 조언했다. '그래, 인생의 터널에서 때론 마음이 병들 때도 있지.' 홍 언니가 아픈 시기에 그 상처를 보듬어 주지 못하고 정신 치료하라며 상처 위에 소금을 뿌렸던 일에 남 여사는 죄책감이 들었다. 그런 모진 말을 던졌다니. 친동생처럼 여기며 남 여사에게 아낌없이 대했었다.

"인숙아, 너는 내 절친한 친구를 순위를 매기자면 두 번째야…. 나는 너를 위해 목숨을 바칠 수도 있어." 촉촉해진 눈빛으로 남 여사를 보며 나긋하게 말했다. 자존심을 강철로 두른 홍 언니는 나이 차이를 불구하고 자신의 마음을 남 여사에게 처음으로 열어 보였다.

남 여사는 홍 언니와 2년간 냉담하다가 먼저 손을 내밀었다. 잘 지내시냐며 안부 문자를 했고 홍 언니는 기다렸다는 듯 반가워했다. 둘은 함께 어색한 식사를 계기로 관계를 회복해 나갔다. 2년간 냉담이 언제 있었냐는 듯 다시 친자매처럼 지냈다. 전처럼 서로 식품이나 선물을 주고받으며 마음속 깊은 우물을 퍼 올리는 얘기도 나누었다. 하지만 남 여사의 마음 한 가닥에는 늘 조심스러움 깔려있었다.

남 여사는 도저히 이해할 수 없는 호박 고구마 사건으로 갈등했다. 지난 21년간의 홍 언니와 지내왔던 세월을 돌아보았다.

그 언니가 직장 다닐 때는 어떤 작은 갈등이나 충돌이 없었던 것으로 기억한다. 퇴직하고부터 이상한 게 감지되었다. 남 여사가 운영하는 옷가게에서 옷을 사고 자투리 만 원을 남긴 적이 있다. "참, 만 원 줘야지." 하며 세 번이나 반복해서 주었다. 그때마다 "전에 만 원 주었는데 또 줘요?" 하고 웃었지만, '강박증이 있구나.' 하고 생각했다. 심리적으로 뭔가 불안한 상태가 느껴졌다. 혹시, 치매 증상이 아닐까.

어느 봄날 지나가던 홍 언니 부부가 남 여사 옷가게에 후루룩 딸려 들어 왔다.

"당신, 숟가락 통 밑은 안 닦았더라…." 차를 마시며 소소한 대화를 나누다가 공기가 갑자기 싸늘해졌다. 홍 언니가 남편분에게 하는 말을 듣자 남 여사는 자신이 괜히 민망했다. 홍 언니의 남편은 아무 소리 없이 차를 마시며 아무 표정도 없었다. 며칠 후 홍 언니 혼자 옷가게에 들렀을 때 물었다. "언니, 어쩌면 남편분한테 그런 말을 할 수 있어요? 남이 있는 데서 수저통 밑은 안 닦았다니, 설거지해주는 것만도 고마운 일인데…. 그날 오히려 내가 무안해서 혼났네. 남편분 정말 성인군자이셔.

울 남편한테 그런 말 했으면 괴물처럼 소리 지르고 난리 났을 거예요.”

“그래? 난 별생각 없이 말했는데, 내가 그랬구나…. 남편이 집안일 다 해주기로 해서 용돈 50만 원 주는 거야. 하긴 그 사람은 성인군자지. 내가 시비 걸고 트집 잡아 탈이지. 난 여태 울 남편보다 잘생긴 사람 못 봤어.”

느닷없는 그 말에 남 여사는 흐헝헝 웃었다. “난 울 남편이 더 잘생긴 것 같은데? 다들 제 눈에 안경이라 함께 사는 거지요.” 남 여사가 말했을 때 홍 언니는 “그러니? 다들 그렇구나.” 고개를 끄덕이며 수긋한 태도였다.

남편에게조차 완벽을 요구하는 홍 언니의 마음속을 들여다본 기분이었다. 뭐든 자신의 기준에 정확해야 직성이 풀리는 홍 언니의 모습에 남 여사는 고개를 절레절레 흔들었다.

어릴 적부터 소꿉친구였던 남 여사의 친구가 청주로 출장을 왔다.

둘이서 점심을 먹은 후 조용한 카페로 자리를 옮겼다. 오랜만에 긴 수다를 떨었다. 대학병원 병리검사로 일하는 그 친구는 50대 초반에 석사학위를 딴 후 50대 중반에 모교 겸임교수가 되었다. 남 여사는 아메리카노를 마시며 홍 언니와 일어난 일을 소상히 얘기했다.

“그 언니 참 이해할 수 없는 사람이야. 내가 내 중심적으로만 생각하는 건 아닐까? 교수인 네가 조언 좀 해주라.”

얘기를 다 들은 교수 친구는 눈을 휘둥그렇게 떴다.

“어머나! 야, 그 사람 소셜패스야. 니 얘기 들으니까 오싹하다 야. 직장 다닐 때는 잘 나타나지 않아. 요즘 이상한 증후군인 사람들 많아. 정신병적으로 분류되는 증후군이야.”

“뭐, 소셜패스? 소시오패스, 사이코패스는 들어봤어도 처음 들어보는 말인데."

남 여사는 카페 의자를 당겨 테이블로 바투 고쳐 앉았다.

"소셜패스라는 명칭이 정신병적인 분류로 밝혀진 건 얼마 되지 않아. 그런 사람 결코 사과하지 않아. 자기를 합리화시키는 성향이 강하고 전혀 죄책감을 느끼지 않거든. 자기 생각만 옳다고 생각해. 영리하고 똑똑한 편이고 그러니까 여자가 사무관 자리까지 지냈지. 소셜패스는 타고나는 게 아니라 사회적 환경에서 비롯되거든."

친구가 소셜패스라는 말에 남 여사는 등줄기가 서늘해졌다.

남 여사는 홍 언니가 하던 말이 떠올랐다.

아버지는 집에 잘 들어오지 않았다. 어머니가 딸만 내리 낳던 이유가 아니었다. 인물이 훤하시고 공직에서 제법 자리를 차지하고 있던 아버지는 쟁쟁 거리는 어머니를 시간이 지날수록 멀리하며 바깥으로 돌았다. 유독 큰딸인 홍 언니에게는 자상한 아버지였다. 셋째 딸을 낳자 어느 날부턴가 아예 집에 들어오지 않았다.

남편의 부재 후 엄마는 맏딸이던 홍 언니에게 더 의지하며 집착했다. 초등학교 시절부터 고등학생 때까지 시험 보는 날이면 꽃단장을 한 엄마는 아예 교실 복도에 서서 내내 기다렸다. 한 과목의 시험이 끝날 때마다 복도에서 어떤 문제를 틀렸냐고 일일이 확인했다. 홍 언니는 숨이 턱턱 막혔다.

"아마 그때부터 내 가슴에 멍울이 생기고 암세포가 서서히 자라났던 거야. 바로 밑 여동생은 이혼해서 골목 식당 하며 근근이 살고, 셋째 여동생은 외국에 나가 소식이 뚝 끊기더라. 근데 몇 년 전에 연락이 와서 어떻게 지냈냐고 반가워했더니, 언니 빚 좀 갚아 줘. 그래야 나 한국으로 들어갈 수 있어. 그렇게 부탁하더라. 나 혼자 친정엄마 평생 책임지며 사는 것도 죽겠는데….”

남 여사는 친정엄마는 왜 언니한테만 의지하며 살았냐고 물었다. “젊어서부터 금식기도를 많이 해 위염을 심하게 앓았거든. 돈 벌기는커녕 병원비와 약값만 안 들어가도 살겠다.” 하며 홍 언니는 숨을 몰아쉬었다.

그 이야기를 들었을 때 가슴이 먹먹했다. 질병의 원인은 대부분 어릴 적 환경에서 비롯된다고 한다. 홍 언니의 모습이 얽히고설킨 거미줄에 엉겨 몸부림치는 한 마리 벌레로 연상되었다.

진실을 다 밝히고 싶다. 누가 상처투성이 될까. “자신이 옳다는 것을 증명하는 것보다 넘어진 형제를 도와주는 것이 더 중요하다.”라고 존 비비어는 말했다. 사랑이 정의보다 중요하다고…. 진실을 덮고 오해를 받은 채 홍 언니와 관계를 끊을 수밖에 없다. 영적인 시선으로 홍 언니를 바라보았다. 히틀러도 자신의 생각과 행동이 진정성이 있었다고 믿었을 것이다.

홍 언니 어깨를 잡고 외치고 싶었다. 제발 착각과 피해망상에서 벗어나라고.

“너는 홍 언니라는 그런 사람 감당 못 해. 아예 관계를 끊는 게 상책이야. 그런 사람 고지능으로 은근히 괴롭히는 괴물이야. 이제 우리 나이에 고난도 힘든데 고생만 되는 십자가 질 필요가 있을까?”

교수 친구의 말이 뱅뱅 맴돌았다. 남 여사는 생각했다. “그래, 나는 모세가 아니다. 어쩌면 다행이다.” 문득 남 여사는 자신이 홍 언니를 용서하고 품으려 했던 것이 스스로의 선함에 대한 집착이었음을 깨달았다.

‘나도 모르게 세븐나인이 되려는 어이없는 망상에 나도 세뇌되었던 거였어.’ 남 여사는 한숨을 토해냈다. 자신의 한계를 깨닫고 나니 이상하게 평온이 밀려왔다.

열어 놓은 창문으로 넘실대는 새벽바람이 모처럼 시원했다. 한 달이나 지속된 폭염과 열대야로 너덜거리는 심신에 생기가 차올랐다.

태풍 솔릭은 새벽에 중부권을 조용히 비켜가 동해로 빠져나갔다.

또 새로운 하루가 시작되었다.

● 김미정

크리스찬 문학 단편소설부문 신인상 수상

소설집 『오래된 비밀』

플립 플랩

●

강석희

출퇴근 버스는 늙은 개 같았다. 녹이 심하게 슨 미닫이 도어와 깨진 범퍼, 기침하듯 쿨럭대는 엔진 소리. 30만 킬로미터를 달린 96년식 스타렉스였다. 달릴 만큼 달려 지친 차에 타서 마주하는 것은 못지않게 퍼진 얼굴들이었다. 일터에서 겪게 될 일들, 매일같이 나쁜 생각을 하게 하는 그런 일들보다 나를 더 지치게 하는 것은 늘 똑같은 그 얼굴들이었다.

차 안에서 우리는 하나 마나한 인사를 하고 입을 다문 채 공장으로 갔다. 우리가 닫게 해야 할 3만 개의 통조림 뚜껑처럼 우리의 입은 굳게 닫혀 있었다. 계절은 입을 조금 열어 세상에 연한 푸른빛들을 뿌리기 시작했지만, 그것에 대해 입을 여는 사람은 아무도 없었다. 우리가 보아야 할 것은 설탕에 절인 과일들, 소금에 절인 해산물, 방부제를 많이 넣은 수프였다. 쉽게 변하는 것들이 오래도록 변하지 않도록 순순히 밀봉하는 것. 그것이 우리의 일이었다.

새로운 얼굴이 등장한 건 월요일 조회 시간이었다. 작업반장은 이번 주에 맞춰야 할 물량과 매일 소화해야 할 작업량을 설명했다. 듣는 것만으로도 코가 뭉개지는 것 같았다. 심하게 달고 짠 통조림 속의 내용물들을 생각하니 속이 울렁거렸다.

조회가 끝나자 작업반장이 손짓을 했다. 우리가 서 있는 자리 뒤쪽에서 누군가가 걸어왔다. 새로 일하게 된 사람이라고 했다. 두 달 전에 손가락을 다쳐서 관둔 영태를 대신해서 온 사람이었다. 까만 얼굴과 약간 돌출된 큰 눈. 우리나라 사람이 아니었다. 물론 그런 건 중요치 않았다. 체격과 체력이 좋아서 몇 사람 몫을 하던 영태의 빈자리가 컸기 때문에 새로운 인부의 등장은 매우 반가운 일이었다.

"오늘부터 함께 일하게 된 친구야. 박수 한 번 줘."

작업반장의 말에 따라 우리는 박수를 쳤다. 천장이 높은 건물 안에 20명 남짓 되는 사람의 박수 소리가 크게 울렸다가 금방 흩어졌다. 박수가 끝나자 작업반장이 새 얼굴의 등을 툭 쳤다. 그는 자연스럽게 허리를 숙여 인사를 하고 자기소개를 했다.

"안녕하세요."

모두가 조용히 그를 보기만 했다. 그는 아무럼 하는 표정으로 웃으며 말했다.

"나는, 호나우딩요입니다."

호나우딩요와 가장 많은 이야기를 하게 된 것은 나였다. 호나우딩요가 우리 집에서 살게 되었기 때문이었다. 공장에 있던 외국인 노동자 숙소, 숙소라고 해 봤자 컨테이너 박스를 개조한 것이었지만, 그것이 불에 타 버려서였다. 숙소에는 캄보디아에서 온 프랏과 르티, 우즈베키스탄에서 온 카싼이 살고 있었다. 전기세를 직접 부담해야 했던 그들은 추워도 전기난로조차 틀지 못하고 살았다. 딱 한 번 가본 그들의 숙소에 세간살이라고는 가스레인지 하나, 냄비 두 개, 세탁기 한 대가 전부였다. 숙소에 불이 났고 화재의 책임은 그들에게 돌아갔다. 회사가 밝힌 화재 원인은 전기 합선이었다. 프랏과 르티와 카싼은 조용히 공장을 떠났다. 그 이후로 처음 받은 외국인 노동자가 호나우딩요였다. 회사에서는 나에게 20만 원을 더 주겠다고 했다. 이건 세금도 안 내는 돈이니 편하게 써. 작업반장은 내 어깨를 툭툭 치며 그렇게 말했다. 호나우딩요를 위해 새로 방을 얻어주는 것보다 훨씬 효율적인 방법이었을 것이다. 사실 호나우딩요에게도 그편이 더 나았다.

나는 싫었다. 그러므로 거절했다. 다른 사람들의 반응도 마찬가지였다. 모두들 이런저런 핑계를 대며 호나우딩요를 미뤘다. 나 역시 아버지와 둘이서 지내기에도 버거운 집에 무엇을 하다가 온 지도 모르는 사내를 들이는 것이 내키지 않았다. 남자 두 명이 살고 있지만, 각종 위협에 취약한 우리 집이었다.

말도 안 된다고 생각하면서도 아버지에게 말을 했다. 말없이 밥만 먹기에는 밥상에 먹을 것이 너무 없어서였다. 이제 공장에서 이런 것까지 하라고 하네요. 그런 뉘앙스였다.

"오라고 해라."

아버지는 반응은 뜻밖이었다. 밥술을 뜨던 손을 멈추고 내 눈을 똑바로 보면서 말했다.

"호나우딩요랑 같이 살자고."

나도 숟가락질을 멈추었다. '이 아버지가 왜 이러실까?' 하는 생각으로 마주 보았다.

"이름이 좋잖냐."

아. 아버지는 축구를 좋아했고, 가장 좋아하는 축구 선수가 호나우딩요였다. 메시도, 호날두도, 박지성도, 손흥민도, 다 필요 없고 호나우딩요가 최고라고 했다. 그런 축구 선수는 당신 생에 다신 보지 못할 거라고 늘 강조했다. 아버지가 나가는 조기 축구팀 유니폼에도 자신의 이름

이 아닌 호나우딩요가 한글로 마킹 되어 있었다.

"공은 잘 차겠지?"

아버지가 물었다.

"모르죠."

내가 대답했다.

"브라질 사람이니 오죽하겠냐."

아버지는 들떠 보였다. 괜한 소리를 했다는 후회도 이미 늦은 것 같았다. 아버지가 신나하는 모습을 본 게 오랜만이었다. 호나우딩요는 그렇게 우리 집으로 왔다.

호나우딩요는 축구를 못했다. 브라질에서 태어난 브라질 사람이었지만 다섯 살 때 베트남으로 이민을 갔기 때문이었다. 축구의 나라에서 온 사람이 아니었던 것이다. 우리 집에 함께 살게 된 지 일주일 만에 알게 된 사실이었다. 아버지의 실망은 이만저만이 아니었다. '이건 사기야.' 다 들리는 혼잣말로 투덜거렸다. 그럼에도 둘은 잘 지냈다. 호나우딩요가 아버지와 축구를 해 준 덕분이었다. 서툰 실력이었지만 아버지가 공을 들고 부르면 호나우딩요는 언제든지 "오케이!" 하고 따라 나섰다.

딱 한 번 그들이 축구를 하는 것을 구경한 적이 있었다. 운동 부족이라고 다그치는 아버지의 성화에 못 이겨서 나도 따라나선 것이었다. 겨울이라 꽁꽁 얼어 있는 중학교 운동장에서 두 사람은 열심히 공을 찼다. 처음에는 나도 끼어서 삼각 패스를 했지만, 내가 의도적으로 공을 엉뚱한 곳으로 차니까 아버지가 쫓아내 버렸다.

스탠드에 몸을 웅크리고 앉아 두 사람의 축구를 지켜보았다. 한 팀에 열한 명, 두 팀이 있어야 하니까 스물두 명, 풋살을 한다고 해도 최소 여섯 명은 있어야 가능한 축구를 둘이서 하는 광경은 아무짝에도 쓸모가 없어 보였다. 그럼에도 아버지와 호나우딩요는 땀을 뻘뻘 흘려가며 공을 찼다. 가볍게 패스를 주고받으며 시작된 축구는 공 뺏기로 이어지더니 광활한 두 골대 사이를 오가며 골을 넣는 시합으로 발전했다.

성립이 되지 않는 시합이었다. 환갑을 바라보는 나이라고는 하지만 아버지는 구력 16년의 조기 축구회 주전 미드필더였고, 호나우딩요는 축구를 할 여유 따위 없이 자란 청년이었다. 아버지는 내리 다섯 골을 넣더니 급기야 호나우딩요에게 축구를 가르치기 시작했다. 드리블을 할 때는 공을 차는 게 아니라 미는 느낌으로 해라. 슛은 발끝으로 하는 게 아니라 발등으로 하는 거다. 호나우딩요는 배운 대로 열심히 했지만 척 봐도 어설픈 몸짓이었다. 어느샌가 일찍 등교하는 아이들이 운동장에 나타나기 시작했다.

"내기야. 음료수 내기!"

아버지가 호나우딩요에게 손가락 하나를 들어 보였다. 한 골을 먼저 넣는 내기를 하자는 것이었다. 공을 운동장 가운데에 놓고 양쪽 골대에서 두 사람이 전력으로 달려왔다. 먼저 도착한 것은 호나우딩요였다. 아버지는 곧장 수비태세에 들어갔다. 무릎을 낮추고 호나우딩요의 눈을 읽었다. 자신감 넘치는 얼굴이었다. 호나우딩요는 아버지가 알려준 대로 공을 두 번 앞으로 밀더니 곧바로 슛을 했다. 발등에 정확히 얹힌 슛이었다. 공은 아버지의 머리를 스치고 아름다운 궤적을 그리며 사각지대로 빨려 들어갔다.

"뭐야! 바로 슛하는 게 어딨어? 무효야, 무효!"

아버지가 소리쳤지만, 호나우딩요는 이미 골 세리머니를 하고 있었다. 환하게 웃으며.

삼바 춤이었다.

우리는 아침 7시에 출근해서 저녁 8시에 퇴근했다. 점심시간은 30분이었다. 시급은 8,300원이었고 주6일 근무였다. 시급이 계산되는 근무시간은 8시간까지였다. 나머지 5시간 30분의 노동은 보너스로 정산해 준다고 했지만 그건 회사 사정이 '좋아져야' 나올 것이었다.

회사는 늘 어려웠다. 산업혁명 시기의 영국 공장 같은 근무여건이었다. 정상적이지 않다는 것을 알고 있었다. 하지만 아무도 말하지 않았다. 우리들의 부모는 모두가 비슷한 사람들이었고, 그 아래에서 자란 우리가 할 수 있는 일도 비슷했다. 뭔가 이상하다는 생각을 하고 있는 건 나쁜 일일지도 몰랐다. 공단의 근무 환경을 바꿔보려는 시도가 있었다는 이야기는 전설처럼 떠돌았다. 시도의 끝이 어땠는지 나는 궁금하지 않았다. 내가 사는 모습과 내가 매일 보는 것들로 대답은 충분했다.

우리는 어떠한 불만도 말하지 않고 조용히 일했다. 영태가 통조림 뚜껑에 손가락 두 개를 잃었을 때도 공장은 조용했다. 비상벨이 울리고 빨간 사이렌이 돌아갔다. 단말마의 비명 같은 소리였다. 벨트가 멈추자 우리도 얼어버렸다. 영태는 소리도 지르지 못하고 벌벌 떨었다. 통조림 캔은 영태의 손가락을 삼키고 입을 다문 채 완제품 벨트로 넘어갔다.

우리는 영태의 손을 수건으로 감고 병원으로 갔다. 우리와, 우리를 둘러싼 풍경, 모든 것이 슬로비디오처럼 허우적거렸다. 달리고 달려도 병원은 나오지 않았다. 세상의 모든 병원이 지상에서 증발해 버린 것 같았다. 간신히 도착한 병원에서 의사는 손가락을 찾았다. 우리는 죄지은 사람처럼 고개를 숙이고 있었다. 영태는 소리 죽여 울었다. 누구도 어떤 말도 할 수 없었다. 우리의 입으로 할 수 있었던 건 가만히 담배를 무는 것밖에 없었다.

영태는 조용히 공장을 관두었다. 사고 이틀 뒤에 작업반장을 통해 알게 된 일이었다. 우리는 더욱 조용해졌다. 누구도 울지 않았고 누구도 웃지 않았다. 무언가 보존하려는 것처럼 우리는 침묵했다. 그리고 그런 침묵이 우리를 보호해 줄 거라고 믿었다. 조용히 일하는 두 달 동안 누구도 다치지 않았고 누구도 사라지지 않았기 때문이었다.

아버지가 다시 컴퓨터를 만지기 시작한 것은 호나우딩요가 삼바 춤을 춘 이후였다. 아버지는 끊었던 인터넷까지 연결했다. 인터넷 창을 들여다보는 아버지의 얼굴은 밝았다. 돋보기안경을 눈에 갖다 대고 미간을 찌푸린 채 입은 반쯤 벌리고 있었지만 즐거운 표정이었다.

"희망이 있다."

아버지는 그렇게 말했다. 며칠 동안 열심히 인터넷 창을 들여다보던 아버지가 나를 불러 앉히고 한 말이었다. 아버지는 몇 개의 기사와 댓글을 보여주었다. 언제 배웠는지 메모장에 깔끔하게 링크를 걸어두기까지 했다. 메모장 파일의 이름은 '꿈★.txt'였다.

'축구의 나라 브라질. 브라질 사람 열한 명을 모으면 프로축구팀 창설이 가능할 정도. 신은 브라질리언에게 축구를 주셨네. 브라질 사람들의 발목 회전근과 슬개골은 축구에 가장 이상적인 형태. 나이 서른에 축구를 시작한 브라질 청년 영국 3부 리그팀 입단 신화.' 아버지가 모은 기사들의 제목이었다. 링크를 열심히 눌러 보이던 아버지는 마지막으로 유튜브를 열어 호나우딩요의 스페셜 영상을 보여 주었다. 그러니까 진짜 축구 선수 호나우딩요의 플레이였다.

영상 속에서 호나우딩요는 공을 땅에 떨어뜨리지 않고 세 명의 수비수를 제쳤다. 등으로 공을 튕겨 패스를 하기도 했고, 슛을 쏘면 골키퍼는 웬일인지 그 자리에 얼어붙었다. 아버지는 발목을 현란하게 접어 공을 예측 불가한 방향으로 몰고 가는 부분을 여러 번 반복해서 보여 주었다.

"플립 플랩이야."

아버지의 설명에 따르면. 그것은 호나우딩요 축구의 정체성이었다. 아버지는 무릎을 치고 모니터를 가리키며 웃었다. 영상 속에서 호나우딩요도 웃고 있었다.

"외계인이야. 외계인."

호나우딩요의 별명은 나도 알고 있었다. 못생겼다는 표현만으로는 뭔가 부족한, 그 특이한 얼굴 때문에 붙여진 별명이었지만, 어느 순간부터 사람들은 그의 축구를 두고 지구인의 것이 아닌 것 같다고 말했다. 처음 보는 플레이 스타일과 치열한 상황 속에서도 앞니를 내밀고 웃어 보이는 그의 여유를 많은 이들이 사랑했다. 외계인은 욕이 아니라 칭찬이었다.

"정말 대단한 선수예요."

나는 동의의 말을 건넸다.

"진짜 외계인이 아닐까?"

아버지는 화면을 보고 있지 않았다. 아버지가 보고 있는 것은 우리 집 거실의 호나우딩요였다. 호나우딩요는 제기를 차고 있었다. 발의 안쪽과 바깥쪽으로 자유자재, 좁은 거실에서 거침없이 제기를 차는 호나우딩요였다. 처음 보는 모습이었다. 언제 저런 실력을 가지게 된 것인지 나도 놀라웠다.

아버지는 흐뭇하게 웃었다.

"대단해. 정말 대단해!"

아버지는 원대한 꿈을 그려나가기 시작했다. 스물네 살의 호나우딩요를 축구 선수로 만드는 계획이었다. 우선은 아버지의 책임하에 진행되는 개인 훈련을 소화하게 하고, 어느 정도 익숙해지면 조기 축구회에 데려가 실전 감각을 익히게 한다. 호나우딩요가 지닌 발군의 소질은 곧 폭발할 것이고 조기 축구의 수준은 금세 압도하게 될 것이다. 그다음은 K3

리그에 입단 테스트를 보게 한다는 계획이었다.

K3 리그에 입성하게 된다면 그다음부터는 굳이 손을 대지 않아도 일사천리로 진행될 것이라고, 아버지는 말했다. K리그 챌린지를 거쳐 클래식으로 본인의 노력과 겹쳐지는 행운에 따라 해외 진출도 가능할 전망이라고 했다. 그렇게 되고 나면 아버지와 나는 축구 에이전트로 활동하게 되는 것이었다.

아버지가 그런 꿈을 꾸는 이유는 단 하나. 호나우딩요가 브라질리언이기 때문이었다. 내가 보기에 호나우딩요는 축구를 그렇게 좋아하는 것 같지 않았다. 소질도 그리 대단해 보이지 않았다. 아버지와의 시합에서 보여준 슛은 놀라운 것이었지만, 그 정도는 브라질 사람이 아니어도 가끔 할 수 있는 것이었다. 살아오면서 골대에 멋지게 공을 집어넣은 경험은 나도 꽤 있었다.

그러거나 말거나 아버지의 피는 이미 걷잡을 수 없이 뜨거워져 있었다. 매일 새벽에 호나우딩요를 깨워 운동장으로 나가는 아버지의 눈은 형형하게 빛났다. 쩍 소리 나게 하품을 하긴 해도 호나우딩요 역시 군소리 없이 따라 나섰다. 나와 호나우딩요가 출근 준비를 하는 사이 아버지는 그날 훈련의 성과를 점검했다. 그때마다 자주 한숨을 쉬었다.

"연습량이 부족하다."

한숨이 늘어가던 어느 날에 아버지는 핸드볼 공을 사 왔다.

"딩요, 이리 와 봐."

핸드볼 공의 주인은 호나우딩요였다.

"딩요, 이제 공장 가서도 틈틈이 이걸로 연습을 해."

아버지는 진지했다. 호나우딩요는 곤란한 얼굴이었다.

"아버지. 공장에서 공놀이할 곳이 어디 있다고 그래요."

어지간하면 간섭하고 싶지 않았지만 보고 있을 수만은 없었다.

"그래서 내가 작은 걸로 사온 거 아니냐!"

아버지가 역정을 냈다. 사태를 중재한 건 호나우딩요였다.

"오케이. 싸우지 마요. 오케이!"

호나우딩요는 손으로 오케이 사인까지 해 보이며 공을 소중하게 품어서 출근 가방에 넣었다.

"프랙티스 메이크 퍼펙트. 알지?"

아버지가 호나우딩요의 등을 두드렸고 호나우딩요가 고개를 끄덕이며 웃었다.

호나우딩요가 아버지의 말을 잘 듣는 것이 이상했다. 그의 한국어 실력으로 아버지가 하는 말을 모두 알아듣는 것은 불가능했다. 아버지는 말을 할 때 혀끝을 둥글게 만 채로 발음을 했고 목에서는 꽤나 거슬리는 쇳소리가 났다. 급하게 말을 할 때는 나도 알아듣기가 쉽지 않았다.

그럼에도 부정할 수 없는 사실은 이 지구 상에서 아버지의 말을 가장 잘 들어주는 사람이 호나우딩요라는 것이었다. 호나우딩요는 아버지가 뉴스에서 본 이야기들을 하면 얼굴을 찡그렸다. 아버지가 좋았던 한 시절을 이야기하면 웃으며 고개를 끄덕여 주었다. 공을 차러 가자고 하면 벌떡 일어났고, 공장에서도 틈만 나면 열심히 연습을 했다. 차마 공을 꺼낼 수는 없었는지 제기를 차는 것으로 대신했지만, 제법 진지했다.

"프랙티스 메이크 퍼펙트."

혼잣말을 하며 열심히 제기를 찼다.

사실 나에게 가장 이상했던 것은 아버지의 말을 듣는 호나우딩요의 귀가 아니라 아버지를 보는 그의 눈이었다.

아버지는 별 볼 일 없었다.

내가 태어나고 자라는 동안 봐온 아버지는 그랬다. 아니, 내 아버지니까 효심을 담아서 별 볼 일 없다고 할 수 있는 정도일지도 모른다. 남들 눈에는 형편없는 사나이였을 수도 있다. 아니, 틀림없이 그랬다.

'아버지를 부탁해.'

어머니의 마지막 말이었다. 무슨 유언이 그러냐고 따지고 싶었지만 이미 늦은 후였다. 내가 열다섯 살일 때의 일이었다. 옆에 선 아버지는 뭉개진 쇳소리로 미안하다고 했다. 아버지는 어머니에게 미안해했고 어머니는 아버지를 불쌍해했다. 그럼 나는?

졸지에 나는 아버지의 보호자가 되었다. '아버지가 원래는 저렇지 않았단다.' 어머니는 자주 그렇게 말했다. '참 멋진 사람이었어.' 나는 그 말이 싫었다. 아버지 잘못이 아니었어. 치가 떨렸다. 그런데도. 어머니로부터 받은 부탁의 짐이 무겁게 느껴질 때마다 어머니의 말들은 위로가 되었다. '아버지는 원래 저런 사람이 아니야. 참 멋진 사람이었지. 아버지가 잘못한 것은 없잖아.' 하지만 가끔 해결되지 않는 물음이 떠올랐다.

'그럼 나는?'

원래부터 그런 사람은 아니었다는 것은 어머니가 굳이 말하지 않아도 되었다. 아버지 스스로 그렇게 말하고 다녔기 때문이었다. 어머니가 막 돌아가셨을 때는 하루에 한 번씩 나를 붙잡고 그런 이야기를 했다. 토씨 하나 빼놓지 않고 외울 지경이었다. 동네 슈퍼나 버스 정류장이나 평상에서도 사람들을 붙잡고 이야기를 했다. 우리 집 사정을 알던 어른들이 맞장구를 쳐 주었지만, 그것도 하루 이틀이었다.

아버지는 혼자가 되었다. 처음에는 아버지의 긴 이야기를 다 들어주고 어깨도 두드려주고 술만 먹지 말고 이거라도, 하며 박카스나 쌍화탕 같은 걸 건네주던 사람들도 언제부턴가 아버지가 보이면 멀리 떨어져서 혀를 찼다. 아무도 자신의 이야기를 들어주려고 하지 않자 아버지는 지나가는 사람에게 큰 소리로 시비를 걸었다. "이런 씨발! 내가 우습냐!" 그렇게 시작하는 아버지의 고함에 사람들은 대부분 그냥 지나쳐 갔지만, 때로 몸싸움으로 번지는 경우도 있었다.

쇠약해진 아버지는 여기저기서 얻어맞고 코피를 흘렸다. 학교를 마치고 돌아왔을 때 아버지의 인중에 마른 핏자국이 비치는 날에는 그냥 콱 죽어버리고 싶다는 생각이 들었다. 그런 식으로 계속 살았다면 나와 아버지는 아마 정말 죽었을 것이다.

우리 부자를 살린 것은 복남 슈퍼 아저씨였다. 복남 슈퍼 아저씨는 한때 내가 가장 증오했던 사람이었다. 그가 아버지에게 계속 막걸리를 팔았기 때문이었다. 아버지가 술을 마시고 패악을 부려도 말리지 않고 그만 좀 마시라는 말도 한마디 없이 외상까지 받아주며 술을 줬다. 그때 나에게 있어 세상에서 제일 나쁜 인간은 복남 슈퍼 아저씨였다.

봄볕에 살비듬이 일어 체육 시간 내내 온몸을 벅벅 긁었던 날. 아버지는 중학생이 휘두른 도시락 가방에 얻어맞고 코피를 쏟았다. 그 중학생은 나와 같은 학교에 다니는 선배였고, 나는 처음으로 어머니의 말을 어겼다. 죽어. 그냥 죽자. 아버지.

아버지는 다음 날 복남 슈퍼에 들어가 막걸리는 사지 않고 식료품과 생필품 이것저것을 들었다 놨다만 했다. '내가 이것들을 사 본 게 언제였던가. 이런 것들을 사려면 얼마가 있어야 하나?' 아버지는 그런 생각을 했다고 한다. 한참을 그렇게 있다가 큰 결심을 한 듯 계산대에 서 있는 아저씨에게 다가갔다.

"어떻게 살아야 할까요?"

아저씨는 아버지를 가만히 보았다. 귀찮은 기색도 한심해하는 눈치도 없이 그저 보았다. 아버지의 머리부터 발끝까지 훑어보았고, 특히 슬리

퍼를 꿰어 신은 발을 유심히 보았다.

　아버지를 주저앉힌 것은 라면이었다. 내가 네 살이었을 때 일어난 사건이 원인이었다. 아버지의 회상과 어머니의 증언에 의하면 사건 전까지 아버지의 삶은 꽤 괜찮은 인생이었다. 조그마한 사무실과 창고 하나가 전부였지만, 사장이라고 불리던 때였다. 아버지는 삼양라면 납품 대리점을 했다. 라면은 꺼지지 않는 불꽃 같은 필수 식품이었고 삼양라면은 업계 최고의 판매량을 자랑하는 회사였다. 아주 대단하다고는 못해도 제법 돈이 벌리던 시절이었다.

　1989년이 왔다. 미운 네 살이 된 나는 집안 이곳저곳에 낙서를 하고 물건들에 해를 입혔다. 우악스럽게 먹고 무지막지하게 쌌다. 아버지와 어머니는 점점 힘들어졌다. 집안 공기는 식은 라면처럼 변해갔다. 나 때문인가. 두려울 것 없던 네 살도 뭔가 잘못되었다는 기분을 느꼈다. 그랬던 것 같다.

　우리 가족은 라면으로 끼니를 때웠다. 라면이 팔리지 않았기 때문이었다. 우지(牛脂) 파동이었다. 질 나쁜 장난 같은 소문이 라면 업계를 할퀴자 삼양라면은 아래에서부터 무너졌다. 줄도산이었다. 라면에 공업용 기름이라니. 아버지는 배신을 당했다고 울부짖었다. 창고에 쌓인 재고를 우리 가족이 다 먹기도 전에 사무실과 창고는 차압을 당했다. 남은 라면을 던지다시피 집에 옮긴 날 아버지는 빈 사무실에서 목을 맸다. 배신감을 견딜 수 없다. 아버지는 유서에 그렇게 썼다.

　안타깝게도. 배신은 아니었다. 우지에는 등급이 있을 뿐 공업용이라는 건 없었다. 낮은 등급의 우지는 공장으로 가기도 했겠지만 삼양에서 쓴 것은 2등급, 좋은 우지였다. 삼양이 아무리 부르짖어도 들어주는 뉴스와 신문은 없었다. 아버지는 죽지도 못했다. 그저 몸이 심하게 망가졌을 뿐이었다.

아버지와 함께 우리 집도 망가졌다. 어머니는 몸져누운 남편을 대신해 가세를 지탱하기 위해 뛰어다녔고, 나는 웃지도 울지도 않는 아이로 자랐다. 몸을 수습한 아버지는 여전히 배신감에 치를 떨며 비루해진 육신에 알코올을 부었다. 어머니는 그저 안타까워할 뿐이었고 나는 아버지를 미워하게 되었다.

모두에게 억울한 일이었다는 건 어머니가 과로로 얻은 갑상선 암을 잡지 못한 다음에 알았다. 삼양에 대한 배신감마저 갖지 못하게 된 아버지는 술이나 마시고 엉뚱한 데에 화풀이나 하는 사람이 되었다. 나는 아버지를 더 이상 미워할 수도 없었다.

아버지의 소질은 대단했다. 복남 슈퍼 아저씨의 눈이 정확했던 것이다. "호나우딩요다, 호나우딩요야!" 조기 축구회 아저씨들이 아버지를 추켜세웠다. 복남슈퍼 아저씨는 단숨에 최고의 스카우터로 인정받았다. 별 볼 일 없던 아버지는 운동장에만 나가면 다른 사람이 되었다. 내가 보기엔 공을 몰고 슬슬 달릴 뿐인데도 수비수들은 다리를 휘청이며 길을 비켜주었다. 무심하게 툭 건드린 공은 운동장을 가로질러 절묘한 위치로 굴러갔다. 대지를 가르는 패스! 아저씨들이 엄지손가락을 세웠다. 가볍게 찬 공은 빨랫줄처럼 쭉 뻗어서 골망을 흔들었다. 운동장에서 만난 아버지는 커 보였다.

운동장 밖에서는 그저 그랬다. 조기 축구회에서 만난 아저씨의 소개로 아파트 미화원으로 일하게 되었지만, 급여의 절반 이상이 채무를 갚는 데 쓰였다. 없는 것보다야 나은 벌이였지만, 나는 하고 싶은 것은커녕 해야 할 것도 해 보지 못하고 자랐다. 하지만, 그것으로 괜찮았다. 그만하면. 그 정도면. 아버지의 존재가, 어머니의 부탁이 짐처럼 느껴지지 않을 정도는 되었으니까. 그냥 그렇게 살기로 했다.

　조기 축구 첫 시합에서 호나우딩요는 아버지와 좋은 호흡을 보여주었다. 시합 전날 밤부터 좁은 집 안에 묘한 전운이 감돌았다. 아버지가 잠을 잘 이루지 못하는 것이 느껴졌다. 덩달아 나도 잠을 이루지 못했다. 호나우딩요는 "프랙티스 메이크 퍼펙트." 잠꼬대를 하며 잤다. 푸르스름한 새벽빛이 얼룩진 벽을 타고 내리는 것을 볼 때까지 나와 아버지는 잠에 들지 못했다. 호나우딩요를 깨운 것은 나였다. 그쯤 되니 두 사람의 첫 시합이 궁금해졌다.

　일요일 아침의 운동장은 오랫동안 삶을 방치한 노숙자 같았다. 그 위에서 나이가 지긋한 조기 축구 회원들이 몸을 풀었다. 그 틈에 노란 티셔츠를 입고 목토시를 하고 장갑을 낀 호나우딩요는 정말 호나우딩요 같았다. 아버지는 자랑스럽게 호나우딩요를 소개했다. 아저씨들이 삼바 춤을 요구했다. 호나우딩요는 당장이라도 출 기세였는데 아버지가 말렸다.

　"아껴둬."

　얼어붙은 운동장 위에서 두 명의 호나우딩요는 아름다운 축구를 했다. 아버지가 고개를 왼쪽으로 놓고 오른쪽으로 패스를 보내면 정확한 위치에서 호나우딩요가 기다렸다. 호나우딩요는 몸을 흔들고 공을 밀었다가 당기며 수비를 빠져나갔다. 호나우딩요가 발뒤꿈치로 패스한 공이 아버지의 발등에 정확히 얹히면 그대로 골이었다. 아버지와 호나우딩요가 마주 서서 삼바 춤을 췄다.

　아침 일곱 시에 시작한 축구는 열 시에 끝났다. 시합에서 이긴 아버지와 호나우딩요를 따라가 해장국을 얻어먹었다. "대단한 친구를 데려왔어. 조기 축구 수준이 아닌데. 기가 막혀. 기가 막힌다고. 역시 브라질 사람이야!" 화제의 중심은 단연 호나우딩요였고, 그를 데려온 또 다른 호나우딩요의 어깨가 으쓱했다.

첫 시합 이후 호나우딩요는 적극적으로 축구에 나섰다. 이제 그에게 세상에서 가장 즐거운 일은 축구였다. 아버지는 사회인 축구 대회 일정을 보여주며 호나우딩요를 독려했다. "프랙티스 메이크 퍼펙트. 잊으면 안 돼!" 호나우딩요는 앞니를 내밀고 고개를 끄덕였다. 축구를 열심히 할수록 호나우딩요의 앞니가 자라는 것 같았다.

드디어 호나우딩요가 공장에서도 공을 꺼내기 시작했다. 볼 트래핑 연습을 했다. 발로 공을 띄워 어깨로 퉁기고 가슴을 거쳐 무릎에서 다시 솟구쳐 이마에 올리고 있다가 다시 발로 돌아가는 일련의 과정은, 우아했다. 잔소리를 하러 온 작업반장마저 넋을 놓고 구경할 만큼 멋진 몸짓이었다. 관심 없던 동료들도 호나우딩요가 공을 꺼내면 하나둘씩 모여들었고 흉내를 내 보기도 했다. 서툴게 공을 다루는 모습을 보며 호나우딩요는 앞니를 내밀고 웃었다.

호나우딩요의 첫 공식 시합은 동호인 축구 대회가 아니었다. 그보다 삼 주전에 열린 공단 체육대회였다. 공단에 입주한 열두 개의 공장들을 세 개씩 한 팀으로 묶어서 하는 연례행사였다. 호나우딩요는 당연히 축구 선수로 출전했다. 아버지는 기량 점검차 구경을 나왔다.

체육대회에 걸린 삼백만 원의 상금을 위해 공장주들은 목을 놓아 응원을 했다. 응원이라기보다는 악다구니에 가까웠다. "너 이 새끼들 지면 뒈질 줄 알아라! 내일부터 철야 감금 근무시킬 거야!" 그런 소리들이 재밌는지 자기들끼리 배꼽을 잡고 웃었다.

메인이벤트는 축구 결승전이었다. 운동장 대관료까지 얹힌 중요한 시합이었다. 그 시합에서 단연 돋보인 것은 호나우딩요였다. 발을 맞춰줄 아버지는 없었지만, 더 원숙해진 기량을 뽐내며 상대팀 수비를 농락했다. 전반에만 가볍게 두 골을 뽑으며 우리 공장주를 기쁘게 했다. 후반전에도 경기의 흐름은 바뀌지 않았다. 발바닥에 페인트를 칠해 놓았다면 운동장 전체가 페인트칠이 되어 있었을 것이라고, 전성기의 박지성에게 누군가 말했던가. 그날의 호나우딩요가 딱 그랬다. 공을 빼앗고 수비를 제치고 슛을 하는 모든 과정이 호나우딩요에 의해서만 전개되었다. 호나우딩요의 독무대에 운동장의 열기는 묘하게 식어갔다. 경기를 뜨겁게 만든 것은 상대팀 공장주의 외침이었다.

"저 새끼 저거 잡는 놈 보너스 준다!"

경기가 다시 뜨거워졌다. 상대팀 열한 명이 호나우딩요를 쫓는 기묘한 대결이 되었다. 호나우딩요는 술래잡기를 하듯이 요리조리 수비들을 지나쳤다. 즐거워보였다. 재미있는 놀이를 하는 아이처럼 웃고 있었다. 그 웃는 얼굴은 영락없이,

호나우딩요였다.

완벽하게 호나우딩요가 된 호나우딩요는 더욱 현란한 몸놀림으로 운동장을 휘저었다. 그리고 한순간, 호나우딩요의 발목이 오른쪽으로 갔다가 순식간에 공과 함께 왼쪽으로 움직였다. 공이 가볍게 지면 위에서 튀었다. 아버지가 벌떡 일어섰다.

"플립 플랩이다!"

아버지의 말이 끝나기도 전에 호나우딩요는 흙바닥 위로 뒹굴었다. 플립 플랩을 성공하는 순간 세 명의 수비수가 깊은 태클을 한 것이었다. 축구라기보다는 격투기에 가까운, 수비를 했다기보다는 사람 잡는 모습이었다. 아버지는 총알처럼 호나우딩요에게 달려들었고 상태를 확인하자마자 상대 공장주에게 달려가 따귀를 날렸다.

전치 9주. 복합골절이었다. 호나우딩요는 수술을 받았고 공장에서 자리를 잃었다. 이유는 근무 태만이었다. "근무 중에 공놀이가 말이 되니?" 작업반장은 그렇게 말했다고 한다. 동료들이 어떤 반응을 보였는지 알 수 없었다. 아버지가 날린 따귀 덕분에 나도 공장을 나와야 했다. 나와 호나우딩요가 없는 공장은 어떤 모습일지 가끔 생각했다. 벨트가 돌아가고 통조림 뚜껑은 과묵하게 입을 닫을 것이다. 누군가의 손가락이 통조림 속으로 들어갈 수도 있을 것이다. 누군가가 어떤 이유로든 자리를 잃고 잃은 자리는 또 똑같은 모습으로 채워질 것이다. 아무리 생각을 해도 다른 그림은 떠오르지 않았다.

나는 아버지를 돕기로 했다. 아버지가 일하는 아파트에서 이것저것을 고치는 일을 시작했다. 그곳에서 우리는 부자지간이 아닌 것처럼 행동했다. 우리의 일이란 주민들에게 싫은 소리를 들으며 하는 것이었기 때문이었다.

"프랙티스 메이크 퍼펙트."

가끔 마주칠 때 아버지는 작은 목소리로 말했다. 나는 아버지가 그 말의 뜻을 정확히 알지 못한다고 확신했지만, 고개를 끄덕였다.

계절은 바뀌고 운동장은 녹아서 흐물거렸다. 장마가 시작될 시기였다. 물기를 머금고 질척대는 운동장에서 호나우딩요가 조심스레 공을 찼다. 나는 아버지와 비슷한 마음이 되어 호나우딩요를 보았다. 호나우딩요가 환한 얼굴로 공을 몰았다.

호나우딩요 옆에서 열심히 이런저런 지시를 하던 아버지가 내 곁으로 와 앉았다.

"딩요가 잘할 수 있을까요?"

내가 물었다.

"정말 외계인 같지 않냐?"

엉뚱한 대답이 돌아왔다.

"그 정도로 잘하는 것 같지 않은데요."

아버지는 무슨 소리를 하냐는 듯이 쳐다보았다.

"아니. 쟤 생긴 거 말이야. 외계인 같잖아."

호나우딩요가 우리에게 손을 흔들었다. 나는 그만, 웃고 말았다.

"플립 플랩이다!"

아버지가 벌떡 일어섰다.

호나우딩요가 물웅덩이 사이를 빠져나가고 있었다. 경쾌하고 아름다운 그 동작은 흡사,

삼바 춤이었다.

● **강석희**

2018동아일보 신춘문예 단편소설 당선

한국교원대부설고등학교 국어과교사

청송의 아침

•

이규정

"엄마에게 데려다 줘."

오늘도 나비 꽃핀을 만지작거리는 화자가 사정하듯이 말했다. 싱긋이 웃으면서 바라보는 숙희가 손바닥에 잡아들은 식판을 내려놓으면서 말했다.

"엄마가 어디 있는데?"

"집에 있겠지."

"집이 어딘데?"

"개울가 옆에 있어. 커다란 나무가 있는 집이 우리 집이야."

"알았어. 며칠만 기다려."

"또 며칠이야."

화자가 샐쭉하게 내미는 입술을 삐죽거리면서 돌아앉았다. 마땅찮다는 듯이 쳐다보는 숙희가 식판에서 잡아드는 숟가락을 내밀면서 말했다.

"어서 밥부터 먹어. 밥을 먹어야 데려다 주든지 말든지 하지."

"싫어. 밥맛이 없어서 못 먹겠어."

"그래도 먹어야지. 굶어 죽기라도 할 거야?"

숙희가 어린아이를 달래듯이 달래는 화자가 슬그머니 쓰러지고 있었다. 모포 자락을 뒤집어쓰는 머리에는 시커먼 수술 자국이 달라붙었다.

이제야 하얀 머리카락이 밤송이처럼 튀어나오는 화자는 교통사고로 머리를 다친 환자였다. 사선을 넘나드는 수술을 서너 번이나 받았지만, 아무것도 기억하지 못하는 기억상실증 환자나 다름없었다. 철없는 어린애처럼 엄마만 찾아달라고 보채는 화자를 안타깝게 바라보는 숙희가 다그치듯이 말했다.

"어서 밥부터 먹어 찾아주든지 말든지 하지. 밥을 안 먹으면 엄마를 보지도 못하게 할 거야."

아직도 자식들조차 몰라보는 화자를 다그치는 숙희는 자신도 모르게 답답해지는 앞가슴을 두드리고 있었다. 중환자실에서부터 간병했다는 숙희는 아무것도 기억 못 하는 화자의 간병을 마땅찮게 생각했었다고 한다. 밤낮을 가리지 않고 엄마를 찾는 화자를 간병한다는 것은 여간 어려운 일이 아니었기 때문이었다.

"나는 더 이상 못하겠으니 누가 나 대신 맡아봐."

숙희가 얼마나 힘들었는지 하루는 간병인들을 모아놓고 사정하듯이 말했다. 다행히도 치매 노인을 담당했던 간병인이 자기가 하겠다고 나섰다. 하지만 숙희만 찾아다니는 화자를 간병한다는 것은 어림없는 일이었다. 휴가를 나왔던 아들인 종학이가 또한 화자를 맡아달라고 사정하고 있었다. 자식도 몰라보는 화자를 부탁하던 종학이는 공군에 입대한 하사관이었다. 아무것도 기억하지 못하는 화자 때문에 귀대조차 못 하는 종학이의 부탁을 야멸치게 뿌리치지 못하던 숙희가 다짐이라도 받겠다는 듯이 말했다.

"그럼 무슨 일이 생겨도 탓하지 마세요."

"네, 걱정마시고 어머니를 살펴주세요."

"좋아요. 그 대신 무슨 일이 있어도 나에게 맡겨요. 어떻게 해서라도 잃어버린 기억을 되찾도록 노력해 볼게요."

"네, 감사합니다. 돈은 얼마가 들어도 좋으니 무슨 일이든 마음대로 해보세요."

종학이가 얼마나 고마웠는지 자신도 모르게 울먹거리면서 돌아서는 병실을 나서고 있었다. 그때부터 숙희가 또다시 간병하는 화자의 건강은 좋아지고 있었다. 하지만 아무런 기억도 못 하는 화자가 엄마가 보고 싶다는 투정은 멈추지 않고 있었다.

"엄마가 보고 싶어."

아침에 일어나면서부터 엄마가 보고 싶다는 화자의 입술에는 시뻘건 루주가 달라붙었다. 이제는 반질반질한 머리에도 하얀 머리카락이 밤송이처럼 솟아나고 있었다. 마음대로 걸어 다녀도 아무런 이상이 없다는 화자가 찾는 사람은 엄마뿐이었다.

한적한 산골짜기에 주저앉은 병원에는 칠팔십이 넘어서는 노인병 환자들이 많았다. 치매가 걸린 환자가 대부분인 7병동에서도 자식조차 몰라보는 환자는 화자뿐만이 아니었다. 모두가 노환으로 찾아오는 치매였지만, 사십 대 중반의 화자는 머리를 다쳐버리는 교통사고를 당했기 때문이었다.

"아저씨. 우리 할머니를 목욕실 침대에 올려주세요."

오늘도 간병인들이 부탁하는 환자들과 씨름하면서 보내는 하루가 흘러가고 있었다. 여자 간병인들이 감당하지 못하는 환자를 휠체어에 태워주고 침대에 눕혀주는 병동에서 분주하게 쫓아다니는 하루하루가 흘러가고 있었다.

"응급실에서 입원하는 환자를 데려오세요."

간호사가 시키는 일에는 하찮은 대꾸도 못 하는 간병인들의 보조원이다. 다급하게 내려서는 응급실에는 치매가 걸렸다는 할머니가 누워있었다. 노환으로 걸어 다니지도 못한다는 노인을 이동 침대에 눕혔다. 이동 침대를 잡아끌면서 올라서는 병동에서는 숙희가 휘둘러보는 고개를 갸웃거리고 있었다. 걱정스러운 한숨을 몰아쉬면서 다가서는 숙희가 다그치듯이 말했다.

"화자 못 보셨어요?"

"아뇨. 못 봤는데요."

"어디로 갔는지 모르니 빨리 찾아주세요."

"네, 병실에 데려다주고 찾아볼게요."

숙희가 도망치듯이 돌아서는 계단을 휘둘러보면서 내려서고 있었다. 걱정스러운 한숨이 멈추지 않는 숙희를 안타깝게 바라보면서 돌아서는 병실에 들어서고 있었다. 기다렸다는 듯이 바라보는 간병인이 걱정스러운 한숨을 몰아쉬면서 말했다.

"화자가 갑자기 사라졌나 봐요?"

"어디 있겠죠. 아무것도 기억 못 하는 환자가 어디로 갔겠어요."

"우리 병동에는 아무리 찾아도 없네요."

"그럼 다른 병실에 간 모양이죠."

대수롭지 않게 생각하면서 나서는 병동에는 간병인들과 간호사들이 휘둘러보는 고개를 갸웃거리면서 쫓아다니고 있었다. 화자를 부르면서 쫓아다니는 간호사들의 입술에서는 걱정스러운 한숨이 멈추지 않고 있었다.

"정말로 사라진 모양인데 큰일이구나."

나도 모르게 걱정스러운 한숨을 몰아쉬면서 쫓아가는 화자의 침대에는 하얀 나비 꽃핀이 주저앉아 있었다. 갑자기 사라졌다는 화자는 아무리 찾아보아도 흔적조차 보이지 않았다. 혹시나 하면서 올라서는 옥상에서 휘둘러보는 고개를 갸웃거렸다. 머쓱하게 올려다보는 뒷동산에는 제법이나 많은 소나무가 주저앉아 있었다.

'저게 뭐지?'

소나무 숲에서 무엇인가 아른거리는 것이 보였다가 사라지고 있었다. 혹시나 하면서 돌아서는 옥상에서 도망치듯이 내려섰다. 주차장을 돌아서 올라가는 뒷동산에는 화자가 휘둘러보는 고개를 갸웃거리고 있었다.

'천만다행히도 여기에 있었구나!'

다급하게 쫓아가서 막아서는 화자의 옷자락을 움켜잡았다. 화들짝 뿌리치면서 쏘아보는 화자가 마땅찮다는 한숨을 몰아쉬면서 다그쳤다.

"싫어. 싫단 말이야."

"뭐가 싫은지 모르지만 내려가자."

"싫어. 죽어도 고아원에서는 못 살겠어."

"고아원에 안 보낼 것이니 내려가."

"거짓말. 이제는 안 속아!"

화자가 어느 사이에 움켜잡는 내 팔뚝을 깨물고 있었다. 화들짝 뿌리치는 팔뚝에는 이빨 자국이 달라붙고 있었다. 짧은 신음을 내뱉으면서 바라보는 화자가 도망치듯이 돌아서는 소나무 숲으로 올라서고 있었다. 곧바로 뒤쫓아 갔지만, 소나무 사이로 다람쥐처럼 빠져 다니는 화자를 잡을 수가 없었다.

'혼자서는 안 되겠다.'

아무리 생각해도 혼자서는 붙잡을 방법이 없어서 핸드폰을 잡아들었다. 통화 버튼을 누르는 핸드폰에서는 지루하게 느껴지는 발신음 소리가 흘러가고 있었다. 무엇을 하는지 한참이 지나서야 핸드폰을 받는 숙희의 목소리가 흘러들고 있었다.

"여보세요."

"숙희 씨, 화자가 뒷동산에 있으니 빨리 오세요!"

"네!"

숙희가 얼마나 다급했는지 짤막하게 내뱉는 대답이 멈추기도 전에 핸드폰을 접었다. 어느 사이에 소나무 숲을 넘어서는 화자는 흔적조차 보이지 않았다. 다급하게 올라서는 산등에서 휘둘러보는 고개를 갸웃거리고 있었다.

"어마야!"

갑자기 화자의 고함이 제법이나 요란스럽게 흘러나왔다. 그제야 내려다보는 나무숲에서는 화자가 나동그라지고 있었다. 다급하게 내려서면서 훑어보는 화자의 이마에는 시뻘건 핏물이 흘러내리고 있었다. 무릎에도 시뻘건 핏물이 흘러내리는 화자가 얼마나 아픈지 자신도 모르게 울먹거리면서 말했다.

"아저씨 살려 주세요. 제발 한 번만 살려주세요."

"알았으니 조금만 기다려!"

나도 모르게 안타깝게 바라보면서 상의를 벗어 던졌다. 다급하게 벗어드는 러닝셔츠로 시뻘건 핏물이 흐르는 화자의 이마를 동여매었다. 상의로 휘감으며 둘러메는 화자가 그렇게 무겁지는 않았다. 하지만 풀숲이 우거진 산등성으로 올라서는 몸뚱이가 나도 모르게 휘청거리고 있었다.

"화자야, 화자야!"

산등에 올라서서 내려다보는 소나무 숲에는 숙희와 간병인들이 화자를 부르면서 올라서고 있었다. 다급하게 내려서는 모습을 보고서야 반기듯이 쫓아오는 숙희가 다그치듯이 말했다.

"화자가 왜 이래요?"

"칡덩굴에 걸려서 넘어진 모양이에요."

"큰일 났네. 화자야 괜찮니? 무슨 말이라도 해봐!"

숙희가 다그치듯이 말했지만, 화자는 아무런 말이 없었다. 정신을 잃었는지 시체처럼 널브러지는 몸뚱이가 휘청거렸다. 따뜻한 체온이 스며드는 화자가 죽은 것 같지는 않았다. 다급하게 쫓아가는 응급실에서야 내려놓는 화자가 짧은 신음을 내뱉고 있었다. 시뻘건 핏물이 흘러내리던 화자를 바라보는 숙희는 얼마나 걱정스러웠는지 자신도 모르게 새파랗게 질려가는 얼굴이 흙빛으로 변하고 있었다.

"어디도 좀 봅시다."

어느 사이에 다가서는 의사가 짧은 신음이 멈추지 않는 화자의 눈망울을 들여다보고 있었다. 간호사가 러닝셔츠를 벗겨내는 이마에는 제법이나 많은 핏물이 흘러내리고 있었다. 바지를 걷어 올리는 의사가 시뻘건 핏물이 흘러내리는 무릎을 내려다보면서 말했다.

"어쩌다가 이 지경이 되었어요?"

"뒷산에서 넘어진 모양이에요."

"엑스레이 검사부터 해봅시다."

"네!"

간호사가 반기듯이 움켜잡는 침대가 응급실을 나서고 있었다. 시체처럼 널브러진 화자를 따라가는 숙희의 입술에서는 걱정스러운 한숨이 멈추지 않고 있었다.

"옷부터 갈아입어야겠구나."

시뻘건 핏물이 달라붙은 근무복이 마땅찮다는 한숨을 몰아쉬면서 돌아서는 응급실을 나섰다. 핏물을 마땅찮게 생각하는 사람들 때문에 엘리베이터를 탈 수가 없었다. 비상계단으로 올라서는 탈의실은 오 층 병동에 달라붙어 있었다. 다급하게 올라서는 병동에서 마주치는 간호사가 화들짝 놀라는 눈빛으로 쳐다보면서 말했다.

"옷이 왜 그래요?"

"피가 묻은 환자를 옮겼어요."

탈의실에 들어서면서 벗어드는 근무복을 세탁물 함에 내던졌다. 옷걸이에 달라붙은 근무복을 걸치면서 돌아서는 탈의실을 나섰다. 휘둘러보는 고개를 갸웃거리던 간병인이 기다렸다는 듯이 다가서면서 말했다.

"우리 병실에 시트 좀 갈아주세요."

"그러죠."

간병인과 들어서는 병실에는 중환자나 다름없는 노인들이 누워있었다. 똥오줌을 기저귀로 받아내는 노인의 침대는 하루에도 서너 번이나 시트를 갈아주기도 한다. 꼼짝도 못 하고 누워있는 노인을 끌어안았더니 퀴퀴한 구린내가 날아들었다. 깨끗한 시트로 바뀌지는 침대에 내려놓는 노인은 고맙다는 한숨이 멈추지 않고 있었다.

"아무런 이상이 없어야 하는데."

병실을 나서면서야 스쳐 가는 화자가 걱정스러운 한숨이 멈추지 않았다. 다급하게 내려서는 응급실에서 마주 보는 숙희가 뼈에는 아무런 이상이 없다고 말했다. 천만다행이라는 한숨을 몰아쉬면서 내려다보는 화자가 싱긋이 웃으면서 말했다.

"아저씨 고마워."

"고마울 것까지는 없고. 뒷동산에는 뭐하러 올라갔어?"

"아저씨를 찾으러 갔었어."

"무슨 아저씨를 뒷산으로 찾으러 갔어?"

"아저씨네 집은 소나무가 많은 뒷산에 있었잖아."

화자가 내 손목을 슬그머니 움켜잡으면서 말했다. 무슨 소리를 하는지 모르겠다는 듯이 내려다보는 고개를 갸웃거렸다. 안타까운 한숨을 몰아쉬면서 화자를 내려다보던 숙희가 내 옆구리를 손가락으로 툭툭 치면서 말했다.

"그래. 이제는 아저씨를 찾았으니 병실로 올라가자."

"네!"

침대에서 내려서는 환자가 휠체어에 주저앉고 있었다. 휠체어를 움켜잡으면서 돌아서는 응급실을 나섰다. 숙희는 담당 의사를 만나겠다고 돌아서는 진찰실로 쫓아가고 있었다. 휠체어를 밀면서 올라서는 병실에서 내려서는 환자가 침대에 주저앉고 있었다. 버릇처럼 잡아드는 나비 꽃핀을 내려다보는 환자가 자신도 모르게 중얼거리듯이 말했다.

"엄마가 보고 싶어."

"언니가 데려다 준다니 조금만 기다려."

"그럼 약속해."

"무슨 약속?"

"엄마에게 데려다 준다는 약속."

화자가 새끼손가락을 내밀면서 다그치고 있었다. 슬그머니 내미는 새끼손가락을 걸치는 환자가 엄지손가락으로 도장을 찍고 있었다. 어린아이처럼 싱긋이 웃으면서 올려다보는 환자의 눈빛이 정겹게 느껴지고 있었다. 하지만 자식조차 몰라보는 환자가 안타깝다는 한숨을 몰아쉬면서 돌아서는 병실을 나섰다. 간호사실에서 기다렸다는 듯이 바라보는 간호사가 다그치듯이 말했다.

"수술실에 가서 수술 환자를 데려오세요!"

"네."

짤막한 대답을 내뱉으면서 돌아서는 계단으로 내려섰다. 다급하게 들어서는 수술실에는 수술한 환자가 침대에 누워있었다. 손바닥으로 움켜잡는 환자들의 침대와 씨름하면서 분주하게 쫓아다니는 시간이 흘러가고 있었다. 어느 사이에 퇴근 시간이 되어서야 탈의실이 달라붙은 병동으로 올라섰다. 탈의실 옆에 달라붙은 사무실에서는 간병인 팀장이 숙희를 쌩그렇게 쏘아보면서 다그치고 있었다.

"어디서 무슨 짓을 하다가 환자가 사라지는 것도 몰랐어?"

"죄송합니다. 화장실에 다녀오는 동안에 사라졌어요."

"이게 죄송하다고 될 일이야? 뒷산에서 넘어지는 환자가 죽기라도 했으면 어쩔 뻔했어!"

"앞으로 다시는 그런 일이 없도록 하겠습니다."

"그 말을 어떻게 믿어? 그리고 앞으로는 그렇다 치고. 오늘 머리와 무릎이 다쳤다는 환자를 어떻게 책임질 거야?"

"죄송합니다."

"간호 부장과 담당 의사도 알아버렸기 때문에 죄송하다고 끝나는 일이 아니야."

"죄송합니다."

아무런 변명도 못 하는 숙희는 죄송하다는 소리만 앵무새처럼 반복하고 있었다. 인사권을 움켜쥔 팀장에게 혼쭐이 나는 숙희가 안타깝다는 생각이 멈추지 않았다. 아무리 안타까워도 간병인들의 보조원이나 다름없는 내가 도와줄 방법이 없었다. 갑자기 사라지는 환자가 다쳤으니 어차피 한번은 당해야 하는 질책이었다. 하지만 하찮은 변명도 못 하고 당하는 숙희가 안타깝다는 한숨을 몰아쉬면서 돌아서는 병원을 나서고 있었다.

한참이 지나서야 돌아오는 집에서는 여유로운 마음으로 주말을 보내고 있었다. 주말에는 수술 환자와 응급 환자가 많아서야 출근하는 보조원이었기 때문이었다. 주말을 보내고서야 출근하는 병원에서 분주하게 쫓아다니고 있었다. 침대 시트를 갈아주는 병실에서 마주 보는 간병인이 자신도 모르게 걱정스러운 한숨을 몰아쉬면서 말했다.

"숙희가 쫓겨났으니 자식도 몰라보는 환자가 큰일이네요."

"숙희가 쫓겨나다니. 그게 정말인가요?"

"네, 지난 주말부터 못 나오는데 몰랐어요?"

"주말에는 출근을 안 해서 몰랐는데 누가 쫓아냈나요?"

"간병인 팀장이요. 독사보다 독한 팀장이 얼마나 다그치는지 하찮은 변명도 못 하는 숙희가 쫓겨나고 말았어요."

"정말이면 큰일이네. 화자는 어떡하고 있나요?"

"숙희가 사라지고부터 아무것도 안 먹는 화자는 언니만 찾아요. 다른 사람은 거들떠보지도 않는 화자가 얼마나 불쌍한지…."

간병인의 입술에서는 걱정스러운 한숨이 멈추지 않았다. 설마 하면서 쫓아가는 침대에 누워있는 화자가 창밖을 멍하니 바라보면서 훌쩍거리고 있었다. 이슬처럼 맺히는 눈물이 흘러내리는 화자를 안타깝게 바라보면서 말했다

"왜 울어. 누가 뭐라고 그랬어?"

"언니가 나를 버리고 사라졌어요."

"아냐. 며칠 있으면 다시 올 거야."

"정말로요?"

반기듯이 일어서는 화자가 빤하게 쳐다보는 고개를 갸웃거렸다. 제법이나 많은 눈물이 달라붙은 화자가 얼마나 불쌍하게 보이는지 나도 모르게 마주 보는 고개를 끄덕거리면서 말했다.

"그럼. 며칠 있으면 온다고 그랬으니 걱정하지 마."

"거짓말. 저쪽에 아줌마가 다시는 못 온다고 그랬어."

"저쪽에 아줌마 누군데?"

"몰라. 누군지도 모르는 아줌마가 엊저녁에도 못 온다고 그러더니 오늘 아침에도 못 온다고 그랬어."

"그 아줌마가 거짓말을 했으니 가만히 앉아서 기다려. 내가 책임지고

데려올게."

"그럼 빨리 데려와."

"알았으니 걱정하지 마."

나도 모르게 늘어놓는 거짓말이 멈추지 않고 있었다. 숙희만 찾는 화자의 얼굴이 핼쑥하게 보였기 때문이었다. 여전히 믿지 못하겠다는 듯이 쳐다보는 화자의 눈망울에는 하얀 이슬처럼 맺히는 눈물이 반짝거렸다. 아무리 안타까워도 어쩌지 못하는 화자가 불쌍하다는 한숨을 몰아쉬면서 돌아서는 병실을 나섰다. 기다렸다는 듯이 쳐다보는 간병인들과 움켜잡는 환자들과 씨름하면서 분주하게 쫓아다니는 시간이 흘러가고 있었다.

하루가 지나고 이틀이 지나서도 숙희만 찾는 화자는 아무것도 먹지 못하고 있었다. 숙희가 사라지고부터 간병을 하겠다고 달라붙는 간병인이 잠시만 한눈을 팔아도 도망치듯이 돌아서는 병실을 나서고 있었다. 숙희를 찾아다니는 화자를 붙잡아서 꼼짝도 못 하게 가두어버리는 간병인이 마땅찮았다. 병실에 들어설 때마다 반기듯이 쳐다보는 화자가 "아저씨!"라고 부르면서 숙희를 찾아달라고 사정하고 있었다.

'나라도 나서야지 안 되겠다!'

아무리 생각해도 숙희만 찾는 화자는 숙희가 돌아와야 무엇이라도 먹을 것 같았다. 숙희를 돌아오게 할 수가 있는 사람은 화자를 치료하는 담당 의사뿐인 것 같았다. 간호사의 허락도 없이 들어서는 진찰실에서는 담당 의사가 빤하게 쳐다보는 고개를 갸웃거렸다. 고개를 까딱 숙이는 인사를 건네면서 다가서는 의사에게 다그치듯이 말했다.

"부탁이 있어서 왔어요."

"무슨 부탁인데요?"

"저는 간병인을 도와주는 사람인데요. 숙희 씨만 찾는 환자가 굶어 죽게 생겼으니 숙희 씨를 찾아주세요."

"숙희 씨가 어디로 갔는데요?"

"쫓겨났어요."

"며칠 쉬는지 알았더니. 누가 쫓아냈나요?"

"간병인 센터 팀장이요."

"무슨 일로 쫓아냈다고 그러던가요?"

"사실은 지난 금요일에 환자가 갑자기 사라졌어요. 화장실에 다녀오는 동안에 사라졌다는 환자가 넘어져서 다치기도 했고요."

"그러고 보니 환자를 찾았다는 분이군요?"

"네."

"알았으니 걱정하지 마세요."

"그럼 꼭 부탁드립니다."

나도 모르게 굽실거리는 인사를 건네면서 돌아섰다. 슬그머니 나서면서 바라보는 사무실에서 간호 부장이 걸어오고 있었다. 반기듯이 다가서는 간호 부장에게 고개를 까딱 숙이는 인사를 건네면서 말했다.

"부장님께 부탁드릴 것이 있어서 왔어요."

"무슨 부탁인데요?"

"지난 금요일에 숙희 씨가 간병하는 환자가 갑자기 사라졌는데 그 일로 쫓겨난 숙희 씨가 다시 간병하도록 해주세요."

"그런 일은 간병인 센터에 부탁하세요. 우리가 간병인 센터에서 관리하는 간병인들까지 관여할 수는 없거든요."

"그건 저도 알고 있습니다만 아직도 자식도 몰라보는 환자와 환자의 가족들이 누구보다 믿는 사람은 숙희 씨 뿐입니다. 그리고 아무것도 기억하지 못하는 환자의 기억을 조금이라도 찾아주려고 노력하는 정성을 보더라도….”

한동안이나 화자를 간병할 사람은 숙희뿐이라고 늘어놓는 이야기가 멈추지 않고 있었다. 자식도 몰라보는 화자가 숙희마저 없으면 무슨 일이 벌어질지도 모르는 일이기 때문이었다. 아무런 말없이 듣고 있던 간호 부장이 이제야 알았다는 듯이 쳐다보는 고개를 끄덕거리면서 말했다.

“내가 알아서 할 것이니 올라가 보세요.”

“네.”

나도 모르게 허리가 구부러지는 인사를 건네면서 돌아서는 병동으로 올라섰다. 반기듯이 쳐다보는 간병인들에게 불려가는 병실에서 움켜잡는 환자들과 씨름하면서 분주하게 쫓아다니고 있었다. 입원 환자의 침대를 움켜잡고 올라서는 병동에서는 제법이나 시끄러운 소리가 흘러나왔다. 무슨 소린가 하면서 휘둘러보았더니 간병인 사무실에서 흘러나오는 소리였다. 무슨 일인가 하면서 다가서는 사무실에서는 화자를 치료하는 담당 의사가 간병인 팀장을 쌍그렇게 쏘아보면서 다그치고 있었다.

“누가 보호자의 허락도 없이 쫓아내라고 그랬어요?”

“죄송합니다.”

“죄송하다고 될 일이 아니니 당장에 찾아와!”

“네, 곧바로 연락하겠습니다.”

한동안이나 다그치던 담당 의사가 마땅찮다는 한숨을 몰아쉬면서 돌아서는 사무실을 나서고 있었다. 얼마나 혼쭐이 났는지 새파랗게 질려가는 간병인 팀장을 쌍그렇게 쏘아보는 간호 부장이 또한 당장에 찾아오라고 다그치고 있었다. 잘못했다는 소리만 반복하는 간병인 팀장을 고소하다는 듯이 쳐다보면서 들어서는 병실에서 끌어안는 환자를 이동 침대에 옮겨놓고 있었다.

간병인들과 움켜잡는 환자들과 분주하게 쫓아다니면서도 간병인 팀장이 고소하다는 생각이 멈추지 않았다. 조금만 잘못해도 그만두라고 다그치는 간병인 팀장을 좋아하는 사람이 없었기 때문이었다. 점심을 먹고 들어서는 화자의 병실에서는 화자의 딸인 종순이가 간병인 팀장을 쌍그렇게 쏘아보면서 다그치고 있었다. 보호자가 쫓아냈는지 알았던 담당 의사가 숙희를 다시 데려오라고 연락했기 때문이었다.

"오늘 안으로 찾아오지 않으면 간병인 노릇도 못 하게 쫓아낼 것이니 알아서 하세요!"

종순이는 얼마나 화가 났는지 쌍그렇게 쏘아보는 눈빛에 제법이나 매서웠다. 아무런 변명도 못 하는 팀장은 새파랗게 질려가는 얼굴로 잡아드는 핸드폰으로 숙희에게 사정하고 있었다. 내가 잘못 했으니 조금이라도 빨리 오라는 소리가 멈추지 않고 있었다. 하지만 아무런 변명조차 못 하게 쫓아냈던 팀장을 마땅찮게 생각하는 숙희가 싫다는 소리를 반복하고 있는 것 같았다.

"엄마를 찾아준다는 언니가 나를 버리고 사라졌어."

종순이를 쳐다보는 화자는 울먹거리는 목소리로 말했다. 자식도 몰라보는 화자를 내려다보는 종순이의 눈망울에는 자신도 모르게 시큼하게 젖어드는 눈물이 반짝거리고 있었다. 숙희에게 돌아오라고 사정하던 간병인 팀장이 손바닥에 잡아들은 핸드폰을 종순이에게 내밀면서 말했다.

"내 말은 안 들으니 직접 말해 보세요."

"그러게 왜 쫓아냈어요!"

종순이가 쌍그렇게 쏘아보면서 핸드폰을 받아들었다. 머쓱해지는 얼굴이 붉어지는 간병인 팀장은 아무런 말도 못하고 있었다. 종순이가 사정하듯이 말하는 소리를 들으면서 돌아서는 병실을 나섰다. 마주치는 간병인들은 이번 기회에 독사보다 무서운 팀장을 쫓아냈으면 좋겠다고 수군덕거리고 있었다.

"숙희가 빨리 돌아와야 하는데 큰일이구나….'

간병인들과 움켜잡은 환자들과 씨름을 하면서도 화자가 걱정스러운 한숨이 멈추지 않고 있었다. 어느 사이에 퇴근 시간이 가까워서야 숙희가 돌아왔다는 소식이 날아들고 있었다. 천만다행이라는 한숨을 몰아쉬면서 쫓아가는 병실에는 숙희를 끌어안은 화자가 울먹거리고 있었다. 화자의 등짝을 쓰다듬는 숙희가 또한 자신도 모르게 울먹거리는 목소리로 말했다.

"언니가 잘못했어. 이제 다시는 사라지지 않을게."

한참이 지나서도 찰거머리처럼 달라붙은 숙희와 화자는 자신도 모르게 울먹거리는 소리가 멈추지 않았다. 얼마나 안타까운지 나도 모르게 시큼해지는 눈물을 글썽거리면서 돌아서는 병실을 나섰다. 분주하게 쫓아다니는 병동에서 마주치는 간병인 팀장은 얼마나 혼이 났는지 벌레씹은 얼굴을 하고 있었다. 고소하다는 듯이 쳐다보면서 근무하는 병동에서 보내는 하루 이틀이 흘러가고 있었다.

"엄마에게 가고 싶어….'

화자는 이전이나 다름없이 엄마에게 가고 싶다는 소리를 반복하고 있었다. 제법이나 크게 보이던 밴드가 사라지는 이마에 달라붙은 흉터가 날 보라는 듯이 반짝거렸다. 하얀 붕대가 감겨진 무릎은 얼마나 아픈지 자신도 모르게 절룩거리고 있었다. 갓난아이를 보듯이 찰거머리처럼 달라붙어서 간병을 하던 숙희가 반기듯이 쳐다보는 고개를 갸웃거리면서 말했다.

"이번 주말에는 쉬신다면서요?"

"네."

"특별한 일이 없으면 저하고 청송을 가요!"

"청송에는 왜요?"

"화자를 데리고 다녀오려고요. 아무것도 모르는 화자를 저 혼자서 데리고 다녀온다는 것은 쉽지가 않을 것 같기도 하고. 사실은 운전이 서툴러서 장거리 운전은 겁이 나서요."

"글쎄요. 청송은 너무 멀어서 하루에 다녀오기란 쉽지가 않을 것 같군요."

"며칠이 걸려도 좋으니 다녀옵시다. 아들과 딸이 화자를 위해서 쓰는 돈은 얼마가 들어도 괜찮다고 그랬으니까요."

"화자가 청송에 가고 싶다고 그랬나요?"

"아뇨. 화자가 청송에서 자랐다는 이야기를 들어서요. 그리고 담당 의사가 그러는데 화자가 가고 싶다는 곳에 데리고 다니면 무슨 생각이 날지도 모른다고 그랬어요."

"아무리 그래도 선뜻 내키지 않는군요."

"왜요?"

"자식도 몰라보는 화자를 데리고 갔다가 무슨 일이 생기면 큰일이잖아요."

"제가 책임질 것이니 걱정하지 마세요."

"좋아요. 죽은 사람의 소원도 풀어준다는데 그만한 일이야 못하겠어요?"

"고마워요."

숙희가 고맙다는 한숨을 몰아쉬면서 돌아서고 있었다. 뒷모습을 머쓱하게 쳐다보는 숙희는 생각보다 마음이 고운 여자였다. 그동안 아무것도 기억 못 하는 화자와 얼마나 정이 들었는지 친동생이나 다름없이 생각하는 간병인이었다. 자식조차 몰라보는 기억을 되찾아주려고 무척이나 노력하는 숙희는 간병인들 사이에서도 의리가 남다르다는 칭찬이 멈추지 않고 있었다.

숙희의 부탁 때문에 쫓아가는 토요일 아침에 화자가 화장을 하고 있었다. 하얀 머리카락이 까칠한 밤송이처럼 솟아나는 머리에는 숙희가 씌워주는 가발이 주저앉았다. 시뻘건 루주가 달라붙는 화자의 입술에서는 자신도 모르게 싱글거리는 웃음이 멈추지 않고 있었다. 분홍색 등산복으로 갈아입은 모습은 누군지 모를 정도로 변신하고 있었다. 얼마나 기분이 좋은지 어린아이가 소풍을 가는 것처럼 좋아하는 화자를 빤하게 쳐다보면서 말했다.

"오늘에서야 엄마에게 가는 모양이구나."

"네! 아저씨네 집에도 갈 거야."

"아저씨네 집이 어딘데?"

"소나무가 많은 뒷산에 있었잖아."

침대에서 내려서는 화자가 슬그머니 돌아서는 병실을 반기듯이 나서고 있었다. 여행 가방을 정리하던 숙희가 손바닥으로 움켜잡는 휠체어를 내밀면서 말했다.

"혹시 모르니 가져갑시다."

"그러죠."

손바닥으로 받아드는 휠체어를 밀면서 돌아서는 병실을 나섰다. 주차장으로 내려서면서 올려다보는 하늘에는 제법이나 따가운 햇살이 쏟아지고 있었다. 휠체어를 트렁크에 잡아넣는 승용차에는 절룩거리면서 다가서는 화자와 손가방을 잡아들은 숙희가 뒷좌석에 주저앉고 있었다. 슬그머니 주저앉는 승용차에서 바라보는 숙희가 걱정스러운 한숨을 몰아쉬면서 말했다.

"주말이라서 고속도로가 밀리면 어쩌죠?"

"어차피 하루에 다녀오기는 틀렸으니 천천히 가야지 어쩌겠어요."

"네, 지루하시더라도 천천히 가세요."

핸들을 움켜잡는 승용차가 반기듯이 돌아서는 주차장을 나서고 있었다. 머쓱하게 바라보는 길목에는 제법이나 많은 승용차가 스쳐 가고 있었다. 아무런 말없이 창가를 휘둘러보는 화자의 입술에서는 시뻘겋게 달라붙은 루주가 반짝거렸다. 안타까운 한숨이 멈추지 않는 숙희는 종순이가 주었다는 앨범을 들여다보고 있었다.

'제기랄. 주차장이 따로 없구나.'

주차장이나 다름없는 올림픽대로에서는 나도 모르게 마땅찮다는 한숨이 멈추지 않고 있었다. 슬그머니 돌아보는 화자는 나비 꽃핀을 만지작거리면서 창밖을 바라보고 있었다. 아직도 자식조차 몰라보는 화자가 찾는 사람은 엄마뿐이었다. 어디서 어떻게 살았는지도 모르는 화자가 무엇이든 기억하려고 몸부림을 치고 있었다. 하지만 무엇이든 생각하기도 전에 머리가 아프다는 화자가 안타깝다는 한숨을 몰아쉬면서 핸들을 움켜잡고 있었다.

"오줌이 마려워요."

아무런 말없이 창가를 바라보던 화자가 다그치듯이 말했다. 조급해지는 마음으로 바라보는 길목에는 졸음 쉼터 있었다. 반기듯이 핸들을 돌리는 승용차가 졸음 쉼터로 들어서고 있었다. 슬그머니 멈추는 승용차에서 내려서는 화자가 절룩거리면서 쫓아가는 화장실에 들어서고 있었다. 뒷모습을 쳐다보는 숙희는 자신도 모르게 안타까운 한숨을 몰아쉬면서 말했다.

"어쩌다가 저 지경이 되었는지 모르겠네요."

"그러게요. 자식들이라도 알아보았으면 좋겠어요."

"네, 하지만 조금씩이라도 기억하겠죠."

승용차에서 내려서는 숙희가 휘둘러보는 고개를 갸웃거렸다. 화자가 나와서야 올라서는 간이 화장실에서 그동안 참았던 오줌을 내갈기고 있었다.

"엄마!"

갑자기 화자의 비명이 제법이나 요란스럽게 흘러들었다. 무슨 일인지 모르겠다는 한숨을 몰아쉬면서 돌아서는 화장실을 나섰다. 어느 사이에 쉼터 아래로 내려서는 화자는 엄마를 부르고 있었다.

"빨리 붙잡아요!"

숙희가 뒤따라 내려서면서 말했다. 절룩거리면서 내려서는 화자의 몸 뚱이가 곧바로 쓰러질 듯이 비틀거리고 있었다. 다급하게 쫓아가서 막아서는 화자의 옷자락을 움켜잡았다. 슬그머니 뿌리치면서 돌아서는 화자가 소나무 숲을 바라보면서 말했다.

"엄마!"

"여기서 엄마를 찾으면 어떡해!"

"엄마가 저기 있잖아."

화자가 손가락으로 가르치는 나무숲에는 약초꾼으로 보이는 아낙이 휘둘러보는 고개를 갸웃거리고 있었다. 그 아낙을 엄마라고 착각하는 화자가 엄마를 부르면서 쫓아가고 있었다. 뒷모습을 바라보면서 내려서는 숙희가 자그마한 목소리로 말했다.

"어떡하나 두고 봅시다."

화자는 반기듯이 다가서는 아낙을 끌어안고 있었다. 기겁하고 놀라는 아낙이 자신도 모르게 뿌리치고 있었다. 하지만 찰거머리처럼 달라붙은 화자가 엄마라고 부르면서 울먹거리고 있었다. 안타깝게 쳐다보면서 다가서는 숙희가 어처구니없다는 듯이 쳐다보는 아낙에게 사정하듯이 말했다.

"머리를 다쳐서 엄마만 찾는 환자예요."

"내가 엄마라고 착각하는 모양이군요?"

"네, 교통사고로 잃어버린 기억에 돌아오게 한 번만 봐주세요."

이제야 알았다는 듯이 쳐다보는 고개를 끄덕거리는 아낙이 엄마라고 부르는 화자를 끌어안고 있었다. 어린아이처럼 달라붙는 화자는 이제야 엄마를 찾았다면서 울먹거리고 있었다.

"허, 그것참…"

나도 모르게 혀끝을 차는 신음으로 내뱉으면서 내려다보는 눈망울이 시큼하게 젖어들고 있었다. 정말로 엄마라고 착각하는 화자가 무척이나 안타깝게 느껴지고 있었기 때문이었다. 한동안이나 끌어안고 울먹거리던 화자가 손바닥을 움켜잡는 아낙과 올라서고 있었다. 숙희가 뭐라고 부탁을 하였는지 화자와 다정하게 올라서는 아낙은 50대 후반으로 보이는 여인이었다.

"엄마, 빨리 집으로 가자!"

화자가 옷자락을 움켜잡는 아낙을 뒷좌석에 주저앉히고 있었다. 어색한 몸짓으로 주저앉은 아낙은 어쩌지 못하겠다는 한숨이 멈추지 않았다. 숙희와 앞좌석에 주저앉는 승용차가 슬그머니 들어서는 고속도로를 내달리고 있었다. 뒷좌석에 주저앉은 화자를 돌아보는 숙희가 마른 입맛을 다시면서 말했다.

"화자가 친척 아저씨라고 착각하는 것을 알고 있었나요?"

"네, 어림은 하고 있었어요."

"그럼 화자가 하는 말은 무슨 말이든 그렇다고 대답하세요. 그러면 정말로 친척 아저씨라고 착각하는 화자가 생각나는 일들이 많아질지도 모르잖아요."

"내가 그런다고 생각나면 다행이지만 내가 그런다고 무슨 생각이 나겠어요?"

"무슨 생각이든 조금이라도 나겠죠. 나보고 언니라면서도 생각나는 것들이 많아지는 것 같았으니까요."

"아무튼, 화자는 좋은 간병인을 만났군요. 저 같은 놈은 생각조차 못하는 일이었으니까요."

숙희가 존경스러워지는 마음이 울컥해지고 있었다. 화자를 친동생처럼 간병하는 숙희가 남다르게 느껴지고 있었기 때문이었다. 뒷좌석에 주저앉은 화자는 앨범을 내려다보고 있었다. 사진을 내려다보는 화자를 안타깝게 바라보는 아낙이 다그치듯이 말했다.

"언제 찍은 사진이야?"

"소풍 갔을 때 엄마가 찍은 사진이잖아."

"맞아. 그때 엄마가 뭐라고 그러면서 사진을 찍었어?"

"공부를 잘하면 대학교도 보내준다고 그랬어. 그리고 엄마가 찾아주는 보물로 연필과 공책을 타기도 했었잖아."

"도시락은 어땠어?"

"더덕구이가 제일 맛있었어."

화자가 엄마라고 부르는 아낙과 동문서답을 하듯이 주고받는 이야기가 멈추지 않고 있었다. 귓불을 치켜드는 숙희는 화자가 엄마라고 부르는 아낙과 주고받는 이야기를 한마디도 빼놓지 않고 엿듣고 있었다. 제천을 지나면서야 조금씩 빨라지는 승용차에서 하늘에는 제법이나 따가운 햇살이 내려앉고 있었다.

한동안이나 내달리는 승용차에서 엿듣는 화자의 엄마는 약초를 캐러 다니기도 했었던 모양이었다. 약초를 캐던 아낙이 엄마와 비슷하게 닮아서 엄마라고 착각하는 아낙과 동문서답을 하듯이 주고받는 말에서도 하나둘씩 생각나는 일들이 많아지는 것 같았다. 둘이서 주고받는 이야기를 한마디도 빼놓지 않고 귀담아듣던 숙희가 휴게소가 보이는 창밖을 반기듯이 바라보면서 말했다.

"저기 보이는 휴게소에서 점심을 먹고 가요!"

"네."

짧막한 대답을 내뱉으면서 핸들을 돌리는 승용차가 슬그머니 들어서는 휴게소에서 멈추고 있었다. 반기듯이 내려서는 승용차에서도 화자는 엄마라고 부르는 아낙의 손바닥을 움켜잡고 있었다. 어색해지는 얼굴이 붉어지는 아낙과 돌아서는 식당으로 들어섰다. 휘둘러보는 고개를 갸웃거리는 화자를 쳐다보는 숙희가 다그치듯이 말했다.

"뭐를 먹을래?"

"자장면."

"그럼 나도 자장면을 먹어야겠네."

화자의 손바닥을 움켜잡은 아낙이 맞장구를 치듯이 말했다. 싱긋이 웃으며 마주 보는 숙희에게 자장면으로 통일하자고 말했다. 화자와 돌아서는 탁자에 주저앉는 아낙은 승복처럼 헐렁한 바지저고리를 걸치고 있었다. 촌스럽게 느껴지는 바지저고리를 걸치고서 화자를 바라보는 얼굴에는 제법이나 깊은 주름살이 접혀들고 있었다. 숙희와 마주 보고 주저앉는 식탁에는 자장면이 내려앉고 있었다. 자장면을 먹으면서도 화자가 내뱉는 말은 한마디도 빼놓지 않고 귀담아듣는 숙희가 귓속말을 하듯이 말했다.

"화자가 아직도 엄마라고 생각하나 봐요."

"네, 저러다가 엄마가 아니라는 것을 알면 어쩌죠?"

"걱정할 필요 없어요. 엄마가 아니라는 것을 알아차리는 것도 잃어버린 기억을 되찾는 일이니까요."

"하기는 그렇군요."

자장면을 먹고서야 일어서는 식당에서는 어느 사이에 오후 2시가 넘어서고 있었다. 식당을 나서는 화자는 찰거머리처럼 달라붙는 아낙과 돌아서는 화장실로 쫓아가고 있었다. 감시하듯이 뒤따라가는 숙희를 바라보면서 돌아오는 승용차에 주저앉았다. 화자와 숙희가 돌아와서야 휴게소를 나서는 승용차가 반기듯이 내달리고 있었다. 마른 하품을 하면서 주저앉았던 화자는 잠이 들고 있었다. 무릎으로 엎어지면서 잠든 화자를 안타깝게 내려다보는 아낙이 자그마한 목소리로 말했다.

"정말로 자식들도 몰라보나요?"

"네, 아무것도 모르는 화자가 엄마만 찾아요."

"아직은 젊은 나이에 안됐군요."

"그러니 도와주세요. 앨범을 보면서 주고받는 이야기에서도 생각나는 것들이 있는 것 같았으니까요. 그리고 보호자에게 얘기했더니 조금이라도 보답하겠다고 했으니 오늘과 내일이라도 친딸처럼 생각하시면서 살펴주세요."

"알았으니 걱정하지 마세요. 어차피 할 일이 없어서 약초나 캐는 사람이라서…."

귓속말을 하듯이 주고받는 이야기를 들으면서 핸들을 움켜잡은 승용차가 어느 사이에 안동 분기점을 나서고 있었다. 이정표를 바라보면서 핸들을 돌리는 외곽도로에는 마주치며 지나가는 승용차들도 뜸해지고 있었다. 한적하게 느껴지는 길목을 휘둘러보는 고개를 갸웃거리던 숙희가 마른 입맛을 다시면서 말했다.

"국도는 제가 운전해도 되는데. 내가 운전을 할까요?"

"아뇨, 괜찮으니 걱정하지 마세요."

"아직도 한참이나 가야 하거든요."

"청송에서는 어디로 가야 하나요?"

"부동 쪽으로 가세요. 화자가 부동에서 어쩌고 하는 소리를 들었으니까요."

"거기 가서는 어쩌죠?"

"화자가 가자는 대로 가봐야죠. 그러다 보면 조금이라도 생각나는 일들이 있을지도 모르니까요."

숙희가 뒷좌석에 돌아보면서 말했다. 화자가 잠자는 모습조차도 세심하게 살펴보는 숙희는 담당 의사와 화자의 기억을 되찾는 방법을 의논하면서 간병하는 간병인이었다. 그래서 화자의 가족들이 누구보다 신뢰하는 숙희가 남다르게 느껴지고 있었다. 반사경으로 훔쳐보는 화자는 슬그머니 치켜드는 고개를 갸웃거리고 있었다. 게슴츠레하게 벌어지는 눈망울을 껌뻑거리는 화자를 반기듯이 쳐다보는 아낙이 싱긋이 웃으면서 말했다.

"여기가 어딘지 알겠어?"

"몰라. 여기가 어딘데?"

"안동이야. 이제 저 산만 넘어가면 청송인데 모르겠어?"

"모르겠어."

화자가 잘록한 고개를 살래살래 흔들면서 말했다. 어느 사이에 깊은 산골짜기로 들어서는 승용차에는 서늘한 바람이 스쳐 가고 있었다. 구렁이의 허리처럼 구부러지는 고개로 올라서는 승용차가 좌우로 기우뚱거리고 있었다. 발갛게 물들어가는 단풍을 휘둘러보던 화자가 손바닥으로 움켜잡는 머리를 흔들면서 말했다.

"엄마. 어지러워."

가발이 벗겨지는 머리에는 제법이나 많은 수술 자국이 달라붙어 있었다. 까칠하게 자라는 머리카락을 움켜잡는 입술에서는 짧은 신음이 튀어나오고 있었다. 안타깝게 바라보면서 핸들을 움켜잡은 승용차가 올라서는 산등에는 휴게소가 주저앉아 있었다. 휴게소를 반기듯이 쳐다보는 숙희가 자신도 모르게 다그치듯이 말했다.

"저기서 잠깐만 쉬었다 가요."

"네."

짧은 대답을 내뱉으면서 핸들을 돌리는 승용차가 휴게소로 들어서고 있었다. 슬그머니 멈추는 승용차에서 내려서는 숙희가 화자를 쳐다보면서 말했다.

"어서 내려와. 시원한 바람을 쏘이면 괜찮아질 거야."

화자가 손바닥으로 움켜잡은 머리에는 아낙이 씌워주는 가발이 달라붙고 있었다. 엄마라고 부르는 아낙의 손바닥을 움켜잡고 내려서면서도 머리가 아프다는 소리가 멈추지 않고 있었다. 안타깝게 바라보는 아낙이 가발이 주저앉은 머리를 쓰다듬으면서 말했다.

"저기서 조금만 쉬면 괜찮아질 거야."

숙희와 들어서는 휴게소에는 잔잔한 음악이 흘러나왔다. 통나무 의자에 주저앉는 화자는 아름다운 단풍이 물들어가는 산골짜기를 내려다보면서 짧은 신음을 내뱉고 있었다. 안타깝게 바라보며 주저앉는 아낙이 매점에서 잡아들은 냉수를 내밀면서 말했다.

"우선 시원한 물이라도 마셔봐."

"네."

화자가 반기듯이 받아드는 냉수를 마시고 있었다. 슬그머니 다가서는 숙희는 커피와 사과 주스를 내려놓고 있었다. 커피를 잡아드는 아낙을 바라보면서 돌아서는 탁자에 주저앉았다. 마주 보고 주저앉는 숙희가 걱정스러운 한숨을 몰아쉬면서 말했다.

"갑자기 왜 머리가 아프다고 그러는지 모르겠네요."

"생각나는 것이 많아서 아픈 모양이죠."

"그럼 다행인데 머리가 아프다는 소리는 처음 들었어요."

"이제는 괜찮아지는 것 같으니 걱정마세요."

숙희와 아낙이 주고받는 이야기를 나누면서 훔쳐보는 화자는 슬그머니 일어나면서 휘둘러보는 고개를 갸웃거리고 있었다. 화들짝 놀라는 듯이 일어서는 화자의 손바닥을 움켜잡고 있었다. 화자는 엄마라고 부르는 아낙과 호미와 지게 등이 주저앉은 모형들을 휘둘러보고 있었다. 청송에 특산물을 휘둘러보는 화자가 엄마라고 아낙을 고맙다는 듯이 바라보면서 말했다.

"생각보다도 마음이 좋은 분이군요."

"네, 화자의 기억이 돌아오게 해달라고 부탁은 하였지만 정말로 친어머니처럼 보살펴준다는 것은 생각조차 못 했어요."

"화자는 무엇 때문에 엄마라고 착각하고 있나요?"

"약초를 캐러 다녔다는 엄마와 엇비슷하게 닮았나 보죠."

"저러다가 따라가서 살겠다면 어떡하죠?"

"정말로 살겠다면 담당 의사와 의논해서 결정하면 돼요. 내가 봐서는 그렇게 치료하는 것도 좋은 방법이니까요."

"아무튼, 남의 일 같지가 않군요."

"네, 교통사고는 누구도 장담하지 못하는 일이니까요."

숙희가 서글픈 한숨을 몰아쉬면서 화자를 돌아보고 있었다. 화자를 바라보는 눈빛이 잠시도 멈추지 않는 숙희의 얼굴에는 가느다란 주름살이 접혀들고 있었다. 넓은 이마에 홀쭉하게 들어간 볼이 그다지 예뻐 보이지는 않았다. 하지만 보면 볼수록 속심이 깊어 보이는 숙희의 마음이 그 무엇보다 아름답게 느껴지고 있었다.

화자를 훔쳐보는 숙희와 커피를 마시고서야 일어서는 통나무 의자에서 돌아섰다. 휴게소를 나서면서 휘둘러보는 산자락에는 발갛게 물들어가는 단풍들이 반기듯이 내려다보고 있었다. 슬그머니 들어서는 화장실에서 그동안 참았던 오줌을 내갈기고 있었다. 화장실을 나서면서 바라보는 휴게소에서는 화들짝 놀라는 비명이 흘러나오고 있었다.

"갑자기 왜 그래? 정신 차려!"

무슨 일인가 하면서 쫓아가는 휴게소에는 화자가 가발이 벗겨진 머리를 움켜잡고 쓰러지고 있었다. 얼마나 놀랐는지 자신도 모르게 화자를 끌어안는 숙희가 다그치듯이 말했다.

"빨리 병원으로 데려가야겠어요!"

"그럼 제 등에 업히세요!"

등짝에 달라붙는 화자의 몸뚱이가 시체처럼 널브러지고 있었다. 다급하게 쫓아가는 승용차의 뒷좌석에 주저앉혔다. 뒤따라 주저앉는 아낙이 끌어안은 화자는 이제야 조금씩 자라는 머리를 움켜잡고 신음하고 있었다. 걱정스러운 한숨이 멈추지 않는 숙희는 핸드폰을 잡아들면서 주저앉고 있었다. 핸들을 움켜잡으면서 주저앉는 승용차가 도망치듯이 돌아서는 휴게소를 나서고 있었다.

"가장 가까운 병원으로 데려가라네요!"

핸드폰을 접으면서 바라보는 숙희가 다그치듯이 말했다. 알았다는 듯이 쳐다보는 고개를 끄덕거리면서 핸들을 움켜잡았다. 구렁이의 허리처럼 구부러지는 길목을 내려서는 승용차의 꽁무니가 뒤뚱거리고 있었다.

"괜스레 데리고 나왔나 봐요…."

숙희는 자신도 모르게 후회하는 한숨을 몰아쉬면서 중얼거렸다. 혹시라도 죽어버리면 어쩌나 하고 걱정스러운 한숨을 몰아쉬면서 내려서는 산골짜기가 지루하게 느껴지고 있었다.

"갑자기 왜 그래? 정신 차려! 아무리 아파도 조금만 참아!"

뒷좌석에서 화자를 끌어안은 아낙은 자신도 모르게 울먹거리고 있었다. 반사경으로 훔쳐보는 화자는 자신도 모르게 움켜잡는 머리를 흔들고 있었다. 얼마나 아픈지 하찮은 신음조차 못 하는 입술에서는 부글부글 끓어오르는 물거품이 내려앉고 있었다. 조급해지는 마음으로 핸들을 움켜잡은 손바닥에는 식은땀이 달라붙고 있었다.

'이제야 병원이 보이는구나.'

한참이 지나서야 들어서는 병원이 보이는 청송읍으로 들어서고 있었다. 천만다행이라는 한숨을 몰아쉬면서 핸들을 돌리는 승용차가 반기듯이 들어서는 병원에 멈추고 있었다. 응급실에서 쫓아 나오는 간호사들이 이동 침대를 내밀었다. 이동 침대에 눕히는 화자의 몸뚱이가 시체처럼 널브러지고 있었다. 응급실로 밀고 가는 화자를 내려다보는 의사가 다그치듯이 말했다.

"어디가 아파서 이렇게 되었나요?"

"수술한 머리가 갑자기 아프다고 그랬어요!"

"그럼 머리부터 검사를 해봐야겠군요."

"전화부터 해보고요."

숙희가 핸드폰을 잡아들면서 돌아서고 있었다. 화자에게 달라붙는 간호사는 혈압 검사를 하면서 분주하게 쫓아다니고 있었다. 화자가 내려감은 눈망울을 내려다보던 의사에게 다가서는 숙희가 손바닥으로 잡아들은 핸드폰을 내밀면서 말했다.

"전화를 받아보세요!"

"누군데요?"

"환자의 담당 의사입니다."

핸드폰을 받아드는 의사가 화자를 담당 의사와 주고받는 이야기가 멈

추지 않았다. 시체처럼 널브러진 화자를 내려다보는 숙희는 얼마나 걱정
스러웠는지 자신도 모르게 새파랗게 질려가는 얼굴이 흑색으로 변해가
고 있었다. 괜스레 데리고 나섰다고 후회하면서 내려다보는 화자의 팔뚝
에는 주삿바늘이 달라붙고 있었다. 핸드폰을 내밀면서 다가서는 의사는
걱정스러운 한숨이 멈추지 않는 화자를 바라보면서 말했다.

"김 박사 처방대로 조치할 것이니 걱정하지 마세요."

"감사합니다. 설마하니 죽지는 않겠지요?"

"죽지도 않겠지만, 더 나빠지지도 않을 거라고 그러더군요."

"또 다른 말은 없었나요?"

"네, 수시로 살펴보면서 연락하라는 말뿐이 없었어요."

의사가 늘어놓는 이야기를 들으면서도 걱정스러운 한숨이 멈추지 않
았다. 간호사들이 놓아주는 주사를 맞고서야 화자의 얼굴이 이전이나
다름없는 모습으로 돌아오고 있었다. 까칠까칠한 밤송이처럼 자라는 머
리카락을 내려다보는 아낙의 입술에서는 안타까운 한숨이 멈추지 않고
있었다. 손가방에서 움켜잡는 나비 꽃핀을 화자의 손바닥에 내려놓는
숙희의 눈망울에서는 자신도 모르게 시큼하게 젖어드는 눈물이 반짝거
리고 있었다.

한동안이나 내려다보는 화자의 얼굴이 평온해지고 있었다. 숙희가 내
려놓은 나비 꽃핀을 움켜쥐고서 잠이 들고 있었다. 천만다행이라는 한
숨을 몰아쉬면서 나서는 응급실에는 어느 사이에 까만 어둠이 내려앉
고 있었다. 슬그머니 주저앉는 휴게실에서 올려다보는 하늘에는 수없이
많은 별이 반짝거리면서 내려다보고 있었다. 어지럽게 흔들리는 머리에
서는 하얀 거품을 내밀면서 신음하던 화자의 모습이 스쳐 가고 있었다.

'자칫하면 큰일을 당할 뻔했구나.'

얼마나 놀랐었는지 간담이 서늘해지던 가슴이 아직도 두근거리고 있었다. 정말로 죽을 것만 같았던 화자가 그동안 머리가 아프다는 소리는 없었다. 병원 뒷산에서 넘어지면서 다치는 이마에 시뻘건 핏물이 흘러서도 나를 살려달라는 소리뿐이었다. 그 소리조차도 한두 번에 멈추는 화자가 찾는 사람은 엄마뿐이었다. 갑자기 머리가 아프다는 화자가 걱정스러운 생각이 멈추지 않고 있었다. 마른 한숨을 몰아쉬면서 들어서는 다가서는 아낙은 손바닥으로 잡아들은 컵라면을 내밀면서 말했다.

"컵라면이라도 드시래요?"

"네, 많이 놀라셨죠?"

컵라면을 받아들면서 바라보는 아낙이 잘록한 고개를 끄덕거리면서 주저앉고 있었다. 나무젓가락을 잡아들면서 바라보는 아낙이 수없이 많은 별이 반짝거리는 밤하늘을 멍하니 바라보면서 말했다.

"선생님도 많이 놀라시는 것 같더군요."

"놀라는 정도가 아니었어요. 혹시라도 죽어버리면 여간 큰일이 아니니까요."

"아직은 젊은 여자가 참으로 안 됐어요."

"네, 무슨 약초를 캐다가 붙들렸나요."

"더덕을 캐고 송이를 따는데 느닷없이 달려드는 여자가 엄마라고 부르면서 울먹거리더군요. 서른일곱에 교통사고로 죽은 딸이 생각나서 따라왔더니…"

슬그머니 일어서는 아낙이 서글픈 한숨을 몰아쉬면서 돌아서는 응급실로 들어서고 있었다. 괜스러운 소리를 하였다고 후회하면서 입안에 잡아넣는 컵라면을 우물거리고 있었다. 컵라면을 먹고서야 일어서는 몸뚱이가 피곤하게 느껴지고 있었다. 잠깐이라도 누워야겠다고 생각하면서 다가서는 승용차에 주저앉았다. 슬그머니 잠들어버리는 꿈속에서는 화자가 그동안 찾던 엄마를 만나고 있었다. 엄마가 얼마나 반가웠는지 자신도 모르게 달려들면서 매달리는 화자가 다그치듯이 말했다.

"엄마! 이제야 엄마를 찾았어."

"잘 왔어. 이제는 엄마를 찾았으니 아무런 걱정도 하지 마라."

화자의 엄마가 또한 얼마나 반가웠는지 자신도 모르게 끌어안는 화자의 머리를 쓰다듬고 있었다. 자신도 모르게 싱글거리는 웃음이 멈추지 않는 화자에게 다가서는 사내가 말했다.

"화자가 이제야 엄마를 찾아왔구나."

"네, 아저씨도 얼마나 보고 싶었는지 몰라."

"나도 엄청나게 보고 싶었어. 너는 내 딸이나 다름없었으니까."

"정말로요?"

"정말이니 얼른 가자!"

화자가 엄마와 반기듯이 돌아서는 사내와 걸어가고 있었다. 어디로 가는지 모르겠다는 듯이 쳐다보면서 따라가는 화자가 갑자기 사라지고 없었다. 어느 사이에 쫓아와서 막아서는 숙희가 빤하게 쳐다보는 고개를 갸웃거리면서 말했다.

"화자는 어디를 가고 혼자 있어요?"

"조금 전에도 있었는데 갑자기 사라졌어!"

"화자야! 애가 어디로 갔지? 화자야!"

숙희가 화자를 부르면서 쫓아다니고 있었다. 아무리 찾아다녀도 흔적조차 보이지 않는 화자를 찾아다니다가 깨이는 꿈이었다. 하필이면 화자가 사라지는 꿈속이 예사롭지 않았다.

'아무런 일이 없어야 하는데.'

무슨 일이 생겼는지 모르겠다는 한숨을 몰아쉬면서 일어서는 승용차를 나섰다. 다급하게 들어서는 응급실에는 침대에 엎어진 숙희가 잠이 들어 있었다. 조심스럽게 다가서면서 내려다보는 화자의 이마를 손바닥으로 쓰다듬고 있었다. 손바닥을 슬그머니 옴켜잡으면서 올려다보는 화자가 중얼거리듯이 말했다.

"아저씨 고마워요."

"이제야 정신이 드는 모양이구나. 머리는 괜찮아?"

"네, 이제는 괜찮으니 걱정하지 마세요."

"다행이다. 하지만 편하게 누워있어. 무슨 생각을 하면 또다시 어지러워지는 머리가 아플지도 모르니까."

"네, 걱정하지 말고 쉬세요."

화자가 이슬처럼 맺히는 눈물을 글썽거리면서 말했다. 침대에 엎어졌던 고개를 치켜드는 숙희가 마른 하품을 하면서 화자를 내려다보고 있었다. 숙희를 반기듯이 올려다보는 눈망울을 껌뻑거리는 화자가 울먹거리는 목소리로 말했다.

"언니 고마워요."

"이제야 정신이 들었나 보구나! 아프다던 머리는 괜찮아?"

"네, 언니 때문에 살았어요."

"그런 소리 마라. 너 때문에 내가 살았으니까."

숙희가 또한 얼마나 반가웠는지 자신도 모르게 울먹거리는 목소리로 말했다. 옆 침대에 누워서 잠들었던 아낙이 반기듯이 일어서는 침대에서 내려서고 있었다. 화자를 내려다보면서 다가서는 아낙이 다그치듯이 말했다.

"내가 누군지 알겠어?"

"네, 정말로 우리 엄마인지 알았어요."

"그럼 진짜 엄마는 어디에 있어?"

"열세 살에 돌아가셨어요."

"엄마가 돌아가시고부터는 누구하고 살았어?"

"고아원에서 살다가 청송에서 살았던 아저씨를 찾아갔었어요."

"찾아갔더니 뭐라던가?"

"친딸처럼 생각하던 아저씨가…."

화자가 자신도 모르게 울먹거리는 목소리가 흐려지고 있었다. 모포 자락을 끌어안고 흐느끼는 울음소리가 멈추지 않았다. 아무런 말없이 내려다보는 숙희의 눈망울에는 하얀 이슬처럼 맺히는 눈물이 흘러내리고 있었다. 화자가 흐느끼는 모습을 안타깝게 바라보던 아낙이 천만다행이라는 한숨을 몰아쉬면서 말했다,

"이제야 조금씩 생각나는 것이 있나 봐요."

"네, 내가 봐서도 그런 것 같아요."

침대에 누워있는 화자는 종학이와 종순이를 부르면서 울먹거리고 있었다. 이제야 자식들이 이름을 기억하는 화자가 얼마나 반가웠는지 나도 모르게 울컥해지는 마음을 감출 수가 없었다. 시큼하게 젖어드는 눈망울을 껌뻑거리면서 돌아서는 응급실을 나서고 있었다. 천만다행이라는 한숨을 몰아쉬면서 휘둘러보는 청송에는 어느 사이에 또 하루가 시작되는 아침이 밝아오고 있었다.

● **이규정**

월간 한맥문학, 월간 문학저널 소설 신인상

제28회 근로자문화예술제 대통령상, 대한민국 디지털 문학 대상, 한국근로자문화예술인 협회 자문위원

소설집 『서른다섯의 봄』, 『구름에 숨은 햇살』, 『하얀 나비 버들소녀』, 『갈증』, 『무녀』 외

월정리 역

•

이 귀 란

월정리 역사의 빈 철로 위로는 부드러운 바람만
이 서성입니다. 억겁의 세월을 바람은 제 길을 가고 또 옵니다. 때로는
갓 태어난 오월의 병아리인 양, 때로는 엄마의 가슴인 양 언제였던가, 그
때는 또 총탄인양 그렇게 바람은 불고 또 어디론가 사라져 갑니다. 가로
세로 대여섯 걸음이나 될까 말까 한 작은 역사의 높은 하늘 위로는 두
루미의 날갯짓이 한창입니다.

먼데 북으로부터 몰아닥친 찬바람이 남쪽으로 불어오고, 남쪽에서 만
들어진 순한 바람이 북쪽으로 가는 월정리 역사의 마당 한편에는 철원
두루미관이 피난 가다 손 놓쳐 허둥대는 누이인 양 뚜뚱하게 서 있습니
다. 3층 건물의 옥상에는 피뢰침이 하늘로 뻗어 있습니다. 그 아래에서
한 쌍의 두루미가 서로의 긴 목을 기댄 채 망중한을 보내고 있습니다.
가끔은 한 발을 들어 날개를 푸드덕거리기도 하고 날개의 깃 속으로 서
로의 얼굴을 묻고 심장의 고동 소리를 들으며 시간을 보내기도 합니다.
그러는 사이 더러는 앞산 부엉이의 잠꼬대 소리가 들리기도 하고, 논둑
밭둑으로 연신 드나들던 새끼 두더지가 엄마 찾느라 끼끼거리는 소리가
들리기도 합니다. 처음으로 세상 구경 나온 새끼 두더지가 쏘옥 고개
를 내밀고 호기심 어린 눈으로 사방을 살피다 호로록 땅속으로 들어가

더니 엄마 따라 또르르 굴러가는 모습이 선명하게 도드라져 보입니다.

소이산 부근에서 시작된 살랑바람이 게으름 피우는 꽃송이를 흔들어 활짝 피우기도 하고, 아직까지도 떨어지지 못하고 가지에 붙어있는 묵은 나뭇잎을 흔들어 쓸어가기도 합니다. 가끔은 자동차가 한 무리의 사람들을 내려놓으면 휘리릭 둘러보다 후르룩 떠나기도 하고, 그때 남겨진 어수선함을 바람은 또 성실하게 몰고 어디론가 제 길을 갑니다. 사방은 고요하기만 합니다. 다리가 긴 두루미들은 서로의 몸을 성실하게 쪼아 줍니다. 간혹 살랑 바람에 오월 향기가 실려 옵니다. 어디에서인가 식탁에 둘러앉은 가족의 숟가락질 하는 소리가 바람결에 들려오는 듯도 하고 끊일 듯 말 듯 이어지는 이야기 소리가 들리는 듯도 합니다.

오월의 숲 멀리로부터 습한 바람이 나뭇잎을 휘감더니 이내 비를 입힙니다. 스삭스삭 쏘삭쏘삭 천천히 가늘게 비가 내립니다. 들판에 머물던 바람이 내리는 빗줄기에 잘게 부서져 꼬리를 남기며 사라집니다. 빛바랜 들판의 냄새가 묻어오는가 싶더니 이제 막 피어난 봄꽃의 향기가 흙내와 함께 전해옵니다. 어느새 저 멀리 북쪽에서 후드득거리며 달려 내려온 성질 급한 빗줄기가 서서히 굵어지면서 두루미의 등으로도 투두둑 떨어집니다. 오월 들판의 적막을 깨우는 빗줄기에 한 쌍의 두루미는 서서히 날아올라 약속이나 한 듯 동시에 양 날개를 펼치더니 월정리 역사를 한 바퀴 날아 다시 돌아옵니다.

"두루루 뚜루루-."

"투루루루-."

빗소리를 뚫고 들려오는 소리는 분명 두루미의 울음소리입니다.

"카 르르루-."

"타 르르우-."

피를 토하듯 울부짖는 소리에 두루미 부부는 안절부절못하다 푸드덕 날아올랐습니다. 월정리 역에서 한 마리의 두루미가 울부짖는 소리는 백마고지역을 지나 신탄리역까지 그리고 평강역을 지나 멀리 세포 역까지 끊일 듯 말듯 이어집니다. 철원평야의 예서제서 봄을 맞이하는 두루미들은 울려 퍼지는 울음소리에 위로라도 하는 듯 월정리 역의 낡은 기차 위를 선회하고 다시 하늘 높이 날아오르기를 반복합니다.

"두루루루."

"뚜루루루 우."

어디에서 살고 있었는지 수많은 두루미가 날아듭니다. 월정리의 역사 위로, 철원 두루미관 위로 두루미들은 날개를 적시며 모여듭니다.

"뚜루루루."

누군가가 입을 열자 수많은 두루미가 동시에 날아올라 백마고지역을 넘어 더 먼 하늘로 새하얗게 수를 놓으며 날아갔다 다시 날아오기를 반복합니다. 두루미들의 선회는 비가 그치고 석양이 질 때까지 계속되었습니다. 월정리 역의 선로 위에는 골격만 남아 날이 갈수록 삭아 가는 기차가 있습니다. 북으로 갈 날만을 기다리다 애간장이 녹아 쌓인 녹슨 가루가 작은 봉우리를 이루고 있습니다. 머리 부분은 북으로 달려갔는데 몸통은 아직도 머리를 향한 채 매운재가 되어 있는 것입니다.

수루미는 백마고지역 부근의 벌판에서 자라 독립할 때가 되었지만, 부모 곁을 떠나지 않고 살고 있습니다. 더러는 소개팅을 해 보기도 하고, 또래 친구들끼리 몰려다니며 벌판에 있는 자기들만의 클럽에서 춤을 추며 눈팅을 해 보기도 하였지만 그다지 마음을 사로잡는 여루미를 만나지 못하였기 때문입니다.

수루미는 친구들과 무리 지어 갈대숲이나 습지대를 찾아 먹이 활동을 하기도 하고, 하늘 높이 비행도 하며, 평화로운 나날을 보내고 있었습니다. 다른 친구들이 여두루미의 꽁무니를 쫓으려 함께 가자고 끌어도 한 번도 마음에 동요가 일은 적은 없었습니다. 더러는 다양한 몸짓으로 춤을 추며 벌판을 휘돌거나 얕은 강가에서 시간 가는 줄 모르게 혼자 놀다 늦은 밤에 귀가하면 어른들에게 혼이 난 적도 많았습니다. 할머니의 잔소리를 듣는 일은 정말 짜증 나는 일이었습니다. 그런 다음 날이면 무리에서 이탈하여 홀로 강가를 거닐기도 하고 한반도의 끝에서 멀리 대륙으로까지 비행하다 돌아오기도 합니다.

언제 보아도 한반도의 모습은 유연하기만 합니다. 부드러운 능선 하며 골짜기마다 옹기종기 모여 앉은 사람의 마을이며 그 아래로 흐르는 강들을 내려다보는 일은 신기하기만 합니다. 얼음골짜기로 들어가 온몸을 식히고 다시 날으며 한반도를 떠나지 않는 이유가 바로 아기자기한 능선과 곳곳에 숨어 있는 비경인 것입니다. 끝없이 이어진 사막의 황량함과 달리 여기에서만이 맛볼 수 있는 곡선의 아름다움과 그 안에 감추인 다양한 먹거리가 수루미를 이곳에 살게 하는 이유인 것입니다.

"눈 덮인 벌판에 함부로 내려앉지 말거라. 험한 꼴 당할라."

중부전선을 넘나들며 비행을 할 때면 그 어느 때보다 어른들의 잔소리에 짜증이 납니다. 누랭이의 부모님은 중부전선 내의 철책선 근처에서 먹이 활동을 하다 지뢰가 터지는 바람에 두 분 모두 그 자리에서 목숨을 잃고 말았습니다. 누랭이는 가슴앓이가 얼마나 심했던지 털의 빛깔이 누레져서 지어진 이름입니다. 아직 아기일 때라서 지금의 부모님에게 양자 되어 살아가는 친구입니다. 그래서 누랭이네 가족은 다섯 마리입니다. 계절이 바뀌어서 한반도로 내려오기만 하면 비행하는 내내 어른들은 잔소리를 늘어놓습니다. 정말 괴로운 시간의 연속입니다. 어른들은 했던 말 또 하고, 방금 전에 들은 잔소리 또 하는 바람에 친구들끼리 눈짓으로 무리를 벗어나 달아났다 날아온 적도 있었습니다.

"아무리 궁금해도 구멍 속으로는 함부로 몸을 들지 말거라."

어른들은 자신들의 경험이 오직 최고인 양 잔소리를 늘어놓습니다. 북아메리카에 끊임없이 이어진 록키산맥의 설산에는 빙하의 두께가 2m가 넘는 곳이 있습니다. 그 두께가 언제부터인가 서서히 녹아 균열이 생기기 시작했습니다. 어른들의 잔소리에 약이 오른 어떤 수루미가 혼자 다녀온 이야기입니다. 오기가 난 수루미가 날다 날다 다다른 곳은 록키산맥 부근이었습니다. 그 어느 곳이나 날짐승들이 살아가는 곳이고, 자기만의 방식으로 영역을 이루고 살아가기에 '뭐, 여기에는 숲이 우거지고 수령이 높아 날짐승들이 집을 짓기에 안성맞춤이겠구나.' 하는 것 이외에는 그다지 별다른 장면은 보지 못하였다고 합니다. 그곳에서는 사람은 구경할 수 없었습니다. 오직 동식물과 크고 작은 날짐승만 살아가고 있었습니다.

수억만 년의 생태를 그대로 간직한 울울창창한 숲은 양이나 엘크, 곰들의 서식지이기도 합니다. 혹독한 겨울을 나야 하는 그곳에는 인간의 키보다 높게 눈이 쌓이기도 합니다. 그러면 인간들이 대포라고 부르는 기계를 쏘아 자신들이 임의로 만든 길이 막히는 것을 방지합니다. 거기서 날개를 조금만 더 퍼덕이다 보면 콜롬비아 아이스 필드라는 설산을 만나게 됩니다. 그곳이야말로 인간의 발길이 전혀 닿을 수 없는 곳으로, 눈이나 얼음의 두께를 가늠할 수가 없는 곳입니다. 그런데 시간이 지나면서 만년설이 녹아 흐르는가 싶더니 계절이 지나면서 예서제서 균열이 생기고 드디어 구멍을 내기도 하고 눈이나 얼음 밑으로는 강이 되어 흐르고 있었습니다.

수루미는 누구나 그렇듯이 광활한 하늘을 날다 허기진다 싶으면 숲이나 들판으로 내려와 강물 속에 유영하는 물고기를 잡아먹는다거나 가을걷이 끝난 들판에서 곡식의 이삭으로 배를 채우기도 하고, 딱따구리가 파 놓은 구멍 속에 애벌레가 눈에 띄는 경우에는 그걸 잡아먹기도 하며 살아왔습니다. 그러니까 록키산맥의 푸른 창공을 비행하기에는 그다지 어려움을 느끼지 못하였습니다. 어느 날 수루미는 알 수 없는 장면을 목격하였습니다. 광활하게 펼쳐진 설산의 입구에 인간의 키보다 높은 바퀴가 사람을 실어다 풀어놓는데, 바로 그 주변으로 거대한 싱크홀이 발달하여 유유자적 하늘을 날던 날짐승이 자기도 모르게 그 속으로 날아 들어가고, 그리고는 아무리 주위를 날며 기다려도 다시 나오지 못하는 것이었습니다. 전설처럼 들어오던 이야기를 눈앞에서 확인하게 된 것이었습니다.

오늘 아침 친구들은 그룹을 지어 댄스파티를 연다며 몸단장에 들떠 있었습니다. 철원 평야는 땅이 고르고 평평하여 소개팅이나 댄스파티를 할 때 몸매를 마음껏 자랑할 수 있는 장소입니다. 수루미는 떼를 지어 수선을 떨며 짝을 찾는 건 상대방을 잘 판단하기가 쉽지 않다는 생각입니다. 또 한 가지는 할머니의 잔소리를 듣는 일이 짜증 나기 때문이기도 합니다. 앞서 간 친구들의 모습이 저 멀리로 희끗희끗 나타났다 사라졌다 합니다.

수루미가 그녀를 처음 본 곳은 토교 저수지였습니다. 혼자 저수지에 발을 담그고 물살의 흐름에 몸을 맡긴 채 스치는 바람을 온몸으로 느끼고 있었습니다. 발목 사이로 물고기의 매끄러운 촉감이 스쳐 갑니다. 그다지 배가 고프지 않기에 한 발을 들고 서서 발바닥 끝으로 전해오는 감각을 느끼며 조용히 봄을 맞이하고 있었습니다. 그런데, 바람마저도 잠잠한 시간인데 끊일 듯 말 듯 흐느끼는 듯한 울음소리가 들려왔습니다. 수루미는 소리에 귀를 기울이려 가만히 두 귀를 곤추세웠습니다. 토교 저수지 쪽에서 들려오는 소리입니다. 무슨 일인가 싶어서 소리가 나는 쪽으로 소리 없이 날아서 조용히 다가가 보았습니다. 거기에는 뜻밖에도 여루미 한 마리가 날개를 늘어뜨린 채 쪼그려 앉아 울고 있었습니다. 이상한 일입니다. 무언가 문제가 있어서 울 텐데, 그녀의 쪼그려 앉은 자태와 울고 있는 모습에서 수루미는 조용히 가슴이 더워짐을 느꼈습니다. 서둘러 다가가 무슨 일이냐고 물었습니다. 그녀는 울음을 삼키고 한 다리를 뻗은 채 앉아 있었습니다. 좀 더 가까이 다가가 자세히 살펴보니 그녀의 발에 날카로운 유리 조각이 박혀서 피가 흐르고 있었습니다.

"그만 울고 일어나 봐요."

그러나 아무리 버르적거리며 애를 써도 일어서지를 못하고 있었습니다. 서둘러 다가가 부리로 유리를 빼내 주었습니다. 작고 날카로운 조각이었습니다. 날짐승이 부리로 유리를 쪼는 일은 쉬운 일이 아닙니다. 자칫 잘못하여 입을 다친다거나 유리 조각을 입으로 쪼는 순간 더 깊게 박히게 되기 때문입니다. 그러나 수루미는 괘념치 않았습니다. 그러나 여루미는 아쉽게도 날을 수 없는 것 같았습니다. 여루미의 발바닥에 흐르던 피가 고여 있는 것 같았습니다. 수루미가 잠시 고민하다 벌판을 날아 민가 쪽으로 날개를 퍼덕였습니다. 기와집이 있는 쪽으로 날아가 와송을 찾았습니다. 와송은 피를 멈추게 한다는 말을 들었기 때문입니다. 입으로 몇 가닥의 잎사귀를 쪼아 물고 토교 저수지로 갔습니다. 그리고 입으로 쪼아 그녀의 발바닥에 붙여주었습니다. 고개를 외로 틀고 한 발을 내민 채 앉아 있는 그녀의 모습은 아름다워 보였습니다. 시간이 지나자 조금 나아진 듯 순백색의 날개를 부드럽게 퍼덕이며 길가로 나와 앉았습니다. 수루미는 다시 한 번 날아 민가 쪽으로 날개를 펼쳤습니다. 이번에는 엉겅퀴를 찾을 예정입니다. 엉겅퀴가 지혈을 멈추게 한다는 사실을 배웠기 때문이었습니다. 할머니는 한 가지의 경험이나 살아온 이야기를 해 주실 때는 분명 귀한 정보이고 몰라서는 안 되는 사실이지만 5분이면 될 이야기를 아무리 일찍 끝을 내도 30분은 걸려서 인내심을 가지고 들어야 했습니다. 어떤 때에는 하루 종일 그 이야기에 대하여 반복 설명을 하시면서 잘 알아들었느냐시며 확인을 하는 통에 일부러 들판으로 날아가 쓸데없는 시간을 보내다 들어오기도 합니다. 그래서 수루미는 어려서부터 할머니와 한자리에 앉게 되는 것이 불편했습니다. 그러나 오늘 같은 날이 올 줄은 몰랐습니다. 아프리카에서는 노인 한 분이 돌아가시면 도서관이 하나 없어진다는 이야기가 실감이 납니다. 풍습은 오랜 시간이 흐르며 쌓아진 생활의 지혜이기에 어른들의 생활하는 모습을 눈으로 보면 배우게 되는 것이라고 단정 짓고 말았습니다. 수루미는 오늘 할머니의 잔소리가 새삼 그리워집니다. 처음 있는 일입니다. 갑자기 할머니가 보고 싶어서 울컥하면서 습지대를 지나 오릅니다. 그곳에서 산 중턱으로 오르면 엉겅퀴가 있을 것입니다. 수루미는 깃대가 우뚝 솟아오른 엉겅퀴를 찾아 입으로 잎사귀를 쪼아 물고는 여루미에게로 날았습니다. 와송을 쪼아 붙여준 것처럼 엉겅퀴도 그렇게 입으로 잘게 쪼아 그녀의 오른쪽 발바닥에 조심스럽게 붙여 주었습니다. 그리고 그녀가 날을 수 있을 때까지 함께 있어 주었습니다. 해가 어슷하게 비껴갈 무렵입니다. 그녀는 몇 번을 주춤거리더니 일어서서 고맙다고 인사를 하였습니다. 그러더니 날아보려고 양 날개를 푸드덕거렸습니다. 그러나 날지를 못하였습니다. 잠시 기진했는지 양 날개를 늘어트리고 숨을 고르고 있었습니다. 수루미는 푸드덕 날아올라 숲으로 들어갔습니다. 기운이 빠져 지쳐있는 여루미에게 먹이가 필요하다는 것을 알았기 때문입니다. 잠시 사방을 둘러본 수루미는 소나무의 옹이 속에 부리를 넣어 애벌레를 잡았습니다. 얼른 날아가 여루미에게 주었습니다. 여루미는 잠시 주춤하는 듯하더니 애벌레를 먹고 다시 힘을 내서 서서히 날기 시작하였습니다. 수루미가 얼른 다가가 그녀가 잘 날을 수 있도록 날개를 툭툭 올려 주었습니다. 수루미는 그녀가 자기 가족에게로 돌아갈 수 있도록 끝까지 도울 마음이었습니다. 수루미가 그녀를 데려다 준 곳은 다름 아닌 월정리 역의 낡아빠진 기차 안이었습니다.

평강역을 오가며 자라난 수루미는 월정리에 사는 여루미가 자꾸만 생각이 납니다. 아름다운 목선 하며 그녀의 고운 자태가 딴생각을 못 하게 막고 있음을 느끼게 되었습니다. 수루미는 월정리역 부근으로부터 시선을 거두지 못하였습니다. 시베리아로 홋카이도로 바람따라 살다 다시 와도 그녀를 향한 마음이 변치 않음을 알았습니다. 그녀의 머리 위에 선명하게 드러난 붉은 무늬며 다소곳이 고개 숙인 몸매의 수려함은 수루미로 하여금 밤잠을 뒤척거리게 만들었습니다. 먹이 활동을 하기도 싫어졌고, 마음껏 하늘을 날며 세상을 여행하는 일도 시들해져 가기만 합니다.

안 되겠습니다. 수루미가 용기를 내기로 마음을 정하였습니다. 이른 아침 깊은 숲으로 들어가 맑은 옹달샘에 부리를 담가 물 한 모금을 마시고 서서히 걸어 들어가 온몸을 담가 목욕을 하였습니다. 심장의 고동소리가 들리는 듯 두근거리는 마음을 진정하느라 날개를 퍼덕여 봅니다. 아직 어머님께는 말씀을 드리지 않기로 하였습니다. 잠시 후 수루미는 고개를 들어 온몸을 하늘로 치솟았습니다. 온몸을 푸드득 털어 물기를 말리고 그녀가 사는 월정리 역 주변으로 날았습니다. 이틀, 사흘, 같은 행동을 반복하며 그녀를 살폈습니다. 시간이 지나면서 수루미는 아쉬운 마음을 가눌 수가 없습니다. 그녀는 늘 가족과 함께 이동하고 먹이 활동은 물론 날갯짓이며 망중한을 누릴 때도 언제나 가족과 함께 지내기만 합니다. 토교 저수지에는 무슨 연유로 혼자 갔다가 변을 당하였는지, 생각해볼수록 운명임을 느끼게 됩니다. 수루미는 계속해서 여루미의 주변을 배회하며 그녀의 눈길이 자신에게 오기를 고대하였습니다. 그러면서 한 걸음씩, 한 템포씩 용기를 내어 그녀에게로 가까이 다가갔습니다.

바람이 고요하게 머물던 어느 아침이었습니다. 수루미는 흙으로부터 올라오는 습도의 지수를 느끼기 시작했습니다. 분명 숲의 끝으로부터 벌판 너머로까지 무지개가 생겨날 것 같았습니다. 태양이 벌판을 쓰다듬으며 올라와 서서히 대기의 공기 속을 훑으며 쓸어내리는 시각, 수루미는 입자의 작은 알갱이마다 색이 입혀지고 있다는 걸 알아챘습니다. 수루미는 이때를 놓치면 안 될 것 같았습니다. 처음 있는 일이기도 하고 부끄럽기도 하여서 용기가 필요했습니다. 양어깨에 힘을 주고 두르르 두르르 목소리를 가다듬었습니다. 마지막으로 양 날개를 모으고 두 다리에 힘을 주고 서서히 걸어서 월정리역의 마당 한가운데로 가 섰습니다. 벌판 너머로부터 시작된 무지개가 서서히 드러나는 시각, 수루미는 양 날개를 멋지게 펼치고 여루미의 시선이 잘 보이는 곳으로 다가가 주위를 서서히 회전하였습니다. 백조의 호수를 춤추듯, 때로는 날개를 퍼덕이기도 하고 호로록 호로록, 멋진 목소리로 그녀를 향해 사랑의 몸짓을 전하였습니다. 순간 여루미가 서서히 고개를 내밀기 시작하고, 드디어 그녀의 눈길이 수루미에게 정확하게 집중되는 찰라, 수루미는 서서히 고개를 세우고 몸을 솟구쳐 올랐습니다. 날렵하게 날아 그녀의 머리 위로 선회한 후에 무지개 속을 드나들며 날개를 멋지게 펼쳐 보였습니다. 드디어 여루미, 그녀가 자신을 의식하고 있다는 걸 알았습니다. 수루미는 가장 단단하고 윤기나는 날개의 깃털 하나를 뽑아 그녀 앞에 놓았습니다. 심장의 고동 소리가 빨라짐을 느끼며 천천히, 될 수 있으면 아주 고요히 그녀의 머리 위를 선회하고 유유히 자신의 둥지로 돌아왔습니다. 그날 밤, 수루미는 한밤을 꼬박 지새우며 버스럭거렸습니다. 어머니는 입을 꾹 다문 채 근심스러운 얼굴로 바라보십니다. 날이 밝자 꾸루룩 꾸루룩 입을 열어 말씀을 하십니다.

"삶은 각자가 헤쳐나가야 하는 바다와 같은 거란다. 저 너른 들판의 어느 한 귀퉁이에서 작은 벌레 한 마리를 잡는 일이나, 홋카이도나 시베리아에서 혹독한 추위를 견디는 일도 결국은 네 스스로 견뎌야 하는 일이다. 단 한 번의 날갯짓도 네 힘으로 퍼덕여야 세상으로 날아가는 거란다. 바르게 보고 바른 생각으로 날아야 하는 그 길에 흔들림 없이 함께할 짝이어야 하느니라."

"……"

수루미는 어머니에게 죄송한 마음이 들었습니다. 때가 되면 말씀드리려고 했는데, 이미 알고 계신 것이었습니다. 수루미는 아무 말 없이 고개를 주억거렸습니다. 그런 다음 몸을 일으켜 어머니의 주변을 한 바퀴 종종걸음으로 걸어 잘 새겨들었다는 표시를 해드렸습니다. 그리고 다가가 어머니의 품속으로 자신의 고개를 묻어 심장 소리를 들었습니다. 어머니의 심장박동 소리는 세상에서 가장 편안함을 주는 소리입니다. 어려서는 이런 모습으로 시간을 보내는 일이 많았습니다. 이제는 여루미를 생각하면 가슴이 따뜻해짐을 느낍니다.

어느새 날이 밝았습니다. 수루미는 마음의 다짐을 하였습니다. 용기가 생겼습니다. 사랑을 위하여 날아오를 준비를 하였습니다. 어머니는 말없이 바라보며 응원해 주십니다. 드디어 둥지 밖으로 날아오른 수루미는 여루미가 살고 있는 월정리 역 주변으로 날아갔습니다. 가슴이 콩닥콩닥 뛰었습니다. 온몸이 요동을 치는 듯합니다. 과연 여루미가 자신의 깃털을 입에 물고 있을는지, 기대감과 설렘 그리고 어느 만큼은 두려움을 가지고 그녀의 둥지 주변으로 가까이 다가가는데 심장이 터질 것만 같았습니다. 그런데 이게 웬일입니까? 몇 마리의 수루미들이 자신처럼 여루미의 주변을 배회하며 벌레를 물어다 주기도 하고, 양 날개를 크게 벌려 춤을 추며 구애하는 모습을 보게 되었습니다. 수루미는 그만 그 자리에 철퍼덕 주저앉을 것만 같았습니다. 마음이 어수선합니다. 고민에 빠졌습니다. 이대로 그녀의 앞으로 다가가 저 무리 속에 끼어 그녀를 혼란

속에 빠트려야 하나, 되돌아서 가야 하나, 결정을 짓지 못하고 구상나무 가지에 앉아 상황을 살피기로 하였습니다. 여루미는 수루미의 날개를 물기는커녕 날개는 어디로 사라져 버렸는지 흔적조차도 찾을 수가 없었습니다. 수루미는 허둥지둥 어머니가 계신 둥지로 돌아오고야 말았습니다. 그러나 사랑하는 여루미를 놓칠 수는 없는 일입니다.

"다다다다 닥! 따다다다다!"

단단한 나무줄기에, 자신의 부리를 부벼보았습니다. 그래도 시원치 않았습니다.

"따그닥 따그닥 딱 딱!"

이번에는 커다란 바윗덩이에 사정없이 부벼 봅니다. 시간이 지날수록 부리를 가는 소리는 커져가기만 합니다. 아무리 맛난 벌레를 잡아도 맛을 느끼지 못하게 되었습니다. 서서히 활동이 줄어들고 누가 뭐래지도 않았는데, 사격 소리가 들리지 않는데도 몇 날 며칠을 둥지에만 갇혀 지냈습니다. 수루미는 어느새 멀리 나아갈 힘이 없다는 것을 느꼈습니다. 날개의 빛깔도 윤기가 사라져 갑니다. 어머니는 아들의 이러한 모습을 보는 일이 힘들어졌습니다. 이번에는 어머니께서 아들에게 다가와 날개를 쓰다듬어 주십니다.

"꾸르룩, 꾸르룩."

아들의 아파하는 마음을 더 이상 지켜볼 수 없다고 판단하신 모양입니다.

"삶은 각자의 몫인 거라 했지. 기억나니? 숨을 쉬는 일도 결국은 네 코로 숨을 들이마셔야만 되는 거라고. 누가 대신해 줄 수 있는 일이 아니란다. 내 아들아, 일어서 다시 한 번 용기를 내거라."

어머니의 격려에도 수루미는 움직임이 없이 고요히 누워만 있습니다. 수루미의 눈가에 눈물방울이 또르르 흘러내립니다.

"꾸르룩, 끄루룩."

수루미는 온몸을 뒤척이며 애꿎은 둥지 속으로만 파고듭니다. 얼마나 시간이 지났을까, 날이 어둑해질 무렵입니다. 어머니가 나뭇가지를 물고 와 아들의 온몸을 쿡쿡 찌르며 일어서 날으라고 채근하십니다. 이리 밀리고 저리 밀리던 수루미는 둥지 밖으로 조용히 걸어 나왔습니다. 유월 밤의 알싸한 공기가 수루미의 코끝에 스미자 여루미가 사무치게 그리워집니다. 그러자 자기도 모르게 온몸으로, 양 날개의 끝으로부터 서서히 힘이 주어지는 것 같았습니다. 아무것도 생각하지 않기로 했습니다. 그냥 자신의 마음이 향하는 곳으로 날기로 마음먹었습니다. 여루미, 그녀를 생각하면 가슴이 촉촉해집니다. 수루미는 어두운 밤하늘로 목을 늘여 솟구쳐 올랐습니다. 둥지 위를 날아 백마고지역 위로 마음껏 날아올랐습니다. 자신도 모르게 월정리역 쪽으로 날고 있음을 느낍니다. 이미 자신의 의지와 상관이 없이 자꾸만 그녀에게로 날개를 퍼득이며 날아가고 있는 것입니다. 수루미는 월정리 역사 주변을 밤이 새는 줄 모르고 날고 또 날았습니다. 이슬에 젖은 몸도 아랑곳하지 않고 월정리 역사 위로, 철원 두루미관 위로 쉬임없이 치솟았다 내려오기를 반복하였습니다. 타오르는 심장의 고동 소리를 까만 밤하늘에 마음껏 쏟아놓을 예정인 것입니다. 얼마를 그렇게 몸을 불태우며 날았는지 저 멀리로 히끄므레하게 날이 밝아오고 있습니다. 수루미는 이제 여한이 없습니다. 할 만큼 했다고 마음이 후련해짐을 느낍니다. 이제 잠시 철로 위에 내려앉아 쉬다 집으로 갈 참입니다. 순간 목 뒤로 그녀의 시선이 느껴집니다. 언제부터였을까, 그녀가 구상나무 가지에서 자신을 바라보고 있었다는 사실을 알게 되었습니다. 수루미는 갑자기 주변이 따뜻해지면서 심장이 뜨거워지고 있음을 느끼게 되었습니다. 그와 동시에 온몸에서 힘이 솟아오르기 시작합니다. 조용히 몸을 일으켜 구상나무 주변을 서서히 날았습니다. 그러는 동안 여루미는 자신의 깃털을 뽑아 수루미가 깃털을 놓았던 자리에 놓고 있습니다.

'꾸룩 꾸룩~.'

수루미는 순간 세상이 정지된 듯 머리가 아득함을 느낍니다. 사랑도 미움도 아픔도 절망도, 그간의 모든 애태움이나 세상 모든 기쁨과 슬픔이 자기의 몸속을 쑤욱 빠져나가는 듯합니다. 그런 다음 고요히 평화가 찾아옴을 느낍니다. 세상은 잠에서 깨어 부스럭거리기 시작하고 있습니다. 수루미는 여루미가 놓은 깃털을 소중히 물었습니다. 그리고는 곧바로 자신의 둥지로 와서 소중하게 꽂아놓았습니다.

사랑을 쟁취한 수루미는 마음이 급해졌습니다. 힘차게 날갯짓을 치면서 날아올랐습니다. 수루미는 온몸을 일자로 뻗어 고개를 하늘로 치솟아 한탄강을 향하여 솟아올랐습니다. 그녀에게 맛난 먹이를 가져다주어야 하기 때문입니다. 바람도 유순하여 높이 날아오르기에는 안성맞춤입니다. 수루미의 마음에는 어떤 확신이 솟아나기 시작합니다. 살아가면서 어려운 때도 있었고, 귀가 닳도록 들어왔던 지뢰의 이야기는 이제 딱지가 붙을 지경입니다. 비무장지대에서 먹이 활동을 하다 영원히 잠든 철새들의 백골을 보며 받았던 반공 교육은 섬뜩하기까지 합니다. 이제는 그 형체를 알아볼 수도 없는 사람의 유골이며 녹슨 철모는 멋모르고 놀던 어린 부둥깃 시절의 기억으로 몰고 갑니다. 한동안은 심장이 벌렁거려 둥지에만 숨어 지내던 날들도 있었습니다. 한동안은 귀가 먹먹하여 자신들의 언어를 확인하지 못하고 무리에서 이탈하여 두려움에 떨던 기억도 있습니다. 수루미만의 경험이 아닙니다. 대포 소리, 총소리에 놀라 무리에서 떨어지게 된 두루미들은 또 그렇게 자기들끼리 의지하며 함께 살아가고 있습니다.

"꾸룩 꾸룩! 우환은 만들지도 말고 당하지도 말거라."

숨을 거두기 직전 마지막으로 들려주신 아버지의 유언은 아직도 귓가에 쟁쟁하게 살아 있습니다. 언젠가 어머니가 들려주신 말은 사방을 두리번거리는 습관을 만들어 주었습니다.

"북에서 살다온 친구들이 그러는데 북에서는 제 등도 남이란다. 함부로 속내를 내비치지 말거라."

아버지가 돌아가신 후 수루미는 말을 아끼며 살았습니다. 집 밖을 나가는 일도 먹이 활동을 하는 일도 다 부질없어졌습니다. 살아가는 일이 시들해지고 아무리 맛난 미꾸라지며 개구리가 눈앞에 있어도 식욕이 나지 않았습니다. 어머니는 아들이 하늘 높이 날아올라 유유히 비행하는 모습을 보고 싶었습니다. 아들이 어서 일어나 독립하기를 학수고대하며 기다렸습니다. 아들이 둥지에만 틀어박혀 고개를 떨어트리고 있는 모습을 더 이상 두고 볼 수가 없었습니다. 수루미를 앞세운 어머니는 양 날개를 추켜세우고 비무장지대의 한가운데로 깊숙이 날아갔습니다. 남쪽을 향하여 겨누어진 대포의 총구 위에 두 발을 딛고 섰습니다. 그리고 꾸루룩 꾸루룩 날개를 퍼득이며 어서 아들인 수루미가 앉기를 기다렸습니다. 수루미가 꾸역꾸역 날아 자신의 옆에 마지못해 앉는 것을 확인한 어머니는 다시 날아올랐습니다. 이번에는 북쪽의 철책을 넘어 북한 병사의 머리 위에 사뿐히 내려앉았습니다. 그러다 또 하늘 높이 날아올랐습니다. 녹슨 철사줄이 휘감겨진 사이에 붉은 글씨로 '지뢰'라 쓰여진 나무판 위에 두 발을 살며시 디디며 내려앉았습니다. 그러더니 잠시 후, 두 다리를 벌리고 우뚝 서서 꾸룩 꾸룩 소리쳐 아들의 마음을 일깨웠습니다.

"총알에도 눈이 있단다. 빗발치듯 내리는 총알에도 살아날 운명이거든 사는 게야. 날아라, 국경을 넘어 계절을 지나 멀리로 날아라."

그때 수루미는 어머니의 말씀에 발바닥 끝으로부터 힘이 솟아오르는 것을 느꼈습니다.

'그래 날자! 날아보자!'

수루미는 양 날개를 한껏 펼쳤습니다. 자꾸만 미소가 지어집니다. 눈 앞에 한탄강이 보이기 때문입니다. 한탄강은 엄마의 품속같기만 합니다. 종종걸음으로 엄마를 따라다니다 처음 날았던 곳이 고대산에서였습니다. 엄마의 매몰차기만 했던 교육은 생각만 해도 눈물이 찔끔거리고 오금이 저려옵니다. 수루미를 남겨놓고 엄마는 혼자서 날아가 돌아오지를 않았습니다. 강 건너에서 바라보기만 할 뿐 먹이를 가져다주지를 않았습니다. 어서 엄마에게 날아오라는 것이었습니다. 수루미는 날개가 펴지지가 않아서 애를 먹어야 했습니다. 아무리 푸드덕거려도 몸이 오그려지기만 할 뿐 날개는 펴지지가 않았습니다. 사흘이 지나고 배가 고파 기진하여 빈 날갯짓만 푸드덕거리고 있는데, 뒤에서 누군가가 자신을 확 미는 것이었습니다. 너무 놀라서 그만 강물 속으로 빠지는가 싶은 순간 엄마가 옆에서 날개를 툭툭 쳐 올려주며 소리를 질렀습니다.

"자신 있게 날개를 활짝 펴고 몸을 가벼이 하여 날아라, 머리를 곧추 세우고 날개는 활짝 피거라."

수루미는 엄마의 이야기보다도 물에 빠져 죽지 않으려고 푸드덕거리다 날개가 펴지고 어느 순간 날고 있는 자신을 보았습니다. 처음 날아가 사뿐하게 두 발을 디딘 곳이 학 저수지였습니다. 순간 어질하여 아래를 내려다보니 무릎 아래로 잔잔하게 물이 고여 있고, 자신도 모르게 배가 고파서 물을 몇 모금 마셨습니다. 그런데 그 찰나에 물고기가 지나가는 것을 보았고, 얼른 부리로 낚아채서 맛나게 먹었습니다. 세상에 태어나 처음으로 스스로 먹이를 구하여 먹었습니다. 누가 가르쳐 준 것도 아닌데, 신기하기만 하여서 그 자리에서 서성거리며 마음껏 물고기를 잡아먹었습니다. 조금 자라서는 친구들과 한탄강으로 놀러 가서 흐르는 물속에서 물고기를 잡아먹으며 살았습니다. 흐르는 강물에서 잡아먹는 물고기의 맛은 저수지에서 잡아먹던 맛과는 비교할 수도 없는 맛이었습니다.

수루미는 이제 여루미와 함께라면 죽음까지도 불사할 것 같습니다. 며칠 동안 먹이 활동은 따로 하지 않고 지냈는데도 어디에서 그렇게 힘이 솟아오르는지 알 수가 없습니다. 수루미는 양 날개를 한껏 펼치고 바람을 가르며 날았습니다. 수루미의 눈에 비치는 한탄강은 그 물길만 봐도 어떤 고기들이 살고 있는지, 깊이가 얼마나 되는지, 물의 온도는 자신이 발을 담가도 무리가 없는지, 잘 아는 꿈의 냉장고입니다. 더구나 워낙 물이 맑기에 수루미의 눈에는 느적느적 유영하는 물고기의 모습이 멀리서도 잘 보입니다. 한탄강까지 단숨에 날아온 수루미가 주상절리 부근에서 날개를 접고 온몸을 화살처럼 내리꽂으며 피라미를 잡았습니다. 퍼득이는 피라미를 부리로 물고 여루미 앞으로 쏜살같이 날아왔습니다.

"꾸루륵 꾸르륵."

고개를 주억거리며 조심스럽게 그녀의 주둥이 앞으로 대어 주었습니다. 여루미는 수루미가 잡아다 준 먹이를 달게 받아먹었습니다. 활처럼 휘인 부드러운 목으로 자신이 잡아다 준 먹이를 넘기는 모습을 바라보던 수루미는 여루미에게 다가가 그녀의 새하얀 목에 자신의 목을 감았습니다. 여루미도 고개를 주억거리며 자신의 발을 내어 보입니다.

"꾸룩 꾸르륵, 당신이 도와줘서 살 수 있었어요. 고마워요."

이제 수루미는 날만 새면 여루미에게로 갔습니다. 매일 그녀에게 맛난 먹이를 구해다 주었습니다. 간혹 함께 하늘을 날며 앞서거니 뒤서거니 템포를 맞추기도 하였습니다. 강폭을 오르내리며 물고기를 잡는 일은, 더구나 사랑하는 여루미와 함께 하는 날들은 더없이 행복한 일입니다. 여루미, 그녀를 위하여 고대산 자락으로 날아가 신탄리역사 주변에 사는 맛 난 벌레를 잡아 입안 가득 물어다 주기도 하였습니다. 더러는 포삭해진 볏짚을 물어다 그녀가 사는 둥지를 부드럽게 덧입혀주기도 하였습니다. 가끔은 철원 평야에서 맛좋은 우렁이와 개구리를 구해다 여루미의 어머니에게 선물로 드리기도 하였습니다.

철원 평야 아래로는 현무암으로 구성된 곳이 더러 있어서 따뜻한 물이 사시사철 올라오는 곳이 있습니다. '샘통'이라고 부르는 이곳의 주변에서는 겨울잠 자던 개구리가 깨어나기도 합니다. 혼자 이곳저곳을 살피던 수루미는 개구리를 물어다 여루미에게 가져다주며 사랑을 키워갔습니다. 이제 여루미 주변을 배회하던 다른 두루미들은 모두 사라지고 보이지 않았습니다.

오래전에는 이 주변이 온통 흙먼지와 시체가 뒤엉켜 악취가 코를 찌를 때도 있었다고 합니다. 피아간의 포격으로 산이 흔들리고 나무가 찢기고 골짜기마다 핏물이 흐르던 때가 있었습니다. 대를 이어 살던 산새며 들새, 산짐승, 들짐승들이 본래의 모습을 잃고 어디론가 사라지고, 물고기들 역시 허연 배를 드러내며 죽음을 맞이하고 더러는 어디론가 사라지던 때가 있었다고 합니다.

온몸을 파고드는 알싸한 공기며 드넓은 들판이며 그 사이를 흐르는 물속의 물고기들은 모두가 거저 주어진 것들입니다. 무슨 연유로 서로 미워하고 총을 쏘아대고 자신들은 물론이고 수많은 생물을 죽음으로 몰고 가는지, 수루미는 이해가 되지 않았습니다. 어른들은 아직도 마음을 놓아서는 안 된다고 하지만 수루미는 문제가 되지 않았습니다. 서늘한 바람이 양 날개를 매끄럽게 훑고 지나가는 아침입니다. 이른 아침 눈을 뜬 수루미가 멀리 하늘을 바라보았습니다. 맑고 푸른 창공이 펼쳐져 있습니다. 깊이를 가늠할 수 없는 그곳으로 여루미와 함께 날고 싶어집니다.

수루미가 드디어 용기를 내었습니다. 청혼을 하기로 마음을 먹은 날입니다. 춤을 추며 솔잎 향이 묻어나는 부드러운 벌레를 물어다 놓고 그 옆에는 밤톨만 한 돌 하나를 준비해 놓았습니다. 수루미는 마음의 준비를 끝내고 그녀를 기다렸습니다. 드디어 여루미가 눈부신 모습으로 구상나무 아래로 사뿐히 내려섰습니다. 수루미는 그녀의 주변을 빙빙 돌며 양 날개를 활짝 펼쳐 보였습니다. 그런 다음 돌에다 자신의 부리를 부비며 아름다운 소리로 그녀에게 노래를 들려주며 청혼하였습니다. 여루미가 수루미에게로 가볍게 다가옵니다. 그녀의 걷는 모습은 한 떨기 꽃인 양 향기롭기만 합니다. 이제 수루미는 한순간도 지체할 수 없는 일입니다. 고개를 하늘로 쳐들어 '뚜 루루루–' 노래를 불러주었습니다. 그리고 준비한 돌에 자신의 부리를 달그닥 달그닥 부딪치며 마음을 전하였습니다. 드디어 여루미의 부리가 수루미의 부리와 맞닿을 지경에 이르렀습니다. 수루미는 여루미의 부드러운 부리에 자신의 부리를 부비며 입을 맞추었습니다. 그러다 자신의 긴 목을 그녀의 날개 속으로 묻었습니다. 이번에는 양 날개로 그녀를 그러안았습니다. 콩닥콩닥 서로의 심장이 뛰는 울림을 들으며 둘은 사랑의 맹세를 하였습니다. 순한 바람이 대기를 쓸어가고 진한 흙내음이 진동을 하자 두 잎, 세 잎 돋아나기 시작하는 여린 풀잎들이 수루미와 여루미를 축하해 주었습니다.

자연으로부터 인정받은 한 쌍의 두루미는 이제 부모님의 허락을 받아야만 합니다. 먼저 수루미의 어머님이 계시는 백마고지역 부근의 둥지로 조심스럽게 다가갔습니다. 종종걸음으로 들어가 몸을 낮추었습니다. 수루미의 어머님은 아들이 밤잠을 이루지 못하던 일을 기억하며 잘 살기를 바랐습니다.

"사람의 욕심이 커져가니 산속 깊은 곳으로 가서 먹이 활동해라. 그리고 사소한 일상 하나하나가 다 소중한 게야. 서로의 말에 귀 기울여 성실하게 들어주며 살아라. 그러면 되는 거다."

이번에는 여루미의 어머님에게 허락받을 차례입니다. 여루미 역시 수루미처럼 아버지를 잃고 어머니와 단둘만이 살고 있습니다. 그러나 여루미의 어머님은 수루미를 바로 쳐다보지도 않으십니다.

"철원 평야에서는 절대로 안 된다. 언제 어떤 사고를 당할지 누가 아누."

여루미의 어머님께서는 그 옛날 총탄이 오가던 철원 평야로 시집을 보낼 수가 없다는 것입니다. 아무리 땅이 기름지고 먹이가 많아도 언제 또 총알이 드나들지 예측할 수 없다는 게 그 이유였습니다.

"제 목숨보다 더 따님을 지키겠습니다. 약속드립니다."

수루미와 여루미는 이미 서로의 마음을 확인하였기에 일가친척들의 축하를 받으며 행복하게 결혼을 하고 싶었습니다. 쉽게 환영해 주리라는 생각은 하지 않았지만, 이리도 완강하게 반대하실 줄은 미처 몰랐습니다. 수루미는 여루미의 둥지 입구에서 무릎을 꿇고 앉아 기다릴 작정입니다. 날이 저물어가자 여루미도 수루미의 옆에 앉아 엄마의 허락을 기다리기로 하였습니다. 그러나 여루미의 어머님은 요지부동이십니다. 전혀 예상하지 못했던 일은 아니지만, 마음이 아파옵니다. 그러나 수루미와 여루미는 더 이상 지체할 수 없음을 압니다. 둘은 언제나 함께 있고 싶기 때문입니다.

수루미는 행복하게 하늘을 날고 싶었습니다. 아무리 날려고 해도 날지 못하는 두루미들을 보며 충격을 받은 일은 잊을 수가 없습니다. 알에서 깨어나자마자 보송할 시작할 무렵, 아직 날지도 못할 때입니다. 지뢰가 터져 부모님은 돌아가시고 둘이 허우적거리는 아기 루미들을 본 적이 있었습니다. 그 아기 루미들은 한 명은 뱀에게 물리는가 하면, 한 명은 귀가 먹먹해져서 세상의 소리를 듣지 못하며 살아가기도 합니다. 수루미는 그런 루미들을 볼 때마다 두려움과 함께 책임 의식이 생겼습니다. 양 날개를 가지고 태어났음에도 날 수 없게 된 두루미를 보면서 수루미는 날 수 있는 거리만큼 마음껏 날아 그들이 가 보지 못한 세상에 대하여 느껴보고 말해주고 싶었습니다. 생각이나 이상은 그 너머에 있을 테지만 내 몸이, 내 날개가 허락하는 한 이제는 여루미 그녀와 함께 창공을 날고 싶습니다. 혼자만의 호흡이 아니라 함께 느끼는 호흡, 혼자만의 시선이 아니라 함께 바라보는 삶을 여루미와 살고 싶은 것입니다.

사실 수루미는 철원 들판에서 자라나는 풀잎이며 나뭇가지들을 물어다 둥지 하나를 지었습니다. 가장 밑바닥에는 얇은 나뭇가지로 기초를 닦은 후에 그 사이사이에 한 입 두 입 진흙을 물어다 붙여 오랜 시간이 지나도 부서지지 않도록 하였습니다. 그런 다음에 아무도 모르게 시간을 내어 매일 조금씩 부드러운 볏짚을 물어다 부리로 쪼아 부드럽게 만들었습니다. 사랑하는 여루미가 누워도 조금도 배기는 곳이 없도록 편안하고 아늑한 보금자리를 지은 것입니다. 양옆으로는 옹이 깊은 소나무들이 우람하게 지켜 주고 위로는 하늘의 별만이 보이는 깊은 숲에 온갖 나무와 풀과 꽃이 자연스럽게 왔다가 때가 되면 스스로 지는 그곳에서 사랑을 나누고 싶었기 때문이었습니다. 그러나 이 순간 수루미는 서글프기만 합니다. 다시 한 번 여루미의 어머님에게 허락해 달라고 고개를 숙였습니다.

"꾸르룩 꾸루 꾸루, 저희는 잘살 수 있습니다, 저는 자신이 있습니다!"
해가 지나도록 여루미 어머님의 마음은 변치 않으셨습니다.
"까르륵 까르륵! 아무리 너희들의 사랑이 깊어도 내 딸의 목숨과는 바꿀 수는 없는 일이다."
여루미와 수루미는 안타깝기만 합니다. 자신들의 사랑은 죽음까지도 불사하겠다고 아무리 말씀을 드려도 어머니의 마음은 요동이 없으십니다. 여루미는 이제 지쳤습니다. 한없이 서글펐지만, 엄마의 축복을 받지 못해도 충분히 사랑했으므로 괜찮았습니다. 성인이 되었으므로 부모님의 둥지를 떠나 독립하기로 비장하게 마음의 다짐을 하였습니다. 그날 밤 수루미가 여루미네 집 앞에서 결혼 허락을 기다리며 여루미로부터 들은 이야기는 어머님의 마음을 이해하는 데 큰 도움이 되었습니다.

아주 오래전 이 땅에 피비린내로 진동하던 때에 수많은 들짐승과 날짐승이 목숨을 잃어도 여루미네 가족은 용케도 잘 살았습니다. 그러나 전쟁이 시작되던 이듬해, 그러니까 1951년 5월이었습니다. 여루미의 증조부는 철원의 숲에 몸을 기대고 오월의 나른함에 잠결인 듯 꿈결인 듯 취해 있었습니다. 아무리 총탄이 오가던 시절이었다지만 촉이 예민한 여루미의 조상들은 싸움의 기미가 있으면 멀리로 날아가 며칠을 기다리다 잠잠해지면 다시 고향인 철원 평야로 와서 먹이활동을 하였습니다.

어차피 날개를 달고 태어난 생이고, 어차피 한곳에 머물러 살 수 없는 생이거든 가고 오는 이치를 익히 알고 있기에, 언제 가야 하고 언제 다시 와야 하는 지도 몸으로 느끼며 살아가고 있었습니다. 그러나 운명의 그날은 야속하게도 졸음이 밀려와 감각이 둔해질 수밖에 없었습니다. 갑작스럽게 날아드는 총탄에 증조부께서는 그만 그 자리에서 기절하고 말았습니다. 눈을 떠 보니 이미 날은 어둑해졌고, 자신이 앉았던 나무는 총탄에 부서져 형체를 알아볼 수가 없었다고 합니다. 더 기막힌 일은 한쪽 날개가 찢어져 피가 흐르고 귀로는 세상의 소리를 들을 수가 없게 되었습니다. 여루미의 증조부께서는 방향감각을 잃고 그 자리에서 맴돌기만 하였습니다. 멀리 날아갔다 돌아온 증조모께서는 남편에게 흙을 먹이고 별의별 비방을 다 취하여 보아도 정신을 차리지 못하였습니다. 그것보다 아무리 애를 써도 양 날개를 펴지를 못하였습니다. 아니, 날개를 펼 생각조차도 하지 않고 온종일 멍한 표정으로 뱅뱅 맴돌기만 하였습니다. 생을 이어가는 방법이 날며 먹이를 구하여야 하는 날짐승이 날지 못하는 날이 이어지자 날개가 윤기를 잃어감은 물론 하며 눈부시게 희던 빛깔이 점점 누렇게 변해가더니 시나브로 세상을 떠나고 말았습니다. 증조모의 충격은 이루 말할 수가 없었습니다. 총소리는 물론 하고 바람만 심하게 불어도 온몸을 파르르 떨더니 그여이 생을 달리하고 말았습니다. 여루미는 아직 세상에 태어나기 전이고 여루미의 아버지는 지금의 아내를 만나 마악 결혼을 하려던 참이었습니다. 아직도 여루미네 가족은 5월이 되면 둥지에서 잘 나오지 않습니다. 불시의 사건으로 목숨을 잃은 선친들을 조상하며 꾸르륵 꾸루륵 구슬피 우는 것입니다. 조상님들의 아픔을 온몸으로 체득하는 것입니다.

여루미의 부모님은 인간 사회의 문제점이 무엇인지, 조곤조곤 짚으며 고민하며 연구하였습니다. 왜 함께 살지 못하는지, 무엇 때문에 같은 종족끼리 죽이는지, 작은 불씨 하나에도 화르르 타버릴 것만 같은 불안감을 안은 채, 마음껏 사랑하지 못하게 하는 인간들의 삶을 이해하려고 무던 애를 썼다고 합니다. 그냥 가만히 놔두면 되는 것을, 두루미 입장에서 생각을 해 보면 도무지 이해할 수 없는 노릇이 인간의 싸움인 것입니다.

두루미는 날개를 가지고 태어났으니 가고 싶은 곳 마음껏 날아서 가고, 그래서 어디든 살고 싶은 곳으로 날아가 살면 되고, 보고 싶은 루미들을 마음껏 보며 살지만, 인간들은 왜 그러는지, 이해가 되지 않았습니다.

"인간은 날지도 못하면서 왜 가둬 놓고 막아놓고 저리들 싸우며 살아요?"

여루미가 엄마 루미에게 물었을 때 해 준 이야기는 더 충격이었습니다.

"인간은 아주 오래전, 그러니까 태초에는 우리처럼 날지를 못하는 것은 물론이고, 네 발로 기어서 다녔더랜다. 그러니까 사냥꾼이 아니라 호랑이나 사자 같은 큰 짐승들에게는 좋은 먹잇감이었지. 그러니 자연스럽게 동굴 속에서 숨어서만 살았더란다."

여루미는 엄마의 말을 들으려고 무릎 앞으로 바짝 다가가 엄마의 가슴 속 부드러운 속 털 속으로 머리를 묻고 조용히 귀를 기울였습니다.

"이 인간들이 머리는 있으니까 잡혀먹히지 않고 먹이를 구해야 하겠기에 일어서게 되고 두 발로 걷기 시작하면서 무기를 사용하게 된 게지, 결국 사냥감에서 사냥꾼이 된 거란다. 두 손을 쓸 줄 아는 동물들은 남의 것을 그 손으로 빼앗아 먹으려 든단다. 남의 것을 탐내서 빼앗으려 하다 보니 상대방을 죽여야 하고 그래서 저렇게 가둬놓고 막아놓고 슬픔에 젖어 살아가는 거란다. 어찌 보면 인간은 가장 미련한 동물인 게야."

여루미는 어른들의 이야기를 듣고 날짐승으로 태어나 푸른 창공을 마음껏 날 수 있다는 사실에 어깨가 으쓱하여졌습니다.

수루미와 여루미가 일가와 친척들을 떠나기로 한 날이 밝았습니다. 수루미는 어머니에게 이 사실을 말씀드려야 하나, 망설였습니다. 여루미가 자기 하나만을 믿고 홀어머니 곁을 떠난다는 사실이 가슴 저리게 아프기 때문입니다. 수루미는 깊은 고민에 빠졌습니다. '과연 올바른 행동인가?' 아무리 부당한 행동이라 해도 사랑하는 여루미를 놓칠 수가 없는 일입니다. 한 편으로는 자기들은 이미 성체이므로 독립해도 된다고 마음을 다잡아봅니다. 여루미도 비장하게 마음의 다짐을 하였습니다. 드디어 서서히 해가 지기 시작하자 자신이 가장 아끼던 작은 조약돌을 입에 물고 둥지를 나섰습니다. 살면서 어려운 일이 있을 때면 부리를 부비며 마음을 달래던 돌입니다.

수루미와 여루미는 비장한 각오를 하고 약속한 자리에서 만났습니다. 드디어 하늘이 붉은빛으로 서서히 물들어가자 수루미는 여루미의 날개를 툭툭 건드리며 날아올랐습니다. 그러나 수루미는 자신이 장만해 놓은 철원 들판의 둥지로 갈 수가 없었습니다. 여루미의 어머니가 반대하시는 큰 이유 중의 하나가 철원 들판이었기 때문입니다. 둘은 백마고지역을 지나고, 동막골을 지나고 신탄리역의 철길 너머 고대산 자락의 소나무 숲에 자리를 잡았습니다. 이곳은 경기도에서는 최북단이기도 하지만 산봉우리들이 높아서 멀리로 오르내리며 먹이 활동하기가 좋은 장소이기 때문입니다. 더군다나 동막골 계곡에서 흐르는 물이 차탄천을 지나 한탄강으로 흘러 임진강으로 들어가는 곳이기도 합니다. 그래서 임진강 물은 살이 찌고 사철 물고기가 풍부한 곳입니다. 수루미는 이곳에와서 살기로 마음을 먹기까지 많은 생각을 하였습니다. 계절따라 마음따라 이동하며 살아야 하는 운명이지만, 이동하지 않고 사는 기간만이라도 사방 어느 곳으로 날든 안전하고 여루미와 함께 살기에 가장 편안해야 하기 때문입니다. 그곳은 여루미를 기다리기라도 하였다는 듯이 떡갈나무와 낙엽송, 소나무의 군락이 멋지게 준비되어있는 곳이었습니다.

주변의 경계를 살피고 산야를 훑어본 여루미가 한참 동안 두 날개를 너울거리며 사방을 살피더니 햇볕이 잘 드는 소나무의 휘어진 가지에 자리를 잡고 앉았습니다. 소나무는 오랜 세월 살갗이 터지고 옹이진 상처를 보듬고도 의연하게 푸른 잎을 틔우고 있었습니다. 수루미와 여루미는 굽어진 가지를 주춧돌 삼아 볏짚과 보드라운 갈대잎을 물어다 집을 지었습니다. 둥지는 처음 여루미의 마음을 열게 해 준 무지개만큼이나 멋지고 아늑하였습니다. 둘은 하루하루가 성실하게 사랑을 쌓아갔습니다. 무지개 위를 걷는 듯 나는 듯 시간 가는 줄 모르게 지냈습니다.

어느덧 계절이 바뀌어 날씨가 따뜻해지기 시작합니다. 여름이 다가오고 있는 것입니다. 수루미는 여루미의 몸이 여느 때와 다르다는 걸 알았습니다. 여루미 역시 처음 겪는 경험이지만, 기쁨의 눈물을 흘리고 있습니다. 여루미가 새끼를 가진 것입니다. 수루미는 온종일 여루미에게 맛난 먹이를 물어다 주었습니다. 여루미는 수루미가 가져다주는 먹이를 달게 받아먹더니 드디어 사랑의 결실로 두 개의 예쁜 알을 낳았습니다. 아빠가 된 수루미는 이보다 더한 기쁨은 없을 거라며 열심히 먹이를 물어날랐습니다. 여루미는 꼼짝도 하지 않고 온몸과 마음을 다하여 알을 품었습니다. 그동안 수루미는 종일 둥지를 드나들며 먹이를 물어다 여루미에게 주었습니다. 먹이 활동을 잠시 멈출 때에는 여루미를 쉬게 하려고 교대로 알을 품기도 하였습니다. 그러는 동안 비바람이 나뭇가지를 흔들 때도 있었습니다. 처음 이곳에 집을 짓기 위하여 자리를 고를 때 얼마나 신중하게 주변을 살피고 천지 사방으로 확인을 하여 가장 적합한 장소를 물색하였는데도 빗물이 흘러 둥지 안으로 스며들기도 합니다. 여루미는 온몸으로 비를 맞으면서도 새끼를 품에서 놓지 않았습니다. 오히려 자신의 몸을 더 부풀리고 날개를 한껏 벌려 새끼를 보호하였습니다. 세상을 잡아 흔들 듯한 비바람이 강하게 불어오고 밤이 새도록 번개까지 쳐서 바로 옆의 나뭇가지가 부러져도 여루미는 고개를 숙인 체 꼼짝도 하지 않고 밤을 지나 새벽을 맞이하였습니다. 한밤을 꼬박 뜬눈으로 새운 여루미의 눈에서는 하염없이 눈물이 흘렀습니다. 엄마가 생각났기 때문입니다. 엄마의 사랑을 그제서야 깨달은 것입니다. 월정리역의 녹슨 둥지에서 자신이 돌아오기만을 기다리실 엄마를 생각하면 눈물만이 흐릅니다. 자신을 키우고 가르치느라 고생하신 엄마가 그리워서 가슴이 먹먹해집니다. 가장 맛난 것으로 배를 채워주고 날짐승으로 살아가며 익혀야 할 호흡이나 날갯짓을 온몸으로 가르쳐주던 시간들이, 푸르게 열리는 하루의 벽두에서 기억이 나는 것입니다. 어딘가로 굴러떨어질 찰나, 몸을 날아 구해주던 엄마의 사랑, 자신보다 더 큰 날짐승에게 물리려는 찰나에 어디선가 날아와 목숨 걸고 구해주던 때가 기억납니다. 여루미는 수루미와의 결혼을 반대하며 엄마가 해 주었던 이야기가 새삼 떠오릅니다. 그때는 귀에 들어오지도 않던 이야기였습니다.

"물론 우리같이 날짐승이나 물고기나 사람이나 다 한 번은 죽기 마련이다. 그러나 왜 우리가 여기 살고 있겠니? 내 마음은 저 기차만큼이나 녹슬어 바스러져 가고 있다는 거 너는 정녕 모르겠니?"

새삼 엄마의 이야기가 귀에 쟁쟁하게 들려옵니다. 여루미는 한없이 흐느끼며 기억을 되살립니다.

"한 생명이 세상에 태어나 이룩하고 떠나는 일은 그보다 더 위대한 일은 없는 거란다. 우리 같은 날짐승이나 들짐승은 어디 세상을 변화시키기를 하니? 그냥 자연 그대로를 바라보며 변화에 몸을 맡기고 자연에서 얻는 그대로를 먹고 견디며, 그러면서도 잘 살아오지를 않았니? 헌데 봐라. 저 인간들, 그냥 그대로를 인정해 주고 살아가면 안 되는 거였던가, 뭐 얼마나 취하겠다고 서로에게 총을 쏘고, 대치하고 헤어져서 모지리들처럼 살아가는지, 너도 보고 있지 않니? 그 바람에 너희 아버지가 총소리에 놀라 저 위로 날아간 후론 다신 돌아오지 못하고 있는 거, 너는 잊고 있는 거니?"

여루미는 엄마가 무섭도록 울던 날의 기억도 떠오릅니다. 그날은 아빠의 생일이었습니다. 들판의 눈이 녹기 시작하고 대지로부터 흙냄새가 피어오르는 5월이 오면 엄마는 목이 터져라고 울음을 놓습니다.

"타르르르, 따르르르."

기억해 보면 그 울음은 아빠를 기다리는 애끓는 외침이었습니다.

"이 에미가 하필 이곳에서 왜 이토록 모진 삶을 이어가는 지, 너는 누구보다 잘 알면서 그 아이와 결혼을 하겠다는 거니?"

여루미는 새끼들의 안전을 확인하며 까맣게 잊고 있었던 엄마의 이야기를 끊임없이 떠올립니다.

"어찌 되었던 함께 살아가는 모든 생명은 현재 우리들에게 있어서 가장 소중한 존재인 거야. 시련이나 고통 없는 삶은 없는 거란다. 그 시련이나 고통을 지나면 새로운 마음으로 다시 태어나게 되지. 그건 곧 전과는 다른 사랑이라고 말할 수 있게 되는데, 그 감정은 각자의 깊이만큼 다르게 나타나는 거지.

나도 네 아빠가 북으로 날아가기 전에 그야말로 소태같은 삶을 살았단다. 어찌 된 두루미가 그 모양인지, 자기 가족보다는 남의 가족을 더 챙기질 않나, 먹이를 구해오면 너나 네 언니를 먹여야 하는 게 정상이 아니겠니? 이건 어찌 된 루미가 옆집의 아기 루미들을 가져다 먹이는 거야. 속에서 천불이 나더구나. 물론 그 아기 아빠가 몸이 부실하여 먹이 활동을 잘 못하기도 하지. 그래서 네 언니나 네 몸이 이리 약하게 자랐단다. 이 에미가 밤낮을 가리지 않고 날고 또 날며 먹이를 물어오면 네 아빠가 반은 빼앗아다 옆집 루미 새끼들을 먹이는데 이 에미 마음이 어떠했겠니? 살펴 생각 좀 해 봐라. 그러다 어느 날 갑자기 그 흔적이 사라지니까 그편도 일부러야 그랬겠나 싶은 마음이 드는 거란다. 마음이 보드라워 그랬겠지, 아니 사랑보다 더 큰 사랑으로 그랬겠지. 그리고 내게 남아 있는 건 깊이를 가늠할 수 없는 허무뿐이란다. 그러니 선택을 하기 전에 다시 한 번 생각해 보고 한번 선택을 했으면 지고지순하게 끝없는 사랑의 지저귐으로 살아야 한단다."

여루미는 새끼들의 몸을 굴리면서 결론을 내렸습니다. 결국, 엄마는 사람들이 총을 쏘지 않는 날이 오면 아빠가 돌아오리라고 믿고 기다리고 있었던 것이 아닐까, 그래서 저리 목숨을 걸고 녹슨 철책선 가까이에 붙박여 지내는 것이 아닐까.

여루미는 수루미가 돌아오면 잊고 있던 엄마의 기억을 말해 주고 새끼가 깨어나면 속히 엄마에게로 날아가 용서를 구할 생각이었습니다. 여루미가 눈물로 새끼를 품기를 한 달여가 지났습니다. 드디어 알이 톡톡 터지는 기미가 보이기 시작을 하고 실금이 생기더니 두 개의 알이 모두 갈라지고 그 얼굴을 드러냈습니다. 눈도 떼지 못하고 고물거리는 두 마리의 새끼를 가슴에 깊이 품고 여루미는 꺼억꺼억 울었습니다. 수루미는 두 발로 겅중겅중 다가가 양 날개를 펼쳐서 가슴으로 여루미와 새끼를 그러안았습니다. 이제 목숨만큼 소중한 새끼들을 먹여 살려야 합니다. 새끼들은 눈도 뜨지 못한 채 목을 길게 빼고 먹이를 달라고 보챕니다. 어찌나 입을 크게 벌리는지 입안이 바알갛게 드러나 보입니다. 수루미 혼자만의 힘으로는 늘 배고파 허덕이는 새끼들에게 풍족하게 먹일 수가 없습니다. 여루미는 마음이 조급해집니다. 어서 새끼들에게 배불리 먹여 키운 후에 엄마에게 데리고 가서 보여드리고 싶습니다.

여루미도 먹이 사냥을 하기로 마음먹었습니다. 새끼를 품고 있을 때 너무 오랜 시간 비를 맞은 채로 있어서 아직 몸이 개운치 않습니다. 그러나 마음이 조급해진 여루미는 입천장이 드러나도록 입을 벌리며 보채는 새끼들을 더 이상 보고 있을 수가 없습니다. 수루미와 여루미는 둥지 입구를 나뭇잎을 물어다 가리고 새끼들은 연한 갈대잎으로 가려 놓고 절대로 밖으로 나가지 말고 고개를 밖으로 내밀지도 말라고 단단히 일러주고 숲으로 날았습니다. 엄마가 된 여루미는 마음이 더없이 뿌듯합니다. 자신도 새끼들을 위하여 먹을 것을 준비하는 엄마가 되었기 때문입니다. 월정리 역에 사는 엄마가 더욱더 보고 싶어집니다. 그러나 마음을 굳게 먹었습니다. 새끼들을 잘 키워 여봐란듯이 데리고 가서 보여드릴 예정입니다. 그러려면 더 열심히 먹이 활동을 해야만 합니다. 여루미는 엄마가 된 이후 처음으로 하늘 높이 날아올랐습니다. 수루미는 이미 어디론가 날아간 뒤입니다.

"두루르 흠."

깊은 호흡으로 숨을 쉬며 바람을 가르는 여루미는 생각에 잠깁니다. 엄마의 사랑이 얼마나 위대한 사랑인지를 깨달았습니다. 숲은 향기롭습니다. 대지로부터 올라오는 흙의 냄새와 싱싱하게 자란 풀잎과 갖가지 나무가 부딪치며 풍겨주는 향기에 여루미는 몸이 가벼워짐을 느낍니다. 적당히 습도를 머금은 하늘은 여루미가 유유히 비행하도록 넉넉하게 감싸줍니다. 여루미는 우선 부드러운 벌레를 잡아먹은 다음 기운을 차렸습니다. 그런 다음 자신의 긴 목 안에 저장을 하여 둥지로 날아가 새끼들을 먹일 예정입니다. 그동안 수루미는 부지런히 부드럽고 연한 벌레를 잡아다 새끼들에게 차례로 먹이고, 이번에는 한탄강의 물고기를 잡아서 여루미가 있는 곳으로 날았습니다. 어서 둥지로 가자며 여루미에게 눈짓을 합니다. 둘은 동시에 날아올라 고대산 자락의 둥지로 돌아왔습니다. 시간은 얼마 지나지 않았습니다. 엄마가 된 여루미가 처음 먹이 활동을 한 날입니다. 숲은 고요합니다. 어서 사랑스러운 새끼들에게 먹이를 먹이고 싶은 마음뿐입니다. 사랑에서 또 다른 사랑으로 전해지는 부드러운 벌레를 먹으며 새끼들은 기운차게 잘 자랄 것입니다. 여루미가 조심스럽게 날개를 접으며 소나무 등걸의 둥지로 내려앉았습니다. 그런데 뭔가 좀 이상합니다. 서늘한 기운이 몸을 감쌉니다. 급한 마음에 후드득 날개를 접고 부지런히 둥지에 내려앉았습니다. 느낌이 황량합니다. 싸늘한 바람만이 머무는 것 같습니다. 찬 기운이 들었습니다. 둥지는 어수선하게 흐트러져 있고, 보드라운 깃털만 몇 가닥 떨어져 있을 뿐 새끼들은 보이지를 않습니다. 뭔가 일이 벌어진 게 틀림이 없습니다. 수루미와 여루미는 잡아온 물고기와 벌레를 내던지고 정신없이 새끼들을 찾아 나섰습니다. 아무리 날고 비행하며 주위를 살펴보아도 새끼들은 보이지 않았습니다. 바닥의 나뭇잎을 날개로 헤치고 아무리 킁킁거리며 냄새를 맡아보아도 두 마리의 새끼는 온데간데없이 사라지고 말았습니다. 여루미는 엄습해오는 두려움에 어쩔 줄을 몰라하며 온몸을 부르르 떨기만 하였습니다. 두려움을 무릅쓰고 바닥을 더 샅샅이 훑었습니다. 두어 개의 가냘픈 날개만이 바람에 흩날릴 뿐입니다.

여루미는 카르륵 카르륵 아무리 새끼를 불러보아도 둥지 안에는 냄새만 남아 있을 뿐 새끼들의 흔적은 사라지고 없습니다. 상실감이 이만저만이 아닙니다. 여루미는 하염없이 눈물만 흐릅니다. 이제 더 이상 할 수 있는 일이 없습니다. 밤이 새도록 울어서 목이 쉬었습니다. 새끼가 첫 나들이를 시작하는 날, 두 마리의 새끼를 앞세워 엄마에게 가서 용서를 구할 예정이었습니다. 이제는 다 부질없는 일이 되어버렸습니다.

수루미 역시 지쳤습니다. 얼마나 조용히 울었던지 목의 깃털까지 젖어 있습니다. 무겁게 가라앉은 침묵만이 둥지를 감싸고 흐릅니다. 까만 밤이 가고 또 오기만 할 뿐 수루미는 둥지에서 움직일 수가 없습니다. 음습한 바람만이 머무를 뿐입니다.

"캬흑-."

간혹 처절한 울음소리만이 바람을 찢습니다.

"어흐 쓰벌, 시끄러 증말 살 수가 없네!"

두루미의 울음소리에 욕쟁이 할머니가 소리칩니다.

"전쟁이 다시 날려나? 쓰벌, 전쟁 날 때 물고기가 떼거지로 올라와 뒤집어 되졌다드만. 웬 새 새끼가 저리도 울어 제껴, 제끼길?"

욕쟁이 할머니는 진저리를 치며 욕을 해 댑니다. 때마침 고대산 등산을 마치고 내려온 손님들이 할머니에게 묻습니다.

"할머니 전쟁 난대요?"

"어흐, 답답해! 전쟁은 무슨, 귀때기 없어? 들으면 몰라 쓰벌?"

손두부 식당의 손님들은 이미 이골이 나 있기에 할머니의 웬만한 욕에는 끄떡도 안 합니다.

"아니, 할머니가 전쟁 날 때 뭐라 그랬잖아요?"

"어흐 바빠 죽겠는데, 내가 뭐 알어? 어떤 노인이 그러는데, 자기네는 조 위 바닷가에 살았는데, 전쟁 나든 해에 물고기가 먼저 알구는 떼를 지어 뭍으로 피난 오드래잖아. 그래 맨손으루 건져다 드럼통에 소금간 해 놓구 실컷 먹었다잖아."

할머니의 말에 드럼통을 엎어 만든 식탁에 둘러앉아 소주잔을 기울이던 사람들이 귀를 기울입니다. 입은 거칠어도 할머니가 한 번 입을 열면 전설 같은 이야기가 이어지기 때문입니다. 할머니는 시원스런 욕 줄기를 양념처럼 품어 올리며 소리를 지릅니다.

"배웠다는 인간들이 대갈빡을 굴릴 줄 알아야지! 뭣에 쓰려구. 쓰버~."

신탄리역의 철로를 건너면 욕쟁이 할머니네 손두부 집이 나지막하게 앉아 있습니다. 평생 학교라고는 다녀보지 못한 할머니는 고대산 속을 누비며 나무를 하여 내다 팔아 연명하였습니다. 그러다 생활이 나아지고 주말이 하루 더 생기자 본격적으로 장사에 매달렸다고 합니다.

'생고기 드럼통 두루치기'의 식탁인 엎어놓은 드럼통은 보는 이의 마음을 편안하게 해 줍니다. 대낮에도 어둠침침한 입구로 고개를 숙이며 들어선 손님이 멀쑥하게 서서 주변을 살피노라면 어느샌가 다리깽이가 부러졌느냐며 어서 앉으라고 소리칩니다. 주섬주섬 자리에 앉아 침침한 분위기에 익숙해지면 세월의 흔적이 보이는 벽지에는 그곳을 다녀간 사람들의 사연들이 고스란히 적혀있는 걸 보게 됩니다.

'씨브럴 엄니, 잘 먹고 갑니다. 욕쟁이 할머니 파이팅!' 등 전국의 산악회는 다 다녀가고 전국의 매스컴은 다 와서 취재한 듯 어느 방송의 무슨 피디며 작가들의 사인이 즐비합니다.

드럼통 난로의 철판이 달궈지면 허연 비곗덩이가 그대로 붙은 돼지고기를 숭덩숭덩 썰어서 곰삭은 김치를 넣고 볶다가 마지막에 할머니가 손수 만들었다는 손두부를 넣어 설렁설렁 두루치기 해 주시는 그 맛은 일품입니다. 사시사철 빨간색 앙고라 털실로 짠 모자를 쓴 동그스름한 얼굴에는 나이를 분간하기 어렵지만, 할머니는 젊어서부터 그 자리에 붙박혀 장사를 하느라 입이 거칠어졌다고 합니다.

5시, 땡땡 기차가 지나가는 소리가 들립니다. 신탄역을 지나 백마고지 역까지 들어갔다 나오는 막차 소리입니다. 통나무를 그대로 잘라 만든, 엉덩이에 꼭 맞는 의자며 그보다 작고 낮은 발판의 찌든 때는 여지없이 세월을 노출시키고 있습니다. 혼자서 느지막이 들어서서 요기를 하던 노신사가 화들짝 놀라 깬 할머니에게 조용히 물었습니다.

"아주머니, 어쩌다 그렇게 말이 거칠어 지셨수?"

남의 다리 긁듯 스쳐 가는 수많은 손님이 진담인 듯 농담인 듯 주고받던 말과는 달리 말을 꾹꾹 누르고 정색을 하며 묻는 질문에 할머니는 살짝 기가 눌린 듯합니다.

"아, 글쎄 술병을 감춰놓구 계산을 하는 거 아녜요? 배웠다는 인간들이, 내가 말유, 배우질 못했잖아. 그렇다구 즈이덜끼리 계산해서 즈이들끼리 주구 가지를 않나 말야!"

무슨 소리인지 뜨아 하게 듣는 사람들을 향해서 할머니는 갑자기 목에 핏대를 세우고 말을 이어가십니다.

"아, 내가 정직하게 장사하잖여. 조미료 하나 안 쓰구, 내가 농사지어서 고춧가루며 김치며 다 내 손으루 담가서 싸게 맛있게 해 주면 고마운 줄 알아야지, 너무들 하잖아, 배웠다는 인간들이!"

폭포수처럼 배웠다는 인간들을 뽑아냅니다. 할머니는 학교는 문 앞에도 못 가보고 산자락에 나무껍질을 얼기설키 엮어 만든 집에서 살았습니다. 지붕에는 붓돌을 얹어 바람을 피하고 사방으로 보이는 게 산이니 어려서부터 산에 오르며 놀았습니다. 여섯 살이 되자 아버지가 등에 꼭 맞는 지게를 만들어 주었습니다. 그래도 딸이라며 작게 만들어주었다며 신난다고 산을 오르내리며 나무를 하기 시작하였습니다. 검불까지 훑어 다 불쏘시개 삼아 밥을 지어 먹고 집안일을 돕다가, 열 아홉 살 겨우 세 상에 눈을 뜨자마자 고만고만한 사람 만나 시집을 왔습니다. 남편은 소 나무 껍질 같은 발에 검은 고무신을 사시사철 신고, 산을 오르내리며 나 무를 해다 쟁여 놓아줍니다. 그러면 새댁은 그 나무를 아껴가며 불을 지 펴 나물죽을 쑤어 먹었습니다. 흙 부뚜막에는 이빨 빠진 사기대접 세 개 가 업어져 있었습니다. 옹색한 부엌에 사방을 둘러봐도 세간살이라고는 그것이 전부였습니다. 첫 아이를 임신하고 입덧을 하는데, 어찌나 라면 이 먹고 싶던지, 앞뒤 사방을 둘러봐도 라면을 살 돈은 없었습니다. 참 다못하여 남편에게 라면이 먹고 싶다고 부탁을 했더니 나물을 뜯어다 장에 가 팔아서 그 돈으로 해결하라고 우렁우렁 말해 주었습니다. 날이 새자마자 산에 올라 헛구역질을 하며 고사리며, 취나물들을 뜯어 팔아 라면을 사다 끓여 먹었습니다. 아이를 낳고도 쉬지 않고 나물을 뜯어다 접시 하나 장만하고, 수건 한 장 장만하는 재미가 쏠쏠했습니다. 장사 를 시작하면서는 계산법을 모르니까 나름대로 나무기둥에 한일자 표기 를 하며 마음에 희망을 쌓았습니다. 혼자서 농사일하랴, 살림하랴 애가 진하도록 집 안팎을 동동거리며 열심히 맴돌았습니다. 때가 되어 식당 에 손님들이 오면 음식 만들어 내고, 틈나는 대로 안채로 들어가 부모님 봉양하느라 종종걸음을 치며 살았습니다. 욕쟁이 할머니가 고개를 갸웃 거리며 기억을 더듬다 어느새 잠이 들었었는지, 누군가 신발 끄는 소리 에 화들짝 정신을 차립니다.

"제 새끼 떼 놓구 두 발 뻗구 자는 년 있으믄 나와보라 그래! 쓰벌."

고개를 설레설레 흔들며 한 차례 욕을 내뱉더니 다시금 스르르 눈을 내리감으며 두 다리를 뻗어 의자에 몸을 늘이십니다. 욕쟁이 할머니가 그렇게 깜빡 조는 동안 손님들은 소리를 죽여 눈을 맞추며 음식을 가져다 먹고, 술을 꺼내다 먹으며 낄낄대기도 합니다.

욕쟁이 할머니는 아이가 아장아장 걸을 때까지 나물을 뜯어다 길가에 앉아 팔아 돈으로 바꿔 생활에 필요를 채웠습니다. 겨울이면 양 볼이 바 알갛게 부풀고 손등이 터져 피가 비춰도 틈만 나면 산에 올랐습니다. 그 렇게 하지 않으면 돈을 만져 볼 수가 없었기 때문입니다.

"아, 내가 한 해에 껌정 고무신을 두 켤레 해트렸어, 내가!"

그런데 문제는 마음 못난 손님들이 소주병이며 음료수병을 살짝 원래의 박스로 가져다 놓기도 하고 슬쩍 숨기기도 하고 혹은 복잡한 계산은 자기들끼리 얼렁뚱땅해 주고 가기도 하여 억분한 마음이 턱까지 차올라왔습니다. 서럽기도 하면서 한 편으로는 오기가 발동하여 악심이 받쳤습니다.

"분명 손님은 바글거리는데 돈이 안 모여 으뜨케 된 게 배워다는 인간들이, 다 도둑놈들이구 사기꾼들이여 쓰벌. 아, 내가 농사지어서 정직하게 만들어 주면 고마운 줄 알아야지, 거기다 속여 속이기를, 개돼지만두 못한 인간들 같으니라구!"

예의 그 노신사가 엉거주춤 일어서 주섬주섬 짐을 챙기자 할머니는 그 신사를 향해 소리쳤습니다.

"아무리 으르렁거려도 호랑이가 제 식구는 안 잡아먹는 법여! 느므럴, 내가 오죽하면 이리 됐겠수! 니므럴 놈의 인간들."

할머니는 원래 토교 저수지 부근에 살았습니다. 낫 놓고 기역 자도 모르고 시집이라고 와서 온갖 드난 고생을 하다 낳은 아들이 자라면서 정신적으로 살짝 문제가 있다는 것을 알았습니다. 그 탓은 오직 아내에게 돌린 남편은 놀음으로 밤을 지새우는가 하면 해가 지나면서 집에 들어오지 않는 날이 더 많았습니다. 며칠 만에 집에 들어온 남편은 오히려 더 큰소리를 치고 시부모님은 또 그런 아들을 두둔하기만 하였습니다. 무엇 때문에 그렇게 당하며 살아야 하는지 생각해 볼 겨를도 없이 혼자서 농사지으랴, 아들 키우랴 동동거리며 살았습니다. 그러다 호구지책으로 장사를 시작하고 손님들마저 자신을 속이자 할머니의 가슴에는 울화만 쌓여갔습니다. 그나마 다행스러운 일은 시어른들이 식당에는 나오시지 않으니 그곳에서 쌓여가는 울화를 욕으로 풀고, 그러자니 느느니 욕만 늘어갔습니다. 세월은 무심하게 가기만 하고 시어른들 돌아가시고 집나간 남편은 돌아오지 않고 쌓이느니 화요, 느느니 욕이라 욕쟁이가 된 것이었습니다. 바람결에 들리는 이야기는 욕쟁이 할머니를 더 아프게 하였습니다. 몇 다리 건너서 사람이 찾아와서는 남편이 북으로 갔다느니, 돈을 좀 구해 달라느니 하고 은밀하게 요구를 할 때는 어떻게 해야 하는지, 누군가 의논할 사람도 없고 이래저래 마음고생이 심해져만 갑니다. 그래도 이 자리를 떠나지 않아야 통일이라도 되면 아이 아빠가 찾아오지 않을까 하는 막연한 기대를 저버리지 않고 있습니다. 때마침 댕그랑, 댕그랑 교회의 종소리가 울려 퍼집니다.

"어흐! 저놈의 종소리는 울리면 뭐해, 다 소용없어 쓰벌. 교회 다니는 년들 지겹도록 와서 불르는 노래는 김빠져 못 들겠더라."

"까르르륵 캬흑―."

"어흐, 저놈의 새 잡아 죽이든지 궈 먹든지 무슨 생판을 내야지! 시끄러 못 살겠네, 증말!"

이제는 혼자 멍하니 앉아 있는 시간이 많아지고 그러다 보면 어느새 새카만 밤이 눈에 들어오면 자기도 모르게 욕을 내지르며 안채로 들어가 머리를 뉘였습니다. 늦잠을 자도 깨우는 사람 하나 없고 머리 위로 지나는 기차 소리는 꿈인 듯 생시인 듯 아득하기만 하였습니다. 기차는 뱀이 지나듯 몸 위를 스르르 지나고, 자신은 또 그렇게 온몸을 밀가루 반죽 늘이듯 주욱 늘이고 뒤척거리다 또 그렇게 잠이 들었습니다. 어떤 날은 밤새도록 몸 위를 지나는 기차와 구렁이가 옥죄는 듯한 기운에 허우적거리다 간신히 눈을 떠 보면 머리 큰아들이 온몸을 감싸고 있었습니다. 아들 아이가 밤새 손톱으로 목을 긁어 피흘리는 꿈을 꾸다 잠을 깨기도 하고 공동묘지 속에서 허우적거리다 화들짝 놀라 깨어 식은땀을 흘리기도 하였습니다.

언젠가는 이런 일도 있었습니다. 그날은 하두 피곤해서 장사하다 그냥 옆에 달린 쪽마루에서 쓰러져 잠이 들었습니다. 잠결에 자꾸만 귀를 긁는 소리가 들려오는 걸 느꼈습니다. 워낙 피곤했던지라 혼곤하게 잠에 취해 정신을 차리지 못하고 있는데, 헛간 뒤쪽에서 사각사각 소리가 점점 가까이 들려오는 것이었습니다. 간신히 정신을 차려 눈을 떠 살펴보니 무언가 시커먼 것이 서 있는 있었습니다.

저 고대산 자락에 배고픈 괴물이 사는데, 그 괴물은 겨울만 되면 먹이가 없어 어슬렁거리며 내려와서 사람을 하나씩 잡아다 가둬놓고 야금야금 먹어치운다는 것입니다. 할머니는 그 이야기를 처음 들었을 때 너무 무서워서 이불을 뒤집어썼습니다, 고대산은 다양한 먹거리는 물론 석청이며, 약초들이 유난히 많고 실하고 좋아서 값두 잘 받을 수 있는 곳입니다. 그러니 산으로 오르지 않을 수는 없는 노릇이구, 그래서 사람들은 산을 오를 때 혼자 오르질 못 하구 늘 둘씩 셋씩 짝을 짓고 손에는 반드시 낮이며 칼들을 쥐고 오르내렸습니다.

"그런데, 그 괴물이 하필이면 우리 집 헛간에 나타난 거 같아요. 달빛에 비치는 나무 그림자 사이로 놈의 그림자가 얼비치지 뭐예요. 아이구, 내가 그때 놀랜 거 생각하면, 난 말예요, 이놈의 세상 누구라도 덤비기만 해봐라. 대갈빡 터지게 싸워서 니가 죽든 내가 죽든 해 보자, 벼르던 사람인데, 이게 으트케 된 건지, 사시나무 떨듯 떨리기만 하는 거예요. 아, 산봉우리만한 머리통을 가진 괴물이 지 가랑이 사이에 우리 집을 처억 끼구서는 문을 열어 나를 끌어내 잡아먹으려구 몸을 수그리는데, 얼비치던 달빛까지 가려져서 시커매지기까지 하는데, 이상하드라니까요? 사람이 머리털이 곤두서면서 정신은 멀쩡한데 손가락 하나 움직이질 못하고 질리드라니까요! 뭐가 뚝뚝 떨어지는데, 그놈이 침을 질질 흘리는지 물 흐르는 소리도 들리구, 아이구 온 몸이 오그라들어, 거기다가 이놈이 눈을 까뒤집고 휘번득 거리는지, 불까지 들어왔다 나갔다 하는 거예요! 그놈의 손이 내 머리에 닿는 순간, 꺄악 소리치며 벌떡 일어났는데 어떻게 된 게 아무것도 보이는 게 없이, 이게 꿈인거 아녜요? 쓰발. 아, 그때 눈을 떠 보니 아랫도리가 흠뻑 젖어 있드라니까요? 정신차리구 불을 켜고 나가보니 대문 밖에 서 있는 느티나무 그림자가 바람에 흔들거리면서 사람을 그렇게 놀래키드라니까요. 내 참 드러워서."

날이 어둑해졌습니다. 욕쟁이 할머니는 손님들이 빠져나간 자리에 덩그러니 혼자 앉아 있었습니다. 아직 불기가 가시지 않은 드럼통 위에 놓인 소주병들도 히끄므레 하게 서 있었습니다. 어둠이 소리 없이 밀고 들어오자 할머니는 뼛속 깊은 곳에서 우러나는 한숨을 뱉아내십니다.

"새털처럼 살아온 인간들이 내 마음을 으뜨케 알아 쓰벌!"

혼자서 중얼거리며 빨간 앙고라 모자를 휘떡 벗어 내 던졌습니다. 그러고도 한참 동안 턱을 괴고 멍하니 앉았던 할머니가 허적허적 일어나 불을 켜자 숨죽이고 있던 소주잔이며 먹다 남은 반찬 그릇들이 소스라치며 제 모습을 드러냈습니다. 사방 벽으로는 그간 방송에 나갔던 사진이나 신문 기사가 액자에 담겨 가지런하게 걸려 있습니다. 지난 세월을 덩그러니 안은 듯한 괘종시계 옆으로는 비키니를 입은 오래된 여배우의 사진이 지루한 듯 늘어지게 하품을 하며 붙어있습니다. '1억 년 역사의 숨결 신비로운 고석 바위와의 만남' 표어 위로도 다녀간 사람들이 새카맣게 흔적을 남겨놓았습니다. 액자와 선반과 집기들을 제외한 모든 벽은 만지면 바스라져 먼지로 녹아내릴 것 같은 꼬질꼬질한 글씨들이 빼곡히 자신을 드러내고 있습니다. 빛바랜 냉장고며 손자국이 그대로 드러나 있는 전자렌지며 숟가락 통 등 몇 안 되는 집기며, 쌓아놓은 쌀가마들이 만지면 끈적끈적 달라붙을 것만 같습니다.

"끄응."

손으로 무릎을 받치며 일어서는 할머니의 헐렁이는 바지는 바람 빠진 풍선처럼 흐느적거립니다. 그래도 소주병을 들어다 나르고 빈 그릇을 치우는 손길이 아직은 재빠르게 움직입니다.

"카르르륵―"

어둠을 뚫고 들려오는 두루미의 울음소리는 괴기스럽기까지 합니다. 할머니는 손사레를 치며 일어서 밖으로 나갑니다.

"더는 못 들어주겠다. 니가 나보다 더하냐? 이놈의 새 새끼야! 내 살아온 날보다 더해서 내 코앞에서 울어 제껴, 제끼길!"

할머니는 문을 박차고 나가 문 앞의 작은 손수레를 끌고 신탄리역의 철길로 허청허청 걸어들어갑니다. 방금 할머니가 걸어나온 뒤로는 노란색 입간판이 선명합니다. '생고기 드럼통 두루치기' 그 옆으로 야무지게 동여매 놓은 투명한 쓰레기 봉지에는 얼마나 많은 사람이 이 집을 다녀갔는지를 말해줍니다. 할머니는 철로의 자갈을 손으로 주워 손수레에 담아 끌고 와 울타리의 뒤란으로 다가갑니다. 바로 고대산 자락 울음소리가 들리는 곳에 손수레를 부립니다. 그러더니 곧바로 돌을 하나씩 집어 소리가 나는 어둠 속을 향해 냅다 던지기 시작합니다.

"니가 나보다 더해서 내 앞에서 내 속을 뒤집느냐구, 뒤집길! 이놈의 새 새끼야. 어여 저리 가지 못하느냐구?"

　어수선한 밤이 지났습니다. 수루미는 여루미를 데리고 월정리로 가기로 마음을 먹었습니다. 자신들이 떠나온 후, 내내 울기만 한다는 어머님의 이야기를 들었기 때문입니다. 여루미는 수루미가 이끄는 대로 날기 시작합니다. 여루미의 날갯짓이 흐느적거려 쳐지면 가까이 날던 수루미가 얼른 다가가 툭툭 날개를 받쳐줍니다. 저 멀리 월정리의 역사가 보이고 그 뒤로 어머니가 사는 집이 보입니다. 여루미는 더 이상 날 수가 없어졌습니다. 어머니의 집을 보는 순간 온몸에서 맥이 풀립니다. 그 자리에 주저앉아 날개를 접고 앉아 통곡을 합니다.

　"타르르르 카르르륵."

　수루미는 안절부절못합니다. 여루미를 다독다독 달래도 보고 양 날개로 품어 안아도 새끼를 잃은 어머니의 상처는 가실 줄을 모릅니다. 이른 아침이라 먹이 사냥을 하러 나온 두루미들은 들판의 이쪽저쪽에서 주춤주춤 서성거립니다. 수루미는 여루미가 울음을 그칠 때까지 옆에서 지켜 줍니다.

　마침 저 멀리 들판으로부터 수런거리며 비가 달려옵니다. 겨울 냉기가 흐르는 계절에 내리는 비는 서러움을 더해줍니다. 다른 두루미들은 제 갈 길로 날아들 가고 이제 여루미와 수루미만이 온몸으로 내리는 비를 맞으며 그렇게 서러움을 삭이고 있습니다.

　아까부터 지켜보던 여루미의 엄마가 서서히 몸을 일으켜 딸에게로 다가갑니다. 분명 당신의 딸인 것은 확실한데, 너무 왜소해진 몸집이 긴가민가하며 두 번의 날갯짓도 없이 쏜살같이 내달려 딸의 옆으로 날개를 접었습니다. 여루미는 무너지는 억장을 주체치 못하여 온몸을 부르르 떨고만 있었습니다. 수루미 역시 어쩔 줄을 모릅니다. 어서 일어나 어머님께 인사드리라고 여루미를 툭툭 건드립니다.

"타르르 타르르, 꺄르륵 꺄르륵."

어서 집으로 들어가자는 엄마의 호통에 여루미가 서서히 고개를 듭니다. 그리고 철푸덕 주저앉았던 몸을 일으킵니다. 비도 이내 수그러져 월정리 역사 주변은 고요하기만 합니다.

여루미는 새끼를 잃고 이래저래 가슴이 미어지지만, 엄마의 마음을 더 이상 아프게 해서는 안 된다는 생각이 들었습니다. 엄마에게는 두 번의 아픔을 겪게 해서는 안 된다고 굳게 다짐합니다. 여루미는 서서히 일어서면서 깊은 생각에 잠깁니다. 수루미는 여루미가 정신을 차리고 일어서기 시작하자 엄마와 딸이 그간의 못다 한 이야기 좀 나누라고 자리를 비켜주었습니다. 그러나 여루미는 온몸을 곧추세우더니 그대로 하늘로 날아 올라버립니다. 아무리 생각을 해 보아도 이대로는 도저히 엄마의 얼굴을 마주할 수는 없는 일이었습니다. 그간 두 마리의 새끼를 낳았고, 그 아기 루미들이 사라졌다는 말을 도저히 엄마에게 할 수가 없는 것입니다. 여루미는 집 주변을 한 바퀴 선회한 다음 그대로 솟구쳐 고대산 자락의 소나무 숲 자신이 살던 둥지로 날개를 휘저었습니다. 수루미는 여루미의 마음을 눈치채고 말리지 않았습니다. 수루미 부부는 고대산 자락 새끼들의 체취가 남아 있는 자신들의 둥지로 다시 돌아온 것입니다. 몇 조각 바람에 나부끼는 여린 날개를 보고도 굳게 입을 다물었습니다. 이대로 부모님의 얼굴을 볼 수는 없는 노릇이고 욕쟁이 할머니의 욕을 먹고 지내는 일도 지쳤습니다. 할머니는 속이 많이 상한 날에는 손가락질을 해 가며 욕을 해 대십니다.

수루미와 여루미 부부는 별다른 움직임이 없이 고요히 며칠을 보냈습니다. 이제 더 이상 슬퍼하며 지낼 수만은 없다고 판단한 두루미 부부는 무작정 날기로 하였습니다. 날개가 달린 운명이니만치 날다 지치면 쉬다 다시 또 날기로 하였습니다. 당분간은 모든 일 다 잊고 날아볼 생각인 것입니다. 자신들의 한계에 부딪혀 볼 작정인 것입니다.

38선을 표시해 놓은 말목을 지나 북으로 더 날아오르면 인간의 발길은 허락지 않는 손바닥만 한 옹달샘에 있습니다. 그곳은 산짐승과 날짐승들에게는 꿀맛 같은 물을 마실 수 있는 화수분입니다. 수루미는 그 물을 마시고 싶어 아침마다 옹달샘 가의 소나무 가지로 날아가 사방을 둘러보았었습니다. 고요하기만 하였습니다. 나뭇잎에 맺혔던 이슬이 떨어지는 소리가 영롱하게 울려 퍼지는 곳이었습니다. 이슬 한 방울 또르르 굴러떨어지면 고요하기만 하던 옹달샘에서는 작은 파문이 일어납니다. 평화로운 하루가 열리는 겁니다. 이미 와서 물을 마신 다람쥐가 겨우살이 준비하느라 밤이며 도토리들을 주워 모읍니다. 어쩌나 눈이 마주치면 두 귀를 쫑긋 세워 인사하고는 조르르 제집으로 사라집니다. 그러면 수루미는 조용히 고개를 숙여 단물을 마시고 한적함에 흠뻑 젖어 아침 풍경을 바라봅니다. 아침 햇살에 반짝이는 이슬방울은 꿈을 꾸는 것만 같았습니다.

수루미는 어머니로부터 먹이 사냥 이외에도 채우고 비우며 가고 오는 자연의 순환과 섭리를 따르며 살라고 배웠습니다. 자연의 변화는 세상의 이치와 뜻을 나타내는 것이니만큼 거스르지 말라고 배웠습니다. 그래서 수루미는 아주 어려서부터 한반도의 아름다움에 반하여 계절이 바뀔 때마다 찾아와 이곳을 떠나지 않고 살리라 마음을 먹었습니다. 부드러운 바람, 맑은 옹달샘, 아기자기한 산줄기와 그곳에 자라는 나무들의 살랑이는 모습은 수루미의 터전으로 만족했습니다.

멀리 날기 위해서는 몸을 비워야만 합니다. 몸을 비우는 과정은 마음까지도 비워내야만 합니다. 어머니께서는 한반도에 살다 시베리아로 날아야 할 때가 다가오면 늘 단단히 가르쳐 주십니다.

"몸을 가벼이 하거라, 마음도 비워내야 한다. 뼛속까지도 비워내고 그속에 한반도의 기운을 채워넣어라."

수루미는 여루미가 두 마리의 새끼를 낳고 둥지에 머무는 동안 너무도 행복했습니다. 어머니께 받은 교훈을 이제 아기 루미들에게 가르칠 수 있기 때문이었습니다. 그러나 그 실망감을 느끼기도 전에 여루미가 더 괴로워하니 가장의 무게를 실감합니다. 이제 여루미를 데리고 또 다른 머물 곳을 찾아야만 합니다. 그리고 다시 새끼를 낳아 기르며 아기 루미들에게 옹달샘의 비밀을 가르쳐 주고, 푸른 창공을 마음껏 날고, 몸에 기생충이 생겼을 때는 모래 위에서 목욕하는 법도 가르치며 살아갈 것입니다. 새벽마다 일어나면 제일 먼저 옹달샘 물을 마시고 계절따라 변하는 자연의 이치와 그에 순응하는 법을 가르칠 것입니다. 다른 종류의 날새들과는 함부로 히히낙낙하지 말고 둥지나 먹이로 인하여서는 절대로 다투지도 말고 고고한 절개를 지키며 살라고 훈계할 것입니다. 수루미는 꿈을 저버리지 않기로 하였습니다.

먹이 활동은 곡식의 낟가리를 먹되 절대적으로 비무장지대에서 벗어나지 않게 할 예정입니다. 인간에게는 말할 수 없는 고통의 장소이겠으나 루미들에게는 천혜의 곡식 창고이기 때문입니다. 부드러운 벌레를 먹잇감으로 삼고 들짐승과는 함부로 싸우지 않는 게 좋다고 가르칠 것입니다. 몸이 허하여 어쩔 수 없이 고단백을 취해야 하는 경우에만 작은 올챙이나 새끼 뱀을 취하라고 가르칠 예정입니다. 그것도 할 수 있거든 비무장지대 안에서만 취하라고 말해줄 것입니다. 아래로 내려갈수록 시야를 흐트러뜨리는 비닐하우스가 많아지고 흙이 사라져가기 때문입니다.

어쩌다 백마고지역사로 들어가 날개를 접은 적이 있었습니다. 그곳에는 신기한 일들이 많이 벌어집니다. 역사의 안팎에 혹은 유리문의 앞뒤로 형광색 포스트잇에 갖가지 사연을 적어 붙여 놓은 사연들이 보입니다. 그곳을 오가는 사람들이 저마다 이 땅의 통일을 기원하며 쓴 글입니다. 부모님에게 보내는 안부 편지가 있는가 하면, 고향에 대한 그리움을 담은 내용은 하나같이 목이 메는 사연들입니다. 수루미는 그런 모습을 눈여겨보며 사랑은 그리움을 간직한 안타까움을 함께 나누는 거라는 것을 알게 되었습니다.

수많은 사람이 남에서 북으로, 북에서 남으로 오르고 내려 삼십팔도선을 가로막아 놓은 철조망 사이로 손을 잡고 울고 있습니다. 대한민국은 온몸으로 우는 사람들의 울음소리로 가득합니다. 하늘도 땅도 이 땅에 함께 살아가는 동식물들이 숨죽여 함께 울고 있습니다. 철조망 부근에서 완전하게 무장을 한 군인들은 처음에는 당황하는 눈치이더니 그저 지켜만 보고 있습니다. 잠시 후에 남쪽에 섰던 군인들과 북쪽에 서서 함께 눈물을 흘리던 군인들이 서로 만나 악수를 나누는 것이었습니다.

수루미와 여루미는 북으로 남으로 쉼 없이 오르고 또 내립니다. 한 쌍의 두루미는 날개를 한껏 펼치고 바람을 가르며 부드럽게 날아오릅니다. 일직선으로 높이 날아올랐다가 다시 수직으로 하강하여 사람들의 바로 머리 위까지 내려와 스치듯 날아오르기도 합니다.

"꾸르륵 꾸륵."

'힘내세요! 때가 되었어요.'라고 격려를 하는 것만 같습니다. 두루미들은 이제 스치듯 작은 바람에도 소스라쳐 놀라지 않고, 훈련하는 소총 소리에 러시아까지 달아났다, 다시 오지 않아도 된다는 것을 압니다. 비바람이 휘몰아치는 날에는 하늘 높이 날아올라 굵은 빗방울을 온몸으로 맞으며 거스르기도 했습니다. 한탄강의 거대한 물줄기에 빨려 들어갈 것 같은 순간에도 살아야 하기에 나뭇가지 속으로 피해 들어가 둥지를 만들기도 했습니다. 수루미와 여루미는 어느 순간 물소리로부터, 바람 소리 속에서 괴상하게 울부짖는 소리가 들려오는 것을 느꼈습니다. 그 소리는 수루미와 여루미의 가슴은 울렸습니다.

'꾸우웩 꾸럭.'

그 울음소리가 여루미의 심장으로 파고들었습니다. 다름 아닌 어머니의 울음소리라는 것을 알게 되었습니다.

'어머니.' 여루미는 고대산의 둥지에서 새끼를 가졌을 때를 기억합니다. 엄마가 된다는 것, 엄마로 살아간다는 것에 대하여 설레는 꿈을 만들던, 그때를 기억하였습니다.

"두루루루—."

"투 루루루—."

그러자 두 마리, 네 마리 두루미들이 사방에서 날아와 함께 날며 대한민국의 하늘을 선회합니다.

엄마의 가슴에 대못을 하나 더 박았다고 생각하는 여루미는 강해지기로 했습니다. 이렇게 많은 사람이 철조망 사이로 손을 잡고 울고 있는 일은 처음 보는 일입니다. 늘 정적만 흘렀던 곳입니다. 가끔은 한 무리의 사람들이 우르르 왔다가 이리저리 들여다보고 땅굴 속으로 들어갔다 다시 나오고, 어쩌다 총성이 울리고, 어쩌다는 포 소리가 나면 소스라치게 놀라 하늘로 올랐다가 집으로 돌아오기를 반복하며 살았던 곳이었습니다.

어려서는 몰랐지만, 사람들이 왜 저러는지 알게 된 후부터 여루미는 사람들의 마음을 전해주고 싶었습니다. 두루미가 할 수 있는 일은 많지 않았습니다. 인간의 언어와 두루미의 언어는 서로 다르고, 인간과 두루미의 살아가는 방식이 또한 다르기에 여루미가 도울 수 있는 방법은 없었습니다. 어느 날 백마고지 역사 건물에 붙어 있는 포스트 잇을 한 장 떼어 물고 무작정 날아 북쪽의 어느 집 앞에 물어다 놓았습니다. 그 이

틀날도 그 이튿날도….

백마고지 역사의 안팎에 붙은 포스트 잇을 사람의 손으로 떼어서 없애기 전까지 여루미는 하루에 한 장씩 물어다 북쪽에 사는 사람들의 집에 갖다 놓기도 하고, 어느 병사의 총대 위에 살짝 올려놓기도 하였습니다.

"두루루루–."

"투 루루루–."

북쪽 하늘에 대고 다시 한 번 소리쳤습니다.

"두루루루–."

"투 루루루–."

예서제서 두루미들이 날아와 하늘을 비행합니다. 수많은 인파가 비무장지대로 들어가 철조망 사이로 손을 잡고 피눈물을 흘리고 있다는 소식을 들은 수루미는 여루미와 함께 그 위로 날아오르기로 하였습니다. 수루미와 여루미는 아픈 마음을 삭이며 사람들의 머리 위로 한껏 날아올라 비행을 하였습니다. 그런데 언제부터인지 자기들 주변에서 한 마리의 루미가 가르르 가르르 힘들게 날개를 퍼득이며 날고 있는 모습이 보입니다. 그 루미와 서로 갈지자로 오르내리다 무언가 이상한 기운이 들었습니다. 그 루미가 자꾸만 여루미의 앞뒤로 날아오르며 살피더니 타르르 타르르 신호를 보내왔습니다. 여루미에게 따라오라는 말입니다. 여루미는 수루미와 함께 그 루미를 따라 날았습니다. 늙은 할아버지 루미입니다. 그 할아버지 루미가 날아가 앉은 곳은 다름 아닌 월정리의 낡은 기차가 섰는 철로였습니다.

'아, 아버지!'

그러나 부리 밖으로 언어가 되어 나오지 않습니다. 여루미의 두 눈에서는 뜨거운 눈물이 흐릅니다.

월정리 역의 마당 한가운데에는 한 줄기 바람만이 서성이고 있습니다. 아주 연하고 부드러운 바람입니다.

소설집 『변방』 국제문학예술대상 수상, 제9회 대한기독문학상 수상

13人 소설 選

청소년 소설 문학상 당선작

모범생

충주중앙중학교 3학년 김유경

모범생

●

충주중앙중학교 3학년 김유경

2018년 7월 11일.

16살, 고등학교 입시를 앞둔 중학교 3학년, 유혜솔. 어른들의 말도 잘 듣고 공부도 잘해서 어른들이 대표적으로 좋아하는, 입만 열면 칭찬이 쏟아져 나오는 그러니까 흔히 말하면 모범생이다.

"자, 얘들아 시험이 2주밖에 안 남았다! 너희 중간고사에서는 망쳤어도 이번에는 잘 봐야지! 포기하지 말고 파이팅하자! 오늘 조회 끝."

"와 벌써 2주 남았냐?"

담임 쌤의 말에 여기저기에서 탄식과 아우성이 터져 나왔다. 난 그들 사이에서 조용히 문제집을 폈다.

"이야, 넌 벌써 공부 시작이야?"

내 등에 손을 얹으며 지현이가 말했다.

"넌 안 해?"

"공부는 원래 시험 직전에 벼락치기가 제맛이지."

지현이의 말대로 모두가 같은 생각인지 교실 분위기는 전혀 시험 분위기가 아니었다.

"그럼 열심히 해라!"

지현이가 떠나자 난 다시 내 온 정신을 책에 파묻었다. 지난 시험에서

7과목 중에 딱 1개만 틀렸기에 이번 시험에서도 그 점수를 유지해야 한다는 부담감이 컸다.

"전교 1등은 당연히 유혜솔이지!"

라는 말을 지키기 위해서라도 나는 더욱더 공부에 대한 전의를 불태워야 했다.

시험 1일 전, 현재 시각은 새벽 1시를 넘기고 있다. 원래 시험 전날 이렇게 늦게까지 하면 시험 볼 때 졸릴 수가 있어서 대부분 11시까지만 하고 잠을 청했지만, 이번 시험은 왠지 모를 불안감에 휩싸여 공부를 멈출 수가 없었다.

"혜솔아, 너무 늦었어. 인제 그만 가서 자~."

엄마가 말했다.

"이것까지만 하고 잘게."

난 애써 긴장된 마음을 감싸 안은 채 이미 수십 번 읽어봤던 교과서를 읽고 또 읽었다. 그럼에도 여전히 마음이 편치는 않았다. '아, 내일 시험. 잘 봐야되는데, 1등 해야 되는데'라는 생각이 머릿속에서 빙빙 맴돌았다.

시험 당일, 원래 6시에 일어나 한 번 더 되짚어보려 했던 계획이 수포로 돌아갔다. 눈을 뜨자 시간은 7시 30분은 넘기고 있었기 때문이다. 혼비백산이 된 채 허둥지둥 집을 나섰다. 불길한 예감이 들었다.

8시 20분, 자리에 앉아 책을 펴고 떨리는 마음을 추스르며 한 자, 한 자 곱씹었다. 물론 시험 직전에 내 머릿속은 이미 하얀 도화지가 됐지만, 뭐라도 선을 덧붙여야겠다는 생각에 책을 쉽사리 덮을 수가 없었다.

"가주야, 이번에는 네가 1등 해!"

뒤에서 말소리가 들렸다. 움찔했다. 왜냐하면, 작년 기말고사 1등은 가주였기 때문이다. 어쩌면 그 사실이 나를 더 불안하고 두렵게 만들어 마음이 편하지 않은 것 같다. 스스로는 아니라고 부정하면서도 견제를 하고 있는 것이다. 그래서 다른 애들이 아무 뜻 없이 하는 말에도 괜히 움츠러들었다.

"프훗." 가주가 그냥 웃어넘겼다. 가주는 나에 비해 많은 친구와 잘 노는 편이다. 그래서 작년에 가주가 1등 했을 때, 대다수의 반응은 "와, 진짜 가주는 놀기도 잘하고 공부도 잘한다. 진짜 딱 놀 때는 놀고, 할 때는 하는 애네!"였다. 그에 반면에 나는 처음부터 모범생 이미지여서 "아, 뭐 쟤는 그냥 1등이지!"라는 반응이었다. 나도 놀 때는 잘 놀 수 있는데….

"띵동댕동"

시험이 시작되었다. 숨 막히는 정적 속에서 연필들을 바삐 움직였다.

"띵동댕동"

오늘 드디어 3일 동안의 대장정이 끝났다. 끝났음에도 불구하고 '혹여라도 실수를 했을까'란 생각에 더 긴장됐다. 그 감정의 원인에는 가주의 성적도 포함되어 있었다. 가주가 못해야만 내가 1등을 유지할 수 있기 때문이다. 시험의 원래 목적은 내가 얼마나 아는지를 확인하기 위해서라고 한다. 그러나 지금은 변질되어 몇 등인가로 바뀌었다. 시험이 끝나면 내가 왜 틀렸는지에 초점을 맞추는 것이 아닌 내 성적이, 등수가 어떻게 됐나가 먼저 떠오르게 되었다. '과연 이게 맞을까?'란 생각이 문득문득 들면서도 대답을 얼버무리는 날 보며 너무 고전적인 사회에 내가 벌써 익숙해져 있는 것 같았다. 그러니 가주의 성적이 신경 쓰이고, 내가 1등에 대한 두려움도 생긴 것 같아 안타깝다.

2040년 4월 25일.

"수빈 양 학교 갈 시간이에요!"

부드러운 목소리가 들린다.

"으…음" 내가 뒤척이며 눈을 뜬다. 창문 너머로 흐릿하게 검은 빗방울이 떨어진다. 잠시 멍 때리다가 이내 정신을 차렸다.

"아악! 모피! 내 교복 검은색 교복 찾아왔어? 어제 정전 났었잖아! 모피!"

내 외침을 듣고 인공지능 모피가 다가와 말을 걸었다.

"이런, 어제 일어났던 재앙인 정전 때문에 그대로 세탁소에 맡겨 놓고 말았네요. 죄송해요. 그럼 우선 체육복이라도 입고 가시는 건 어떠세요? 체육복에는 방수 기능도 있고 색도 어둡잖아요."

"근데 나 체육복이 어디 있는지 잘 모르겠는데…."

"걱정마세요. 체육복은 학교 사물함에 있어서 방금 학교 경비 로봇이 배송해 이곳으로 보내주었으니까요."

"그래. 나 아침은 토스트랑 주스로 부탁해."

"네, 알겠어요."

환경오염은 날이 갈수록 기하급수적으로 심각해졌고 3년 전부터 온갖 오염 물질들을 가득 담고 내려오는 검은 비가 내리기 시작했다. 검은 비가 내리기 시작할 때, 많은 사람은 당황했다. 그러나 이내 각종 물건에 들어간 방수 기능은 점점 더 확대되고, 강화되었으며 지금은 익숙해졌다. 학교 교복 역시 방수 기능이 있는 검은색, 하얀색 교복이 나왔다. 하지만 검은 비가 오는 날 하얀색 교복을 입는다는 건 마치 하얀 신발을 신고 진흙탕을 지나가는 느낌이랄까. 어쨌든 오염도 날이 갈수록 심각해지지만, 그와 함께 과학 기술도 성장을 거듭했다. 로봇은 이제 어느 곳에나 있는 필수품이 되었고 밥을 씹어 먹는 것조차도 귀찮아하는 인간들은 포만감을 불러주는 주스를 만들어 턱과 이를 움직여 씹는 행동을 최소화했다.

"이렇게 만사가 귀찮아서 개발이란 개발은 다 이뤄지고 있는데, 왜 학교만 그대로냐."

내가 화장실 의자에 앉아 양치와 세안 버튼을 누르며 중얼거렸다. 그러자 의자에서 손이 나와 내 치아와 얼굴을 닦아주었다.

신기하게도 주변의 모든 건물은 모두 최신식으로 바뀌었지만 단 하나, 교육은 바뀌지 않았다. 물론 단순 지식에 추가적으로 로봇이나 창의력을 대한 지능을 높이는 과목은 추가되었지만, 여전히 우리는 의자에 앉아 책상 위에 칠판을 보며 고전적인 교육을 실시했다. 그러나 칠판도 발전해서 다 같이 바라보는 구식 칠판이 아닌 각각의 책상 위에 홀로그램으로 떠서 쌤들이 컴퓨터로 글씨를 쓰면 그대로 개인 책상 위의 칠판에 쓰인다.

내가 태어난 때인 2024년에 제1차 로봇 전쟁, 2030년에 또 한 번 더 로봇 전쟁이 일어났다. 처음 로봇과의 전쟁이 일어났을 때는 인간이 졌다고 한다. 그래서 전쟁 후 6년 동안 인간은 숨어다니는 게 일상이었고, 로봇이 이 세상을 지배했다고 한다. 물론 나는 완전 갓난아기여서 기억은 잘 안 나지만 역사책에서 그랬다고 말한다. 그렇게 6년을 숨어다니다가 2030년에 다시 인간이 반란을 일으켜 지금의 위치에 있을 수 있다고 한다.

"여러분, 지금 우리가 이렇게 지낼 수 있는 건 바로 우리의 조상님들께서 로봇을 무찌르고 이만큼 사회를 성장시켰기 때문이죠. 그렇기에 지금! 앞으로의 미래를 이끌어갈 여러분들이 제1차 로봇 전쟁과 같은 재앙이 반복되지 않도록 더 열심히 공부해 우리들의 미래를 빛내어 주시기 바랍니다. 소평중학교 학생들 모두 파이팅!"

교장 쌤의 모습이 홀로그램으로 책상 위에 지지직하며 사라졌다. 이로써 조회 시간이 끝나고 교장 선생님의 홀로그램이 있던 자리는 칠판으로 변해 '시험 D-day 2'가 적혀졌다.

"아"

애들의 탄식 소리가 새어나왔다. 역사 시간에 시험은 아주 오래전부터 있었다고 한다. 왜 이리도 귀찮은 걸 할까. 하긴, 교육이 제자리걸음이니 시험도 그대로겠지.

"하"

내 입에서도 한숨이 절로 나왔다. 그래도 시대에 따라 조금 바뀐 것이 있다면, 아마 그건 환상의 방에 들어가서 활동을 하며 평가된다는 점일 것이다. 우리는 그 방을 '환장의 방'이라고 부르지만 어쨌든, 옛날에는 앉아서 컴퓨터 사인펜? 그런 걸로 채점을 했다고 한다. 하지만 지금은 반마다 배정되어 있는 방에 들어간 뒤 의자에 앉아 롱 글라이 헬멧을 쓰면 된다. 그러면 문제가 글이 아닌 상황으로 재연되어 눈앞에 펼쳐지고 그에 대한 해결책을 생각하면 롱 글라이 헬멧이 머릿속의 생각을 인식하여 평가한다.

"수빈아, 이번에도 로봇을 이기고 1등 하는 건가?"

고현이가 장난기 가득하게 말했다. 우리 학교는 유일하게 교장 쌤의 지시로 로봇과 같이 시험을 본다. 그렇기에 우리는 울트라 슈퍼컴퓨터가 내장되어 있는 로봇을 이겨야지만 최상위권에 들 수 있다. 당연히 몇 년 동안 1등은 로봇이 차지했는데 올해는 신기하게도 2명이나 로봇을 꺾고 1, 2등을 차지했다. 1등은 나이고 2등은 고현이다.

"글쎄, 누가 있어서 힘들겠는데?"

내가 말했다.

"그게 누굴까? 설마 나인가? 로봇인가?"

고현이의 말에 내가 웃자

"근데 이번에 시험 꽤 어렵다고 하던데. 부담 안 돼?"

정색하며 말했다.

"별로. 딱히 1등에 큰 욕심이 없어서."

내 말에 인정한다는 듯이 고개를 끄덕였다.

"와 누구는 밑에서 퇴학당할까 봐 헐떡거리고 있는데, 팔자 폈다. 폈어!"

지수가 끼어들었다.

우리 학교는 학생들에게 경쟁심과 승부욕을 끌어올리기 위해 로봇도 모자라서 시험까지도 서바이벌 방식으로 진행한다. 시험마다 뒤에서 10명은 무조건 퇴학 처리가 우리 학교의 법이다. 그래서 1학년 때는 200명이 입학했지만 총 9번의 시험 끝에 110명만 살아남아 졸업장을 받을 수 있다. 그런데 지수는 지난 시험에서 128등으로 간신히 퇴학 위기를 모면했다.

"야, 그래도 너는 올라올 기회가 많잖아. 난 2등이 내 최대여서 이제 내리막만 남았는데."

고현이가 말했다.

"올라갈 능력이 있어야 그것도 기회지."

지수가 말했다.

"근데 넌 프로 게이머가 꿈이잖아. 그럼 공부 안 해도 되지 않아?"

내가 물었다.

"그랬으면 벌써 내 발로 박차고 나갔겠다. 근데 로봇이란 과목을 배우니까 로버트 게임 공략법이 딱 나오더라. 그리고 공부해서 나쁘지 않고, 뭐 집에 뻗어 있는 것보다 낫잖아!"

지수가 해맑게 말하는 동안 난 문득 학교에서 너무 매몰차게 등수로 사람을 평가한다는 생각이 들었다. 로봇보다 똑똑해도 하고 싶은 게 없으면 의미 없고, 퇴학 위기에 처했어도 소신 있게 흐릿한 안갯속의 꿈을 찾아가는 게 더 소중하지 않나. 등수는 등수지만 미래는 막연한 꿈인데. 누구나 아무렇게나 꿀 수 있는 꿈을 성적이란 명목으로 짓밟는 건, 너무 잔혹하다.

"부럽다. 너는!" 내가 말했다.

"너도 있지 않아?"

"나? 글쎄."

내가 말했다. 나는 그 막연한 꿈조차도 잘 모른다. 그냥 평범하게 사는 것? 그런데 로봇에게 지지 않는 인재를 만들어 나가겠다는 교장 쌤의 당찬 포부에 내가 껴있다. 모든 사람에게 스포트라이트를 받는 1등이기에 평범하게 살기도 지금으로서는 망했다.

2018년 7월 27일,

시험이 모두 끝났다. 어떻게든 1등을 유지해야 한다는 생각이 강해서였는지 가채점을 하는데 터무니없는 실수들이 눈에 보였다. 예를 들면 'He want'에 's'를 붙이지 않는 그런 실수들. 분명히 답안지를 몇 번이나 확인하고 또 확인했는데도 불구하고 말이다. 나는 그날, 가채점을 모두 마친 날 집에 가서 눈물을 흘렸다. 남들이 보면 '저 점수를 받고 왜 울고 있지?'라는 생각을 하겠지만, 정말 열심히 공부했기에 더 아쉬웠다. 설령 그런 실수들 때문에 1등을 뺏긴다면 마치 눈앞에서 전 재산이 빼앗기는 기분이겠다. '가주는 잘 봤을까?' 문득 떠올랐다. 나 같은 실수를 안 했다면 나보다 잘 봤을 텐데. 이런 생각을 하면 할수록 나만 더 자책하게 만들지만 그럼에도 계속해서 슬픈 상상은 멈추지 않았다. '만약 내가 실수를 안 했다면 이렇게 울지도, 걱정하지도 않았을 텐데.' 온갖 생각이 들 정도로 아까웠다. '지금까지 내가 이러려고 밤늦게까지 공부하고 또 공부했나?'라며 스스로 한탄할 정도로 허무하고 허탈했다. 내가 원한 결말은 이런 게 아니었는데….

다음 날 학교에 가자 이미 교실은 시끄러웠다. 그들의 얘기에 중심은 나였다.

"야, 들었어? 이번에 가주가 1등 했대."

"헐, 대박."

난 복도로 나왔다. 교실에서 그들의 대화와 함께한다는 게 불편했다. 그나저나 나도 모르는 등수를 재들이 어떻게 알지?

"야, 들었어? 이번에 가주가 올백 맞았대!"

복도에서도 교실과 같은 대화를 하고 있었다.

"와, 대박"

순간 입에서 감탄사가 나왔다. 눈이 휘둥그레지는 점수였다.

"부럽다. 올백 맞아서. 난 한 번도 못 맞아봤는데."

내가 혼자 중얼거렸다.

"부럽냐? 너도 잘 봤으면서. 그래서 쪼들려 있었냐?"

지현이가 다가오며 말했다.

"아니, 뭐 쪼들려 있기보다는 그냥"

"그게 그거거든? 엄청 잘 봤으면서 기죽어 있기는. 그깟 시험에 네가 왜 쫄려?"

지현이가 말했다. 지현이 은근히 다가와서 사람 기분을 좋게 만드는 능력이 있다.

"흐흣, 그렇긴 하네. 근데 기는 죽는다."

내가 말했다.

2040년 5월 2일.

자의식 과잉일 수도 있겠지만, 환장의 방문 앞에 서 있는 지금 나의 모습은 마치 제3차 로봇 전쟁에 나가 로봇을 이겨야 하는 군인 같다. 이를 나만 느끼는 건 아니었는지 교장 쌤도 나를 보실 때마다 너는 1차 로봇 전쟁과 같은 처참한 과거를 반복시키지 않을 아이라는 등 이런저런 칭찬 같지 않은 말들을 매번 하셨다. 물론 2등인 고현에게 냉랭했다. 1등이라는 이유로 학교는 나를 이곳의 주인공으로 모든 스포트라이트를 밝혀줬지만, 그런 모습들이 내가 학교를 경멸할 동기가 되었다. 어쨌든 잡생각은 집어치우고 방문 손잡이를 잡았다. 손에는 벌써 땀이 흥건했다. 1등을 유지하자는 생각이 없어도 시험은 항상 긴장되었다. 솔직히 내가 여기서 왜 이리도 떨고 있는지 잘 모르겠다.

"그래. 그냥 대충하고 오지 뭐."

말과는 달리 떨리는 눈빛으로 환장의 방에 입성했다. 그로부터 며칠 뒤 모피가 침대에 누워 젬글래스를 쓰고 게임 하는 나를 톡톡 건드렸다.

"왜?"

난 눈을 부릅뜬 채로 물었다. 한창 게임에 집중하고 있던 찰나였기에 말하기도 귀찮았다.

"잠깐만, 거기서 기다려. 딱 기다려. 내가 간다."

난 서버로 연결하며 같이 게임 하고 있던 지수에게 말했다. 모피가 다시 한 번 더 나를 톡톡 건드렸다.

'GAME OVER'

"아, 진짜. 한지수! 내가 간다니깐. 왜 움직여서는."

내가 한탄했다.

"오려면 빨리 왔어야지! 어쨌든 담판 오케이?"

지수가 물었다.

"오케. 아 잠깐만 기다려봐. 왜? 아, 혹시 젬방 점검 다 끝났어?"

내가 물었다. 평소대로라면 젬방에 들어가 더 몰입도 있는 게임을 즐기고 있어야 하는데 마침 오늘이 점검일이어서 5분을 기다려야 했다. 젬방은 사람 한 명이 들어갈 만한 상자로 그곳에 들어가 머리를 천장에 맞닿게 하면 몸은 상자 속이지만 영혼은 게임 속 캐릭터 안으로 들어가 마치 실제로 내가 그 캐릭터란 착각을 불러올 정도이다.

"아, 네. 끝기도 했고, 성적표도 발송됐어요."

모피가 말했다.

"아. 근데?"

"등수가 떨어지셔서 2등을 기록하셨어요. 물론 이는 부모님께서도 아시는 사실이구요."

"아, 뭐라고 하셔?"

"부모님께서는 아무 말씀도 없으셨어요."

"그럼 됐어. 나 껨방에 간다."

아무 일 없었다는 듯이 침대에서 일어나 껨 글라스를 낀 채 매직 휠을 타고 껨방으로 유유히 갔다. 그때 서버 너머로 지수의 목소리가 들렸다.

"뭐, 뭐라고?

아, 말도 안 돼! 그럼 나 어떻게 되는 거야? 아!"

"야, 왜? 뭔데?"

내가 당황하며 물었다.

"야, 하수빈, 나 어떻게 하지? 나 120등이래!"

"120등? 그게 뭐? 지난번보다 올랐는데?"

"그게 아니라 나 퇴학 맞았다고!!"

"뭐? 네가 왜? 120등이라서? 말도 안 돼!"

내가 소리쳤다. 이리도 간단히 퇴학이라니. 퇴학이 누구 집 자식 이름도 아니고. 한 사람의 인생에서 너무 쉽게 학교를 빼버리는 단호함에 한숨 밖에 나오지 않았다. 지난번에는 몰랐는데 친한 친구가 퇴학을 당하자 느껴졌다. 이리도 치열하고 패배자는 불행하다는 걸. 왜 그래야 할까. 왜, 그걸 지금 막연한 꿈을 꿔도 행복할 나이에 패배의 쓴맛을 맛봐야 할까. 내가 2등이라고 할 때는 상관없었다. 나한테 1등은 너무도 과분한 자리였기 때문이다. 그래서 학교에 갔을 때 교장 쌤이 나를 보는 표정은 지난번과는 극과 극이어도 그 냉랭함에 내 몸이 얼 뻔했어도 큰 충격은 없었다.

"와, 교장 쌤 표정 봐. 너무 심한 거 아니야? 아무리 그래도. 너무 심각하게 1등 할 때만 좋아하네. 완전 가식. 으~~! 아니, 인생에서 시험이 얼마나 많은데 그중에서 한 번 못했다고, 아니지 못한 것도 아니고 한 번 밀렸다고 이렇게 차갑게 대하냐."

라고 할 때도

"난 상관없어. 나한테만 살갑게 대하는 것부터 좀 그랬어. 지금 이게 더 좋네!"

라고 말하며 그저 웃고 넘겼다. 그런데 지수가 퇴학을 당하자 느꼈다. 서바이벌의 치열함과 살벌함을. 왜 우리는 그토록 살벌하게 살아야 하지? 왜 공부라는 많고 많은 분야 중 한 분야에 이리도 얽매여야 하지?

2018년 7월 28일.

1등은 역시 올백인 가주였다.

"야, 진짜 가주는 놀 땐 놀고, 할 땐 하는 애였네."

"진짜 이번에 소름 돋았어!"

내 앞에 앉은 애들의 말소리가 들렸다. 괜스레 무안해졌다. 죄지은 것도 아닌데 몸을 웅크리게 되고 애써 들리면서도 들리지 않은 척 애꿎은 핸드폰의 검은 배경만 보며 만지작거렸다. '하, 나도 놀 땐 놀고, 할 땐 하는데' 착잡해졌다.

"야! 넌 뭘 보고 있냐?"

지현이가 내 어깨를 툭 치며 말했다. 그제서야 앞에 앉은 애들도 내가 뒤에 있다는 걸 알았는지 은근슬쩍 자리를 피했다.

"아니. 그. 그냥. 여기 스크래치가 나서"

대충 아무 말이나 둘러댔다.

"뭐래. 이거 완전 깨끗하구먼."

"어? 어, 그런가?"

대답하며 얼굴이 빨개졌다.

"뭐야, 왜 이렇게 기운이 빠졌어? 설마 너 아직도 기죽어 있냐? 와, 진짜 두부 심장이네. 난 지금 성적이 떨어져서 내 용돈이 날아갈 판국에도 당당히 어깨를 펴고 있는데!"

지현이가 어깨를 옆으로 쭉 늘리며 말했다.

"으아아앙."

그때 울음소리가 교실에 있던 모든 애들의 시선을 사로잡았다.

서글프게 울고 있는 주인공은 다름 아닌 지현이 다음으로 친한 다은이였다.

"다, 다은아!"

나랑 지현이가 당황하며 다은이 곁으로 갔다.

"나, 내가 이번에 엄청 열심히 공부해서 평균 12점이나 올랐는데 등수가 2등이나 떨어져서 우리 엄마가 계속 공부를 안 해서 성적이 그 모양이라고. 돈 내서 학원 보내는 것도 아깝다고. 등수가 더 떨어져서. 어떡하라고 나보고"

다은이 소리치면서 말을 빠르게 이어나갔다.

"야, 그 등수는 네가 어떻게 할 수 있는 게 아니잖아! 그리고 너 이번에 평균이 12점이나 올렸으면 완전 잘한 거지!"

지현이가 다은이의 등을 쓸며 말했다.

"평균 12점이면 이번에 열심히 한 보람이 있네!"

내가 휴지를 건네며 덧붙였다.

그러자,

"우리 엄마가 제발 혜솔이 만큼만 하라고! 걔 이번에도 1등 하지 않 았냐고. 어떻게 같이 다니면서 걔는 1등이고 너는 이 모양이냐고."

다은의 눈에서 다시 눈물이 폭포수처럼 흘러내렸다.

"어, 어? 나 이번에…"

내가 당황하며 말을 하자,

"야, 너무 공부 잘하는 애가 말하니깐 신뢰도가 떨어진다! 너만 내려 와도 등수 하나씩은 올라가는데"

지현이가 농담 식으로 내 말을 끊으며 말했다. 평소 같으면 농담이겠 지만 지금은 왠지 비수로 꽂혔다. 나는 괜히 무안해져 슬그머니 내 자 리에 가서 앉았다. 그래도 가시방석에 앉은 느낌이었다. 그때였다. 엄마 의 전화가 왔다.

"여보세요?"

"혜솔아, 할아버지가 쓰러지셨어. 학교 끝나고 병원으로 와."

"엄마?"

뚝. 통화가 끊겼다. 갑자기 할아버지가 쓰러지시다니. 뜻밖의 일이 일 어나 2등이었던 생각이 사라졌다. 그 후 학교가 끝나자마자 병원으로 직 행했다. 병원에 가자 엄마가 매점에 서 있었다.

"엄마!"

"어, 혜솔아."

"할아버지, 어디 아프셔?"

"어, 검사 다 받고 병실에 계시니까 병실로 가자."

'201호' 병실에 들어가자 여러 침대 중 창가 옆 침대에 할아버지가 주무시고 계셨다.

"안녕하세요."

"그래. 혜솔이 왔구나."

다른 친척분들이 나를 반겨주셨다.

"에휴, 어쩌다 갑자기."

"그르게나 말이여. 잘 사시더니."

"하긴, 오래 사셨지. 100살 가까이 드셨으면."

나는 어른들의 얘기에 멋쩍게 웃으며 가만히 앉아있었다. 그러고 보니 여기는 할아버지 말고도 다른 어르신들이 많이 누워계셨다. 그런데 다들 빼빼 마르시고 기운도 없어 보였다. 그분들을 보고 있자니 조그마한 얼굴에 살이 벗겨져서 생긴 뽀얀 피부, 조그마한 몸을 보자 늙은 아기 같단 생각이 들었다.

"늙은 아기."

홀로 중얼거렸다. 결국은 아기로 태어나 늙은 아기로 죽는구나. 근데 아기가 태어나고 죽는 곳이 병원 그러니까 삶의 처음과 끝을 맞이하는 곳이 병원이란 생각에 괜히 이상해졌다. 나도 언젠가는 이곳에 누워있겠지. 그리고 늙은 아기가 되겠지. 아직 죽음을 생각하기에는 어리지만, 왠지 병원에 오니까 죽음에 대한 생각이 들었다.

'2등' 문득, 내 등수가 떠올랐다. 왜 여기서 떠오른 것일까.

'병원, 죽음, 탄생, 등수, 시험' 결국 수능을 보고 죽은 사람이 생긴다는 건 방금 내가 생각했던 것들을 반대로 나열하기 시작해서란 생각이 들었다. 시험을 보고 등수에 좌절하고 내가 왜 태어났을까 원망하고 죽음을 결심한다. 그리고 그의 모습은 병원에 피를 흘린 채 응급실에서 나타난다. 왜 우리는, 아니 나는 이렇게 등수에 연연해 할까. 난 그저 내가 공부를 좋아해서 하는 사람인 줄 알았다. 하지만 아니었다. 난 사회가 만들어낸 등수라는 감옥에서 벗어나지 못했었다. 그래서 이렇게 슬프고 절망스러웠던 것이다. 감옥에서 모범수가 되지 못해서. 형량을 줄이지 못해서. 창밖에 있는 산을 바라보았다.

"부럽다. 사방이 탁 트여서."

또 혼자 중얼거렸다. '찌잉' 휴대폰에서 진동이 왔다. 새로운 뉴스가 도착했다는 표시이다. 보지도 않는 뉴스지만 왠지 알림을 해놔야 보기 좋았다. '보기 좋다.' 어쩌면 난 지금까지 나를 위해서가 아닌 남들에게 보이는 대로 살아온 건 아닐까. 공부를 하고, 보지도 않는 뉴스의 알림을 맞춰 놓고, 좋은 점수를 받고, 좋은… 도대체 그 좋은 건 누구한테 좋은 것일까. 1등을 못해서 이렇게 우울해하는 나한테? 남한테. 문득 다은의 울음소리가 들렸다. 어쩌면 난, 우리는 지금까지 나만의 감옥에 들어가 남들의 칭찬을 먹고 살며 그들에게 잘 보이고 싶었던 건 아닐까? 아니란 보장이 없었다. 갑자기 자괴감이 들었다. 내 인생은 내건데 왜 난 날 위해가 아닌 남을 위한 공부를, 삶을 살고 있을까. 왜 난 항상 정답을 찾고, 그것에 맞추려고 할까. 나만의 답이 아닌 누군가가 이미 만들어 놓은 답을….

2040년 5월 6일.

"그래서 로봇이야 업데이트하면 실력이 쑥쑥 느는데 걔네랑 우리랑 경쟁을 붙이면 되겠어! 애꿎은 피해자들만 생기고. 그래서 말인데, 우리가 교장한테 편지를 쓰자. 정 안되면 이디원(교육청)에라도 말하자. 이렇게 살벌하게 경쟁하는 데는 우리 학교밖에 없어. 그리고 로봇을 만든 원래 목적은 인간이랑 싸우자는 게 아니잖아! 안 그래?"

내가 잠시 생각에 빠진 사이 고현이는 흥분하며 말을 하고 있었다.

"어? 그, 그치. 로봇은 인간을 편리하게 하려는 거지, 인간과 경쟁 상대는 아니지."

"야, 그럼 우리 교장 쌤한테 말해볼래? 교장 쌤만 설득하면 끝나! 그럼 지수도 다시 데려올 수 있어!" 지수라는 말에

"오케, 하자. 지수를 데려올 수 있으면 무조건 해!"

난 반색하며 말했다.

"좋아! 우리가 완전 교장 쌤의 그 마인드를 갈아엎어 버리자!"

"뭘 갈아엎는다는 거죠? 학생?"

뒤에서 낯익은 목소리가 들렸다.

우리는 동시에 뒤를 돌아보고 소리 질렀다. 교장 쌤이었다.

"어우, 왜 그러죠?"

교장 쌤이 말했다.

"쌔, 쌤이 언제부터?"

고현이가 말을 더듬었다.

"방금 전부터 있었는데, 나한테 불만이라도 있나 보죠?"

교장 쌤이 안경을 추켜올리며 말했다.

"아, 아니, 저 그게"

고현이가 나한테 눈짓을 줬다.

"네!"

내가 교장 쌤을 째려보며 대답했다. 지수를 그렇게 가뿐히 쓰레기를 버리듯 학교에서 버렸기 때문이었다. 그런데 고현이 방금 전의 당찬 포부와 달리 매우 초조해 보였다.

"2등 해 놓고 아주 신이 나나 보죠? 하수빈 학생!"

교장 쌤이 날카롭게 쳐다봤다.

"그럼 들어가서 얘기합시다!"

교장 쌤이 말했다. 우리는 그녀를 따라 교장실 방으로 들어갔다. 홀로

그램으로밖에 보지 못했던 교장실을 들어가자 느낌이 새로웠다.

"자, 그래서 무슨 얘기를 하고 싶은 거죠?"

교장 쌤이 말문을 열었다.

"이제 더 이상 로봇과 보는 시험도, 퇴학당하는 학생들도 보기 싫어서요."

내가 입을 열었다.

"로봇과 경쟁을 벌여서 누구는 퇴학을 당하고, 좌절감을 느껴서 무슨 소용이 있느냔 생각이 들어서요. 로봇은 우리의 경쟁 상대가 아닌 협력자일 뿐인데. 그런 구도 자체가 순전히 교장 쌤의 만족이 아닌가 싶어서요."

"흠, 우리가 로봇과 학생을 대결 구도로 만들어 놓은 이유는 로봇보다 더 나은 인재를 길러내 1차 로봇 전쟁 같은 결과를 막기 위해서죠! 그러려면 로봇보다 똑똑해야 로봇을 이길 것 아니에요! 설마 지금 로봇한테 패배했다고 여길 찾아온건가요? 아쉬운 건 알겠지만 이런 식으로…"

"저는 로봇한테 진 거 별로 개의치 않아요. 아쉬운 건 교장 쌤이시겠죠. 1차 로봇 전쟁의 트라우마를 극복할 기회가 사라졌으니까요. 아닌가요? 그 지긋지긋한 전쟁 얘기를 하시는 것도 다 그때의 충격에서 못 벗어나셔서 그런 거 아니에요? 정신 차리세요! 지금은 2024년이 아닌 2040년이에요!"

내가 교장 쌤의 말을 끊고 흥분하며 말했다.

"과학 기술은 진화를 거듭하고 있는데, 교육만 제자리인 이유를 아세요? 다 그렇게 낡아빠진 교육으로 컸기 때문이에요. 등수. 그게 사람의 인생을 짓밟을 정도예요? 한낱 숫자에 불과한 게! 등수 때문에 우리는 매일 경쟁을 하고 자괴감과 불행, 불안감만 가득 안고 살아야 해요? 쌤이 원하시는 모습이 이런 거예요?"

"이기지 못하니까 불행하죠!"

교장 쌤의 얼굴이 붉으락푸르락하며 말했다.

"왜 우린 항상 이겨야 해요? 왜 항상 전쟁 아닌 전쟁 속에서 살아야 해요? 왜 우리는 편하라고 만든 로봇 때문에 더 역겨워하고 힘들어야 해요? 왜 이런 질문들을 하게 해요? 항상 시험이라는 감옥 속에 갇혀 등수의 억압을 받는 저희가 불쌍하지 않으세요?"

"…"

교장 쌤이 입이 닫혔다.

"그럼 감옥에서 풀어주세요. 교장 쌤은 그러실 수 있잖아요. 이제 2040년으로 돌아와서 더 이상 로봇이 적이 아닌 세상으로 돌아와서 등수라는 이름의 수갑도 풀어주시고, 낮은 등수를 받아 징벌방으로 쫓겨난 애들도 데려와 주세요."

난 한 방 맞은 표정을 지으며 우두커니 앉아 계시는 교장 쌤에게 인사를 드리고 교장실에서 나갔다.

부록

충북소설가협회

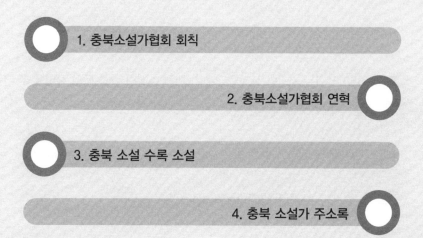

1. 충북소설가협회 회칙

1996.03.20. 제정
2005.09.07. 개정

제1조(명칭) 본회의 명칭은 [충북소설가협회]라 칭한다.

제2조(목적) 본회는 회원 상호 간의 친목 도모 및 창작의욕 고취, 충북 지방
　　　　의 소설 문학 저변 확대를 그 목적으로 한다.

제3조(회원) 본회의 회원은 소설 창작에 소정의 성과가 있거나 왕성한 창작의
　　　　욕을 가진 충북 연고의 소설가로 한다.

제4조(모임) 본회는 1년에 4회 계절별 모임을 원칙으로 하며, 필요시 회장이
　　　　별도 모임을 소집할 수 있다.

제5조(임원) 본회는 회장 1인 사무국장 1인을 둔다.

제6조(임원의 임기) 임원의 임기는 2년으로 하고 연임할 수 있다.

제7조(사업) 본회는 소정의 목적을 이루기 위해 소설집 발간 등의 사업을 추
　　　　진할 수 있다.

제8조(기타) 기타 정하지 않은 것은 다른 문학 단체의 관례에 따른다.

부칙 이 회칙은 1996년 1월 1일부터 적용한다.

부칙 이 회칙은 2005년 9월 7일부터 시행한다.

1995.1.19.	안수길, 박희팔, 지용옥, 전영학 등 소설가회 발기 결의
1996.3.20.	충북 소설가회 창립
	청주시 청림식당
	강태재, 문상오, 민병완, 민영이, 박희팔, 안수길, 이항복, 지용옥,
	최창중, 전영학, 김창식
	임원 선출: 초대회장 안수길, 초대 주간 전영학
	활동 목적: 소설문학의 저변 확대와 창작활동 진흥
1996.6.11.	임시 총회 개최
	동인지 『충북소설』 발간 결의
1997.1.1.	김창식 서울신문 신춘문예 단편소설 당선
1997.1.9.	정기 총회 개최
	『충청매일』에 일간지에 회원의 단편소설 릴레이 연재 방안 협의
1998.1.20.	정기 총회 개최
	동인지 『충북소설』 발간 추진 경과 청취 및 연내 발간 결정
1998.10.17.	충북소설 제1집 『조각보 만들기』 창간
	창간 기념회: 극동반점
1999.1.31.	정기 총회 개최
	임원 개선: 회장 안수길, 주간 최창중
2000.1.29.	정기 총회 개최
	충북소설 제2집 발간 협의
2000.3.4.	충북소설 제2집 『이 거리를 생각하세요』 출간
2001.1.13.	일시 총회 개최
	충북소설 제3집 발간 협의

2001.3.18.	정기 총회 겸 충북소설 제3집 『다윗의 피』 출간
2002.1.26.	정기 총회 겸 충북소설 제4집 『승강장의 사내』 출간
	임원 개선: 회장 안수길, 주간 이항복
2002.11.16.	정기 총회 겸 충북소설 제5집 『신을 찾아서』 출간
2003.12.6.	정기 총회 겸 충북소설 제6집 『여기도 하늘 아래』 출간
	임원 개선: 회장 안수길, 주간 정연승
2004.2.5.	정기 총회 겸 충북소설 제7집 『검은 새 한 마리』 출간
2005.9.7.	임시 총회 개최
	임원 개선: 회장 지용옥, 주간 정연승
	회 및 임원 명칭 변경(충북소설가회→충북소설가협회, 주간→사무국장)
	충북소설 제8집 발간 계획. 창립 10주년 기념사업 추진 방안
2006.1.7.	정기 총회 겸 충북소설 제8집 『겨울 파도』 출간
	임원 개선: 회장 지용옥, 사무국장 민병완
	당면 업무 협의: 충북소설가협회 창립 10주년 기념 [충북소설 문학상] 제정 및 시행 결정.
2006.12.31.	충북소설가협회 창립 10주년 기념 특집 충북소설 제9집 출간
2007.12.31.	충북소설 제10집 출간
2008.2.16.	정기 총회
	임원 개선: 회장 최창중, 사무국장 김창식
	지용옥 소설집 『유리 저편』 출간
	한국소설가협회 『한국소설 10월호』에 충북소설가협회 특집
	안수길: 지방소설문학 충북편, 단편 소설 특집(박희팔, 지용옥, 김창식)
	강준희 전집 출간
	충북소설 제11집 출간
2009.2.	충북소설가협회 정기총회

신입회원 이규정 소설가

충북소설 제12집 출간

2010.2.   정기 총회

강준희 소설 『선비를 찾아서』 출간

이항복 소설 『배냇소』 출간.

박희팔 소설 『향촌삽화』 출간.

이규정 소설 『상사화』 출간.

김학진 소설 『우리들의 빈자(貧者)』 출간.

김창식 소설 『아내는 지금 서울에 있습니다』 출간.

신입회원 김영식 소설가, 김미정 소설가

충북소설 제13집 출간

2011.2.   정기총회

임원개선: 회장 박희팔, 사무국장 김창식

신입회원: 오계자 소설가, 김승일 소설가, 박하익(본명 박혜진) 소설가

2011.9.3.   임시 총회

충북 청소년 소설문학상 제정 협의

이규정 장편소설 『갈증』 상· 중· 하 3권 출간

김창식 장편소설 『낯선 회색도시』 출간

충북소설 제14집 출간.

2012.2.   충북소설가협회 정기총회

2012.4.   충북소설가협회 임시총회

신입회원 송재용 소설가

김창식 아사아황금사자문학상, 현대문학사조 문학상 본상 수상

송재용 소설집 『쓰다만 주례사』 출간

이귀란 소설집 『변방』 출간 및 기념회

강순희 소설집 『행복한 우동가게』 출간

2012   충북 청소년 소설문학상 제정 운영

       – 당선: 조정수(청원고)–「까만 눈」

       – 가작: 홍종현(상당고)–「재생몽」

       – 가작: 박서연(원평중)–「거래」

충북소설 15집 출간

2013.2.   충북소설가협회 정기총회

송재용 장편소설 『깡통 중년 연애기』 출간

안수길 장편소설 『천사의 깊고 편한 잠』 출간

2013   충북 청소년 소설문학상

       – 당선: 조승미(옥천고)–「안개속의 괴물」

       – 가작: 허정호(대원고)–「야수」

       – 가작: 유희주(율량중)–「쏙서바이」

충북소설 16집 출간

2014.2.   충북소설가협회 정기총회

전영학 소설집 『파과』 출간

김창식 장편소설 『벚꽃이 정말 여렸을까』 출간

오계자 소설집 『첩부』 출간

송재용 장편소설 『금강별곡』 출간

김미정 소설집 『내 이름은 베말순』 출간

박희팔 칼럼집 『풀쳐생각』 출간

박희팔 연작소설 『바닥쇠들 아라리』 출간

2014   충북 청소년 소설문학상

       – 당선: 권솔(중원중)–「신과의 면담」

       – 가작: 박예슬(영동고)–「검둥이」

- 가작: 김교연(산남고)-「모녀」

충북소설 17집 출간

2015.2.	충북소설가협회 정기총회

전영학 장편소설 『을의 노래』 출간

김창식 장편소설 『독도와 청자』 출간

김홍숙 소설집 『아버지의 땅』 출간, 농민문학상 수상

2015   충북 청소년 소설문학상

- 당선: 김소연(단양고)-「울림」

- 가작: 이주희(보은고)-「소공녀 가출기」

- 가작: 임서빈(옥천여중)-「들꽃」

충북소설 18집 『편지개통 재개』 출간

2016.2.   충북소설가협회 정기총회

신입회원 권효진

2016.11.   충북소설 19집 『은산철벽』 출간

2016   충북 청소년 소설문학상

- 당선: 우해민(산남고)-「부조화」

- 가작: 김태리(옥천고)-「수확의 축제」

- 가작: 김교연(산남고)-「아름다운 소리」

2017.2.   충북소설가협회 정기총회

임원 개선: 회장 전영학, 사무국장 김창식

2017.6.   충북소설가협회 임시총회(충주)

권효진 한국소설 신인상 당선

송재용 장편소설 『초대받은 점령군』 출간

박희팔 중편소설집 『조핫속』 출간, 유승규문학상 수상

김창식 장편대하소설 『목계나루』 전 5권 출간

충북소설 20집 『우화등선』 출간

안수길 소설집 『아내의 십자가』, 『광풍과 딸국질』 출간

전영학 장편소설 『표식 애니멀』 출간

충북 청소년 소설문학상

    – 당선: 최서희(청주여중)– 「버스 안, 집으로 가는 길」

    – 가작: 김수정(단금중)– 「한 발짝 뒤에서」

    – 가작: 전유경(현도고)– 「시선」

충북소설 19집 『우화등선』 출간

2018.2.	충북소설가협회 정기총회
2018.6.	충북소설가협회 임시총회(충주)
2018.9.	충북소설가협회 임시총회
2018.11.	충북소설가협회 임시총회

강석희 [2018. 동아일보 신춘문예 단편소설 당선] 신입회원

문상오 소설집 『새끼』 출간

박희팔 소설집 『풍월주인』 출간

김창식 소설집 『어항에 코이가 없다』 출간

안수길 유승규문학상 수상

2018   충북 청소년 소설문학상

    – 당선: 김유경(충주중앙중)– 「모범생」

    – 가작: 김예담(탄금중)– 「몰랐던 비치의 세계」

    – 가작: 김다인(진천중)– 「월하서애」

충북소설 21집 『한낮의 켄터키블루그래스』 출간

제1집 | 조각보 만들기

강준희– 솔뫼 마을 이야기

강태재– 봄 눈, 백제의 미소, 무릎에서 가슴까지

김창식– 406호의 여자와 사막

문상호– 다시 못 올 낭만에 대하여

민병완– 아버지와 山

민병이– 고리풀기

박희팔– 나를 버리고 가시는 님은

안수길– 조각보 만들기

이항복– 겨울 십자매

전성규– 아내의 남자

전영학– 바람의 날

최창중– 찔레꽃. 1

지용옥– 歸巢圖

제2집 | 이 거리를 생각하세요

강준희– 순정기(純情記)

강태재– 코리안 드림

김창식– 강어귀 삶의 울타리

민병완– 碑石

민영이– 외재, 홍수 이후

박희팔– 후살이

안수길– 미륵댕이에서 생긴 일

제16집 ㅣ 충북소설 16

4. 충북 小說家 주소록

박희팔   010-5324-3780, palwu@hanmail.net

(27734) 충북 음성군 맹동면 덕금로 2-65

안수길   010-8344-3135, kwonsw44@dreamwiz.com

(28701) 충북 청주시 서원구 청남로 2005번길 45 우성2차A 201동 306호

강준희   010-2669-3737, joonhee37@hanmail.net

(27375) 충북 충주시 금릉로 101 3동 1010호

지용옥   010-5463-0463, jiok99@hanmail.net

(28701) 충북 괴산군 장연면 미선로 추점5길 44-58

최창중   010-4739-9488, ks9488@hanmail.net

(28667) 충북 청주시 서원구 예체로 29번길 9, 103동 706호

전영학   010-5468-0191, ayou704@hanmail.net

(28604) 충북 청주시 흥덕구 신율로 86번길 20

문상오   010-5460-6678, munsango36@gmail.com

(27000) 충북 단양군 적성면 적성로 174-54

이항복   010-7279-1234, a77779999@hanmail.net

(28780) 충북 청주시 상당구 용암동 월평로 243 부영A 105동 506호

김창식   010-4812-7793 dmr818@naver.com

(28774) 충북 청주시 상당구 중흥로 70. 302동 1402호

강순희   010-2319-1052, kang5704@hanmail.net

(27330) 충북 충주시 연수동 4길 10 행복한 우동가게

김홍숙   010-6343-3763, sanjigi1004@hanmail.net

(28471) 충북 청주시 흥덕구 흥덕로 88번길 5-12

오계자   010-8992-4567, okj0609@hanmail.net

(28939) 충북 보은군 보은읍 어암길 19-5

송재용 010-3355-8800, jysong8800@naver.com

(32984) 충남 논산시 중앙로 260번길 59-5 106동 406호㈜임주공1단지A)

정순택 010-2465-0376, jungstaek@hanmail.net

(28475) 충북 청주시 서원구 예체로 30번길 푸르지오 아파트 505동 101호

이종태 010-5232-6894, mist558755@hanmail.net

(27348) 충북 충주시 국원대로 166 임광A 106동 1004호

이귀란 010-5511-4179, dlrnlfks77@naver.com

(28191) 충북 청주시 상당구 낭성면 호정전하울로 165-5

김승일 017-423-4609, debroglie2@naver.com

(27385) 충북 충주시 충인 6길 9

김미정 010-5492-3722, kmj4571@hanmail.net

(28793) 청주시 서원구 1순환로 1137번길 130 주공A 322동 105호

이규정 010-8431-7933, jung57846@hanmail.net

(28415) 충북 청주시 흥덕구 진재로 67 세원느티마을 A 105동 501호

권효진 010-7594-9003, Kavya@hanmail.net

(27381) 충북 충주시 만리산 10길 15 아침도시A 101동 208호

강석희 010-7533-6013, breezelf@cbe.go.kr

(28173) 충북 청주시 흥덕구 강내면 태성탑연로 250

◇ 어느덧 성년이 된 충북소설 제21집이 풍성하다.

빛이 좋은 날에 사람도 참 예쁘다. 바삐 살며 그을린 얼굴에는 튼실한 씨앗 같은 눈빛이 다정스럽다. 저마다의 가슴은 색깔이 한껏 또렷해진 가을 나뭇잎처럼 꾸밈없어 싱그럽다. 소설가는 가슴에 뭉실뭉실 영그는 삶을 묶어낸다.

◇ 한 해 4번 있는 충북 소설가의 모임을 다변화하였다. 모임마다 좌장을 미리 정하고 작품과 소설 세계를 토론하였다. 또한, 6월 모임을 충주에서 갖기도 하였다.

◇ 새 식구로 맞이한 2018년 동아일보 신춘문예 단편소설 당선자 강석희 소설가와 유승규 문학상을 수상한 안수길 소설가, 대한기독문학상을 수상한 이귀란 소설가에게 회원 모두의 환영과 축하의 말씀을 드린다.

◇ 문상오 소설가의 소설집 『새끼』, 박희팔 소설가의 스마트 소설집 『풍월주인』, 김창식 소설가의 소설집 『어항에 코이가 없다』 출간을 축하드린다.

◇ 2018 충북 청소년 소설문학상 당선작을 발표하였다. 200자 원고지 70매 내외 분량으로 공모 요강에 밝혔으니 분량이 과도하게 부족하거나 넘치는 작품을 심사에서 제외하였다. 예선을 거쳐 4명의 소설가로 위촉된 본심 심사 위원이 당선작을 선정하였다는데, 중학생이 수상하였다.

2019 충북 청소년 소설 문학상 공모

충북소설가협회는 1995년 1월 15일 창립되어 소설가 22명이 회원으로 활동 중이며, 1998
년 소설 동인지 『조각보 만들기』를 창간호로 발간하였고, 매년 문학상 당선작과 충북소설
가협회 소설가 작품을 수록한 소설집을 발간합니다.

충북교육감이 후원하고 충북소설가협회가 주관하는 **충북 청소년 소설문학상 작품을 공모**
합니다.

모집 부문: **단편소설로 미발표 창작물이어야 합니다.**

원고 분량: 200자 원고지 70매 내외

시상 내역: 최우수 1명, 우수 1명, 장려 1명에게 충북교육감 표창

응모 자격: 충청북도 소재 중·고등학교 재학생

응모 기간: 2019년 8월 1일 ~ 8월 30일까지

응모 방법: 원고는 E-mail로만 접수합니다.

　　　　　원고 앞부분에 200자 원고지 분량과 연락처(전화번호, 주소)를 꼭 남겨 주십시오.

　　　　　응모된 원고는 반환하지 않습니다.

접 수 처: E-mail- dmr818@naver.com

발　　표: 2019년 9월 20일 입상자에게 개별 통지하며

　　　　　충북소설 홈페이지(http://cafe.daum.net/chnovel)에 공고합니다.

　　　　　당선작은 충북소설 동인지에 게재합니다.

　　　　　당선자는 성인이 되었을 때 충북소설가협회 가입 자격을 부여합니다.

문　　의: 전화 010-4812-7793, 충북소설가협회 충북 청소년소설문학상 담당자

　　　　　(충북소설 홈페이지에 문학상 심사평 등을 참고할 수 있습니다.)

한낮의 켄터키블루그래스

충북소설 21집_ 13人 소설 選(통권 21호)

펴 낸 날 2018년 12월 17일

지 은 이 권효진 외 12人
발 행 처 충북소설가협회

펴 낸 이 최지숙
편집주간 이기성
편집팀장 이윤숙
기획편집 이민선, 최유윤, 정은지
표지디자인 이민선
책임마케팅 임용섭, 강보현
펴 낸 곳 도서출판 생각나눔
출판등록 제 2008-000008호
주   소 서울시 마포구 동교로 18길 41, 한경빌딩 2층
전   화 02-325-5100
팩   스 02-325-5101
홈페이지 www.생각나눔.kr
이 메 일 bookmain@think-book.com

• 책값은 표지 뒷면에 표기되어 있습니다.
  ISBN 978-89-6489-931-1 03810

• 이 도서의 국립중앙도서관 출판 시 도서목록(CIP)은 서지정보유통지원시스템 홈페이지
  (http://seoji.nl.go.kr)와 국가자료공동목록시스템(http://www.nl.go.kr/kolisnet)에서
  이용하실 수 있습니다(CIP제어번호: CIP2018039516).

※ 이 책은 충청북도 · 충북문화재단의 지원금으로 발간되었습니다.